The
Clifton Chronicles
3

Best Kept Secret
不能說的秘密

傑佛瑞・亞契 —— 著　李靜宜 —— 譯

Jeffrey Archer

獻給夏布南與亞歷山大

承蒙下列各位提供無比寶貴的建議與研究協助，謹致以誠摯謝忱：

西蒙・班布里吉（Simon Bainbridge）、羅伯特・鮑曼（Robert Bowman）、艾琳諾・德萊登（Eleanor Dryden）、艾莉森・普林斯（Alison Prince）、瑪莉・羅伯特斯（Mari Roberts）、蘇珊・華特（Susan Watt）。

埃莉諾・德萊頓（Eleanor Dryden）、愛麗森・普林斯（Alison Prince）、馬莉・羅伯斯（Mari Roberts）、蘇珊・華特（Susan Watt）。

巴靈頓家族（Barringtons）

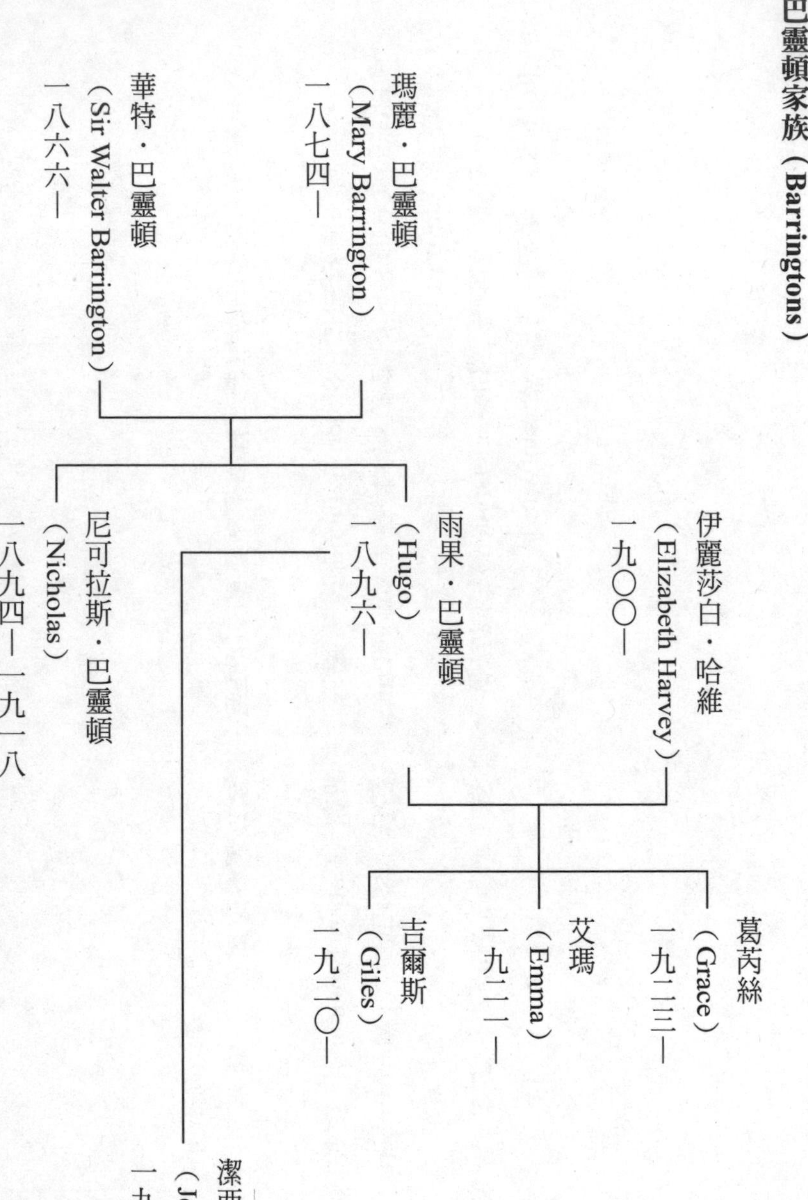

柯里夫頓家族（Cliftons）

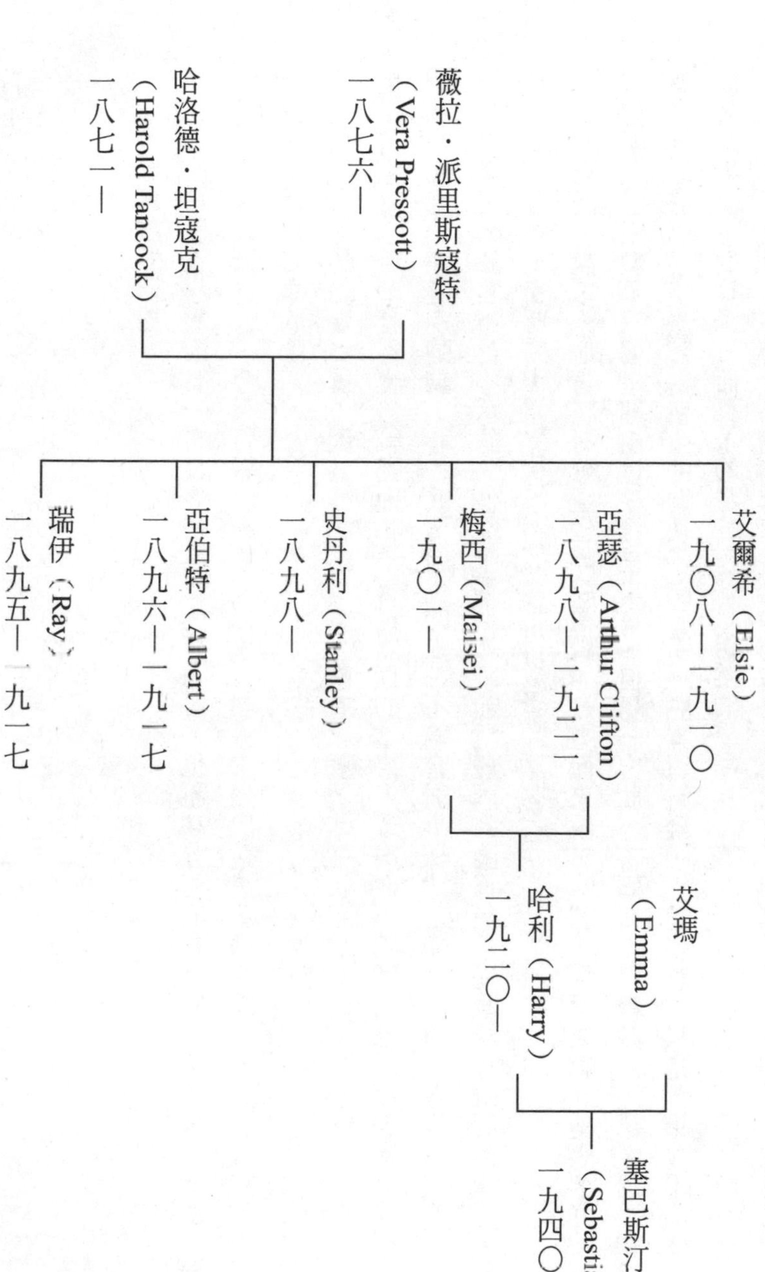

序曲

大笨鐘敲響四聲。

大法官儘管已經因為一整夜的勞累而筋疲力竭，但不斷分泌的腎上腺素仍然讓他無法入睡。他已向上院同僚宣告，今天將對巴靈頓與柯里夫頓一案做出裁決，判定哪一個年輕人可以繼承貴族頭銜與龐大的家族產業。

他再次衡酌諸端事實，因為他相信事實，唯有事實，才能決定他最終的判決。四十年前他還是見習生時，導師就曾經告誡過他，不管是對你的當事人或案件下判斷，都必須摒除個人好惡、情感和偏見。他特別強調，心軟或情緒化的人都不適合從事法律工作。然而，在恪遵這條戒律四十年之後，大法官不得不承認，他從未遇過像眼前這般兩造論據幾乎完全無分軒輊的案子。他真希望F．E．史密斯爵士❶還在世，那麼就可以徵詢他的意見了。

一方面來說……他實在討厭這個陳腔濫調。一方面來說，哈利．柯里夫頓比他最要好的朋友吉爾斯．巴靈頓早三個星期出世，這是事實。但另一方面，吉爾斯．巴靈頓是雨果．巴靈頓爵士與他合法的妻子伊麗莎白所生的合法子嗣，這一點無庸置疑，也是事實。只是，這並不必然讓他成為雨果爵士的長子，而長子的身分，卻是遺囑的重點。

一方面來說，梅西．坦寇克承認自己在工廠踏青活動時，和雨果．巴靈頓爵士在濱海威斯頓發生過關係，其後在第九個月的第二十八天，她生下了哈利，這是事實。但另一方面，哈利出生的時候，梅西・坦寇克是亞瑟・柯里夫頓的妻子，出生證明清清楚楚登記亞瑟是孩子的父親。這也是事實。

一方面來說……大法官的思緒飄回議事廳的場景，議員分別進入贊成與反對的投票廳投票，決定吉爾斯・巴靈頓和哈利・柯里夫頓誰能繼承爵位，**以及隨之而來的一切**。他還記得他在擁擠的議場宣布投票結果時，主任計票員所說的每一個字：

「同意，兩百七十三票；不同意，兩百七十三票。」

議場一片騷動。勢均力敵的投票結果，讓他必須接下重擔，決定由誰繼承巴靈頓家的爵位、聲譽卓著的航運公司，以及其他的家業、土地與財產。倘若他的決定不會對這兩個年輕人的未來產生這麼大的影響就好了。吉爾斯・巴靈頓想繼承，而哈利・柯里夫頓不想繼承，這個事實應該影響他的決定嗎？不，不應該。誠如持反對意見的普雷斯頓爵士在他的辯詞裡所指出的，這即使是權宜之計，也會成為不良先例。

另一方面，如果他的決定不利於哈利……他昏昏沉沉睡去，直到門上輕輕的敲門聲把他叫醒。時間不早了，竟然已經七點。他咕噥一聲，閉著眼睛數大笨鐘敲響的鐘聲。再過三個鐘頭他就必須宣布最終裁決，但他到現在都還沒決定該怎麼做。

大法官又咕噥一聲，腳踩到地上，穿上拖鞋，走到浴室。坐進浴缸裡，他還在苦思這個問題。

---

❶ Fredrick Edwin Smith, 1st Earl of Birkenhead, 1872-1930，曾任英國大法官，以睿智、辯才無礙聞名。

與雨果爵士一樣，哈利．柯里夫頓和吉爾斯．巴靈頓都是色盲。色盲只能透過母系遺傳，所以這只是個巧合，不應列入考慮。

他從浴缸起身，擦乾身體，套上晨袍，踏過鋪著厚地毯的走廊，進到書房。大法官拿起鋼筆，在紙頁頂端寫下「巴靈頓」和「柯里夫頓」兩個姓氏，然後一一列出對兩人有利與不利的事實。他刻鋼板似的工整字跡寫滿了三頁時，大笨鐘敲響八聲。但他還是沒有結論。

大法官放下筆，很不情願地起身找東西吃。

他默默獨坐吃早餐，沒翻開整齊擺在餐桌另一頭的報紙，也沒打開收音機，因為他不希望資訊不足的新聞評論員影響他的裁決。大報關注的是倘若大法官的裁決有利於哈利，將對繼承原則產生什麼影響；而小報有興趣的是，艾瑪能不能嫁給她的心上人。

回到浴室刷牙的時候，大法官心中的天平仍未傾向於任何一方。

大笨鐘敲了九響之後，他回到書房，埋首於自己手寫的紙箋裡，希望心裡的天平能擺盪到任何一方，然而，天平依舊一動也不動。他反覆看著自己列出的意見時，聽見輕輕的敲門聲，提醒他，無論他以為自己擁有多大的權力，都還是不能耽誤時間。他大大吐了一口氣，把寫滿各種意見的那幾頁紙撕下來，起身走出書房，穿過走廊，一面走一面反覆地讀。進到臥房時，他的貼身男僕伊斯特已經在床尾就定位，準備進行每天早上的例行工作。

伊斯特輕手輕腳地脫下主人身上的真絲晨袍，幫他穿上才剛熨好猶有餘溫的白襯衫。接著是漿燙好的硬領，然後是鑲有精美蕾絲的領巾。套上黑長褲時，大法官發現自己從上任之後又重了幾磅。伊斯特幫主人穿上黑色鑲金色長袍，然後開始協助打理主人的頭部與雙腳。大法官戴上全頂假髮，接著把腳伸進有鞋釦的鞋子裡。直到戴上了在他之前已有三十九位大法官戴過的金鍊，他才從彷彿啞劇裡的丑角，蛻變成為英國最高立法權力的象徵。他瞥一眼鏡子，覺得自己已經準備萬全，可以站上舞台，在即將揭幕的戲裡扮演好自己的角色。只可惜他還不知道自己的台詞是什麼。

大法官進入與離開西敏寺北塔的時間，精準得連騎兵團士官長都要望塵莫及。上午九點四十七分，房門一聲輕敲，他的秘書大衛·巴塞洛繆走了進來。

「早安，大人。」他試探地說。

「早安，巴塞洛繆先生。」大法官回答說。

「很遺憾，我必須向您報告，」巴塞洛繆說，「哈維爵爺昨晚由救護車送往醫院，不幸在途中過世。」

兩人都知道這並非事實。哈維爵爺——吉爾斯·巴靈頓和艾瑪·巴靈頓的外祖父——在投票鈴聲響起之前倒在議場裡。長久以來的慣例是：無論是下議院或上議院的議員在議會召開期間過世，就必須對他的死因展開全面調查。為了避免這令人不快且毫無必要的虛應事故，「在送往醫院途中過世」就成為大家可以接受的掩飾之詞。這慣例可以上溯至奧利佛·克倫威爾時期。當時准許議員佩劍進議場，議員喪生的原因往往是死於劍下。

哈維爵爺的過世讓大法官心情更加沉重，因為哈維爵爺是他喜歡也敬重的同僚。他只希望他的秘書別提起他以工整字跡寫在吉爾斯·巴靈頓名字下方的一項事實：那也就是，哈維爵爺因為病發而未能投票，倘若沒有這個意外，他肯定會投票支持吉爾斯．巴靈頓的繼承權。事情如果真能這樣發展，那麼投票結果就一錘定音，他昨晚也能一夜好眠了。如今，讓這個案子一錘定音的責任落在他肩上。

在哈利．柯里夫頓的名字底下，他已經加上了另一個事實。六個月之前上議院貴族法官以四比三的投票結果，判定哈利．柯里夫頓可以繼承爵位……**以及隨之而來的一切**。

又有人敲門，出現的是也穿得像維多利亞時代戲劇服裝的挽袍官，示意古老的儀典就將開始。

「早安，大人。」

「早安，杜肯先生。」

挽袍官一拉起大法官黑色長袍的衣襬，大衛．巴塞洛繆就快步向前，拉開房間的雙扉門，讓大法官開始踏上步行需七分鐘的路程，到上議院的議事廳。

一看到大法官出現，議員、警衛官和議事人員紛紛退到一旁，空出整條通道，讓大法官一人獨行。大法官經過時，眾人鄭重鞠躬，不是對他，而是對他所代表的至高主權。他就像過去六年來的每天一樣，以同樣的速度，踏過鋪紅地毯的走廊，確保自己在大笨鐘敲響十點鐘的第一聲鐘聲時，走進議事廳。

在平常的日子——但今天並非平常的日子——只要他一踏進議事廳，總是會有幾位議員從紅色長椅上站起來，禮貌地對他鞠躬，並站著等候當日執事的大主教引領祈禱之後，例行的議事才會開始。

但今天不同，早在他還沒踏進議事廳之前，就聽見嘰嘰喳喳的講話聲。而一踏進議場，眼前的景象更讓大法官為之一驚。紅色長椅上擠滿了人，有些議員沒地方坐，只好坐在御座前的台階，還有些人連坐的地方都找不到，只能站在分隔議員席與旁聽席的邊界上。這樣的盛況，在大法官印象裡，只有國王陛下蒞臨國會，召集上下議院議員發表演說，宣告議會開議的場景堪可比擬。

大法官踏進議場，議員大人們馬上停止交談，起身對在羊毛袋❷前就位的他鞠躬致意。大法官緩緩環視議事廳，迎上數百雙難以按捺的眼睛。他的目光最後停駐在三個年輕人身上。他們坐在議事廳的另一端，高居上方的旁聽貴賓席。吉爾斯．巴靈頓，他的妹妹艾瑪，以及哈利．柯里夫頓，三人全都一身黑色喪服，兄妹倆是為哀悼去世的外祖父，而哈利則為失去了一位良師益友而致哀。大法官很同情這三個年輕人，深知他的裁決將改變他們的人生。他只能希望這所謂的改變，是讓他們的人生變得更好。

當值的布里斯托大主教彼德．華特斯——這實在也太巧了吧，大法官想——翻開祈禱書，所有的上議院議員都低下頭，聽到他唸完：「因父、及子、及聖神之名」才抬起頭。

眾人就座，只剩大法官一個人站著。所有的人都回座，等待聆聽大法官的裁決。

「諸位大人，」他開口說，「我無法假裝諸位交付予我的是一件簡單任務。相反的，我承認，這是我在本院這麼多年以來，所做過最困難的決定。但是湯瑪斯．摩爾提醒我們，穿上這身

❷ Woolsack，填充羊毛的紅色座椅，位居上院議事廳中央，為上院主席的座位，支持和反對政府的議員分坐右側和左側。

衣袍，就別想做出人人都能滿意的決定。事實上，諸位大人，歷史上就曾經有過三次，做出裁決的大法官當天稍晚就被斬首了。」

笑聲打破了緊張氣氛，但僅僅一會兒。

「然而，我不能忘記，」他等笑聲平息之後說，「我只能聽從全能上主的決定。秉持此一職責，諸位大人，在巴靈頓對柯里夫頓一案上，我判定應該繼承雨果爵士，成為合法繼承人，獲得家族爵銜、產業與隨之而來的一切的……」

法官大人再次抬眼看了看旁聽席，略微遲疑。他的目光凝注在那三位無辜年輕人身上，而他們也俯望著他。他祈求自己擁有所羅門王的智慧，接著說：「衡酌所有的事實之後，我判定繼承人應該是……吉爾斯．巴靈頓。」

議場立即響起嘰嘰喳喳的交談聲。新聞記者馬上從記者席起身，去向等待著的編輯回報，說大法官裁決繼承原則不變，哈利．柯里夫頓可以迎娶艾瑪．巴靈頓為他合法的妻子；而旁聽席上的聽眾則站起來，越過欄杆往下看，看議員們對大法官的裁決有何反應。但這並非足球賽，而他也不是裁判。不需要吹哨子，上議院的議員自然就會接受大法官的決定，不需投票，也不會有異議。靜候喧鬧聲平息的時候，大法官再次看了樓上那三名受他裁決影響最大的年輕人，想知道他們有何反應。哈利、艾瑪和吉爾斯還是面無表情地凝視著他，彷彿還沒完全消化他這個裁決的重要性。

經過幾個月的懸而未決之後，此時的吉爾斯突然有種如釋重負的感覺，但外祖父的過世，讓他沒有任何勝利的喜悅。

哈利緊緊握著艾瑪的手，心裡只有一個念頭：他可以娶他愛的這個女人了。艾瑪卻還是有點忐忑。畢竟，大法官又製造了一連串他並不需要解決的新問題，留給他們三個人去思索。

大法官翻開綴有金色流蘇的文件夾，細看今天的議程。第二個要進行的議程是關於創建國家醫療保健服務體系的辯論。議場程序一回歸正常，就有好幾位議員溜出議場。

大法官不會對任何人，包括他最親近的知己，坦承他是在最後一刻才改變了心意。

哈利・柯里夫頓與艾瑪・巴靈頓

一九四五－一九五一年

「這兩人在神聖裡結合，倘有任何人有任何正當理由反對他們的結合，請此刻提出，否則就當永遠緘默。」

哈利．柯里夫頓永遠不會忘記第一次聽到這段話，以及幾秒鐘之後，他整個人生地覆天翻的情景。老傑克，就像喬治．華盛頓那樣永遠誠實不說謊的老喬治，匆匆在祈禱室召開會議，指出哈利所愛且即將迎娶的這個女人，艾瑪．巴靈頓，有可能是他的同父異母妹妹。

哈利的母親坦承，她曾和艾瑪的父親雨果．巴靈頓上過一次床，僅只一次，但這已足以掀起狂風巨濤。他和艾瑪有可能是同父異母的兄妹。

哈利母親與雨果．巴靈頓邂逅的時候，已經和在巴靈頓船塢工作的碼頭工人亞瑟．柯里夫頓交往，而且在這之後不久就結婚了。但牧師拒絕讓哈利與艾瑪的婚禮繼續進行，因為有可能違反近親不得通婚的教會律法。

頃刻之後，艾瑪的父親雨果像個懦弱的戰場逃兵，從教堂後面溜走。艾瑪和她母親遠走蘇格蘭，而哈利孤伶伶地回到牛津大學，不知道接下來該怎麼辦。這時，阿道夫．希特勒替他做了決定。

幾天之後，哈利離開大學，脫下學生服，換上水手服。但在公海上服勤才不到兩個星期，他的船就被德國魚雷擊中。哈利的名字列在殉難名單裡。

「你願意接納這女人為你的妻子，永遠忠貞於她，此生不渝嗎？」

「我願意。」

戰爭結束，哈利光榮負傷自戰場歸來之後，才發現艾瑪已經生下他們的兒子塞巴斯汀．亞瑟・柯里夫頓。但是哈利直到完全康復之後才知道，雨果・巴靈頓慘遭殺害，留給巴靈頓家族又一個難題，對哈利所造成的傷害，不亞於無法迎娶心愛的艾瑪。

艾瑪的哥哥吉爾斯・巴靈頓是他最要好的朋友。他從來不認為他比吉爾斯早幾個星期出生，有什麼大不了，但這時他才發現，兩人生日的這短短幾天差距，讓他可能成為雨果的長子，得以繼承爵位、廣袤地產、龐大產業，以及遺囑裡所說的：「以及隨之而來的一切。」哈利立即聲明，他無意繼承巴靈頓的爵位與產業，也樂意為吉爾斯放棄他可能與生俱來的權利。紋章院長卡特原本樂於做此安排，一切也可能順利進行，只是上議院的工黨議員普雷斯頓爵士突然跳出來，在沒有徵詢哈利意見的情況下，出面為哈利爭取爵位。

「這是原則問題。」普雷斯頓議員對每個訪問他的國會記者都這麼說。

「你願意接納這個男人為你的丈夫，在上帝的旨意下結合，維持神聖的婚姻嗎？」

「我願意。」

哈利和吉爾斯經歷風風雨雨，仍然是形影不離的好朋友，儘管理論上他們應該是在最高法院裡針鋒相對的兩造，而且也始終是全國性報紙的頭版人物。

要是吉爾斯和艾瑪的外祖父哈維爵爺能坐在議場前排聽見大法官的裁決，哈利和吉爾斯就會更加開心。但哈維爵爺沒能聽到勝利的喜訊。對於裁決的結果，國內輿論仍然意見分歧，但他們兩家人已經默默讓生活重回軌道。

大法官的裁決還產生了另外一個結果，正如媒體隨即對窮追不捨的讀者指出的，英國最高司法機官已判定哈利和艾瑪並無血緣關係，因此哈利可以娶艾瑪為合法妻子。

「以此戒為證，吾與汝成婚，全心全意敬重，共享塵世諸物。」

然而，哈利和艾瑪都知道，由凡人所做的判決，並不能完全擺脫合理的懷疑，證明雨果．巴靈頓並非哈利的父親。身為基督徒，他們暗暗擔心自己違反了上帝的律法。

攜手共度這一切之後，他倆的愛情並未消褪，甚至變得更加鞏固了。艾瑪在媽媽伊麗莎白的鼓勵，以及哈利母親梅西的祝福之下，應允了哈利的求婚。但祖父和外祖父都已過世，無法參加她的婚禮，讓她不由得感傷。

當年婚禮原本計畫在牛津舉行，一場盛大華麗的大學婚禮，以及無可避免的眾所矚目。但如今卻只是在布里斯托的婚姻登記處舉行簡單儀式，僅有家人與幾位好朋友出席。

哈利和艾瑪在百般不情願之下做出最痛苦的決定是：除了塞巴斯汀．亞瑟．柯里夫頓之外，不再生養兒女。

2

哈利和艾瑪赴蘇格蘭，在已故哈維爵士，也就是艾瑪外祖父的穆爾吉瑞城堡度蜜月。啟程前，他們先把塞巴斯汀託給伊麗莎白照顧。

哈利進牛津大學念書之前，他倆曾在這裡度過一段假期，留下許多快樂的回憶。他們白天在山間漫步，通常都要到太陽消失在最高的山峰背後才回家。晚餐後，廚子總愛回憶柯里夫頓老爺以前每頓晚飯都要喝三碗湯的往事。他們一起坐在燒得劈啪響的爐火旁邊，讀伊夫林・沃[3]、葛雷安・葛林[4]，以及哈利最愛的佩勒姆・伍德豪斯[5]。

這段時間，他們造訪了無數城堡，大概比世上的任何人都要來得多。但兩個星期之後，他們不得不展開漫長旅途，返回布里斯托。他們回到莊園宅邸，以為會看見祖孫平靜和樂的生活，結果卻不是這麼回事。

伊麗莎白坦承，她迫不及待要把塞巴斯汀交還給他們。他老是要哭好久才睡著，她說。她養

---

[3] Evelyn Waugh，1930-1966，英國記者、小說家，知名作品《慾望莊園》（*Brideshead Revisited*）曾入選二十世紀百大英文小說。

[4] Graham Greene，1904-1991，英國小說家，曾多次獲諾貝爾文學獎提名，但始終未獲獎。被譽為「英語世界最偉大的作家之一」。

[5] Sir Pelham Grenville Wodehouse，1881-1975，英國小說家，作品多以幽默文筆刻劃上流社會，廣獲讀者喜愛。

的波斯貓克麗奧佩脫拉跳上女主人膝上，馬上就睡著了。「老實說，我還覺得你們回來得太慢了呢，」她說，「過去兩個星期，《泰晤士報》上面的填字謎，我連一次都沒辦法玩完。」

哈利謝謝岳母的體諒，和艾瑪抱起他們過動的五歲兒子回巴靈頓大宅。

◆

哈利和艾瑪舉行婚禮之前，吉爾斯就堅持要他們考慮婚後定居巴靈頓大宅，因為他自己大半的時間都會留在倫敦，行使他身為工黨國會議員的職責。巴靈頓大宅有萬本藏書、廣袤的園林，以及多個馬廄，對他們來說是理想的住處。哈利可以寫他的威廉・瓦維克探長小說，艾瑪可以整天騎馬，而塞巴斯汀也有廣闊的空間可以遊玩，還不時帶著奇怪的動物回來喝下午茶。

吉爾斯通常在星期五傍晚開車回布里斯托，和他們共進晚餐。星期六上午，他先去碼頭工人俱樂部和他的競選總幹事葛里夫・哈斯金喝一兩杯啤酒，然後為選民解決疑難雜症。下午，他和哈斯金到伊斯特維爾體育館，和上萬名選區民眾一起看布里斯托流浪者足球隊出賽。這支球隊輸球的次數遠比贏球多。吉爾斯從未對任何人坦言，包括他的競選總幹事，他星期六下午寧可去看布里斯托板球隊的比賽。但就算他對哈斯金這麼說，哈斯金也會提醒他，板球球場的觀眾很少超過兩千人，而且大多都是保守黨的支持者。

星期天早上，吉爾斯跪在聖瑪麗雷克里夫教堂裡，有哈利和艾瑪陪在他身邊。以前念書的時候，吉爾斯總是找盡藉口不進教堂，所以哈利認為這應該是吉爾斯必須履行的又一個選區任務。

但沒有人可以否認，吉爾斯很快就建立起良好的形象，被推崇為勤奮有良知的國會議員。

但突如其來的，吉爾斯週末越來越少回布里斯托，而且沒給任何解釋。每回艾瑪對哥哥提起這個話題，吉爾斯就嘟嘟囔囔講些什麼國會工作很忙之類的。對這些說詞，哈利並不相信，只希望他這位上次選舉以極小差距險勝的大舅子，不會因為疏遠選區而輸掉下次選舉。

有個星期五傍晚，他們才發現吉爾斯過去幾個月鮮少返家的真正原因。

他在幾天前打電話給艾瑪，說他要回布里斯托度週末，而且會趕上星期五的晚餐。但他沒告訴妹妹的是，他還會帶一位客人同行。

吉爾斯交往過的女朋友，艾瑪通常都很喜歡。因為她們大多長得漂亮，有點傻氣，但無一例外地，都深愛吉爾斯。儘管他們的關係一般也很少維持得夠久，讓艾瑪很難真正瞭解她們。但眼前的情況卻與以前大不相同。

星期五晚上，吉爾斯介紹薇琴妮亞給他們認識的時候，艾瑪大惑不解，不知道哥哥究竟在這個女人身上看見什麼優點。艾瑪不否認，薇琴妮亞很漂亮，人脈也很廣。事實上，還沒坐下來吃晚餐之前，薇琴妮亞就不止一次提到，她初入社交圈那年榮獲年度名媛（一九三四年）的榮銜，更三度提到，她父親是范維克伯爵。

艾瑪原本會以為她只是緊張，但進餐時，薇琴妮亞叉起菜餚，用她肯定知道旁人也聽得見的聲音對吉爾斯咬耳朵說，要在格洛斯特郡找到像樣的僕傭想必很困難。出乎艾瑪意料的，吉爾斯竟然微笑以對，完全沒反駁她的意見，一次也沒有。艾瑪正要開口講出她知道鐵定會讓自己後悔的話時，薇琴妮亞說她勞頓一天，筋疲力竭，想要早點休息。

她起身離去，吉爾斯亦步亦趨跟在背後。艾瑪走進客廳，給自己倒了一大杯威士忌，坐進身邊的椅子裡。

「天曉得我媽會怎麼說這位薇琴妮亞小姐。」

哈利微笑。「伊麗莎白怎麼想都無所謂，我有預感，薇琴妮亞和吉爾斯其他的女朋友一樣，維持不了多久的。」

「這我可不敢肯定。」艾瑪說，「但我覺得不解的是，她為什麼會對吉爾斯有興趣。她分明就不愛他。」

◆

星期天中午吃完午餐，吉爾斯和薇琴妮亞駕車回倫敦，艾瑪馬上把這位范維克伯爵千金拋在腦後，因為她有更迫切的問題要處理。又一位保姆遞出辭呈，說在床上發現一隻刺蝟，她再也受不了了。哈利很同情這位可憐的保姆。

「他是獨生子，」艾瑪終於把兒子哄睡之後說，「沒有玩伴，肯定覺得很無聊。」

「我也是獨生子，但從來就沒有這個問題。」正在看書的哈利，連頭都沒抬。

「你媽媽告訴我，你去上聖貝迪之前，也麻煩得不得了。而且，你和他差不多大的時候，多半的時間都待在船塢，而不是家裡。」

「嗯，反正他很快也要去念聖貝迪了。」

「在那之前，你要我怎麼辦？每天早上把他丟在船塢啊？」

「這主意不錯喔。」

「正經一點吧，親愛的。如果不是因為老傑克，你今天八成還在那裡混呢。」

「這倒是。」哈利說。他舉杯敬這位值得敬重的先生，「可是我們又能怎麼辦呢？」

艾瑪回答之前沉吟了好久，久到讓哈利以為她睡著了。「也許我們該再添個孩子。」

哈利嚇了一跳，闔上書，盯著妻子看，不確定自己有沒有聽錯。「可是我以為我們已經說好……」

「我們是說好了。我也沒改變心意，但這並不表示我們不能考慮收養啊。」

「你怎麼會想到這個問題，親愛的？」

「我怎麼也忘不了，我父親去世那天晚上，留在他辦公室裡的那個小女孩。」艾瑪沒辦法提起自己父親是被殺害的，「她很可能是他的孩子。」

「但是沒有任何證據可以證明。而且，事情已經過這麼久了，我不知道你要怎麼找出她的下落。」

「所以我考慮要徵詢知名的推理小說家，請教他的意見。」

哈利仔細想了想，才開口說：「威廉・瓦維克很可能會建議你先想辦法去找德瑞克・米契爾。」

「可是你該不會忘了吧，米契爾以前曾經替我爸工作，他才不會為我們著想呢。」

「沒錯，」哈利說，「所以我才說要去請教他的看法。畢竟，他才是知道所有事情來龍去脈的人。」

◆

他們約好在華麗飯店見面。艾瑪提前幾分鐘到，挑了大廳角落不易被旁人偷聽的位子。她一面等，一面列出打算問他的問題。

鐘敲響四聲的時候，米契爾先生走進飯店大廳。雖然他比她上次見到時胖了些，頭髮也更顯灰白，但那一跛一跛的步姿仍是他的註冊商標，很難錯認。她看見他時的第一個念頭是，他看起來不像私家偵探，反倒像個銀行經理。他顯然認出艾瑪了，因為他徑直朝她走來。

「很高興再次見面，柯里夫頓太太。」他先出聲問候。

「請坐，」艾瑪說，很想知道他是不是和她一樣緊張。她決定開門見山。「我想見你，米契爾先生，因為我需要私家偵探協助。」

米契爾不安地在椅子裡挪動。

「上次見面的時候，我說我會還清家父欠你的債。」這是哈利的建議。他說如此一來，米契爾就會知道她是真心想聘用他。她打開皮包，抽出一個信封，遞給米契爾。

「謝謝你，」米契爾顯然很意外。

艾瑪接著說：「你應該記得，我們上次見面的時候，討論過家父辦公室搖籃裡的那個小寶寶。相信你也記得，負責那個案子的布雷克摩爾督察長告訴我先生，那個小女孩已經交由地方政府照顧。」

「這是標準程序，如果沒有人來認領她的話，就會這麼處理。」

「是的，我也是這麼聽說的。只是，昨天我找市政府負責這個部門的人談過，但對於小女孩如今的下落，她不肯透露任何細節。」

「這應該是法醫在死因調查之後所下達的指令，免得有記者去騷擾這個小女孩。但這並不表示沒有其他方法可以找出她的下落。」

「很高興聽你這麼說，」艾瑪有點遲疑，「可是在開始進行之前，我必須先確認，這孩子是家父的骨肉。」

「我可以向你保證，柯里夫頓太太，這一點疑問都沒有。」

「你怎麼能這麼肯定？」

「我可以提供所有的細節，不過你聽了可能會不舒服。」

「米契爾先生，不管你提到家父的什麼事情，相信我都不會意外。」

米契爾沉默了半晌，最後說：「我替雨果爵士工作的期間，他搬到倫敦去住。」

「說得更精確一點，是他從我婚禮上逃跑。」

米契爾對此不置一詞。「大約一年後，他開始和奧嘉．皮歐特羅夫斯卡小姐一起住在朗茲廣場。」

「他怎麼住得起？當時我爺爺切斷他的經濟來源，他一毛錢都沒有。」

「他是住不起，老實說。他是和奧嘉．皮歐特羅夫斯卡小姐住在一起，靠她生活。」

「關於這位小姐，你有沒有任何細節可以告訴我？」

「我知道的可多了。她是波蘭人，一九四一年，在她父母親被逮捕之後逃離華沙。」

「他們犯了什麼罪？」

「因為他們是猶太人。」米契爾無動於衷地說，「她想辦法攜帶部分財產越過邊界，一路來到倫敦，租了間公寓。沒多久之後，就在她和令尊共同友人舉辦的雞尾酒會上，認識令尊。令尊花了好幾個星期的時間追求她，然後就搬進她的公寓，保證只要離婚手續辦妥，就馬上娶她。」

「我還說什麼事都不會讓我意外呢，我錯了。」

「不只這樣，」米契爾說，「令祖父過世之後，雨果爵士馬上拋棄皮歐特羅夫斯卡小姐，回到布里斯托繼承家產，繼任巴靈頓航運公司董事長。可是在這之前，他還偷走了皮歐特羅夫斯卡小姐的珠寶和幾幅價值連城的畫作。」

「如果這是事實，他怎麼沒被逮捕？」

「他是被逮捕了，」米契爾說，「但在被起訴之前，供出證據的共犯托比．唐斯塔博，於開庭前一天晚上在牢裡自殺了。」

艾瑪垂下頭。

「你不希望我繼續講吧，柯里夫頓太太？」

「不，請繼續，」艾瑪抬眼看他，「我必須知道所有的內情。」

「令尊回布里斯托的時候並不知道，皮歐特羅夫斯卡小姐已經懷孕。她生下一個小女孩，出生證明上的名字叫潔西卡．皮歐特羅夫斯卡。」

「你怎麼會知道的？」

「因為令尊付不出帳單的時候，皮歐特羅夫斯卡小姐雇用了我。很諷刺的，就在令尊繼承家族產業的時候，她的錢也用光了。所以她才會帶著潔西卡到布里斯托來。他要雨果爵士知道他有個女兒，因為撫養她是他的責任。」

「現在是我的責任了。」艾瑪平靜地說。她沉吟了一會兒，「可是我不知道怎麼找她，希望你可以幫忙。」

「我會竭盡所能，柯里夫頓太太。一有線索，我就馬上通知你。」這位私家偵探起身說。

看著米契爾一跛一跛離開的身影，艾瑪有點歉疚。她甚至沒請他喝杯茶。

＊

艾瑪迫不及待回家，想告訴哈利她和米契爾會面的情況。衝進巴靈頓大宅的圖書室時，哈利正放下電話，臉上咧開一個大大的笑容。所以她說：「你先講吧。」

「我的美國出版社下個月要出版我的新書，他們希望我去美國一趟。」

「太好了，親愛的。你終於可以去探望菲黎斯姑婆，還有埃里斯泰爾表舅。」

「我迫不及待。」

「別作怪，小子！」

「我沒有，因為出版社也想請你和我一起去，所以你也可以見到他們啦。」

「我很想陪你去，親愛的，但時機太不湊巧了。瑞安保姆已經打包行李準備走了，說來丟臉，介紹所已經不想替我們介紹人選了。」

「也許我可以說服出版社，讓我們帶小塞一起去。」

「結果很可能是我們三個人一起被驅逐出境。」艾瑪說，「不，我和小塞一起留在家裡，你自己去征服新大陸吧。」

哈利摟妻子入懷。「可惜，我還期待二度蜜月呢。欸，你和米契爾見面情況如何？」

＊

哈利到愛丁堡的文學午餐會發表演講的時候，德瑞克．米契爾打電話給艾瑪。

「我可能找到一條線索了，」他連自己的名字都沒提，就開門見山說，「我們什麼時候可以碰面？」

「明天早上十點，同樣的地點？」

她才剛掛掉電話，電話就又響了。她接起來，是妹妹打來的。

「太意外了，葛芮絲。不過我很瞭解你，肯定是有重要的事才會打電話給我。」

「我們這些人是得要整天上班的喔。」葛芮絲提醒她，「但你說得沒錯。我打電話給你，是因為昨天晚上去聽了賽盧斯．費德曼教授的演講。」

「得過兩次普利茲獎的那位？」艾瑪說，希望讓妹妹佩服一下。「他是史丹佛大學的教授吧，如果我記得沒錯的話。」

「太佩服了。」葛芮絲說，「重點是，你應該會對他演講的內容有興趣。」

「我記得他是經濟學家吧？」艾瑪說，想辦法讓自己不處於劣勢。「應該和我的領域無關。」

「也和我的專業領域無關，但是他談到運輸……」

「這就有意思了。」

「確實，」葛芮絲不理會她略帶嘲諷的語氣，「特別是他談到航運的未來，現在英國海外航空公司已經準備開啟倫敦飛紐約的定期航班。」

艾瑪突然明白妹妹為什麼打電話來了。「有可能拿到演講的內容嗎？」

「比拿到演講稿更好。他下一站要訪問的就是布里斯托，所以你可以自己去聽他講。」

「說不定演講結束之後，我還可以和他聊兩句。我有很多問題想請教他。」艾瑪說。

「好主意，但是你也得要提高警覺喔。雖然一般男人很少像他那樣，大腦比老二大，但是他已經娶第四任太太，而且太太沒陪他一起來呢。」

艾瑪笑起來。「你太粗魯了，小妹，不過，謝謝你的提醒。」

＊

隔天早上，哈利搭火車從愛丁堡到曼徹斯特，在市立圖書館的小型講座發表演講之後，接受聽眾提問。

無可避免的，第一個提問的肯定是記者。他們通常是不請自來，對他剛出版的書也沒什麼興趣。今天搶第一個發問的是《曼徹斯特衛報》。

「柯里夫頓太太還好嗎？」

「嗯，謝謝你。」哈利謹慎回應。

「據說你們和吉爾斯爵士住在同一棟房子裡，是真的嗎？」

「那房子很大。」

「吉爾斯爵士繼承了他父親的全部遺產，而你什麼也沒有，你會不會覺得遺憾？」

「當然不會。我有了艾瑪。她是我唯一想要的。」

這句話讓記者一時說不出話來，也讓其他聽眾有機會發問。

「威廉·瓦維克會成為達文波特的督察長嗎？」

「在下一本書裡不會，」哈利微笑說，「我可以向你保證。」

「柯里夫頓先生，聽說你們不到三年的時間，就換了七位保姆，是真的嗎？」

曼徹斯特顯然有不止一家報社。

乘車回火車站途中，哈利不禁抱怨媒體的提問。儘管曼徹斯特的經銷商認為媒體曝光有助銷售，但哈利知道艾瑪開始擔心媒體窮追不捨的關注，會對就學之後的塞巴斯汀造成影響。

「小孩有時很殘忍的。」艾瑪提醒他說。

「這個嘛，至少他不會因為把盛粥的碗舔乾淨而挨揍。」哈利說。

*

艾瑪刻意提早幾分鐘到，但踏進大廳時，米契爾已經坐在角落僻靜處了。看見她走過來，他站了起來。她還沒坐下就說：「你要來杯茶嗎，米契爾先生？」

「不用了，謝謝，柯里夫頓太太。」不愛閒聊的米契爾坐下，翻開筆記本。「地方政府好像把潔西卡．史密斯安置在——」

「史密斯？」艾瑪說，「為什麼不是皮歐特羅夫斯卡，或是巴靈頓？」

「那樣就太容易被追查了，我猜，我想是法醫堅持要匿名的。地方政府，」他繼續說，「把史密斯小姐送到布里吉瓦特的巴納多醫生之家。」

「為什麼送到布里吉瓦特？」

「大概是因為附近的孤兒院當時都額滿了吧。」

「她現在還在那裡嗎？」

「就我所知，還在。但我最近發現，巴納多醫生之家打算把院裡的幾個女孩送到澳洲去。」

「他們為什麼要這樣做？」

「澳洲移民政策補貼年輕人赴澳洲的旅費，每人十鎊。他們特別歡迎女生。」

「我還以為他們會對男生比較有興趣。」

「好像是因為男生已經夠多了。」米契爾難得露出笑容。

「那我們最好快點去布里吉瓦特。」

「慢著，柯里夫頓太太。要是你表現得太過急切，他們很可能會拼湊出原因，知道你為什麼對史密斯小姐特別有興趣，進而斷定你和柯里夫頓先生不是合適的養父母。」

「他們有什麼理由拒絕我們？」

「首先是你的姓。更別提你生下兒子的時候，還沒和柯里夫頓先生結婚。」

「那你有什麼建議？」艾瑪平靜地問。

「透過正常的管道提出申請。別表現得太急，要讓他們覺得決定權在他們。」

「可是我們怎麼知道他們不會拒絕我們？」

「你得要在對的地方施力，對吧，柯里夫頓太太？」

「你的建議是？」

「填好申請表之後，他們會問你有沒有任何偏好，這樣會讓大家省掉很多時間和麻煩。所以你就清楚表示，你想找大約五、六歲的女孩，比兒子的年紀稍微小一點的，這樣就會縮小範圍。」

「還有其他建議嗎？」

「有的，」米契爾回答說，「在宗教那一欄，勾選沒有偏好。」

「這樣有什麼用處？」

「因為潔西卡·史密斯小姐的出生證明上註明，母親是猶太人，父親不詳。」

3

「英國佬怎麼會拿到銀星勳章？」移民局官員端詳哈利的簽證說。

「說來話長。」哈利說。他想，最好還是別透露他上回一踏上紐約土地，就被當成殺人犯逮捕了。

「祝你在美國停留愉快。」移民官和哈利握手。

「謝謝。」哈利想辦法不露出驚訝的表情。他通過移民關卡，跟著指示牌，走到行李提領區。等待行李出來的時候，他再次查看接機安排。維京出版社的首席公關會來接他，陪他到飯店，簡單講解他的行程。在英國，每到一個城市，陪同的都是當地的業務代表，所以他不太確定所謂的公關是什麼角色。

哈利取出他從學生時代用到現在的舊行李箱，走向海關。一名關務人員要他打開箱子，粗略檢查了一下，就在箱側用粉筆畫個十字，讓他通過。哈利頭頂上方有個半圓形的巨大告示牌，「歡迎蒞臨紐約」的大字底下，是一張市長威廉．奧德懷爾的照片。

走進迎賓大廳，看見一排穿制服、舉名牌的司機。他尋覓「柯里夫頓」的牌子，一找到，就對舉牌的司機微笑說：「是我。」

「很高興見到你，柯里夫頓先生。我是查理。」他一把抓起哈利沉重的行李箱，彷彿輕鬆拎起一只公事包。「這位是你的公關娜塔莉。」

哈利轉頭看見這位在文件上只簡略稱為「N．瑞伍德」的年輕女子。她幾乎和他一般高，時髦的短髮，藍眼睛，牙齒皓白整齊得只有牙膏模特兒堪可比美。還不只這樣，她的身材玲瓏有致，宛如沙漏。在物資仍需配給的戰後英國，哈利從未見過像她這樣的女子。

「很高興見到你，瑞伍德小姐。」他和她握手說。

「很高興見到你，哈利。」她回答說，「請叫我娜塔莉。」跟著查理往車上走的時候，她又說：「我是你的書迷，我好愛威廉．瓦維克，你的新書肯定也會很暢銷。」

馬路邊上停了一輛禮車，哈利從沒見過車身這麼長的禮車。查理拉開後門，哈利讓到一旁，請娜塔莉先上車。

「噢，我真是太喜歡英國人了。」哈利也坐上車之後，她說。車子緩緩駛進車流，開進紐約。「首先，我們要到你住的飯店。我幫你訂了皮耶飯店十一樓的套房。我預留了充分的時間讓你梳洗一下，然後到哈佛俱樂部，和吉茲柏格先生共進午餐。他很想見你。」

「我也很想見他。」哈利說，「他出版了我的《受刑人日記》，以及第一本威廉．瓦維克的小說，我得好好感謝他。」

「他花了很多資本和時間，確保《不入虎穴，焉得虎子》可以上暢銷榜。他要我向你詳細說明，我們打算怎麼做。」

「麻煩你。」哈利說。他看著窗外，欣賞他上回只能在黃色囚車裡瞥見的風景。當時他是要去監獄，而不是皮耶飯店的套房。

有隻手碰碰他的腿。「在你和吉茲柏格先生見面之前，我們要談的事情很多。」娜塔莉交給他一個厚厚的藍色檔案夾。「我先說明一下，我們要怎麼讓你的書上暢銷排行榜，因為這和你們英國的運作方式有很大的不同。」

哈利打開檔案夾，想辦法專心。他從沒坐在衣服穿得如此緊身的女人旁邊。

「在美國，」娜塔莉繼續說，「你只有三個星期可以努力衝上《紐約時報》暢銷排行榜。要是這段時間沒衝上前十五名，書店就會把《不入虎穴，焉得虎子》打包退回出版社。」

「太不可思議了，」哈利說，「在英國，書店訂了書，出版社就認定書已經賣掉了。」

「你們沒有給書店折扣或允許退書吧？」

「當然沒有。」哈利說，這個說法讓他驚駭不已。

「也就是說，你們書店賣書是不打折的？」

「當然不打折。」

「嗯，美國的情況和英國還有一個很大的不同。要是你的書衝上前十五名，書的售價就會自動打對折，然後你的書也會被移到書店最裡面去。」

「為什麼？暢銷書理當擺在書店最顯眼的位置啊，甚至應該擺在櫥窗裡，而且也不應該打折。」

「不是喔。因為做廣告的那些傢伙發現，如此一來，若是有顧客上門找某本暢銷書，就得要走到最裡面才找得到，其中有五分之一的顧客會在走到折扣櫃之前，順便多買兩本書，甚至有三分之一的人會多買一本。」

「厲害，但我不確定這一套在英國是不是行得通。」

「我想遲早會，不過你現在應該知道，為什麼我們得要盡快把你的書推上暢銷排行榜。因為一旦書價打對折，你的書很可能就會在榜上停留好幾個星期。事實上，要掉下暢銷排行榜，比上榜還難。可是如果你挑戰排行榜失敗，《不入虎穴，焉得虎子》一個月後就會從書架上消失，我們也就損失了一大筆錢。」

「懂了。」哈利說。禮車緩緩駛過布魯克林大橋，他又見到滿街黃色計程車和到處丟菸蒂的司機。

「更困難的是，我們得在二十一天之內，走訪十七個城市。」

「我們？」

「是的，我會牽著你的手，一起去旅行。」她輕鬆地說，「我通常都待在紐約，讓每個城市的地區公關去照料巡迴旅行的作家。但是這次不一樣，因為吉茲柏格先生堅持要我隨時陪在你身邊。」她又輕輕碰了一下他的腿，然後把擺在腿上的檔案翻過一頁。

哈利瞥她一眼，她露出風情萬種的微笑。她是在和他調情嗎？不，不可能。畢竟，他們才剛認識。

「我已經幫你敲好了幾家重要電台的訪談，包括有一千一百萬聽眾的晨間節目《麥特・賈可柏秀》。要說推銷新書，沒有人比麥特更厲害了。」

哈利有好幾個問題想問，但娜塔莉像支溫徹斯特步槍似的，只要你一抬頭，就射來一發子彈。

「但是先警告你，」她連氣都沒喘一口，就接著說，「這些搶手的節目大多只會給你幾分鐘的時間，不像你們的BBC，他們可不懂什麼叫『深度』。接受訪問的時候，記得要盡可能一再提起書名。」

哈利翻開他的行程。每一天似乎都在一座新的城市展開一天的活動，先是上清晨的廣播節目，接著是無數的廣播和報紙專訪，最後匆匆趕往機場。

「你們每一位作家都有這樣的待遇嗎？」

「當然沒有。」娜塔莉說，又把手貼在他腿上。「你給我帶來最麻煩的問題。」

「我給你帶來麻煩？」

「當然啦。大部分的訪問都想問你坐牢的事，或是英國人為什麼會得銀星勳章，但你一定要想辦法把話題轉回到新書。」

「在英國，記者要是這麼做，會被認為太粗魯無禮。」

「在美國，粗魯無禮可以讓你上排行榜。」

「可是採訪的人為什麼不想談書？」

「哈利，你得假設他們根本沒看過這本書。每天有十幾本新書送到他們辦公桌上，他們要是看過書名，就算你走運了。要是記得你的名字，那可就是天上掉下來的好運啦。他們願意請你上節目，是因為你坐過牢，還拿過銀星勳章。所以，我們就把這轉為優勢，用力打書吧。」她說。禮車停在皮耶飯店外面。

哈利真希望馬上回英國。

司機跳下車，打開後車廂，飯店的行李員走了過來。娜塔莉帶哈利踏進飯店，穿過大廳到登記櫃檯，他只需要出示護照，在入住登記表上簽個名就行了。娜塔莉像是接待皇室那樣，準備周全。

「歡迎蒞臨皮耶飯店，柯里夫頓先生。」櫃檯接待員交給他一把大鑰匙說。

「我待會兒在大廳這裡和你碰面，」娜塔莉看看手錶，「一個鐘頭之後。車子會載你到哈佛俱樂部去和吉茲柏格先生共進午餐。」

「謝謝。」哈利說，目送她轉身走過大廳，穿過旋轉門，消失在外面的街道上。他不由得注意到，她吸引了不只他一個人的目光。

行李員帶他到十一樓，進到他的套房，說明房裡的設備。哈利待過的飯店，都沒像這裡一樣，同時有浴缸和淋浴間。他決定記下來，這樣回布里斯托之後，就可以說給媽媽聽。他謝謝行李員，把身上僅有的一塊錢美金給了他。

哈利連行李都來不及開，就拿起床邊的電話，打了指名叫人電話給艾瑪。

「先生，我大約十五分鐘之後再打給你。」越洋電話接線生說。

哈利沖了個長長的澡，用他畢生所見最大的一條浴巾擦乾身體，正要開始整理行李，電話就響了。

「先生，您的越洋電話接通了。」接線生說。接著，他就聽見艾瑪的聲音。

「是你嗎？親愛的，你聽得見我的聲音嗎？」

「當然可以，我的甜心。」哈利微笑說。

「你講話已經像美國人了。無法想像你三個星期之後會是什麼模樣。」

「那時候應該已經準備回布里斯托了，特別是新書如果沒上暢銷排行榜的話。」

「要是沒上會怎樣？」

「我就會提早回家嘍。」

「我覺得這樣最好。你在哪裡打的電話？」

「皮耶飯店，他們給我的這個房間，是我畢生見過最大的一間。床可以睡得下四個人。」

「你給我小心一點，只准睡一個人。」

「房間裡有冷氣，浴室還有收音機。不騙你，我還不知道怎麼開咧。當然也不知道怎麼關。」

「你應該帶小塞去的，他肯定馬上就搞定了。」

「不是搞定，就是把東西給拆了，然後害我得把零件重新組裝好。不過，兒子還好嗎？」

「他很好。事實上，沒有保姆，他反而比較乖。」

「真是好消息。你找潔西卡・史密斯小姐的事進行得如何？」

「進度很慢。但是我約好了明天下午要去巴納多醫生之家面談。」

「看來是有進展。」

「我早上會先和米契爾先生見面，才知道到時候該說什麼。不過或許更重要的是，別說什麼。」

「你不會有問題的，艾瑪。只要記得，他們的責任是把孩子託付給好人家。我唯一擔心的是，小塞知道你的打算之後，會有什麼反應。」

「他已經知道了。昨天晚上，他上床睡覺之前，我對他提起這件事，出乎我意料的，他竟然很高興。但不管什麼事情，只要牽扯到小塞，就有了新的問題。」

「這回又怎麼了？」

「他希望我們挑人選的時候，他可以有發言權。好消息是他想要姊妹。」

「還是可能有麻煩啊，萬一他不喜歡史密斯小姐，一心想要其他人選怎麼辦？」

「萬一發生這樣的情況，我也不知道怎麼辦。」

「我們得想辦法讓他相信，是他挑中了潔西卡。」

「那你覺得我們該怎麼做？」

「我會想想。」

「你要記得，千萬別低估他，要是我們低估他，很可能會有大麻煩。」

「等我回來再談吧。」哈利說，「我趕時間，親愛的，中午和吉茲柏格先生有約。」

「替我向他問好，而且記得，他也是個不容低估的人。既然碰到他，你記得要問他是怎麼回事——」

「我沒忘。」

「祝你好運，親愛的，」艾瑪說，「一定要努力把新書推上排行榜喔。」

「你比娜塔莉還壞。」

「誰是娜塔莉？」

「一位迷人的金髮女郎，手總是貼在我身上。」

「你真是會掰故事，哈利·柯里夫頓。」

*

艾瑪是第一批抵達大學演講廳的人。今晚，賽盧斯・費德曼教授要發表演講，講題是：「贏得戰爭的英國是否輸掉和平？」

她悄悄溜到講堂靠後半的斜坡座位上。表定時間還沒到，演講廳裡就擠滿了人，晚到的人只能坐在走道的階梯上，還有幾個人甚至坐在窗台上。

這位兩度榮獲普利茲獎的主講人一踏進演講廳，觀眾馬上爆出熱烈掌聲。所有的人都重新落座之後，菲利普・摩里斯爵士介紹貴賓，並簡述費德曼教授的輝煌成就，從就讀普林斯頓大學，到成為史丹佛大學最年輕的教授，再到前一年第二度榮獲普利茲獎。費德曼教授從座位起身，走向講台。

賽盧斯・費德曼還沒開口，就讓艾瑪印象深刻，因為他長得非常之帥，這是葛芮絲打電話來時沒提起的。他大約一百八十幾公分高，一頭濃密的灰白頭髮，被太陽曬黑的臉，提醒大家他是在哪一所大學任教。如運動員般的身材讓人看不出年紀，他花在健身房的時間想必不少於圖書館。

他一開口，艾瑪就被他渾身散發的那一股不加掩飾的活力所吸引，才一會兒工夫，整個演講廳的每一個人就都不由自主地傾身坐在椅子前緣。學生們開始奮力記下他所講的每一句話，艾瑪很後悔沒帶紙筆來。

費德曼教授不看稿，流暢地從一個主題講到另一個主題：華爾街在戰後的角色；美元成為世界新貨幣；石油在未來半個世紀、甚至更久的時間裡，將成為主宰世界的商品；國際貨幣基金會未來的角色；以及美國是否會堅守金本位制。

演講即將結束時，艾瑪唯一覺得遺憾的是，他沒怎麼提到航運的問題，只簡單一語帶過，提起航空將改變世界新秩序，包括商業與旅遊。但他像個老練的熟手，對聽眾提起他剛寫了一本關於這個主題的新書。艾瑪不需要等到聖誕節，就能買到這本書。這讓她想起哈利，希望他的書在美國也賣得好。

她買了一本《世界新秩序》，排在長長的人龍裡，等待費德曼簽名。排到的時候，她差不多已經讀完第一章了。她心想，他不知道願不願意撥出一點時間談談他對英國航運業的看法。

她把書放在他面前的桌上，他露出友善的微笑。

「請問要簽給哪位？」

她決定放膽一試。「艾瑪．巴靈頓。」

他仔細端詳她。「你該不會剛好和已故的華特．巴靈頓爵士有親戚關係吧？」

「他是我爺爺。」她自豪地說。

「我很多年前聽過他的演講，從航運產業的角色談美國應該加入第一次世界大戰。他在那一個鐘頭所教我的，比其他教授一個學期教我的還多。」

「他也教了我很多。」艾瑪報以微笑說。

「當時我有好多問題想請教他，」費德曼說，「但他那天晚上得趕火車回華盛頓，所以我就再也沒有機會見到他了。」

「我也有好多問題想請教你，」艾瑪說，「其實應該是說『必須』請教你。」

費德曼看看排隊的人數，「我想這裡應該再過半個鐘頭就可以結束，而且既然今天晚上我不必趕火車回華盛頓，也許在我離開之前，我們還可以私下聊聊，巴靈頓小姐？」

4

「我親愛的艾瑪還好嗎？」哈洛德．吉茲柏格迎接哈利進到哈佛俱樂部之後問。

「我剛和她通過電話，」哈利說，「她要我問候你，很可惜她不能來。」

「我也覺得很失望。告訴她，下回不准找任何藉口不來。」他帶著客人穿過餐廳，到他們的座位。這個位在角落的餐桌，顯然是他的老位子。「希望你喜歡皮耶飯店。」侍者送來菜單之後，他說。

「飯店很棒，要是我知道怎麼關掉蓮蓬頭就更好了。」

吉茲柏格笑起來，「也許你應該請瑞伍德小姐來救你。」

「要是這樣，我還真不知道該怎麼打發她呢。」

「哈，看來她已經好好給你上了一課，讓你知道盡快把《不入虎穴，焉得虎子》推上暢銷排行榜的重要性了。」

「她是位很難應付的女士。」

「所以我才讓她當董事，」吉茲柏格說，「雖然好幾位董事都抗議，不希望有女性進董事會。」

「艾瑪一定很以你為榮，」哈利說，「而且我可以保證，瑞伍德小姐已經警告過我，要是我失敗了，會有什麼下場。」

「這確實是娜塔莉的作風。記得，你回英國是搭飛機還是搭船，全由她決定喔。」

哈利本來想笑，但不確定這位出版社老闆是不是在開玩笑。

「我應該要邀她一起來吃飯的，」吉茲柏格說，「但是你也看見了，哈佛俱樂部不准女性進來。這你可別告訴艾瑪喔。」

「我覺得，哈佛俱樂部一定會比倫敦帕摩爾街或聖詹姆斯街上的任何一家紳士俱樂部，更早接待女士用餐。」

「在討論行程之前，」吉茲柏格說，「我想先知道艾瑪離開紐約之後，她和你之間發生的一切。你是怎麼贏得銀星勳章的？艾瑪有工作嗎？塞巴斯汀第一次見到爸爸的時候有什麼反應？還有——」

「艾瑪告訴我，要是沒問出賽芬頓．傑克斯的下場，就不准我回英國。」

「我們可以先點餐嗎？我可不想空著肚子想賽芬頓．傑克斯的事。」

*

「我雖然不必趕火車回華盛頓，但今晚還是必須回倫敦，巴靈頓小姐。」費德曼教授簽完最後一本書說，「我明天早上十點要在倫敦經濟學院演講，所以我只有幾分鐘的時間。」

艾瑪盡量不露出失望的表情。

「除非……」費德曼說。

「除非？」

「除非你和我一起去倫敦，那麼，我至少可以有幾個鐘頭不受打擾，專心和你談。」

艾瑪略有遲疑，「我得先打個電話。」

二十分鐘之後，她和費德曼教授面對面坐在火車的頭等車廂裡。他問了第一個問題。

「巴靈頓小姐，這家聲譽卓著的航運公司還是由你的家族所掌控？」

「是的，家母擁有百分之二十二的股份。」

「這讓你的家族擁有絕對的控制權，對任何公司來說，這都是最重要的——不讓外人擁有超過百分之二十二的股份。」

「家兄吉爾斯對公司業務沒什麼興趣。他是國會議員，連董事年會都不參加。可是，教授，我很有興趣，這也是我為什麼必須找你談。」

「請叫我賽盧斯，到了我這個年紀，可不想讓年輕漂亮的小姐提醒我有多老了。」

葛芮絲說得沒錯，艾瑪心想，但決定利用這個優勢。她綻開微笑，然後說：「你覺得未來十年，航運業會面臨什麼問題？我們新任的董事長威廉．崔佛斯爵士——」

「他是一等一的人才。卡納德公司竟然讓這樣的人離開，真是太不智了。」費德曼打斷艾瑪說。

「威廉爵士正在考慮，是不是新建一艘郵輪。」

「瘋了！」費德曼說，握起拳頭重重捶了身旁的座位一下，坐墊的灰塵立刻飛了起來。艾瑪還來不及問為什麼，他就說；「除非你們有一大堆現金想花，或是英國航運業有我所不知道的稅率優惠。」

「就我所知，這兩項都沒有。」艾瑪說。

「那麼你們就該面對現實了。飛機很快就會讓郵輪變得像海上恐龍。搭飛機飛越大西洋只需要十八個小時，有哪個腦袋清楚的人會花五天的時間搭郵輪呢？」

「更輕鬆？怕搭飛機？抵達的時候可以神清氣爽下船？」艾瑪回想威廉爵士在董事會裡的發言。

「這些理由脫離現實，也跟不上時代，小姐。」費德曼說，「要是你打算說服我，那就得拿出更好的理由。不，真相是，現代商務人士，甚至是比較有冒險精神的旅客，都會想節省交通時間，盡快抵達目的地，過不了幾年，客運航業就會沉沒了，我是認真的。」

「長期來說呢？」

「沒有長期可言。」

「那麼你會建議我們怎麼做？」

「把多餘的資金全投資在貨運，造更多貨櫃船。飛機永遠不可能載運大型或沉重貨物，例如汽車、工廠機器，甚至食糧。」

「那我該怎麼說服威廉爵士？」

「下次董事會召開的時候，清楚表明你的立場。」費德曼說，他的拳頭又捶了座椅一記。

「可是我又不是董事會成員。」

「你不是董事？」

「不是，而且我不認為巴靈頓公司會讓女人當董事。」

「他們別無選擇，」費德曼提高嗓音說，「令堂擁有公司百分之二十二的股份，你可以要求一席董事。」

「可是我不夠格，就算和普利茲獎得主一起搭兩個小時的火車到倫敦，也解決不了這個問題。」

「那現在就是該讓你自己夠格的時候了。」

「你有什麼想法？」艾瑪問，「因為就我所知，英國沒有任何一所大學有商業學位的課程。」

「那你就花三年的時間，和我一起到史丹佛。」

「我想我丈夫和年幼的兒子不會支持這個想法，」艾瑪終於坦承。

教授沉默半晌，隔了好一會兒才說：「那你負擔得起十分錢一張的郵票吧？」

「當然可以。」艾瑪認真地說，不確定自己陷入了什麼情況。

「那麼我很樂意幫你註冊，在今年秋天成為史丹佛大學部的學生。」

「可是我剛才說過——」

「你自己剛才不是說，你負擔得起十分錢一張的郵票？」

艾瑪點點頭。

「那好，國會剛通過法案，允許在海外服役的美國軍人可以越洋修讀商業學位，不必親自來上課。」

「可是我又不是美國人，而且我也沒在海外服役。」

「沒錯，」費德曼說，「但如果仔細看，會發現法案的特殊條款裡藏了兩個小字：『盟國』，我相信這是我們可以利用的條件。當然啦，前提是你確實認真考量家族企業的未來。」

「我當然是認真的，」艾瑪說，「但是我要配合做什麼呢？」

「我幫你在史丹佛註冊入學之後，就會寄給你大一新生的課程書單，加上我每一堂課講授內容的錄音帶。最重要的是，我會要求你每個星期寫一篇報告，我改完之後會再寄還給你。要是你負擔得起比十分錢郵票更多的費用，我們甚至可以偶爾打電話討論。」

「從什麼時候開始？」

「今年秋天。但我警告你，每個學期都有期末考，決定你下學期是不是還能繼續念。」他說。這時火車慢慢停靠帕丁頓車站。「要是你沒辦法通過考試，就會被退學。」

「你願意幫我這麼大的忙，只因為見過我爺爺一次？」

「這個嘛，老實說，我是希望你今天晚上能和我一起在薩伏伊飯店吃飯，這樣就可以更詳盡說明造船業的未來。」

「你真是太好了，」艾瑪親吻他的臉頰說，「可是我買了來回票，今晚得回到外子身邊。」

*

雖然哈利還沒搞懂要怎麼開收音機，但至少搞定了淋浴間的冷熱水龍頭。擦乾身體之後，他挑了件熨得平整的襯衫，一條艾瑪送他當生日禮物的絲質領帶，還有他媽媽可能會形容為「週日穿的」上好西裝。瞥了鏡裡的自己一眼，他不得不承認，不管在大西洋的哪一岸，都不會有人認為他很時尚。

將近八點時，哈利走出皮耶飯店，踏上第五大道，開始朝六十四街和公園走去。僅僅幾分鐘，就到了那幢富麗堂皇的褐石大宅門口。他看看手錶，不知道紐約流行遲到幾分鐘。他想起艾瑪告訴他，她當時想到要見菲黎斯姑婆就很緊張，繞著街區走了好幾圈，才鼓足勇氣走上大門口的台階，甚至只敢按下標示著「送貨」的門鈴。

哈利闊步走上台階，抓起沉重的黃銅門環，用力敲了敲。等人來應門的時候，他耳畔響起了艾瑪的警告：「別作怪，小子。」

門開了，身穿燕尾服的管家顯然早就在等他來，說：「您好，柯里夫頓先生。史都華太太正在會客廳等您。請隨我來。」

「你好，帕克。」哈利說，雖然他從未見過這個人。哈利隨著管家穿過走道到敞開梯門的電梯時，在管家臉上瞥見一閃即逝的微笑。一踏進電梯，帕克就拉上門，壓下按鈕，靜靜等待電梯升到三樓。他拉開梯門，領著哈利走到會客廳，宣布：「夫人，柯里夫頓先生到。」

一位身著優雅服飾的貴婦站在客廳中央，正在和一名男子講話。哈利想，那應該是她兒子吧。

菲黎斯姑婆馬上轉身朝哈利走來，一句話都沒說，就給他一個大大的擁抱，力氣大得足以壓垮一名美式足球後衛。等她終於放開他，她介紹兒子埃里斯泰爾。埃里斯泰爾親切地和哈利握手。

「見到終結賽芬頓．傑克斯生涯的人，實在太榮幸了。」哈利說。

埃里斯泰爾微微躬身致意。

「那個人的垮台，我也出了點小小的力喔。」菲黎斯姑婆驕傲地說，看著帕克給客人端來一杯雪莉酒。「可是千萬別讓我又講起傑克斯，」她拉著哈利走到壁爐旁邊舒適的椅子，「因為我更有興趣的是艾瑪，我想知道她的近況。」

哈利花了一些時間，把艾瑪離開紐約之後，直到目前所做的一切，說給菲黎斯姑婆聽，而她和埃里斯泰爾不時打斷他問問題。後來管家進來宣布晚餐已準備好，他們才改變話題。

「你這趟來還好吧？」在餐桌旁坐下時，埃里斯泰爾問。

「我寧可因為謀殺被逮捕，」哈利說，「因為比較容易應付。」

「這麼慘？」

「在好幾方面都挺慘的。你也知道，我不是那麼善於自我推銷。」哈利說。一名女傭把一碗蘇格蘭湯擺在他面前。「我比較希望書能自己發聲。」

「再想想，」菲黎斯姑婆說，「只要記得，紐約不是倫敦的布倫斯伯利。別再提什麼優雅、內斂、嘲諷。不管有多麼違反你的本性，你都要學倫敦東區叫賣小販那樣努力推銷自己。」

「身為英國最成功的作家才值得驕傲。」埃里斯泰爾拉高嗓音說。

「但我不是啊，」哈利說，「根本不是。」

「美國人對《不入虎穴，焉得虎子》的反應讓我不敢置信。」菲黎斯姑婆比手劃腳說。

「就只是因為沒有人讀。」哈利一面吃一面反駁。

「要有信心像狄更斯、柯南．道爾和王爾德那樣，讓美國成為最大的市場。」埃里斯泰爾說。

「我的書在英國市集港賣得都比紐約好，」湯碗撤走時，哈利說，「顯然應該把我遣送回英國，然後請菲黎斯姑婆替我去巡迴簽書。」

「我是很樂意啊，」菲黎斯說，「只可惜我沒有你的天分。」她惋惜地說。

哈利叉起一片烤牛肉和許多馬鈴薯到自己的盤子裡，開始覺得心情放鬆，因為菲黎斯和埃里斯泰爾談起艾瑪到紐約找尋他下落時發生的許多事情。聽見他們所說的故事，讓他很開心，心裡暗自慶幸，當年他剛進聖貝迪的時候，睡在吉爾斯．巴靈頓鄰床是多麼幸運的際遇。吉爾斯要是沒邀他去大宅喝下午茶慶祝生日，他可能一輩子都不會有機會認識艾瑪，雖然他當時並沒看見她。

「你要知道，不管你有多好，都配不上我們家艾瑪。」菲黎斯點亮方頭雪茄說。

哈利點點頭，第一次體會到這位令人望而生畏的女士為何會成為艾瑪的老傑克。要是菲黎斯姑婆上戰場，肯定可以帶著銀星勳章回來，哈利想。

時鐘敲響十一下，多喝了杯白蘭地的哈利站起來，有點搖搖晃晃。他不需要人提醒也記得，隔天清晨六點鐘，娜塔莉就會站在飯店大廳，等著陪他上明天的第一個電台通告。他謝謝主人讓他度過一個難忘的夜晚，然後又接受了一個大大的擁抱。

「別忘了，」她說，「接受訪問的時候，想法要像英國人，表現要像猶太人。如果需要有個肩膀借你靠著哭，或是需要吃頓有點像樣的飯，我們就像風車劇院，永遠不打烊。」

「謝謝您。」哈利說。

「見到艾瑪的時候，」埃里斯泰爾說，「記得替我們問候她，還要罵罵她，竟然沒和你一起來。」

哈利斷定這不是提起塞巴斯汀的好時機，更別說要解釋醫生對他這個兒子過動問題的看法。他們三人一起擠進電梯，菲黎斯又給了哈利最後一次擁抱。帕克打開大門，哈利回到曼哈頓的街道上。

「噢，該死！」沿著公園大道走了一小段路之後，他轉身跑回菲黎斯家，衝上門階，用力敲門。這次管家出現的速度比較慢。

「我必須馬上見史都華夫人，」哈利說，「希望她還沒就寢。」

「就我所知，還沒有。」帕克說，「先生，請跟我來。」他領著哈利穿過走廊，再次踏進電梯，壓下三樓的按鈕。

哈利再次走入會客廳時，菲黎斯正站在壁爐旁，擰著她的方頭雪茄。她轉身，一臉詫異。

「對不起，」他說，「但是我如果沒問出那個小看艾瑪的律師有什麼下場，回英國之後，她肯定不會放過我的。」

「賽芬頓．傑克斯，」坐在壁爐旁的埃里斯泰爾抬頭說，「那個該死的傢伙雖然很不甘心，但最後辭去傑克斯、梅爾與亞伯納席律師事務所資深合夥人的職務。」

「沒過多久，他就到明尼蘇達，消聲匿跡了。」菲黎斯說。

「他應該不會再回來，」埃里斯泰爾說，「因為他幾個月之前死了。」

「我兒子是個典型的律師，」菲黎斯摁熄雪茄，「事情都只說一半。傑克斯第一次心臟病發的時候，《紐約時報》有一篇小小的報導。到第三次心臟病發之後，就在訃聞版的最下方有一則不怎麼中聽的事略。」

「這樣對他算仁慈的了。」埃里斯泰爾說。

「一點都沒錯。」菲黎斯說，「不過，我很開心的是，最後只有四個人參加他的葬禮。」

「你怎麼會知道？」埃里斯泰爾問。

「因為我是其中之一啊。」菲黎斯說。

「您大老遠跑到明尼蘇達去參加賽芬頓·傑克斯的葬禮？」哈利不敢置信。

「當然啦。」

「但這是為什麼？」埃里斯泰爾追問。

「賽芬頓·傑克斯這個人百分之百不可信，」她解釋說，「我要親眼看見他的棺材入土，等到挖墳人把墓坑填滿土，才能相信他真的死了。」

*

「請坐，柯里夫頓夫人。」

「謝謝，」艾嫣坐在木椅上，面對三位董事。他們坐在高起的講台上，一張長桌後面舒適的座椅裡。

「我是大衛·史拉特，」坐在中央的那名男子說，「今天下午的會談由我主持。請容我介紹兩位同事：布萊斯維特小姐和尼德翰先生。」

艾瑪迅速衡量她所面對的這三位主考官。主席穿三件式西裝，打了條有校徽的領帶，艾瑪認出那是她的母校。看那神態，他應該不只擔任這個機構的董事。布萊斯維特小姐身穿戰前款式的斜紋呢套裝，厚羊毛褲襪，頭髮挽成髻，讓艾瑪覺得她肯定是教區裡的未嫁老小姐，而那嘴唇看來也不像常會露出微笑。主席左邊的男子比較年輕，提醒艾瑪英國結束戰事未久，因為他留著英國皇家空軍慣有的濃密鬍子。

「董事會仔細研究過你的申請，柯里夫頓小姐。」主席說，「如蒙惠允，請容我們請教你幾個問題。」

「沒問題，請說。」艾瑪盡量放鬆心情。

「關於領養的問題，柯里夫頓夫人，你考慮了多久？」

「打從我知道自己不能再生育之後，就開始考慮了。」艾瑪回答，省略了細節。兩名男士露出同情的微笑，但布萊斯維特小姐依舊面無表情。

「在申請表格裡，」主席看著手上的文件說，「你想要領養五、六歲的女孩，有特別的原因嗎？」

「有的，」艾瑪說，「我只有一個兒子塞巴斯汀，他從出生就享有獨生子的所有特權與好處，外子和我覺得如果能有個沒這些條件的孩子和他一起長大，對他來說應該是有益的。」她希望這回答聽起來夠自然，不像練習多次的樣子，足以讓主席在申請表上打勾。

「聽你這麼說，我們是不是可以推斷，」主席說，「你們再多撫養一個孩子，並沒有經濟上的問題？」

「一點問題都沒有，主席先生。外子和我生活無虞。」艾瑪注意到他又打了個勾。

「我只剩下最後一個問題，」主席說，「你在申請表裡說，你們可以接納任何宗教背景的孩子。請教一下，你有沒有隸屬哪個教會？」

「我和巴納多醫生一樣，」艾瑪說，「是基督徒。外子曾獲得聖瑪麗雷克里夫合唱獎學金，後來還擔任資深領唱。我念的是瑞梅德女校，後來拿了獎學金進牛津大學。」

主席摸摸領帶，艾瑪覺得情況大好。但這時布萊斯維特小姐拿鉛筆敲敲桌子，主席朝她點點頭。

「你提到你的先生，柯里夫頓夫人。我想請教，他今天為什麼沒陪你一起來？」

「他正在美國舉行巡迴簽書會，再過幾個星期就回來了。」

「他常出遠門？」

「沒有，其實很少。外子是專職作家，所以多半的時間都在家。」

「可是他一定偶爾要上圖書館。」布萊斯維特小姐說，露出了一抹微笑。

「不，我們有自己的圖書室。」艾瑪說，但話一出口就後悔了。

「你有工作嗎？」布萊斯維特小姐問，彷彿在指控一樁罪行。

「沒有，不過我盡力協助外子工作。我想，身兼妻子和母親，應該也算是一份全職工作吧。」這是哈利教她說的台詞，但他也知道艾瑪並不相信這句話。在見過賽盧斯．費德曼之後，她更加不相信了。

「你結婚多久了，柯里夫頓夫人？」布萊斯維特小姐繼續追問。

「三年多。」

「可是根據你的申請表，令郎塞巴斯汀已經八歲。」

「沒錯，他是八歲。哈利和我是一九三九年訂婚的，但是還沒宣戰之前，哈利就覺得他有義務從軍。」

布萊斯維特小姐正要開口問下一個問題，主席左邊的那名男士傾身問：「所以你們是戰爭一結束就結婚的嗎，柯里夫頓夫人？」

「可惜不是，」艾瑪看著這位只剩一條手臂的男士說，「外子在戰爭結束前不久遭德軍地雷炸成重傷，治療很長一段時間才出院。」

布萊斯維特小姐還是不為所動。艾瑪尋思，難道是因為……她決定放膽一試，雖然哈利肯定不會贊成她這麼做。

「不過，尼德翰先生，」她眼睛還是盯著只有一條手臂的這人，「我覺得自己很幸運，也替丈夫、未婚夫或男朋友為國捐軀，沒能回家來的那些女士由衷感到難過。」

布萊斯維特小姐低下頭，主席說：「謝謝你，柯里夫頓夫人，我們很快會和你聯絡。」

5

清晨六點鐘，娜塔莉站在飯店大廳等他。她看起來就像前一天和他道別時那麼神采奕奕，亮麗動人。一坐進大禮車後座，她就翻開永不離身的卷夾。

「今天第一個節目是到全國廣播電台，接受麥特．賈可柏的訪問，這是美國早餐時間收聽率最高的廣播節目。好消息是，他們給了你最好的一個時段，也就是七點四十分到八點。但不太好的消息是，這個時段不只有你，還有克拉克．蓋博，以及為兔寶寶、小鳥崔弟配音的梅爾．布朗克。克拉克．蓋博最近有部電影要上映，是他和娜拉．透納主演的《長使英雄淚滿襟》。」

「那梅爾．布朗克呢？」哈利想辦法忍住不笑。

「他和華納兄弟公司合作剛好滿十年。扣掉廣告時間，我想你應該有四到五分鐘的時間講話，也就是兩百四十到三百秒鐘。不管我怎麼強調，都不足以說明這個節目對我們整個行銷計畫的重要性。」娜塔莉接著說，「接下來三個星期，你不可能有比這次更好的機會了。這個採訪不只能讓你上暢銷排行榜，要是進行順利的話，全美各地的重要廣播節目都會來找你敲通告。」

哈利馬上感覺到自己心跳加速。

「你要做的是，一逮到機會就提《不入虎穴，焉得虎子》。」她說。禮車停在洛克斐勒中心的全國廣播電台錄音室外面。

哈利下車，踏上人行道，簡直不敢相信眼前的景象。建築正面狹窄的入口被圍起來，兩旁擠滿驚聲尖叫的粉絲。哈利走過這些充滿期待的群眾面前時，不需要別人提醒也知道，百分之九十的人都是衝著克拉克．蓋博來的，百分之九是來看梅爾．布朗克的，剩下的百分之一也許……也許連百分之一都沒有吧。

「這是誰啊？」有人對著快步前行的哈利嚷道。

哈利進入大樓之後，現場控管人員就陪他到休息室，簡短說明時間安排。

「蓋博先生的訪談安排在七點四十分，接著，七點五十分是梅爾．布朗克先生。我們希望安排你在新聞報導之前的七點五十五分。」

「謝謝。」哈利坐下，想辦法讓自己鎮靜下來。

七點三十分，梅爾．布朗克衝進休息室，看著哈利，彷彿以為哈利會開口問他要簽名照似的。幾分鐘之後，克拉克．蓋博也在隨員陪同下進來。讓哈利很意外的是，他竟然穿著晚宴西裝，手裡拿了杯威士忌。克拉克．蓋博對梅爾．布朗克說，這不算起床酒，因為他從昨天到現在都還沒上床睡覺咧。工作人員匆匆帶他走，只留下一串串笑聲。休息室裡只剩哈利和梅爾．布朗克。

「你仔細聽蓋博講話，」梅爾坐在哈利旁邊說，「等播音的紅燈一亮，每一個人，包括錄音間裡的聽眾，都會以為他除了柳橙汁之外，什麼都沒喝。然後等他一下節目，每個人都會想看他的新電影。」

梅爾說得一點都沒錯。蓋博超級專業，至少每隔三十秒，就提到電影片名一次。儘管哈利不知道在什麼地方讀過相關報導，說他和合演的女明星娜拉．透納不和，但蓋博表現得雍容大度，就算是最尖酸刻薄的人也會相信他倆是知心好友。只是娜塔莉很不開心，因為蓋博超時四十二秒。

進廣告的時候，梅爾被帶到錄音間去。梅爾在節目上表演傻大貓、崔弟鳥和兔寶寶一起去郊遊，讓哈利大開眼界，但是最讓哈利佩服的是，麥特．賈可柏明明已經問到最後一個題目，梅爾還是講個不停，硬生生比原定分配給他的時間多講了三十二秒。

接下來的廣告時間，輪到哈利上斷頭台。他知道自己的腦袋肯定不保了。他坐在主持人對面，露出緊張的微笑。賈可柏正在看《不入虎穴，焉得虎子》的扉頁。這本書新得像沒人翻過。他抬頭，對哈利微笑。

「紅燈一亮，我們就開始播音了。」他說完，翻開第一頁。哈利盯著錄音間時鐘的秒針：七點五十六分。他聽見雀巢咖啡的廣告，看著面前的賈可柏在小本子上草草寫下重點。一聲熟悉的叮咚之後，廣告結束。哈利腦袋一片空白，真希望自己此刻在家裡和艾瑪一起吃午飯，甚或是在克里蒙梭山面對上千名德軍，也比陪著一千一百萬個美國人吃早餐好。

「早安，」賈可柏對著麥克風說，「今天早上真是不得了。我們的早餐時間先是有克拉克．蓋博，接著有梅爾．布朗克，最後是這位從英國來的特別來賓，哈利——」他迅速瞥了小說封面一眼，「柯里夫頓。在聊你的新書之前，哈利，可以向你求證一下，聽說你上回到美國來，因為謀殺罪被逮捕了，是真的嗎？」

「是真的，不過那是一場誤會。」哈利有點氣急敗壞。

「我也是這麼聽說。」賈可柏的笑聲不甚客氣，「可是我們這一千一百萬聽眾想知道的是，你這回到美國來，會不會和你那些一起坐牢的哥兒們團聚？」

「不會。我不是為了這個才到美國來的。」哈利說，「我寫了──」

「那麼，哈利，你第二次到美國來，印象如何？」

「這是個偉大的國家，」哈利說，「我覺得紐約人很好客，而且──」

「就連計程車司機也是？」

「就連計程車司機也是。」

「是啊，就連計程車司機也是。」哈利說，「而且今天早上我還見到了克拉克．蓋博先生。」

「他在英國也有人氣？」麥特問。

「是啊，他非常受歡迎，娜拉．透納小姐也是。老實說，我很想快點看到他們的新影片。」

「我們這裡都稱為電影，不是影片，哈利，不過沒差啦。」賈可柏停頓了一下，瞄著時鐘上的秒針，說：「哈利，很高興能邀你來上節目，祝你新書大賣。廣告之後，我們就回到八點新聞。但是，麥特．賈可柏要在這裡和大家說再見啦，祝各位有個美好的一天。」

紅燈熄滅。

賈可柏站起來，和哈利握手，說：「不好意思，我們沒有時間可以談你的新書。封面很漂亮。」

*

艾瑪喝了一口她的晨間咖啡，才打開信。

柯里夫頓夫人雅鑒，

感謝出席上週會談，吾人樂將貴申請案提呈至下一階段，特此奉告。

艾瑪恨不得馬上打電話給哈利，但知道此刻是美國的半夜，而且她也不確定他人在哪個城市。

敝院在唐頓、艾塞特與布里吉瓦特院區有數位合適人選可供您與夫婿斟酌。煩請惠告將優先訪問何處，俾便寄送人選資料以供卓參。

順頌時祺

大衛・史拉特醫師敬上

她打電話給米契爾，確認潔西卡・史密斯在布里吉瓦特的巴納多醫生之家，但應該已經列入等待送往澳洲的名單裡。艾瑪看看手錶，她得等到中午哈利可能打電話回家時，才能告訴他這個消息。於是把注意力轉向第二封信。信封上貼了張十分錢的郵票，她不必看郵戳就知道是誰寄的。

*

哈利抵達芝加哥時，《不入虎穴，焉得虎子》登上《紐約時報》暢銷排行榜第三十三名，娜塔莉不再老是伸手搭在他大腿上。

「不必心慌，」她要他放心，「通常第二週是最重要的。但是，如果我們想要在下週日之前登上前十五名，還有很多工作要做。」

一路從丹佛、達拉斯，到舊金山，已經耗掉他們將近兩個星期，而這時他也確定，娜塔莉是沒讀過他這本小說的人之一。有些重要的廣播節目在最後一刻取消通告，哈利越來越常在一家比一家小的書店，簽著越來越少的書。有一兩家書店甚至不讓他去簽書，據娜塔莉解釋，是因為簽了名又賣不掉的書會被當成瑕疵書，無法退回給出版社。

抵達洛杉磯時，《不入虎穴，焉得虎子》是暢銷排行榜的第二十八名，但巡迴只剩一週，娜塔莉難掩失望之情。她開始暗示，書銷售得不夠快。而這個問題浮上檯面，是隔天早上，他下樓吃早餐時，發現一個名叫賈斯汀的男子坐在他對面。

「娜塔莉昨天晚上飛回紐約了，」賈斯汀解釋說，「她得去見另一位作家。」他甚至不需要說明，是位更有可能登上暢銷排行榜前十五名的作家。哈利不怪她。

最後一個星期，他來回奔波，造訪好幾個城市，在西雅圖、聖地牙哥、羅里、邁阿密和華盛頓接受訪問。沒有娜塔莉整天在耳邊提醒暢銷排行榜的事，他開始變得輕鬆，甚至想辦法在訪談中多次提到《不入虎穴，焉得虎子》這本書，儘管這些都只是地方的小電台。

最後一天飛回紐約時，賈斯汀帶他入住機場附近的小旅館，交給他一張飛往倫敦的經濟艙機票，祝他一路平安。

*

艾瑪填好史丹佛大學的入學申請表格，寫了一封長信給賽盧斯，感謝他讓一切成真。接著，她開始讀厚厚一大袋的資料，是蘇菲．巴頓、珊德拉．戴維斯與潔西卡．史密斯的個人資料。才看幾眼，艾瑪就知道院長最推薦的人選是哪一個：絕對不是潔西卡．史密斯小姐。

要是塞巴斯汀喜歡院長推薦的人選怎麼辦？又或者，更糟的，是喜歡不在最後名單上的人怎麼辦？艾瑪無法入睡，心中盼望哈利打電話回家。

*

哈利想要打電話給艾瑪，但又想，她應該已經睡了。他開始打包行李，準備搭明天一早的飛機回倫敦。整理好之後，他躺在床上，思索著他們應該如何讓塞巴斯汀相信，潔西卡．史密斯不只是唯一適合當他妹妹的人，同時更是他心目中的第一人選。

他閉上眼睛，但根本不可能睡覺，因為空調不停的轟響，彷彿置身加勒比海樂團演奏現場。哈利躺在塌陷的薄床墊上，用泡棉枕頭摀住耳朵。這裡當然沒有浴缸與淋浴間任君選擇，只有褐黃色的水滴滴答答流個不停的洗臉槽。他閉上眼睛，回想過去的三個星期，一幕接一幕閃現，宛如黑白電影。什麼顏色都沒有。這段時間，白白浪費了每一個人的時間和金錢。哈利不得不承認，他實在很不適應這樣的新書巡迴宣傳，要是在接受了這麼多電台與報紙的採訪之後，書還是擠不進暢銷排行榜前十五名，也許他該讓威廉．瓦維克和達文波特督察長一起退休，開始好好找份真正的工作。

聖貝迪校長不久前才暗示，他們正在找新的英文老師，雖然哈利並不想當老師。吉爾斯不止一次慨然提議，他應該加入巴靈頓公司的董事會，以保障家族的利益。但擺在眼前的事實是，他並不是家族成員，更何況他並不想從商，只想當個作家。

光是住在巴靈頓大宅就已經夠受的了。小說的收入還不足以買幢配得上艾瑪身分的房子，更慘的是，塞巴斯汀不止一次天真地問，他為什麼不像其他人的爸爸那樣早上出門上班。這有時讓他覺得自己像是個吃軟飯的。

哈利上床的時候午夜剛過，心裡渴望打電話給艾瑪，和她分享內心的感受。但這個時間布里斯托才清晨五點，所以他決定不睡覺，等上兩個鐘頭再打電話給她。正要熄燈的時候，聽見有人輕輕敲門。他明明記得在門把上掛了「請勿打擾」的牌子。他套上睡袍，穿過房間，打開門。

「大大恭喜。」她只說了這麼一句話。

他瞪著娜塔莉。她手裡拿了瓶香檳，一襲緊身洋裝，前襟的長拉鍊誘惑著人去拉開。

「恭喜什麼？」哈利問。

「我們剛看到週日《紐約時報》的晨間版，《不入虎穴，焉得虎子》是第十四名。你做到了！」

「謝謝你。」哈利說，不太瞭解這個消息有什麼大不了的。

「既然我一直是你的頭號粉絲，我想你應該會想要慶祝一下。」

他耳中響起菲黎斯姑婆的聲音：你要知道，不管你有多好，都配不上我們家艾瑪。

「好主意，」哈利說，「等我一下。」他走回房間裡，從床頭櫃拿起一本書，回到房門口。他接過娜塔莉手裡的香檳，露出微笑。「如果你一直是我的頭號粉絲，那麼或許該好好讀一下這本書。」他交給她一本《不入虎穴，焉得虎子》，然後靜靜關上門。

哈利坐在床上，給自己倒了杯香檳，拿起話筒，撥了越洋電話。艾瑪接電話的時候，他幾乎已經喝完整瓶酒了。

「我的小說上了暢銷排行榜第十四名。」他有點大舌頭了。

「真是好消息。」艾瑪打著呵欠說。

「而且有個誘人的金髮女郎拿了瓶香檳，站在我房門外面。她想要衝進門來。」

「是喔，肯定是的呀，親愛的。噢，順便告訴你，你一定猜不到，誰邀我們去吃飯。」

6

開門的女人身穿漿燙白領的深藍制服，「我是院長。」她自我介紹。

哈利和她握手，介紹妻兒。

「請到我的辦公室來，」她說，「我們先聊一下，再去看那幾個女孩。」

院長帶他們三人穿過漆彩斑駁的走廊。

「我喜歡這張。」塞巴斯汀停在一幅畫前面。院長沒回答，顯然認為小孩不該任意發言。

他們一家三口跟著她走進辦公室。

門關上後，哈利告訴院長，他們非常期待這次的拜訪。

「孩子們也期待見到各位。」她回答說，「但是，首先，我要說明我們院裡的規則，因為我最關心的就是孩子們的福祉。」

「當然，」哈利說，「我們一定聽你的。」

「你們有興趣的這三個女生：珊德拉、蘇菲和潔西卡，現在正在上美術課，這讓你們有機會觀察她們和其他孩子的互動。我們進到教室的時候，必須讓他們繼續上課，因為不能讓他們覺得是在彼此競爭，否則最後總有人會傷心，同時也會造成長期的影響。只要被拒絕過一次，就會留下永遠無法抹滅的陰影。看見你們走進去，他們就知道你們在考慮收養孩子，不然你們來幹嘛呢？但是不能讓他們發現，你們列入考慮的只是他們之中的兩三個。當然，你們見過她們三個之後，可能還會想去唐頓和艾塞特的院區，才做最後的決定。」

哈利很想告訴院長說他們已經決定了，雖然他們想讓事情從表面上看來像是塞巴斯汀做的決定。

「那麼，你要去美術教室嗎？」

「要。」塞巴斯汀跳起來，往門口走去。

「我們怎麼知道誰是誰？」艾瑪緩緩起身問。

院長蹙眉看了看塞巴斯汀，才回答說：「我會多介紹幾個孩子，這樣他們就不會知道哪幾個人特別被挑中了。去看他們上課之前，你們有問題想問嗎？」

哈利很意外，塞巴斯汀竟然沒提出一大堆問題，而只是不耐煩地站在門口等他們。沿著走廊走向美術教室時，塞巴斯汀一路跑在前面。

院長打開教室門，他們走進去，悄悄站在後面。她向教課的老師點個頭，老師便說：「孩子們，我們來了幾位客人。」

「柯里夫頓先生夫人，午安。」孩子們齊聲說，其中有幾個東張西望，其餘的則繼續畫。

「午安。」哈利和艾瑪說。塞巴斯汀異常安靜。

哈利注意到大半的孩子都低著頭，顯然努力壓抑情緒。他走向前，看一個男生畫足球賽。這孩子顯然支持布里斯托城市隊，哈利不禁微笑。

艾瑪假裝在看一張不知是畫鴨子還是貓的圖畫，一面想辦法搞清楚哪個是潔西卡。但還沒找到，院長就走到她身邊說：「這是珊德拉。」

「畫得真好，珊德拉。」艾瑪說。女孩臉上咧開大大的笑容，塞巴斯汀低頭仔細看那幅畫。

哈利走過來和珊德拉聊天，院長則介紹蘇菲給艾瑪和塞巴斯汀認識。

「這是駱駝。」他們還沒開口問，她就自信地說。

「是阿拉伯種還是大夏種？」塞巴斯汀問。

「大夏。」她還是同樣自信滿滿。

「大夏是雙峰駱駝。這隻只有一個駝峰。」塞巴斯汀說。

蘇菲微笑，馬上又給駱駝加上一個駝峰。「你上哪一所學校？」她問。

「我九月要去上聖貝迪。」塞巴斯汀回答說。

哈利冷眼旁觀，覺得兒子顯然和蘇菲處得不錯，很擔心他會就此下定決心。但塞巴斯汀的注意力突然轉向另一個男生的圖畫。這時，院長介紹哈利認識潔西卡。但潔西卡很專心畫畫，連頭都沒抬。無論他怎麼嘗試，都無法讓她分心。她是害羞呢，還是嚇呆了？哈利無從得知。

哈利又轉頭看蘇菲，她正和艾瑪聊她畫的駱駝。她問哈利，他喜歡單峰還是雙峰駱駝，哈利正想著該怎麼回答，艾瑪就緩步走向潔西卡。但就和丈夫一樣，她也沒辦法讓這女孩開口。她不禁開始擔心，這整件事會悲慘收場：潔西卡被送往澳洲，而他們最後領養了蘇菲。

艾瑪走開，和名叫湯米的男孩聊他畫的火山爆發。他的圖畫紙上幾乎全塗滿暗紅火燄。看著他繼續在圖畫上加紅色顏料，艾瑪覺得佛洛伊德可能會想要領養這個小孩。

她遠遠看著塞巴斯汀和潔西卡聊天，同時專心端詳她畫的諾亞方舟。

潔西卡雖然沒抬頭，但至少還肯聽他講。塞巴斯汀從潔西卡身邊走開，又看了看蘇菲和珊德拉的畫，就走到門邊。

幾分鐘之後，院長提議回她辦公室喝茶。

她倒了三杯茶，給了他們一人一片脆薄餅，然後說：「要是你們希望多考慮考慮，過幾天再回來，或是到其他院區參訪過後再做決定，我都可以理解。」

哈利保持沉默，等著看塞巴斯汀有什麼反應。

「我覺得三個女孩都很可愛，」艾瑪說，「實在很難選擇。」

「我也覺得。」哈利說，「也許我們應該接受你的建議，回家先討論一下，然後再告訴你我們的決定。」

「但是，如果我們選中的是同一個女生，這樣來來回回不是很浪費時間嗎？」塞巴斯汀比同齡孩童更有邏輯。

「這樣說來，你已經決定了？」哈利問，心想，塞巴斯汀一旦揭曉答案，他和艾瑪可以用二比一的票數加以否決，儘管如此一來，很可能讓潔西卡在巴靈頓大宅的生活，有個不太好的開始。

「在你們決定之前，」院長說，「也許我應該提供更詳細一點的資料。到目前為止，珊德拉是最聽話的，蘇菲最好相處，但有點丟三落四。」

「潔西卡呢？」哈利問。

「她肯定是三個孩子之中最有天分的一個，但是活在自己的世界裡，不太容易交朋友。我覺得三個孩子裡，珊德拉可能最適合你們。」

哈利看見塞巴斯汀眉頭緊皺起來。他改變策略。

「嗯，我贊同你的意見，院長。」哈利說，「我也選珊德拉。」

「我不同意，」艾瑪說，「我喜歡蘇菲，活潑有趣。」

艾瑪和哈利偷偷交換眼神。「就看你了，小塞。你喜歡珊德拉還是蘇菲？」哈利問。

「都不喜歡。我喜歡潔西卡。」他說完就跳起來，跑出辦公室，任門敞得大開。

院長從辦公桌後面站起來，塞巴斯汀如果是她院裡的孩子，她肯定會好好教訓他一頓。

「他還不太瞭解民主的意思。」哈利一笑置之。但起身走向辦公室門口的院長，看來並沒有被哈利說服。哈利和艾瑪跟著她穿過走廊。院長走進教室的時候，簡直不敢相信自己的眼睛：潔西卡從畫板取下圖畫，交給塞巴斯汀。

「你拿什麼和她交換？」塞巴斯汀拿著那張諾亞方舟走過哈利身旁時，哈利問。

「我向她保證，明天如果來家裡喝下午茶，一定可以吃到她最喜歡吃的東西。」

「她最喜歡什麼？」艾瑪問。

「塗奶油和覆盆子果醬的鬆餅。」

「可以嗎，院長？」哈利擔心地問。

「可以，但也許她們三個一起去比較好。」

「不，謝謝你，院長。」艾瑪說，「潔西卡自己來就可以了。」

「客隨主便。」院長掩不住詫異地說。

開車回巴靈頓大宅途中，哈利問塞巴斯汀為什麼選潔西卡。

「珊德拉太漂亮，」他說，「蘇菲很搞笑，但是過不了一個月，我就會覺得她們兩個很煩。」

「那潔西卡呢？」艾瑪問。

「我覺得她很像你，媽媽。」

*

潔西卡來喝茶的時候，塞巴斯汀站在門口等她。她走上台階，一手拉著院長的手，一手緊緊抓著自己畫的圖。

「跟我來，」塞巴斯汀說，但潔西卡還是站在門階上，彷彿腳被黏住了。她看來嚇呆了，一動也不動，最後塞巴斯汀只好放棄。

「這是送你的。」她把圖畫交給他。

「謝謝。」塞巴斯汀認出這就是掛在巴納多醫生之家走廊牆上的畫。「嗯，你最好快進來，否則我就自己吃掉全部的鬆餅。」

潔西卡緊張地走進玄關，嘴巴張得開開的。不是因為想到鬆餅，而是因為看見玄關牆上那裝裱在畫框裡的油畫。

「等一下再看，」塞巴斯汀對她說，「不然鬆餅就要涼掉了。」

潔西卡走進會客廳，哈利和艾瑪站起來歡迎她，但她又一次目不轉睛地瞪著牆上的畫。她和塞巴斯汀並肩坐在沙發上，目光終於轉向堆得高高的、熱氣騰騰的鬆餅。她一動也不動，艾瑪把盤子遞給她，然後給她一片鬆餅，一把刀子，接著是奶油和覆盆子醬。

潔西卡正要咬第一口，院長卻蹙起眉頭。

「謝謝您，柯里夫頓夫人。」潔西卡結結巴巴說。她吃完第一片，接著又狼吞虎嚥吃下兩片，吃每一次之前都先說一句：「謝謝您，柯里夫頓夫人。」

面對遞來的第四片，她說：「不用了，謝謝您，柯里夫頓夫人。」但艾瑪不確定她是真的吃不下，還是院長告誡過她最多只能吃三片。

「你聽說過泰納[6]嗎？」潔西卡喝完第二杯汽水時，塞巴斯汀問。她低下頭，沒回答。塞巴斯汀站起來，拉起她的手，帶她走出去。「泰納畫得很好，」他說，「可是沒有你好。」

「我簡直不敢相信，」客廳門關起來時，院長說，「從沒看她這麼自在過。」

「可是她幾乎什麼話都沒說。」哈利說。

「相信我，柯里夫頓先生，你剛才看見的情景，在潔西卡來說，等於是在唱哈利路亞大合唱了。」

艾瑪笑了起來。「她好可愛。要是我們有機會讓她成為我們家裡的一員，該怎麼做比較好呢？」

「過程恐怕很漫長。」院長說，「而且不一定會有令人滿意的結果。一開始，你們可以讓她偶爾來拜訪，要是情況不錯，你們或許可以考慮讓她來度週末。到了這個階段，就不能回頭了，因為我們不能有錯誤的期待。」

「我們會聽你的，院長，」哈利說，「因為我們很想試試看。」

「那我也會竭盡所能。」她回答說。等她喝完第三杯茶，吃完兩片鬆餅之後，哈利和艾瑪非常確定，一切都依循他們期望的方向進行。

「塞巴斯汀和潔西卡哪裡去了？」院長說她們該告辭的時候，艾瑪問。

「我去找他們。」哈利話還沒說完，兩個孩子就衝回客廳。

「我們該走了喔，小女孩。」院長站起來說，「我們得趕回去吃晚餐。」

潔西卡不肯放開塞巴斯汀的手。「我不想再吃東西了。」她說。

院長不知道該說什麼。

哈利帶潔西卡到玄關，幫她穿好外套。院長走出大門的時候，潔西卡哭了起來。

「噢，怎麼了，」艾瑪說，「我以為情況很順利。」

「確實非常順利。」院長說，「她哭，是因為不想走。聽我的建議，要是你們也不希望她走，就盡快填好申請表吧。」

潔西卡轉身，坐進院長那輛奧斯汀小車裡，對著他們揮手，臉頰還掛著兩行淚。

「選得好，小塞。」哈利摟著兒子肩頭說，看著車駛出車道，逐漸消失。

＊

❻ Joseph Mallord William Turner，1775-1851，英國風景畫家。

又過了五個月，院長才最後一次離開巴靈頓大宅，獨自返回巴納多醫生之家。在她照顧之下的孤兒，又一個得到妥善安置，幸福快樂。嗯，或許也不是那麼快樂吧，因為哈利和艾瑪很快就發現，潔西卡有潔西卡的問題，像塞巴斯汀一樣亟須解決的問題。

讓他們時時掛心的是，潔西卡從來不肯自己一個人睡，在巴靈頓大宅過夜的第一個晚上，她敞開房門，一直哭到睡著。哈利和艾瑪也慢慢習慣有個溫暖的小身體擠在他們中間，那是清晨醒來的潔西卡，爬到他們床上睡覺。但在塞巴斯汀把他那隻以前首相命名的泰迪熊溫斯頓送給她之後，情況就慢慢改善了。

潔西卡很愛溫斯頓。這隻泰迪熊的地位僅次於塞巴斯汀，這讓塞巴斯汀不掩得意：「我已經過了玩泰迪熊的年紀了，畢竟，我再過幾個星期就要上學了。」

潔西卡想和他一起去念聖貝迪，但哈利對她解釋，男生和女生要上不同的學校。

「為什麼？」潔西卡追問。

「沒錯，為什麼？」艾瑪說。

開學的第一天，艾瑪看著她的這個小男人，驚詫時光都流逝到哪裡去了。他身穿紅色西裝外套，灰色法蘭絨短褲，戴紅帽子。連皮鞋都閃閃發亮。嗯，這是新學期的第一天。潔西卡站在門階上，揮手道別，看著汽車開出車道，消失在大門外，然後坐在門階上，等待塞巴斯汀回來。

塞巴斯汀要求爸爸陪他上學，不要媽媽陪。哈利問他為什麼，他回答說：「我不想要其他男生看見媽媽親我。」

要不是回想起自己上聖貝迪第一天的情景，哈利一定會想辦法說服他。當年他和媽媽從靜宅巷搭電車到學校，他要求在前一站下車，步行一百碼到校，這樣其他學生就不會知道他們家沒有車。走到離學校還有五十碼距離的時候，雖然他讓媽媽親他，但飛快道了再見，留下媽媽一個人站在那裡。第一次接近聖貝迪大門，他看見未來的同學們紛紛從漂亮的馬車和汽車下來，有一個同學搭的勞斯萊斯甚至還有穿制服的司機。

哈利在學校的第一個晚上很難熬，但和潔西卡的理由不一樣，是因為他從沒和其他孩子睡在同一間臥房裡。

但是姓氏字母排序讓他佔了好處，因為他在宿舍裡的床位，一邊是巴靈頓，一邊是狄金斯。不過宿舍的級長就沒讓他這麼好過了。第一個星期，亞歷斯．費雪每隔一天就揍他一頓，沒別的原因，就只因為他這個碼頭工人的兒子，不配和費雪這個房地產經紀人的兒子念同一所學校。哈利有時候會好奇，費雪離開聖貝迪之後的情況究竟如何。他知道費雪和吉爾斯在戰爭期間重逢，在托布魯克隸屬於同一軍團。哈利認為費雪現在應該住在布里斯托，因為不久前還在聖貝迪的同學會上碰到他，只是迴避和他講話。

至少塞巴斯汀是搭汽車來的，而且他是通勤生，每天回巴靈頓大宅，所以也不會有碰上費雪這種級長的問題。儘管如此，哈利還是不認為兒子在聖貝迪的日子會比他自己當年輕鬆，只不過原因完全不同。

哈利車開到學校大門外面，還來不及拉起手煞車，塞巴斯汀就跳下車去。哈利目送兒子走進校門，消失在一大群紅外套裡。一百個穿得一模一樣的學童，讓人難以辨識誰是誰。塞巴斯汀一次也沒回頭。哈利不得不承認物換星移，時代已不同了。

他緩緩開車回巴靈頓大宅，開始構思新書的下一章。威廉·瓦維克是不是該升遷了呢？快開到房子前面時，他看見潔西卡坐在門階上。他停下車，對她微笑。但看他走上台階，她開口問的卻是：「小塞呢？」

＊

每天塞巴斯汀去上學之後，潔西卡就躲回自己的世界裡。等他回家的這段時間，她唸其他動物的故事給溫斯頓聽，例如維尼熊、青蛙先生、名叫奧蘭多的橘貓，以及吞了鬧鐘的鱷魚。等溫斯頓睡著了，她就把他放在床上，蓋好被子，然後到畫架前開始畫畫。每天都是這樣。其實，艾瑪有回還想，這間兒童房是不是被潔西卡給改裝成畫室了。她把拿到手的每一張紙，包括哈利的舊手稿（他把新書稿給好好鎖起來了），都用鉛筆、蠟筆和顏料塗滿之後，就開始給房間的牆壁添加顏色。

哈利不想遏止她對繪畫的熱情，一點都不想，但還是提醒艾瑪，巴靈頓大宅並不是他們的家。也許在潔西卡的手伸到自己房間以外的其他牆面之前，她應該先問過吉爾斯。

但是吉爾斯很喜歡巴靈頓大宅的這位新客，說就算她把整棟房子塗抹得色彩一新，他也不在乎。

「行行好吧，別再鼓勵她了。」艾瑪哀求，「塞巴斯汀已經要她幫他重新給房間上色了。」

「你們什麼時候才要告訴她真相？」坐下來吃晚餐的時候，吉爾斯問。

「我們覺得還沒有必要告訴她。」哈利說，「畢竟潔西卡才六歲，也還沒適應新環境。」

「這個嘛，別拖太久，」吉爾斯警告他，「因為她已經把你和艾瑪當爸媽，把小塞當哥哥，叫我吉爾斯舅舅。但事實上她是我同父異母的妹妹，是小塞的阿姨。」

哈利笑起來。「可能還得再等上一段時間，她才有辦法消化這個事實。」

「我希望她永遠不必知道。」艾瑪說，「別忘了，她只知道自己的親生爸媽已經過世了。只有我們三個人知道實情，又何必改變這個情況呢？」

「別低估塞巴斯汀，他很快就會發現真相的。」

7

塞巴斯汀在聖貝迪的第一學期結束時，校長邀哈利和艾瑪去喝茶，讓他倆很意外。但他們很快就發現，這並不是社交應酬。

「令郎有點孤僻，」女傭倒完茶，離開房間之後，赫德立校長說，「事實上，他比較喜歡和來自海外的學生交朋友，而不是生長在布里斯托的本地學生。」

「為什麼會這樣？」艾瑪問。

「因為來自海外的學生從沒聽說過柯里夫頓先生夫人的大名，更不知道他有位大名鼎鼎的吉爾斯舅舅。」校長解釋說，「但是這也有好處，正因為這樣，我們才發現塞巴斯汀很有語言天分。這在平常的狀況下，是很容易被忽略的。全校就只有他一個學生能和盧揚用母語交談。」

哈利笑起來，但艾瑪發現校長一點笑容都沒有。

「不過，」赫德立校長繼續說，「塞巴斯汀參加布里斯托文法學校的入學考試，可能會有點問題。」

「可是他英文、法文和拉丁文都是第一名。」艾瑪自豪地說。

「而且他數學也得滿分。」哈利提醒校長。

「沒錯，這些表現都很值得稱許，但是，很不幸的，他的歷史、地理和自然科在班上幾乎墊底，而這些都是必修科目。要是這三科不能至少有兩科及格，就會喪失布里斯托文法學校的入學資格，這會讓二位，也讓他舅舅非常失望，我知道。」

「非常失望恐怕還不足以形容。」哈利說。

「的確是。」赫德立博士說。

「他們有沒有網開一面的前例？」艾瑪問。

「我教書這麼多年，只碰過一次。」校長說，「那個男生一整個夏季學期，每個週日都在板球場得一百分。」

哈利笑起來，他當年就是坐在草地上，目睹吉爾斯得到每一分的。「所以我們必須讓他知道，要是兩科必修科目不及格，會有什麼後果。」

「並不是他不夠聰明，」校長說，「而是科目如果不吸引他，他很快就覺得沒意思了。說來諷刺，光是看他的語言天分，我認為他可以一帆風順進牛津，但我們眼前還是得讓他先想辦法進得了布里斯托文法學校。」

*

在父親的勸說，和外婆的重金賄賂之下，塞巴斯汀三門必修課的其中兩科終於從墊底往上爬升了一點點。他知道自己可以放棄一科，所以不理會自然科。

到了第二年，校長覺得很有信心，相信只要再給這孩子一點壓力，他就能在六個考試科目裡的五科，拿到足以通過門檻的分數。他也放棄了塞巴斯汀的自然科。哈利和艾瑪開始覺得有點希望，但還是繼續逼塞巴斯汀成績進步。校長的樂觀期待原本可能成真，如果不是最後一年發生了兩樁意外的話。

8

「那是你爸爸的書？」

塞巴斯汀看著書店櫥窗裡疊得整整齊齊的一落小說。上面有個小牌子：哈利・柯里夫頓著，《一無所獲》，威廉・瓦維克的最新冒險，三先令六便士。

「是啊，」塞巴斯汀自豪地說，「你想要一本嗎？」

「想啊，麻煩你了。」盧揚說。

塞巴斯汀走進店裡，他的朋友跟在後面。靠近門口的桌上，堆了一落他父親最新的精裝小說，旁邊則是威廉・瓦維克系列前兩本小說《盲眼證人謎案》和《不入虎穴，焉得虎子》的平裝本。

三本小說塞巴斯汀各拿一本，遞給盧揚。其他好幾個同學馬上就圍在他們身邊，塞巴斯汀給他們一人一本最新的小說，也給了其中幾個其他兩本。那一落書山很快就消失了，一名中年人從櫃檯走出來，抓住塞巴斯汀的衣領，把他拖走。

「你以為自己在幹嘛？」他咆哮道。

「沒關係的，」塞巴斯汀說，「這是我爸的書。」

「你再胡謅給我試試看！」他拖著不斷掙扎的塞巴斯汀往店鋪深處走去，轉頭對店員說：「報警。我抓到正在行竊的小偷。看你能不能把他溜掉的那些朋友拿走的書追回來。」

經理把塞巴斯汀推進辦公室，重重丟在老舊的馬毛沙發上。

「別想跑。」他走出辦公室，把門緊緊關好。

塞巴斯汀聽見鑰匙在鎖孔轉動的聲音。他站起來，走到經理的辦公桌，拿起一本書，坐下來開始讀。讀到第九頁，喜歡上主角理查．漢內[7]的時候，聽見門打開，經理一臉獰笑走進來。

「就是他，督察長，我當場逮到他。」

布雷克摩爾督察長努力繃緊臉，聽經理繼續說：「這傢伙竟然有膽說這是他爸爸的書。」

「他沒騙你。」布雷克摩爾說，「他是哈利．柯里夫頓的兒子。」他一臉嚴肅看著塞巴斯汀，說：「可是這不能當成你行為的藉口，小夥子。」

「就算他爸爸是哈利．柯里夫頓，我還是損失了一鎊十八先令。」經理說，「你打算怎麼辦？」他伸出手指，控訴似的指著塞巴斯汀。

「我已經聯絡柯里夫頓先生了，」布雷克摩爾說，「所以我想你很快就會得到答案。在等他來的時候，你可以對這孩子說明一下書籍銷售經濟學。」

經理看起來氣消了，坐在辦公桌一角。

「你爸爸寫一本書，」他說，「他的出版社會給他一筆預付版稅，之後，按照書本的銷售量，又會再付給他一定百分比的版稅。是你父親的話，我想版稅率應該是百分之十。出版社也要付給他的業務員、編輯和公關人員、印刷廠，同時還要負擔廣告和發行費用。」

「那你每本書買進的成本是多少？」塞巴斯汀問。

布雷克摩爾迫不及待想知道答案。經理遲疑了一下說：「大約是定價的三分之二。」

塞巴斯汀瞇起眼睛。「所以我爸爸只拿到百分之十，而你卻有百分之三十三的收入。」

「是的，但我還要負擔房租和稅，當然還有員工的薪水。」經理自我捍衛。

「所以我爸還你書，比照定價全額賠償更划算？」

督察長好希望華特．巴靈頓爵士還在世。聽到這段對話，他肯定會很開心。

「也許你可以告訴我，先生，」塞巴斯汀說，「我們要還你多少本書？」

「八本精裝書，十一本平裝書。」經理說。這時哈利正好走進辦公室。

布雷克摩爾督察長說明剛才發生的事，然後說：「在這個情況下，我不會起訴這孩子，柯里夫頓先生，只會給他口頭警告。就由你來當保證人，確保他不會再做出什麼不負責任的事。」

「督察長，沒問題。」哈利說，「非常感謝，我會請出版社馬上補書過來。兒子，我要扣你零用錢，到把錢還清為止。」他轉頭對塞巴斯汀說。

塞巴斯汀咬著嘴唇。

「謝謝，柯里夫頓先生，」經理有點羞怯地說，「我在想，先生，你既然來了，可不可以順便幫我們店裡簽幾本書？」

*

❼ Richard Hannay，蘇格蘭作家約翰．布肯（John Buchan）小說《三十九級台階》（*The Thirty-nine Steps*）的主角。該小說曾為希區考克改編為電影。

艾瑪的母親伊麗莎白到醫院做檢查的時候，要女兒放心，說沒什麼好擔心的，也要她別告訴哈利和孩子們，免得他們白擔心。

但艾瑪確實擔心，一回到巴靈頓大宅，她就打電話給人在眾議院的吉爾斯，以及住在劍橋的妹妹。他們馬上丟下手邊的事，搭第一班火車回布里斯托。

「希望我沒白白浪費你們的時間。」艾瑪在寺院草原站接到他們之後說。

「希望你是**白白浪費**我們的時間。」吉爾斯回答說。

吉爾斯顯得心事重重，在往醫院的路上，瞪著窗外，沉默不語。

蘭伯恩先生還沒關上辦公室的門，艾瑪就察覺到情況不妙。

「我真希望有更容易的方法可以告訴你們，」大家坐下之後，這位專科醫師說，「但恐怕沒有。雷本醫師擔任令堂的家庭醫師已有好幾年，這次原本也只是定期檢查，但一拿到檢驗結果，他就把她轉介到這裡來，讓我進行更精密的檢查。」

艾瑪握緊拳頭，這是她打從念書的時候就養成的習慣，只要緊張或碰到問題就握緊拳頭。

「昨天，」蘭伯恩先生繼續說，「我接到檢驗室的報告。他們證實了雷本醫師所擔憂的：令堂罹患乳癌。」

「可以治療嗎？」這是艾瑪的立即反應。

「就她的年紀來說，目前並沒有有效的治療方法。」蘭伯恩說，「科學家希望在未來能有突破，但對令堂來說，恐怕來不及了。」

「我們有什麼可做的嗎？」葛芮絲問。

「目前，她需要你們全家人給她的愛與支持。伊麗莎白是位傑出的女性，經歷過這麼多波折，她應該有更好的人生才對。但她從不口出怨言——這不是她的作風。她是典型哈威家的人。」

「她還有多少時間可以和我們在一起？」艾瑪問。

「恐怕，」蘭伯恩說，「不到幾個月，只有幾個星期的時間。」

「那我有事必須告訴她。」一路沉默的吉爾斯此刻開口說。

*

扒竊事件傳遍聖貝迪，讓塞巴斯汀從獨行俠變成了英雄，以前懶得搭理他的男生邀他加入他們的團體。哈利開始相信這會是個轉捩點，但他一告訴塞巴斯汀說外婆只剩幾個星期的生命，這男孩馬上就又縮回自己的殼裡。

潔西卡這學期剛上瑞梅德女校。她比塞巴斯汀用功，但沒有任何一科是第一名。美術老師對艾瑪說，可惜繪畫不列入計分科目，因為八歲的潔西卡所展現的天分，比她自己在大四時的表現還好。

艾瑪決定不轉述老師的話給潔西卡聽，讓她在時機成熟時發現自己的天分。塞巴斯汀經常說她是個天才，但他又懂什麼呢？他不也認為斯坦利·馬修[8]是個天才。

---

❽ Stanley Mattews，1915-2000，英國職業足球員，被視為英國最偉大的球員，獲授爵位。

一個月之後，就在布里斯托文法學校入學考試的幾個星期之前，塞巴斯汀模擬考有三科不及格。哈利和艾瑪都不忍苛責他，因為他一心掛念外婆的病況。艾瑪每天下午去學校接他放學之後，兩人就一起到醫院。他會爬上外婆病床，唸她最愛的書給她聽，直到外婆睡著。

潔西卡每天畫一張新的圖畫給外婆，隔天早晨哈利送她上學時，就順道送到醫院。學期結束時，伊麗莎白的單人病房牆壁幾乎沒有空白處了。

吉爾斯好幾次錯過黨鞭下達的投票動員令，葛芮絲缺席了無數堂導師課，艾瑪有時沒能回覆賽盧斯．費德曼的每週來信。但是伊麗莎白每天最期待見到的是塞巴斯汀。哈利說不上來他倆誰比較眷戀誰，是兒子呢，還是岳母。

*

在外婆病危之際，去參加布里斯托文法學校的入學考試，對塞巴斯汀來說無異雪上加霜。結果一如聖貝迪校長的預言，他的成績優劣兩極。拉丁文、法文、英文和數學分數高得足以領獎學金，但歷史低空飛過，地理則差幾分沒能及格，自然更只得了九分。

赫德立博士在學校告示板貼出考試成績之後，打電話到巴靈頓大宅給哈利。

「我私下和布里斯托文法學校的約翰．嘉瑞特校長談過，」他說，「我提醒他，塞巴斯汀拉丁文和數學滿分，等到要上大學的時候，肯定可以拿到獎學金。」

「你或許也該提醒他，」哈利說，「他舅舅和我都是布里斯托文法學校校友，而且他外公華特．巴靈頓爵士生前還是他們學校的董事長。」

「我不覺得他需要我提醒，」赫德立說，「但我會告訴他，塞巴斯汀參加考試的時候，外婆正在住院。我們只能希望他贊同我的觀點。」

他確實贊同。週末，赫德立博士打電話給哈利，說布里斯托文法學校校長願意向董事會建言，儘管塞巴斯汀有兩科不及格，但還是推薦他成為秋季學期的新生。

「謝謝你，」哈利說，「這是幾個星期以來，我聽到的第一個好消息。」

「可是，」赫德利又說，「他也提醒我，最後還是要由董事會決定。」

＊

這天晚上哈利是最晚探望岳母的人，正要離開時，伊麗莎白輕聲說：「你能不能再待幾分鐘，親愛的？我有事要和你商量。」

「沒問題。」哈利又坐回床邊。

「今天早上我們的家庭律師戴斯蒙．席登斯來過，」艾瑪說，一個字一個字說得很費力。

「我希望讓你知道，我立了新遺囑，因為一想到那個可怕的女人薇琴妮亞．范維克要染指我的財產，我就受不了。」

「我覺得這已經不是問題了。我們好幾個星期沒見到薇琴妮亞，也沒聽說她的消息，所以我想她和吉爾斯已經結束了。」

「哈利，你們之所以好幾個星期沒見到她，沒聽說她的消息，是因為她希望我相信他們已經結束了。在吉爾斯聽說我不久於人世的消息之後沒幾天，她就消失無蹤，絕對不是巧合。」

「我覺得你是反應過度了，伊麗莎白。我相信就算是薇琴妮亞，也不會這麼冷酷無情的。」

「親愛的哈利，你從來不懷疑任何人，因為你生性敦厚。艾瑪遇見你，真是幸運。」

「謝謝你的讚美，伊麗莎白，但我相信只要過一段時間——」

「偏偏我沒有時間了。」

「還是我們請薇琴妮亞來看你？」

「我對吉爾斯說過很多次，我想見見她，但她每次都拒絕，而且藉口越來越離譜。所以這是怎麼回事？不必花腦筋回答，哈利，因為你是最不可能猜出她想做什麼的人。不過你可以確信的是，在我葬禮舉行之前，她不會採取行動。」伊麗莎白臉上閃過一抹微笑，接著說：「但我還是留有一張王牌，要等到我棺木入土，靈魂像復仇天使般回來之後才打出來。」

哈利沒打斷伊麗莎白，看著她往後靠，卯足力氣，抽出枕頭下方的一只信封。「仔細聽我說，哈利，」她說，「你一定要保證遵照我的指示，處理這封信。」她抓著他的手。「要是吉爾斯違抗我最後的遺囑——」

「他何必要這麼做？」

「因為他是巴靈頓家的人，他們家的人一碰到女人就變得軟弱。所以，要是他違抗我最後的遺囑，」她又把這句話說了一遍，「你就把這個信封交給負責裁決誰應當繼承我財產的法官。」

「他要是沒抗議呢？」

「那你就毀掉這封信。」伊麗莎白說，呼吸瞬間變得短促起來。「你不能自己拆開這封信，也不能讓吉爾斯和艾瑪知道這封信的存在。」她握緊他的手，用輕得幾乎聽不見的聲音說：「你一定要對我保證，哈利．柯里夫頓，因為我知道老傑克把你教得夠好。」

「我保證。」哈利說，把信封放進西裝外套的內側口袋裡。

伊麗莎白放開手，躺回枕頭上，唇邊一抹滿意的微笑。她永遠不會知道雪尼．卡頓[9]最後有沒有從斷頭台死裡逃生。

*

哈利吃早餐的時候，打開郵件。

布里斯托文法學校
大學路
布里斯托
一九五一年七月二十七日

親愛的柯里夫頓先生，

⑨ Sydney Carton，狄更斯小說《雙城記》裡的角色，為了心愛的人，買通獄卒，代替她所愛的男人上斷頭台。

很遺憾通知您，令郎塞巴斯汀未能……

哈利從早餐桌旁跳起來，走到電話旁。他撥了信紙下緣的電話號碼。

「校長室。」接電話的人說。

「請找嘉瑞特先生。」

「請問您是？」

「哈利．柯里夫頓。」

「我幫您轉接。」

「早，校長先生。我是哈利．柯里夫頓。」

「早，柯里夫頓先生。我早就想到你會打電話來。」

「我簡直不敢相信，董事會竟然會做出這麼沒有道理的決定。」

「老實說，柯里夫頓先生，我也不敢相信，特別是我都已經這麼努力為令郎求情了。」

「他們刷掉他的理由是什麼？」

「他們說不能只因為他是校友的兒子，就對他兩科必修科目不及格的事網開一面。」

「就只是這個原因？」

「不只，」校長說，「有位董事提起令郎曾因扒竊被警方口頭告誡。」

「那完全是無辜的意外啊。」哈利忍住不發脾氣。

「我相信，」嘉瑞特校長說，「可是新的董事長不肯讓步。」

「那我接下來就打電話給他。請問他是？」

「亞歷斯・費雪少校。」

吉爾斯．巴靈頓

一九五一—一九五四年

9

吉爾斯雖然不意外，但還是很高興看見教堂擠滿親友與欽慕者。聖安德魯教堂是伊麗莎白・哈維舉行婚禮，以及後來她三個子女受洗、行堅信禮的地方。

牧師唐納森先生要大家永遠銘記伊麗莎白・巴靈頓為本地社區做出多少貢獻。事實上，他說，如果不是她慷慨解囊，這座教堂的塔樓根本不可能修復。他繼續告訴信眾，她擔任鄉間診所贊助人，造福教堂內外多少人。也提及她在哈維爵爺過世之後，負擔起領導家族的重要角色。吉爾斯如釋重負，因為牧師並未提起他的父親。出席者也有同感。

唐納森牧師在悼詞最後說：「伊麗莎白的人生在五十二歲提早結束，但我們不應因此懷疑上主的旨意。」

牧師回座之後，吉爾斯和塞巴斯汀各唸了一段經文：〈好撒瑪利亞人〉和〈登山寶訓〉，艾瑪和葛芮絲則讀了媽媽最愛的詩。艾瑪讀的是雪萊：

傾頹天堂落塵的天使，
豈知那竟是自己的淚，
她消逝
如那滴乾眼淚的雲

再也不留痕跡。

葛芮絲選讀濟慈的詩：

靜心想！人生不過一日；
脆弱晶瑩的晨露
從樹梢落下；
可憐的印第安人沉睡之際
船墜入無底深淵……

魚貫離開教堂的信眾紛紛探問，吉爾斯臂彎裡挽著的那位漂亮女子是誰。哈利不禁想，伊麗莎白的預言果然成真。抬棺人把伊麗莎白的棺木放進墓穴時，一身黑的薇琴妮亞站在吉爾斯右手邊。哈利想起岳母的話：我還留有一張王牌。

葬禮結束之後，親戚和幾位親近的朋友受邀到巴靈頓大宅參加愛爾蘭人可能會稱之為「守靈」的聚會。薇琴妮亞老練地在悼客之間走動，自我介紹，儼然已經是大宅的女主人。吉爾斯似乎沒注意到她的舉動，就算注意到，也顯然不在意。

「你好，我是薇琴妮亞．范維克女爵。」她第一次見到哈利母親的時候說，「你是哪位？」

「我是霍康畢太太，」梅西回答說，「哈利是我兒子。」

「噢，原來。」薇琴妮亞說，「你好像是服務生還是什麼的？」

「我是布里斯托華麗飯店的經理。」梅西說，彷彿是在應付某個煩人的顧客。

「是啊。可是，想到女人竟然外出工作，我一時還難以適應。你知道，我們家的女人從不工作的。」薇琴妮亞說，梅西還來不及回答，她就快步走開了。

「你是誰？」塞巴斯汀問。

「我是薇琴妮亞．范維克女爵，你又是誰，年輕人？」

「塞巴斯汀．柯里夫頓。」

「噢，是嘍。你爸爸想辦法幫你找到肯收你的學校沒？」

「我九月要去念畢屈克羅夫修道院學校。」塞巴斯汀說。

「學校還不錯，」薇琴妮亞說，「不過算不上頂尖。我三個兄弟都是念哈羅公學，這是范維克家族七代以來的傳統。」

「你念哪間學校？」塞巴斯汀問，但這時潔西卡跑了過來。

「你有沒有看到那幅康斯坦伯[10]的畫，小塞？」她問。

「小女孩，我講話的時候別插嘴。」薇琴妮亞說，「這樣太失禮了。」

「對不起，小姐。」潔西卡說。

「我不是『小姐』，你要稱我為『薇琴妮亞女爵』。」

「薇琴妮亞女爵，你看到康斯坦伯的那幅畫了嗎？」潔西卡問。

「我看到了，而且比我們家收藏的那三幅要來得好。不過，和我們收藏的泰納就沒得比了。

你聽過泰納嗎？」

「聽過，薇琴妮亞女爵，」潔西卡說，「J．M．泰納大概是他那個時代最偉大的水彩畫家了。」

「我妹也是個畫家，」塞巴斯汀說，「我覺得她和泰納一樣厲害。」

潔西卡咯咯笑。「不好意思，薇琴妮亞女爵，媽媽常提醒他，要他說話別這麼誇張。」

「一點都沒錯。」薇琴妮亞說，丟下他們，去找吉爾斯，因為她覺得該送客了。

吉爾斯送牧師到門口，這是個信號，提醒客人差不多該離開了。送走最後一位客人，關上門之後，他如釋重負地嘆口氣，回到客廳的其他家人身邊。

「嗯，我想今天應該算是進行得很順利吧。」他說。

「有幾個簡直是來蹭飯的。他們不是來守靈，而是來吃大餐的。」薇琴妮亞說。

「老兄，晚餐的時候穿正式禮服，」吉爾斯轉頭對哈利說，「你不會介意吧？薇琴妮亞很注重這種事情的。」

「我們可承受不起降低標準的後果。」薇琴妮亞說。

「我爸也從來不降低標準，」葛芮絲說，害哈利不得不努力忍住不笑。「不過呢，別把我算進去。我得趕回劍橋準備考試。反正呢，」她又說，「我只準備了參加葬禮的衣服，沒有晚宴裝，你們也不必費事把我趕出餐廳。」

❿ John Costable，1776-1837，英國風景畫畫家。

*

哈利和艾瑪下樓吃晚餐的時候，吉爾斯站在客廳等候。馬斯登幫他們各倒了杯雪莉酒，然後走出房間去查看一切是否按照流程進行。

「這個傷心的日子，」哈利說，「讓我們舉杯敬這位偉大的女士。」

「敬這位偉大的女士。」吉爾斯和艾瑪舉起酒杯說，這時薇琴妮亞正好走進來。

「你們怎麼會聊到我呢？」她一本正經地問，毫無諷刺意味。

吉爾斯笑起來，而艾瑪只能讚美她這身華麗的塔夫塔綢禮服。此時的她和身著喪服時簡直判若兩人。薇琴妮亞摸摸頸間的鑽石鑲紅寶石項鍊，刻意讓艾瑪注意到這珠寶。

「這項鍊真漂亮，」接收到暗示的艾瑪說，吉爾斯則遞給薇琴妮亞一杯琴酒加通寧水。

「謝謝，」薇琴妮亞說，「這是我曾祖母威斯特莫蘭的鐸瓦格公爵夫人在遺囑裡特別留給我的。馬斯登，」她轉頭對剛走回客廳的管家說，「我房間裡的花開始凋萎了，也許你可以在我今晚就寢之前換上新的花。」

「沒問題，女爵。吉爾斯爵士，如果您已準備好，就請用晚餐。」

「不知道你怎麼樣，」薇琴妮亞說，「但我餓壞了。我們可以去用餐了嗎？」她不等人回答，就挽起吉爾斯的手臂，領頭走出客廳。

整頓飯，薇琴妮亞都在談自己的家世，彷彿她的祖先活脫脫是大英帝國的脊柱。將軍、主教、內閣閣員，但她也承認，不免有幾個害群之馬——哪個家族沒有一兩個呢？她幾乎連一口氣都沒喘地說到甜點撤下桌。這時吉爾斯丟下炸彈。

他用湯匙敲敲酒杯，要所有人注意聽。

「我要和你們分享個好消息，」他宣布，「我很榮幸得到薇琴妮亞的應允，即將娶她為妻。」

一陣不安的沉默之後，哈利開口說：「非常恭喜。」艾瑪勉強擠出微笑。馬斯登打開香檳，為他們斟滿杯子。哈利不由得想起伊麗莎白才剛入土幾個鐘頭，薇琴妮亞就實現了她的預言。

「當然，在我們結婚之後，」薇琴妮亞輕撫著吉爾斯臉頰說，「這裡將會有些改變。但我想，這應該也不意外才對。」她對艾瑪露出親切微笑。

吉爾斯顯然被她迷得神魂顛倒，不管她說什麼，他都點頭贊同。

「吉爾斯和我，」她繼續說，「打算在婚後盡快搬回巴靈頓大宅，但是因為大選在即，我們的婚禮會延後幾個月，這應該可以給你們充裕的時間去找其他住處。」

艾瑪放下香檳杯，瞪著哥哥，但他迴避她的目光。

「我相信你會理解的，艾瑪，」他說，「我們希望在展開新生活之後，薇琴妮亞能當大宅的女主人。」

「當然，」艾瑪說，「老實說，我恨不得早點搬回莊園宅邸，那個我度過快樂童年的地方。」

薇琴妮亞怒目圓睜，瞪著未婚夫。

「呃，」吉爾斯難以啟齒，「我打算把莊園宅邸送給薇琴妮亞當結婚禮物。」

艾瑪和哈利看著彼此，但還沒來得及開口，薇琴妮亞就說：「我有兩位年長的姑姑，最近都剛新寡，那裡對她們來說是合適的住處。」

「吉爾斯，那你覺得哪裡是哈利和我合適的住處呢？」艾瑪眼神逼視哥哥說。

「也許你們可以在我們的產業上挑幢小屋住？」吉爾斯說。

「我覺得這不恰當，親愛的，」薇琴妮亞拉起他的手說，「我們可不能忘了，我希望大宅能多雇一些傭人隨從，才能符合我這伯爵女兒的身分地位。」

「我才不想住在什麼小屋咧，」艾瑪氣憤地說，「我們買得起自己的房子，謝謝你。」

「我相信你買得起，親愛的，」薇琴妮亞說，「吉爾斯告訴我，哈利是位很成功的作家。」

艾瑪不理會她的評論，轉頭對哥哥說：「你就這麼肯定莊園宅邸是你的，可以任意送人？」

「因為不久之前，媽媽讓我詳細看過她的遺囑，我很樂意告知你和哈利內容，如果這樣有助於你們安排未來計畫的話。」

「媽媽今天才剛舉行葬禮，我覺得這個時候討論她的遺囑太不應該。」

「我不想顯得冷漠無情，親愛的，」薇琴妮亞說，「但是我明天一早就要回倫敦，接下來的時間多半要準備婚禮，我想我們最好一起把事情說清楚。」她轉頭，又給吉爾斯一個甜美的微笑。

「我同意薇琴妮亞的看法，」吉爾斯說，「現在就是最好的時機。我可以告訴你，艾瑪，媽媽留給你和葛芮絲比通常情況更優渥的遺產。你們每個人有一萬鎊，同時可以平分她的珠寶首飾。她也給塞巴斯汀五千鎊，但要等他成年才能繼承。」

「真是幸運的孩子，」薇琴妮亞說，「她把泰納的那幅《克里夫蘭水閘》給了潔西卡，不過在她滿二十一歲之前，畫還是要留在這裡。」光是這句話就足以顯示，吉爾斯在還沒告訴妹妹艾瑪和葛芮絲之前，就把媽媽的遺囑內容說給未婚妻聽了。「她這麼做真的很大方，」薇琴妮亞繼續說，「想想看，潔西卡甚至不算是家族的一分子。」

「我們把潔西卡當成自己的女兒。」哈利厲聲說，「也待她如女兒。」

「我想應該說是同父異母的妹妹比較恰當吧。」薇琴妮亞說，「而且我們也不能忘記，她是巴納多醫生之家的孤兒，還是個猶太人。我想大概是因為我出身約克郡的關係，我有話直說，她是孤兒就是孤兒。」

「我想呢，大概是因為我出身格洛斯特郡，」艾瑪說，「我向來實話實說，心機賤貨就是心機賤貨。」

艾瑪站起來，大步走出餐廳。今晚頭一次，吉爾斯顯得有些尷尬。哈利可以確定，吉爾斯和薇琴妮亞都不知道伊麗莎白立了新遺囑。他謹慎地斟酌字句。

「因為葬禮，艾瑪累壞了。我想她明天早上就會沒事的。」

他折起餐巾，向他們道晚安，沒再說什麼就離開了。

薇琴妮亞看著未婚夫。「你太了不起了，寶貝。但我不得不說，你的家人脾氣也未免太大了吧，在這樣的情況下，雖然可以理解，不過呢，恐怕未來不會太順利。」

10

「這裡是BBC國內廣播頻道[11]，現在播報新聞，我是阿爾瓦．利德爾。今天上午十點，艾德禮首相覲見國王，請求陛下恩准解散國會，舉行大選。艾德禮首相回到國會，宣布選舉將在十月二十五日星期四舉行。

＊

競選活動進入第三週，某天吃早餐的時候，吉爾斯告訴哈利和艾瑪，薇琴妮亞不會陪他投入選舉活動。艾瑪一點都不打算掩飾自己鬆了一口氣的心情。

「薇琴妮亞覺得她可能會對我的選情造成不利影響，」吉爾斯坦承，「畢竟，她們家族從來沒有人支持過工黨。或許有一兩個支持過自由黨，但絕對沒有人支持工黨。」

哈利笑起來。「我們總算有了共同點。」

「要是工黨勝選，」艾瑪說，「你認為艾德禮先生會邀你入閣嗎？」

「天曉得。那人把手裡的牌都貼在胸口，連他自己都看不見。反正，如果民調可信，投票結果會非常接近，所以在計票結果揭曉之前，就別夢想什麼入不入閣啦。」

「我猜，」哈利說，「邱吉爾這次會險勝。打勝仗的首相被趕下台，這種事情只有英國才會發生。」

吉爾斯看看手錶。「沒時間聊天了，」他說，「我得去加冕路拉票了。要陪我一起去嗎，哈利？」他咧嘴笑說。

「開什麼玩笑。你想像得到我替你拉票的情景嗎？我趕走的選民恐怕比薇琴妮亞還多。」

「為什麼不去？」艾瑪說，「你已經把新書的書稿交給出版社。而且你老是說，第一手的親身經驗比坐在圖書館不停看書查資料來得有用多了。」

「但是我今天很忙。」哈利抗議說。

「你是很忙，」艾瑪說，「我看看喔，你早上要送潔西卡上學，噢，還有，你下午要去學校接她回來。」

「好啦，好啦，我去就是了。」哈利說，「可是我只當觀眾，你曉得的。」

*

「午安，先生，我是吉爾斯．巴靈頓。希望在十月二十五日的選舉裡能得到您的支持。」他停下來對一位選民說。

「當然沒問題，巴靈頓先生。我向來都投票給保守黨。」

⓫ BBC Home Service，後改稱為 BBC 第四頻道。

「謝謝您。」吉爾斯說，快步走向下一個選民。

「可是你是工黨候選人耶。」哈利提醒大舅子。

「選票上並沒有標註政黨，」吉爾斯說，「只有候選人的姓名。所以何必讓他幻想破滅？午安，我是吉爾斯．巴靈頓，希望在——」

「你儘管希望好了，反正我是不會投給你們這些高高在上的紈絝子弟。」

「但我是工黨候選人。」吉爾斯辯解。

「但你還是個紈絝子弟啊。你和法蘭克．帕肯漢⑫一樣壞，都背叛你們的階級。」

哈利強忍住笑，看著那人走開。

「午安，夫人，我是吉爾斯．巴靈頓。」

「噢，吉爾斯爵士，見到你真是太榮幸了。自從你在托布魯克戰役贏得十字獎章，我就很敬仰你。」吉爾斯頷首致意，「雖然我通常投票給自由黨，但是請放心，我這一票會投給你。」

「謝謝你，夫人。」吉爾斯說。

她轉頭看哈利，哈利微笑舉起帽子。「你不必舉帽致意，柯里夫頓先生，因為我知道你出身靜宅巷。但你竟然支持保守黨，實在太可恥了。你背叛了你自己的階級。」她一說完就大步走開。

這回輪到吉爾斯強忍住不笑。

「我想我不適合從政。」哈利說。

「午安，先生，我是——」

「──吉爾斯．巴靈頓。是啊，我認識你。」那人沒握吉爾斯伸出的手，「我們半個鐘頭前才握過手，巴靈頓先生。我告訴你說我會投票給你，但我現在不那麼確定了。」

「情況老是這麼慘？」哈利問。

「噢，還可能更慘呢。要是你戴上枷鎖，不必意外，肯定有很多人樂意對著你丟爛番茄。」

「我絕對不從政，」哈利說，「因為我太感情用事了。」

「那你最後很可能會進上議院，」吉爾斯在酒館門口停步說，「我要喝杯酒，才能再回到戰場上。」

「我以前沒來過這家酒館。」哈利抬頭看看店招，有個志工招手叫他們進去。

「我也沒來過。但是到了投票日，我應該已經在選區的每一家酒館都喝過酒了。酒館老闆向來很愛表達意見。」

「究竟什麼人想當國會議員？」

「你問這個問題，」吉爾斯走進酒館時說，「就表示你無法理解贏得選戰，擁有下議院席次，在國家治理上扮演特定角色──不管角色有多微不足道──的那種興奮喜悅。這就像一場沒有子彈的戰爭。」

哈利走向酒館牆角的僻靜處，而吉爾斯則在吧檯前坐下。哈利轉身走來的時候，他正在和酒保聊天。

⑫ Frank Pakenham，1905-2001，貴族出身，擁有世襲爵位，卻效力工黨，致力社會改革。

「不好意思，老兄，」吉爾斯說，「我不能躲在角落裡。我得隨時讓別人看見我，就算是休息的時候也不例外。」

「但我有些私密的事情想和你討論。」哈利說。

「那你只好壓低聲音了。兩杯苦啤酒，麻煩你。」吉爾斯說。他坐好，想聽哈利要說什麼。偶爾有幾個酒客走過來拍他的背，教他該怎麼管理國政——有幾個還喝得腦筋不怎麼清楚——滿嘴胡言亂語。

「我這外甥在新學校表現得如何？」吉爾斯喝完一杯酒之後問。

「他在畢屈克羅夫不像在聖貝迪那麼開心。我和他們校長談過，他只說小塞很聰明，肯定可以進牛津，但還是不太容易交上朋友。」

「聽你這麼說真遺憾，」吉爾斯說，「也許他只是害羞。畢竟，你當年剛進聖貝迪的時候，也不是人見人愛。」他轉頭對酒保說：「請再來兩杯。」

「馬上來，先生。」

「我那個心愛的女朋友呢？」吉爾斯問。

「如果你指的是潔西卡，」哈利說，「那排隊的人可多了。每個人都愛這個小女孩，從埃及豔后到郵差，沒有人不愛，但是她愛她老爹。」

「你什麼時候才要告訴她，誰是她真正的父親？」吉爾斯壓低聲音說。

「我也一直問我自己這個問題。不必你說我也知道，這問題會越來越麻煩，但我始終找不到適當的時機告訴她。」

「永遠不會有適當時機的，」吉爾斯說，「但是別拖太久，因為艾瑪肯定不會告訴她，而我相信，小塞應該已經自己推敲出來了。」

「怎麼說？」

「別在這裡談。」吉爾斯說，又一個酒客走過來拍他的背。

酒保把兩杯酒擺在他們面前。「九便士，先生。」

第一輪酒是哈利請的，於是他以為這輪該吉爾斯請。

「對不起，」吉爾斯說，「我不准付錢。」

「不准付錢？」

「沒錯。候選人在競選期間不准花錢買酒。」

「啊哈，」哈利說，「總算有個讓我想當國會議員的理由了。可是為什麼？」

「怕我向你買票吧。這個規定是從改革腐化的行政區時期就開始有了。」

「要我投票給你，只請我喝杯該死的啤酒怎麼夠。」哈利說。

「別那麼大聲，」吉爾斯說，「要是連我妹婿都不想投我一票，媒體鐵定會問，那其他人幹嘛投票給我？」

「這裡顯然不適合討論家裡的事，你星期天晚上有沒有時間和艾瑪與我一起吃晚飯？」

「不可能。星期天我要去參加三場教會的禮拜，別忘了，這是選前的最後一個星期天。」

「噢，天哪，」哈利說，「下星期四就要投票了？」

「該死，」吉爾斯說，「選舉的鐵律是，絕對不要提醒保守黨選民投票日是哪一天。現在我得靠上帝幫我了，但我還不確定祂究竟站在哪一邊。星期天，我晨禱時跪在上帝面前，晚課時尋求祂的指引，晚禱時向祂禱告，希望投票結果能讓我險勝。」

「你的選情真的這麼緊繃，只能贏幾票而已？」

「在這麼邊緣的選區就是如此。而且別忘了，教會禮拜的影響力遠遠超過我所參加的政治集會。」

「我以為教會是中立的。」

「應該是中立的，牧師總是告訴你說，他們對政治沒有興趣，但常又藉著講道的時候，悄悄讓信眾知道他們要投給哪一黨。」

「你要再喝一杯嗎？我來請。」哈利問。

「不了，我不能再浪費時間和你閒聊了。你在這個選區沒有投票權，就算你有，也不會投給我。」他跳下凳子，和酒保握握手，快步走出酒館，在人行道上對著第一個見到的人微笑。

「午安，先生。我是吉爾斯．巴靈頓，希望下週四的大選，你能投我一票。」

「我不住這個選區，老弟。我從伯明罕來，待一天就走。」

＊

投票日，吉爾斯的競選總幹事葛里夫．哈斯金告訴吉爾斯，他對布里斯托碼頭區的選民很有信心，相信他們會支持吉爾斯，再次把他送進國會，雖然他的優勢已稍微縮減。只是，他對工黨能不能保住執政權，卻沒有把握。

葛里夫兩項預測都是對的，因為在一九五一年十二月二十七日凌晨三點，地方選舉監察官宣布，經過三次反覆計票後，吉爾斯．巴靈頓爵士以四百一十四票的差距勝選，當選布里斯托碼頭區的國會議員。

全國選票統計結果出來之後，保守黨以領先十七席的優勢勝選，溫斯頓．邱吉爾再次回到唐寧街十號的首相官邸。這是他第一次以保守黨領袖的身分勝選。

下週一，吉爾斯開車到倫敦，就任下院國會議員。議場裡傳言紛紛，說保守黨只領先十七席，隔不了多久，國會勢必又要改選。

吉爾斯心知肚明，不論改選何時舉行，僅以四百一十四票險勝的他，必須為政治生命而奮戰，要是他不能勝選，那麼他國會議員的生涯就將結束。

11

總管用銀托盤送上郵件給吉爾斯。吉爾斯就像往常的早晨一樣，快速翻看，把長而薄的褐色信封擺到一旁，方形的白色信封才是馬上要拆閱的。今天早上送達的郵件裡，首先吸引他注意的是一個蓋有布里斯托郵戳的薄長白信封。他立即拆開。

信封裡是一張寫著：「敬啟者」的信紙。看完之後，他抬頭對著陪他這麼晚才吃早餐的薇琴妮亞露出微笑。

「下個星期三，一切就塵埃落定了。」他說。

正在看《每日快報》的薇琴妮亞連頭都沒抬。她早上習慣一杯黑咖啡配威廉·希奇的專欄，這樣她才能知道她的朋友都在幹嘛，也才能知道今年誰家初入社交界的名媛可以入宮覲見國王，而誰家的女兒沒機會。

「什麼塵埃落定？」她問，頭還是沒抬。

「媽的遺囑。」

薇琴妮亞馬上把那些名媛拋在腦後，折起報紙，對吉爾斯露出甜美的微笑。「快告訴我詳情，親愛的。」

「下個星期三要在布里斯托宣讀遺囑。我們星期二下午開車去，在大宅住一個晚上，隔天出席遺囑宣讀。」

「預備幾點鐘宣讀？」

吉爾斯又看了看信。「十一點，在馬歇爾、巴克與席登斯律師事務所。」

「要是我們星期三一早開車過去，你會不會介意？我想我沒辦法一整個晚上對著你那個刻薄的妹妹強顏歡笑。」

吉爾斯本來打算說什麼，但馬上改變心意。「沒問題，甜心。」

「別再叫我甜心，親愛的，這實在太俗氣了。」

「你今天有什麼計畫呢，親愛的？」

「和平常一樣，忙得很。我好像永遠沒辦法喘口氣。今天早上又要去試衣服，中午和伴娘們吃飯，下午和籌辦婚宴的人有約，他們一直追著我確定賓客人數。」

「現在有多少人？」吉爾斯問。

「我這邊只有兩百多一點，你那邊有一百三十位。我希望下個星期能寄出請帖。」

「我沒問題。」吉爾斯說，「這倒提醒我了，」他又說，「議長同意讓我使用下議院的場地辦酒會，所以我們也許應該邀他出席。」

「當然啦，寶貝，畢竟他是保守黨的議員。」

「或許也該邀艾德禮先生。」吉爾斯小心翼翼提起。

「邀工黨領袖參加獨生女的婚禮，我不知道爸爸會怎麼想耶。也許我可以要他邀請邱吉爾先生來。」

*

下一個星期三，吉爾斯開著他的捷豹到卡多根花園，停在薇琴妮亞的公寓外面。他揌門鈴，期待和未婚妻共進早餐。

「薇琴妮亞女爵還沒下樓，先生。」總管說，「如果您不介意，請先到會客廳稍候，我給您送上咖啡和早報。」

「謝謝你，梅森。」吉爾斯對管家說。梅森有回偷偷告訴吉爾斯，他把票投給工黨。

吉爾斯坐在一把舒適的椅子上，有《快報》和《電訊報》可選。他挑了《電訊報》，因為頭版頭條吸引了他的注意：艾森豪宣布將競選總統。吉爾斯對他的這個決定並不意外，不過這位將軍代表共和黨參選，讓他覺得很有意思，因為共和黨與民主黨都有意拉攏艾森豪，而大家也一直不清楚他究竟支持哪一黨。

吉爾斯每隔幾分鐘就瞄一次手錶，但薇琴妮亞還是不見人影。壁爐架上的時鐘敲響半點鐘的時候，他正在看第七版的一則報導，說英國考慮興建第一條高速公路。國會新聞版充斥韓戰僵局的討論，吉爾斯提出所有勞工工時一律四十八小時，超過的時間都算加班，報上對這段發言有大幅報導，編輯並譴責他的看法。他不禁微笑，畢竟這是《電訊報》啊。吉爾斯正讀到宮廷活動公告，說伊麗莎白公主一月將到非洲旅行時，薇琴妮亞衝了進來。

「對不起，讓你等這麼久，親愛的，我拿不定主意該穿哪件衣服。」

他跳起來，親吻未婚妻雙頰，後退一步，再次暗自慶幸自己的幸運，這麼漂亮的女人竟然肯多看他一眼。

「你好漂亮。」他說，讚賞他從未看過的這件黃色洋裝。這襲衣服讓她更顯纖瘦優雅。

「穿這樣去出席遺囑宣讀，也許有點不夠莊重？」薇琴妮亞轉個圈圈說。

「絕對不會。」吉爾斯說，「你一踏進辦公室裡，所有的人都只注意到你，別的事都忘了。」

「希望不會，」薇琴妮亞看看手錶，「天哪，這麼晚了？我們最好別吃早餐了，親愛的，如果我們想要準時抵達的話。雖然我們已經知道你媽媽遺囑的內容，但我們要假裝不知道。」

馳赴布里斯托途中，薇琴妮亞把婚禮安排的最新進度說給吉爾斯聽，吉爾斯很失望，因為她竟沒問起他前一天在議會中的發言，不過話說回來，威廉．希奇又沒坐在議場的記者席。車子開到大西路的時候，薇琴妮亞的一句話讓吉爾斯不得不豎起耳朵。

「等遺囑生效，我們首先要做的，就是撤換馬斯登。」

「可是他已經在我家工作三十幾年了，」吉爾斯說，「事實上，打從我有記憶開始，他就已經在家裡了。」

「問題就在這裡啊。你不必操這個心，親愛的，我已經找到合適的替代人選了。」

「可是——」

「要是你對這件事還有意見，親愛的，馬斯登可以去莊園宅邸工作，照料我姑姑。」

「可是——」

「既然談到撤換員工的事，」薇琴妮亞說，「我們也該認真談談賈琪的問題。」

「我自己的私人秘書？」

「她太把她當成你自己人了，在我看來，我沒辦法適應現在這種摩登的作風，直呼老闆的名字。這肯定是工黨凡事講求平等的荒唐主張。無論如何，我覺得必須提醒她，我是薇琴妮亞女爵。」

「對不起，」吉爾斯說，「她通常都很有禮貌的。」

「對你也許是，但我昨天打電話給你的時候，她叫我在線上等一下，我可不習慣有人這樣對我。」

「我會告誡她一下。」

「別麻煩了，」薇琴妮亞說，吉爾斯鬆了一口氣。「因為只要她還在職一天，我就不會再和你的辦公室聯絡。」

「這樣有點太極端了吧？她在工作上真的很出色，我很難找到人取代她。」

薇琴妮亞斜倚過身，親吻他的臉頰。「寶貝，我希望對你來說，只有我才是唯一無法取代的人。」

*

席登斯先生走進辦公室，毫不意外地發現收到「敬啟者」那封信的每一個人都到場了。他坐在自己的辦公桌後，看著一張張充滿期待的臉。

第一排坐的是吉爾斯·巴靈頓爵士和他的未婚妻薇琴妮亞·范維克女爵。他們剛宣布訂婚之後，他曾在《鄉村生活》雜誌上看過她的照片，但她本人比照片更耀眼。席登斯先生很期待認識她。

坐在他們正後方第二排的是柯里夫頓先生和他的妻子艾瑪，她旁邊是妹妹葛芮絲。看見巴靈頓小姐腳上穿著藍色長襪，他覺得很有趣。

霍康畢夫婦坐在第三排，旁邊是唐納森牧師，和一位身穿護理長制服的女士。最後兩排則坐滿在巴靈頓家服務多年的員工，座位的選擇顯示了他們職位的高低。

席登斯先生抬眼透過架在鼻子上的半圓框眼鏡上方看看大家，清清嗓子，暗示宣讀程序就要開始。

「各位女士，各位先生，」他開口說，「我是戴斯蒙·席登斯，有幸擔任巴靈頓家族律師二十三年，儘管比起家父仍稍遜一籌，因為他為巴靈頓家族服務的時間跨越華特爵士到雨果爵士。不過，這有點離題了。」席登斯先生覺得薇琴妮亞女爵一副深表同意的樣子。

「我這裡有伊麗莎白·梅·巴靈頓夫人最後的遺囑，」他繼續說，「在她的要求之下，由我負責執行，同時有兩位與遺囑無涉的證人簽名見證。就是這份文件，」他拿起文件，讓大家都能看見，「讓之前所有的遺囑都不再有任何效力。」

「我不想浪費各位的時間，一頁頁詳讀文件上應法律要求所載明的法律術語，而想直接宣布巴靈頓夫人相關遺產的分配。但若有哪位希望詳讀遺囑細節，也非常歡迎。」

席登斯先生垂下目光，翻開文件，調整眼鏡，繼續往下讀。

「立遺囑人在遺囑中提及她所關心的幾個慈善機構，包括聖安德魯教區、巴納多醫生之家，和悉心照護巴靈頓夫人度過最後時光的醫院。以上每一個機構獲遺贈五百鎊。」

席登斯先生再次調整了一下眼鏡。

「現在要提到過去這些年在巴靈頓宅邸服務的人。為巴靈頓夫人工作超過五年的員工，可以額外獲得一年年薪。而巴靈頓宅邸的管家和總管另外各得五百鎊。」

馬斯登垂下頭，嘴巴喃喃唸著：「謝謝夫人。」

「現在，霍康畢夫人，也就是前亞瑟．柯里夫頓夫人，獲贈一枚巴靈頓夫人參加女兒婚禮時所佩戴的胸針，她希望，請容我引用她的遺言，她希望能讓霍康畢夫人記得她們所共同擁有的幸福時光。」

梅西微笑，但不免思忖，她真有可能佩戴這麼貴重的珠寶嗎？

席登斯先生翻過一頁，把半圓框眼鏡推上鼻梁，繼續宣讀。

「留給潔西卡．柯里夫頓——原姓皮歐特羅夫斯卡——的是我祖父最珍愛的泰納水彩畫《克里夫蘭水閘》。我希望這幅畫能啟發她，因為我相信她擁有不凡的天分，應該給她一切可能的機會燦爛盛放。」

吉爾斯點頭，他記得媽媽曾經對他說過這段話，對他解釋為何要把這幅眾人垂涎的泰納作品遺贈給潔西卡。

「至於我的孫子，塞巴斯汀．亞瑟．柯里夫頓，」席登斯先生接著說，「可以獲得五千鎊，但必須到一九六一年三月九日，成年之後才能取用。」

吉爾斯又點頭，到目前為止沒有任何意外。

「我其餘的財產，包括巴靈頓航運公司的百分之二十二股份，以及莊園宅邸——」席登斯先生不由自主地瞄了薇琴妮亞女爵一眼，她整個人前傾，坐在椅子邊緣。「——都留給我摯愛的……女兒，艾瑪和葛芮絲，任由她們以最適當的方式處置，但我的暹羅貓克麗奧佩脫拉除外，這隻貓我要送給薇琴妮亞．范維克女爵，因為她們太相像了。她們都很漂亮，生活優渥，虛榮，狡猾，是愛操縱別人的掠食者，以為天底下的其他人都會任由她們差遣，包括我那被迷得暈頭轉向的兒子，我只希望他能及時從她的迷惑魔咒中醒來。」

看見整個辦公室的人都露出驚訝表情，開始交頭接耳，席登斯先生知道沒有人料到會有這樣的情況，但是他也注意到，柯里夫頓先生異常平靜。而「平靜」並不是可以用在薇琴妮亞女爵身上的形容詞，她附在吉爾斯耳邊不知說了什麼。

「遺囑宣讀完畢。」席登斯先生說，「如果有任何問題，我樂於回答。」

「有一個問題，」吉爾斯不讓其他人有開口的機會，「要是對遺囑有疑義，必須在幾天之內提出？」

「在接下來的二十八天之內，吉爾斯爵士，你可以隨時向高等法院提出爭訟，請求裁決。」席登斯先生說，早就料到會有這個問題，也料到會由誰提出。

就算接下來有任何問題，吉爾斯爵士和薇琴妮亞女爵也沒聽見，因為他們一語未發就快步離開辦公室。

12

「親愛的，我什麼都願意做，」他說，「只求你不要解除婚約。」

「你媽在你們全家人、朋友，甚至僕人的面前羞辱我，我還怎麼做人？」

「我理解，」吉爾斯說，「我非常理解，但我媽當時肯定神智不清。她不明白自己在做什麼。」

「你說你什麼都願意做？」薇琴妮亞說，一面把玩訂婚戒指。

「什麼都願意，親愛的。」

「那麼，你該做的第一件事就是開除你的秘書。她的接替人選必須先徵得我的同意。」

「還以為這件事已經過去了。」吉爾斯怯怯說。

「明天，你要委託最頂尖的律師事務所，對遺囑提出質疑。你要不顧一切後果，用盡所有手段，打贏官司。」

「我已經請教皇家大律師卡斯伯特．馬金斯爵士了。」

「用盡所有手段。」薇琴妮亞又強調一遍。

「用盡所有手段，」吉爾斯說，「還有嗎？」

「有。下個星期要寄出結婚請帖，所有的賓客名單必須由我，由我一個人核定。」

「可是這樣一來——」

「就是這樣。因為我要那天待在那間辦公室裡的每一個人都知道，被排擠是什麼滋味。」吉爾斯垂下頭。「哼，我懂了。」薇琴妮亞摘下訂婚戒指，「你其實不是什麼都願意做的。」

「我是真的願意，親愛的，我答應，由你決定邀誰來參加我們的婚禮。」

「最後，」薇琴妮亞說，「你去要求席登斯先生聲請法庭命令，把姓柯里夫頓的那一家人全趕出巴靈頓大宅。」

「那他們要住哪裡？」

「我才懶得管他們要住哪裡咧。」薇琴妮亞說，「你該下定決心，這輩子其餘的時間是要和我共度呢，還是要和他們在一起。」

「我要和你共度一輩子。」吉爾斯說。

「那就這麼說定了，親愛的。」薇琴妮亞重新戴上訂婚戒指，開始解開洋裝前襟的鈕釦。

*

電話響的時候，哈利在看《泰唔士報》，艾瑪看《電訊報》。丹比打開門，走進早餐室。

「是您的出版社打來的，柯里夫頓先生。他想和您講電話。」

「我懷疑這是不是他搞的。」哈利折起報紙說。

艾瑪全神貫注看報紙，丈夫離開房間的時候，她連頭都沒抬。等他回來的時候，她已經快看完了。

「我來猜猜。」她說。

「幾乎每一家全國性的報紙都打電話給比利，連BBC也打來，問我要不要發表聲明。」

「那你怎麼說？」

「無可奉告。我告訴他，沒必要再火上加油了。」

「我不覺得比利・柯林斯會滿意這個答案。」艾瑪說，「他唯一在意的就是多賣掉幾本書。」

「他不敢期待我有其他表示，也沒有怨言。他說啊，下個星期就會把三刷的平裝本送到各書店。」

「你想聽聽《電訊報》是怎麼報導的嗎？」

「一定要嗎？」哈利坐回早餐桌邊問。

艾瑪不理會他，開始大聲唸。

「『國會議員吉爾斯・巴靈頓爵士與第九世范維克伯爵獨生女薇琴妮亞・范維克女爵的婚禮昨日舉行。新娘身穿由諾曼先生所設計的禮服——』」

「至少跳過這一段吧。」哈利說。

艾瑪跳過幾段。「『四百名賓客參加在西敏寺聖瑪格麗特教堂所舉行的這場婚禮。儀式由里本大主教喬治・哈斯汀主持，禮成之後，在下院大廳舉行酒會。蒞場貴賓包括瑪格麗特公主殿下、緬甸蒙巴頓伯爵、反對黨領袖艾德禮閣下、下院議長威廉・莫里森閣下。出席婚禮的賓客名單令人津津樂道，但更引人注目的是缺席的人，無論是沒有接獲邀請，或不願出席的人。巴靈頓家族除了吉爾斯爵士本人之外，無任何人出席。他的兩位妹妹，艾瑪・柯里夫頓夫人與葛芮絲・

巴靈頓小姐，以及妹婿，知名作家哈利．柯里夫頓均未出席，留下重重謎團，特別是數週之前，吉爾斯爵士才宣稱柯里夫頓先生將擔任他的伴郎。』」

「結果伴郎是誰？」哈利問。

「牛津大學貝里歐學院的埃爾吉農．狄金斯博士。」

「親愛的狄金斯。」哈利說，「選得好。他絕對會準時到達，也絕對不會搞丟戒指。還有其他的嗎？」

「恐怕還有。『讓人更為不解的是，六年前，巴靈頓對柯里夫頓的案件在上議院審理，透過投票決定巴靈頓爵位與財產應由誰繼承時，大法官裁決吉爾斯爵士勝訴，吉爾斯爵士與柯里夫頓先生都一致接受。這對新婚佳偶，』」艾瑪繼續唸，「將赴吉爾斯爵士的托斯卡尼別墅度蜜月。』」

「還真敢啊，」艾瑪抬頭說，「那別墅是媽媽留給我和葛芮絲，讓我們用最合適的方式加以處理。」

「冷靜一點，艾瑪。」哈利說，「你認為適合的處理方式是用那幢別墅和吉爾斯交換條件，讓我們在法院判決遺囑是否有效之前，繼續住在巴靈頓大宅。不是嗎？」

「不，精采的還在後頭呢。『然而，吉爾斯爵士母親伊麗莎白．巴靈頓夫人過世之後，這個家族似乎出現重大嫌隙。已故的巴靈頓夫人在最後的遺囑之中，把大部分財產留給兩個女兒，艾瑪和葛芮絲，而沒留給獨生子吉爾斯爵士。吉爾斯爵士已提起訴訟，質疑遺囑的有效性，本案將於下個月在高等法院審理。』就這樣。《泰晤士報》怎麼說？」

「比較冷靜客觀。就只陳述事實，沒有臆測。但是比利．柯林斯告訴我，《郵報》和《快報》的頭版有貓咪克麗奧佩脫拉的照片，《鏡報》頭版頭條的標題是『貓咪之戰』。」

「事情怎麼會發展到這個地步？」艾瑪說，「我永遠搞不懂的是，吉爾斯竟然讓那個女人禁止他的家人參加婚禮。」

「我也無法理解。」哈利說，「但威爾斯王子為了一個離了婚的美國女人放棄王位[13]，我也同樣無法理解。我想你媽媽說對了，吉爾斯是被那個女人給迷得神魂顛倒了。」

「要是我媽希望我放棄你，」艾瑪說，「我肯定也會違抗。」她露出溫暖的微笑，「所以我也有點同情我哥啦。」

*

接下來兩個星期，大部分的全國性報紙都刊登了吉爾斯爵士與巴靈頓夫人在托斯卡尼度蜜月的照片。

哈利的第四部小說《筆誅勝於劍伐》在巴靈頓夫婦從義大利返國當天上世。隔天早上，除了《泰晤士報》之外，每一家報紙頭版都登了同一張照片。

這對快樂的新婚夫婦在滑鐵盧車站步下火車，必須行經W．H．史密斯書店才能坐上他們的座車。書店櫥窗布置了大量的書，但都是同一本書。一個星期之後，《筆誅勝於劍伐》登上暢銷排行榜，而且一直熱銷到官司開審。

哈利只能說，比利．柯林斯促銷新書的高明手法，沒人比得上。

⑬即英王愛德華八世，為迎娶離婚的美國女子辛普森夫人，不惜退位，由弟弟繼位為喬治六世。他退位後受封為溫莎公爵。

13

吉爾斯和艾瑪一致同意的是，案件應該在不公開的法庭內，由主審的法官聽審，而不要交給難以捉摸的陪審團，任由媒體不眠不休追獵。卡麥隆法官閣下被選任審理這個案件，雙方律師都向他們的當事人保證，他是位廉潔公正、睿智聰穎，且講情理的法官。

儘管媒體群集六號法庭外，但他們每天都只能得到雙方當事人的早安與晚安問候。

代表吉爾斯的是皇家大律師卡斯伯特．馬金斯爵士，艾瑪和葛芮絲則選擇皇家大律師西蒙．塔德先生來代表她們。但葛芮絲說得很清楚，她不會出席庭審，因為她有更重要的工作要做。

「比如說？」艾瑪問。

「比如給聰明的孩子上課，而不是去聽幼稚的大人吵架。要是我有得選，我就會敲你們兩個的腦袋，把你們敲醒。」這是她對這件事發表的最後一次意見。

聽審的第一天，法官席後面的時鐘第一次敲響十聲時，卡麥隆法官閣下踏進法庭。法庭裡的每一個人都跟著兩位皇家大律師起身，對法官大人鞠躬。法官大人答禮之後，在皇家徽章前的高背皮椅上就座。他調整了一下假髮，翻開面前厚厚的紅色檔案夾，喝一小口水，才開始對兩造講話。

「各位女士，各位先生，」他說，「我的任務是聆聽兩位卓越律師所提出的論點，衡酌證人的證詞，考量與本案相關的法律要點。我首先要請問控方與辯方律師，是否已用盡方法，都無法達成庭外和解？」

卡斯伯特爵士緩緩從座位起身，拉拉黑色長袍的衣領，開口對庭上說：「我代表雙方回覆庭上，很遺憾，不可能庭外和解。」

「那麼我們繼續進行，卡斯伯特爵士，請開始你的開庭陳詞。」

「謹遵大人指示。本案我所代表的是控方，吉爾斯．巴靈頓爵士。大人，本案涉及遺囑的有效性，以及巴靈頓夫人在過世前幾個鐘頭簽署本份冗長、複雜且牽連甚廣的文件時是否心智健全。我認為，大人，這位身心俱疲的病弱女士無法對此一影響眾人生活的重要決定，做出周全判斷。我也將展示，巴靈頓夫人在過世一年前，曾立下另一份遺囑，她當時健康狀態仍堪負荷，也有足夠的時間考慮行動的後果。最後，大人，我想傳喚我的第一位證人，邁可．皮姆先生。」

一名滿頭銀髮、衣裝高雅的修長男子走進法庭，還沒坐上證人席，就已經達成卡斯伯特爵士所想要給眾人留下的良好印象。證人宣誓之後，卡斯伯特爵士對他露出溫暖的微笑。

「皮姆先生，請告訴我們你的名字與職業，以便法庭記錄。」

「我是邁可．皮姆，倫敦市蓋爾醫院的資深外科醫生。」

「你有多少年的行醫資歷？」

「十六年。」

「所以你在這個專業領域有非常豐富的經驗，我們可以認為——」

「我認可皮姆先生是位專家證人，卡斯伯特爵士。請繼續吧。」法官說。

「皮姆先生，」卡斯伯特爵士迅速恢復神態，「能否告訴庭上，依您長年的經驗，承受像癌症這麼痛苦且折磨體力的重症病人，在生命即將結束之前，會有什麼樣的情況？」

「情況各有不同，當然，但是大部分病人會陷入長時間的半昏迷或昏迷狀態。清醒的時候，他們通常會意識到自己的生命逐漸消逝，但大部分時間，他們都無法理解現實的狀況。」

「你認為這個階段的病人會有清明的神智可以在複雜的法律文件上做出重要的決定，譬如簽署遺囑？」

「不能，我認為不能。」皮姆先生回答說，「我通常會在病況惡化到這個狀況之前，就要求病人簽署醫療同意書。」

「沒有問題了，法官大人。」卡斯伯特爵士說，回到座位上。

「皮姆先生，」法官傾身問，「你的意思是這個常規並沒有例外存在？」

「有例外恰正證明有常規的存在，法官大人。」

「確實。」法官說。他轉頭問塔德先生：「你有問題要問這位證人嗎？」

「確實有，法官大人。」塔德先生站起來說，「皮姆先生，你是否見過巴靈頓夫人，無論是在社交場合或醫療院所？」

「沒有，但是——」

「所以你也沒有機會研究她的病歷？」

「當然沒有。她不是我的病人，翻閱病歷會違反醫學協會的行為規範。」

「所以，你沒見過巴靈頓夫人，對她的病史也不清楚？」

「是的。」

「那麼，皮姆先生，她也很有可能是那個證明常規存在的例外？」

「是有可能，但可能性極小。」

「沒有其他問題了，法官大人。」

卡斯伯特爵士微笑看著塔德先生坐下。

「卡斯伯特爵士，你還要傳喚其他專家證人嗎？」法官問。

「沒有了，法官大人，我已經清楚說明觀點了。不過，在呈給庭上的大量證據裡，我也附上三位同樣具有卓著醫學專業聲望的證人書面證詞，如果您或塔德先生認為有必要傳喚他們上庭，他們也已到庭候傳。」

「你太周到了，卡斯伯特爵士。我已經看過這三份證詞，全都印證皮姆先生的看法。塔德先生，你希望傳喚其中任何一位，或三位都傳？」

「我想沒有必要，法官大人。」塔德說，「除非他們任何一位認識巴靈頓夫人，或熟悉她的病歷。」

法官看了卡斯伯特爵士一眼，卡斯伯特爵士搖搖頭。「我沒有其他證人要傳喚了，法官大人。」

「塔德先生，你可以傳喚你的證人了。」法官說。

「謝謝您，法官大人，我要傳喚肯尼斯・蘭伯恩先生。」

蘭伯恩先生和邁可・皮姆的外形恰成鮮明對比。他個頭小，背心掉了幾顆釦子，看來不是最近變胖了，就是還沒結婚。頭上僅餘不多的頭髮若不是恣意亂長，就是他根本沒梳子。

「請說出你的大名和職業。」

「我是肯尼斯．蘭伯恩，布里斯托皇家醫院資深外科醫生。」

「你在這個職位上有多少年資歷，蘭伯恩先生？」

「九年。」

「巴靈頓夫人在布里斯托皇家醫院治療期間，你是她的主治醫師？」

「是的。她是由她的家庭醫生雷本醫師轉介給我的。」

「為巴靈頓夫人做過一些檢查之後，你確認了她家庭醫師的診斷，證實她罹患乳癌，並且告訴她，她的生命只剩下幾個星期，我這個說法正確嗎？」

「正確。告訴病人疾病已到末期，是醫生最難的任務。而病人如果是老朋友，這個任務就難上加難。」

「你是不是可以告訴法官大人，巴靈頓夫人得知這個消息時的反應？」

「我會形容她很『堅毅』。她接受了自己的命運之後，展現了無比的決心，說她有重要的事情得做，一時半刻都不容浪費。」

「但是，蘭伯恩先生，她的身體承受那麼大的痛苦，想必非常虛弱，而且用藥會讓她昏昏欲睡。」

「她的確睡很長的時間，但是只要醒著，她甚至可以讀《泰晤士報》，有訪客來探病，聊到累的反而常是訪客。」

「你怎麼解釋這個情況，蘭伯恩先生？」

「我無法解釋。我只能告訴你，人一旦接受自己的生命有限，有時表現出來的反應會讓人難以置信。」

「根據你對這個病例的瞭解，蘭伯恩先生，你認為巴靈頓夫人有能力瞭解複雜如遺囑的法律文件，並親自簽名嗎？」

「我看不出來有什麼不可能。住院那段期間，她寫了好幾封信，事實上，她當著律師面前簽署遺囑時，還請我當見證人。」

「你經常執行這樣的任務嗎？」

「只有在確認病人非常清楚自己在做什麼的情況下，我才會答應，否則我會拒絕。」

「但就這個案子來說，你認為巴靈頓夫人非常清楚自己在做什麼？」

「是的，我確信。」

「沒有其他問題了，法官大人。」

「卡斯伯特爵士，你有問題要問證人嗎？」

「我只有一個問題，法官大人，」卡斯伯特爵士說，「蘭伯恩先生，巴靈頓夫人在你見證遺囑簽署之後多久過世？」

「她當天晚上就過世了。」

「當天晚上，」卡斯伯特爵士重複他說的話，「所以就是幾個鐘頭之後？」

「是的。」

「沒有其他問題了，法官大人。」

「你還有其他證人要傳喚嗎，塔德先生？」

「是的，法官大人，我要傳喚戴斯蒙・席登斯先生。」

席登斯進到法庭，宛如踏進自家客廳那般自在，以熟練專業的態度宣誓。

「請說出你的大名和職業。」

「我是戴斯蒙・席登斯，馬歇爾、巴克與席登斯律師事務所的資深合夥人。我擔任巴靈頓家族律師二十三年。」

「請容我先請問你，席登斯先生，吉爾斯先生堅稱是巴靈頓夫人真正最後遺囑的那份遺囑，也是由您負責執行的嗎？」

「是的，先生。」

「那是多久以前的遺囑？」

「在巴靈頓夫人過世一年之前。」

「巴靈頓夫人在那之後和你聯繫，告訴你說她想立新的遺囑？」

「確實如此。就在她過世前幾天。」

「最新的這份遺囑，也就是本案所繫的這份遺囑，和您之前所經手的那份遺囑，有什麼不同？」

「遺贈慈善機構、員工、孫子女和朋友的部分維持不變。事實上，整份文件只有一個重大的改變。」

「什麼改變，席登斯先生？」

「哈維家的主要產業不再遺留給兒了吉爾斯．巴靈頓爵士，而是留給兩個女兒，哈利．柯里夫頓夫人和葛芮絲．巴靈頓小姐。」

「我們來徹底釐清這個部分，」塔德先生說，「我承認這是非常重大的修正，但除了這一處修正之外，整份遺囑的內容維持不變？」

「沒錯。」

「巴靈頓夫人請你對遺囑做出重大修正時，你覺得她的心智狀態如何？」

「法官大人，我必須反對，」卡斯伯特爵士跳起來說，「席登斯先生如何判斷巴靈頓夫人的心智狀態？他是律師，又不是精神科醫師。」

「我同意，」法官說，「但是既然席登斯先生已經認識巴靈頓夫人二十三年，我很有興趣聽聽他的看法。」

「她體力很差，」席登斯先生說，「她花了比平常更長的時間才能表達自己的意思。但是，她說得非常清楚，她希望能盡快準備好新的遺囑。」

「盡快——這是你說的，還是她說的？」法官問。

「她說的，法官大人。她常講完一個句子，就要求我快點寫出一整段來。」

「所以你盡快準備好了新的遺囑？」

「我當然這麼做，因為我知道我們快沒有時間了。」

「遺囑見證的時候，你也在場？」

「是的，見證遺囑的是蘭伯恩先生和病房的護理長倫伯德小姐。」

「而且你還是認為，巴靈頓夫人知道她簽的是什麼？」

「絕對肯定，」席登斯先生非常篤定，「否則我不可能繼續進行。」

「確實是。沒有其他問題了，法官大人。」塔德先生說。

「輪到你了，卡斯伯特爵士。」

「謝謝，法官大人。席登斯先生，你告訴庭上，為了完成新遺囑簽署，你面對相當大的壓力，所以引用你自己的話來說，這也是你之所以盡快準備好遺囑的原因。」

「是的，因為蘭伯恩先生警告過我，巴靈頓夫人不久人世。」

「所以，可以理解的，你竭盡所能加速進行。」

「我別無選擇。」

「我毫無疑問。但我可以請教一下，前一份遺囑，也就是我的當事人認為是巴靈頓夫人真正遺願的那份遺囑，你花了多少時間準備？」

席登斯遲疑了一下才說：「三或四個月。」

「期間想必也經常和巴靈頓夫人商議？」

「是的，她對細節很在意。」

「我相信。但立後來的這份遺囑時，她並沒有給你太多時間。精確來說，是五天的時間。」

「是的，但別忘了——」

「最後一天，她甚至只來得及在遺囑上簽名，沒錯吧？」

「我想是可以這樣說沒錯。」

卡斯伯特爵士轉頭對法庭書記說：「麻煩把巴靈頓夫人的這兩份遺囑遞給席登斯先生。」卡斯伯特爵士等待遺囑交到證人手上，才繼續他的交叉詰問。

「比起『只來得及簽名』的那份遺囑，第一份遺囑的簽名看來比較有力，也比較自信，你同意我的看法嗎，席登斯先生？事實上，很難相信這兩個簽名是出自同一人之手。」

「卡斯伯特爵士，你這是在暗示巴靈頓夫人沒有在第二份遺囑上簽名？」法官問。

「當然不是，法官大人，我只是覺得，她可能不知道自己簽的是什麼。」

「席登斯先生，」卡斯伯特爵士轉頭看這位雙手緊抓著證人席前緣的律師說，「你完成這份倉促寫完的新遺囑之後，有沒有逐條和你的當事人核對？」

「沒有，我沒有。畢竟，這個新遺囑和原本的遺囑只有一處重大修正而已。」

「要是你沒有和巴靈頓夫人逐條核對，席登斯先生，那麼我們就只有你的片面之詞而已。」

「法官大人，這是極度無禮的暗示，」塔德先生跳起來說，「席登斯先生在法律界資歷深厚，卓有聲望，人格不容羞辱。」

「我同意，塔德先生，」法官說，「卡斯伯特爵士，請撤回你的發言。」

「我道歉，法官大人，」卡斯伯特爵士微微鞠躬說，接著又轉身面向證人席，「席登斯先生，在第一份遺囑裡，是誰要求在全文三十六頁的每一頁上都簽姓名縮寫ＥＢ的？」

「我想是我。」席登斯說，語氣有點慌張。

「但是在第二份遺囑，盡快準備好的這份遺囑，你並沒有要求同樣嚴格的程序。」

「我覺得沒有必要，因為就像我之前說的，新遺囑只有一處重大修正。」

「這重大修正是在哪一頁上，席登斯先生？」

席登斯翻找內容，露出微笑，「二十九頁，第七條。」

「是啊，我也看到了，」卡斯伯特爵士說，「但是我沒看到姓名縮寫，不管是在這一頁下緣，或是相關條文上都沒有。也許巴靈頓夫人體力太差，沒辦法一天簽兩次名。」

席登斯彷彿就要開口抗議，但最後還是什麼都沒說。

「請容我一問，席登斯先生，在你漫長且聲望卓著的執業生涯裡，有多少次沒建議當事人在遺囑的每一頁上都簽名？」

席登斯沒回答。卡斯伯特爵士這才第一次轉頭看塔德先生，接著看法官，最後目光又回到證人席。「我還在等你的回答，先生。」

席登斯抬起目光，破釜沉舟地看著法官，脫口說出：「要是讀過巴靈頓夫人寫給您的信，法官大人，或許您就可以判斷她究竟知不知道自己在做什麼。」

「信？」法官一臉困惑，「我不知道有什麼信。肯定不在審理文件裡。你知道有這封信嗎，卡斯伯特爵士？」

「這也是我頭一次聽到，法官大人，我和您一樣一無所知。」

「那是因為，」席登斯氣急敗壞，「我今天早上才收到這封信。我甚至來不及通知塔德先生這件事。」

「你說什麼啊？」法官說。

所有的目光都集中在席登斯身上，看著他從外套內側口袋掏出一只信封，拿得高高的，彷彿信封著了火似的。「我今天早上才剛收到這封信，法官大人。」

「誰交給你的，席登斯？」法官追問。

「哈利．柯里夫頓先生。他說是巴靈頓夫人過世前幾個鐘頭交給他的。」

「你打開信了嗎，席登斯先生？」

「沒，大人，我沒打開。這是寫給您的，收件人是主審法官。」

「我明白了，」法官說，「塔德先生，卡斯伯特爵士，你們可以到我的辦公室來一下嗎？」

＊

「兩位，這事真的很棘手。」法官說。這封沒打開的信擺在辦公桌上，就在兩位律師面前。

「在這個情況下，我承認，我不知道應該怎麼做才好。」

「我們兩人都可以提出有力的論證，」塔德先生說，「主張這封信不應列入證據。」

「我同意，」卡斯伯特爵士說，「但老實說，要是我們這麼做就慘了，但要是我們不這麼做，也一樣慘。因為如果你不打開已經送到法庭的這封信，那麼不管哪一方輸掉官司，都馬上有理由可以提出上訴。」

「恐怕就是這樣，」法官說，「如果二位同意，也許你，西蒙，應該傳喚柯里夫頓先生宣誓作證，看他能不能讓我們知道，這封信一開始為什麼會交到他手上的。你覺得呢，卡斯伯特？」

「我不反對。」卡斯伯特爵士說。

「很好。不過，請放心，」法官又說，「在我聽完柯里夫頓先生的證詞之前，我不會打開信封，而且我也只有在得到你們兩位同意的情況下，才會這麼做。如果要拆信，我也一定會要求所有受本案審理結果影響的人都到場。」

14

「傳哈利．柯里夫頓先生。」

艾瑪放開緊抓哈利不放的手，看著哈利站起來，鎮靜走向證人席。他宣誓之後，法官傾身說：「柯里夫頓先生，我想請教幾個問題。等我問完之後，如果律師希望澄清任何疑點，也同樣可以提出問題。為了記錄的必要，我要先請問，你是本案辯方的兩位當事人，艾瑪．柯里夫頓的丈夫和葛芮絲．巴靈頓小姐的姊夫？」

「是的，法官大人，我也是吉爾斯．巴靈頓的妹婿，他是我交情最久、也最要好的朋友。」

「你能否告訴本庭，你和巴靈頓夫人的關係？」

「我十二歲的時候，在吉爾斯生日的下午茶慶生會上，第一次見到巴靈頓夫人，所以我認識她將近二十年。」

「這並沒有回答我的問題。」法官追問。

「我把伊麗莎白當成親近的朋友，我和法庭裡的其他人一樣，為她的早逝哀痛不已。她是位非常傑出的女性，要是晚一個世代出生，在丈夫過世之後，巴靈頓航運公司就不必請外人來當董事長了。」

「謝謝你，」法官說，「現在我想問你這封信的事，」他拿起信封，讓每一個人都看得見。

「以及你是怎麼取得的。」

「我幾乎每個晚上都去看伊麗莎白。我最後一次去看她，也就是她在世的最後一個晚上。」

「只有你和她在一起？」

「是的，大人。當時她女兒葛芮絲剛離開。」

「請把發生的經過告訴庭上。」

「伊麗莎白告訴我，那天稍早，她見過律師，也就是席登斯先生，同時立了新遺囑。」

「你說的是七月二十六日星期四？」

「是的，大人，就在伊麗莎白過世前的幾個鐘頭。」

「你可以告訴庭上，當天的探訪還發生了什麼事嗎？」

「她做了讓我很意外的事。從枕頭底下抽出一只密封的信封，交給我保管。」

「她有沒有解釋，為什麼要交給你？」

「她只說，如果吉爾斯對新遺囑有異議，我就要把這封信交給主審法官。」

「她還給你其他指示嗎？」

「她叫我不可以打開信封，也不可以讓吉爾斯和我妻子知道這封信的存在。」

「如果吉爾斯爵士沒對遺囑提出異議呢？」

「那我就要毀掉這封信，但也同樣不可以洩露有這封信存在過。」

「所以你不知道信封裡裝的是什麼，柯里夫頓先生？」法官舉起信說。

「完全不知道。」

「還真的以為我們會相信咧。」薇琴妮亞說，聲音大得足以讓每個人都聽見。

「離奇，真的太離奇，」法官不理會她的打岔，「我沒有其他問題了，柯里夫頓先生。你呢，塔德先生？」

「謝謝您，法官大人。」塔德站起來說，「柯里夫頓先生，你告訴法官大人，巴靈頓夫人說她立了新遺囑。她有沒有告訴你，她為什麼要這樣做？」

「伊麗莎白心裡是很愛兒子的，我一點都不懷疑，但她告訴我，她擔心他如果娶了可怕的薇琴妮亞女爵——」

「法官大人，」卡斯伯特爵士跳起來說，「這是傳聞，絕對不能列入證詞。」

「我同意，請從紀錄裡刪除。」

「但是，法官大人，」塔德先生介入，「巴靈頓夫人把她的暹羅貓克麗奧佩脫拉留給薇琴妮亞女爵，就足以證明——」

「你的觀點我清楚了，塔德先生。」法官說，「卡斯伯特爵士，你還有問題要問證人嗎？」

「只有一個問題，法官大人，」卡斯伯特爵士眼睛盯著哈利，問：「你是第一份遺囑的受益人嗎？」

「不，我不是。」

「我沒有其他問題要問柯里夫頓先生了，法官大人。但我想請求庭上，在您決定是否拆閱這封信之前，允許我再傳喚一位證人。」

「你想傳誰，卡斯伯特爵士？」法官問。

「倘若您的判決對他不利，就會失去最多的人。也就是吉爾斯．巴靈頓爵士。」

「我不反對，只要塔德先生同意。」

「我很樂意接受。」塔德先生說，知道反對無益。

吉爾斯緩緩走向證人席，像在國會發言那樣唸出誓詞。卡斯伯特爵士對他露出溫暖的微笑。

「為了記錄的必要，請說說你的姓名與職業。」

「我是吉爾斯．巴靈頓爵士，代表布里斯托碼頭區的國會議員。」

「你最後一次見到令堂是什麼時候？」卡斯伯特爵士問。

法官微笑。

「她過世的那天早上，我有去看她。」

「她提起她改立遺囑的事嗎？」

「完全沒有。」

「所以你探望完離開的時候，還是認為她只立過一份遺囑，也就是一年前她和你詳細討論過內容的那一份？」

「老實說，卡斯伯特爵士，當時我心裡根本就沒想到遺囑的事。」

「確實。但我必須請教，令堂當天早上的健康狀況。」

「她非常虛弱。我和她待了一個鐘頭，但我們幾乎沒說話。」

「在你離開之後不久，她就在一份長達三十六頁的複雜法律文件上簽名，是不是讓你很意外？」

「我覺得難以想像，」吉爾斯說，「直到現在還是這麼覺得。」

「你愛令堂嗎，吉爾斯爵士？」

「我很愛她。她是我們家的磐石。我真希望她還在世，那麼這整件遺憾的事就不必發生。」

「謝謝你，吉爾斯爵士，請先留在席上，塔德先生或許有問題要問。」

「恐怕我得要冒險一搏了。」塔德低聲對席登斯先生說，然後才站起來對證人說：「吉爾斯爵士，請容我先請教，你反對法官大人打開令堂寫給他的信嗎？」

「他當然反對！」薇琴妮亞說。

「我不反對打開這封信。」吉爾斯不理會妻子的話，「如果這信是在她過世當日寫的，那就證明她有能力在像遺囑這麼重要的文件上簽字。但如果信是在七月二十六日之前寫的，那就沒有任何的重要性。」

「那也就是說，柯里夫頓先生所陳述的，在你離開令堂病房之後所發生的事情，你沒有異議？」

「當然有！」薇琴妮亞說。

「夫人，要是你再這樣打岔，」法官怒目圓睜瞪著她，「要是你繼續在證人席外發表意見，我別無選擇，只能把你趕出法庭。我說得夠清楚了嗎？」

薇琴妮亞低下頭，卡麥隆法官頂多也只能得到這位夫人這樣的反應。

「塔德先生，請再問一次你的問題。」

「不需要，法官大人。」吉爾斯說，「如果哈利說家母在當天晚上交給他這封信，那一定是事實。」

「謝謝你，吉爾斯爵士，我沒別的問題了。」

法官請雙方律師起立。「聽完吉爾斯．巴靈頓爵士的證詞之後，如果你們沒有任何反對意見，那麼我就要拆開這封信了。」

兩位律師都點頭，知道他們若是反對，只會讓對方有上訴的依據。反正他們也不相信，全國有哪位法官肯理會反對拆信的意見。

卡麥隆法官高舉信封，讓法庭裡的每一個人都看得見。他撕開信封，裡面只有一張紙，他抽出來擺在面前的桌上。法官反覆讀了三次，才再開口。

「席登斯先生，」最後他說。

巴靈頓家族律師站起來，非常緊張。

「請告訴我，巴靈頓夫人過世的日期和確切時間。」

席登斯翻來翻去，好一會兒才找到他所需要的文件。他抬頭對法官說：「法官大人，死亡證明書簽署的時間是一九五二年七月二十六日星期四，晚間十點二十六分。」

「感謝，席登斯先生。我必須回辦公室考慮一下這份證據的重要性。半個鐘頭後重新開庭。」

＊

「我覺得那看起來不像封信，」他們一小群人聚在一起交頭接耳時，艾瑪說。「比較像是正式的文件。她那天還簽了什麼別的東西嗎，席登斯先生？」

席登斯搖搖頭。「我在場的時候沒有。塔德先生，你有什麼想法嗎？」

「那張東西很薄，很像剪報，但是隔這麼遠，我沒辦法確定。」

「吉爾斯，你幹嘛允許法官拆開那封信？」法庭另一頭傳來薇琴妮亞不滿的聲音。

「在這個情況下，薇琴妮亞女爵，吉爾斯爵士沒有太多選擇。」卡斯伯特爵士說，「不過如果沒有這封信在最後一刻來攪局，我相信我們是會贏的。」

「法官會怎麼做？」艾瑪問，難掩緊張。

哈利拉著妻子的手。「我們很快就會知道了，親愛的。」

「要是法官做出不利我們的裁決，」薇琴妮亞說，「我們還能不能主張信封裡的東西不應採認？」

「在有機會詳加檢視之前，」卡斯伯特爵士說，「我無法回答這個問題。信封裡的東西有可能會證明吉爾斯爵士的看法，說他母親在過世前幾個鐘頭心智狀況不理想，無法簽署重要的法律文件，但不管結果如何，任何一方都可以決定是不是要上訴。」

雙方聚在各自的角落，低頭商議，彷彿是等待鈴聲響起，上場打最後一回合的拳擊手。這時法官席後面的門打開來，法官再次現身。

法庭裡的人全站起來鞠躬，等待卡麥隆法官重新坐在他的高背椅上。他看著下面十幾張充滿期待的臉龐。

「我已經研究過信封裡的東西了。」每個人都盯著他看。「我很驚喜發現巴靈頓夫人和我有相同的嗜好，雖然我不得不說，她比我厲害得多。在七月二十六日星期四，她完成了《泰晤士報》上的填字謎，只留下一個詞彙空白沒填，我一點都不懷疑，她是刻意這麼做，用來證明她的觀點。我之所以離席，是因為我必須到圖書室去找出巴靈頓夫人過世隔天，七月二十七日星期五的《泰晤士報》。我想要查對前一天填字謎遊戲的答案，看巴靈頓夫人是不是全填對了，同時也想找出她空下沒填的那個答案。經過查對，我非常肯定巴靈頓夫人不只有能力簽署遺囑，也很明白遺囑內容的重要性。因此我已準備宣布本案的審理結果。」

卡斯伯特爵士馬上站起來。「法官大人，我很好奇，讓您得以做出判決的那個字謎是什麼？」

卡麥隆法官低頭看字謎，「十二個空格，由兩個各有六個字母的字彙組成。謎面是：『我常把神智清楚誤認為是害蟲[14]』。」

卡斯伯特爵士鞠躬，哈利臉上浮現微笑。

「因此，巴靈頓控告柯里夫頓與巴靈頓一案，我判決哈利．柯里夫頓夫人與葛芮絲．巴靈頓小姐勝訴。」

「我們要上訴。」卡斯伯特爵士和塔德先生起身鞠躬時，薇琴妮亞說。

「我不會上訴，」吉爾斯說，「雖然我拉丁文不怎麼樣，也還懂得這個意思。」

*

「你太可悲了。」薇琴妮亞乒乒乓乓走出法庭說。

「但哈利是我交情最老的朋友。」吉爾斯追在她後面說。

「提醒你一下，免得你忘記，我可是你的妻子啊。」薇琴妮亞推開雙扉門往外走到斯特蘭大道上。

「但在目前的情況下，我還能怎麼辦呢？」他追上她時問。

「你可以像你之前答應的，用盡一切手段，為屬於我們的東西奮戰到底。」她舉手招計程車。

「但是法官說我媽確實知道她在做什麼，難道不對嗎？」

「要是你相信這些鬼話，吉爾斯，」薇琴妮亞轉頭看他，「那你就和她一樣看不起我。」

吉爾斯無言以對，看著一輛計程車停下來。薇琴妮亞拉開車門，上了車，搖下車窗。

「我要去我媽家住幾天。等我回來的時候，你如果還沒提起上訴，那建議你去找位專精離婚的律師吧。」

⓮ Common pests I confused when in my right mind，答案是與常見害蟲（common pests）近似的拉丁文「compos mentis」，意指神智清明。

15

有人用力敲了一下門。吉爾斯看看手錶：晚上七點二十分。這時間會是誰？他沒邀任何人來晚餐，而且他九點鐘還要回議會聆聽結辯。又一聲，同樣結實的聲音，他這才想起今天晚上管家休假。他把昨天的國會議事錄擺到旁邊的桌子，椅子後推，站起來走向門口。門上敲響第三聲。

「有耐性一點吧。」吉爾斯說。一打開門，站在他這幢史密斯廣場寓所門外的，是他最意想不到的人。

「葛芮絲？」他掩不住驚訝。

「你還記得我的名字，那我就放心了。」他妹妹踏進屋裡說。

吉爾斯本想尖牙利嘴地反駁，但兩人打從母親葬禮之後就沒再見過面，妹妹這樣話裡帶刺也不是沒有原因的。事實上，打從薇琴妮亞怒沖沖離開法庭，把他一個人丟在路邊人行道那天起，他就沒再和任何家人聯絡了。

「你怎麼會到倫敦來，葛芮絲？」他領著妹妹穿過走道，踏進客廳，怯怯地問。

「因為你啊。」她回答說，「你不來，我只好移樽就教啦。」

「你要喝點什麼嗎？」他問，不住尋思妹妹究竟想幹嘛，除非……

「謝謝，經過這趟可怕的火車之旅，來杯雪莉酒應該不錯。」

吉爾斯走到酒櫃前，幫她倒了杯雪莉酒，給自己倒杯威士忌，拚命想找話說。「我十點要回去投票。」最後他說，把酒遞給葛芮絲。他這個小妹向來讓他覺得自己像個隨時會惹毛校長的頑皮男生。

「我要講的事情很簡單，這點時間夠了。」

「你是要來主張你的權利，把我趕出這裡嗎？」

「才不是，老哥，我是想來敲敲你的腦袋，讓你神智清楚一點。」

吉爾斯癱在沙發上，啜一口威士忌。「我洗耳恭聽。」

「我下個星期過三十歲生日，你大概是忘了。」

「你大老遠跑來，是要告訴我說你想要什麼禮物？」吉爾斯說，想讓心情盡量放鬆一點。

「沒錯。」葛芮絲再次讓他大為意外。

「那你想要什麼呢？」吉爾斯覺得自己還是屈居下風。

「我要你來參加我的慶生會。」

「可是國會正在開議期間，而且我現在是前座議員，應該要——」

「哈利和艾瑪都會來，」葛芮絲不理會他的藉口，「所以我們可以像以前一樣。」

吉爾斯又灌下一口威士忌。「永遠不會像以前一樣了。」

「當然可以，你這個笨蛋，就只有你在抗拒。」

「他們想見我？」

「他們為什麼不想？」葛芮絲說，「這場兄妹鬩牆的爛戲已經拖太久了，所以我得趁還來得及的時候，好好教訓你們，讓你們清醒過來。」

「還有誰會去?」

「塞巴斯汀和潔西卡，還有幾個朋友，主要是學術界的朋友，但除了你的老朋友狄金斯之外，你不需要和他們講話。不過，」她又說，「有個人我是不會邀請的。順便問一聲，那個賤人哪裡去了?」

吉爾斯以為妹妹不管說什麼，都不可能讓他吃驚。看來他是錯了。

「我不知道，」他最後還是說，「但是你如果相信《每日快報》的報導，她現在人應該在法國的聖特羅佩茲，手挽著某個義大利伯爵。」

「我想他們應該很般配。更重要的是，這樣你就有理由離婚了。」

「雖然我很想，但我永遠不會和薇琴妮亞離婚。你忘了媽媽經歷過的痛苦嗎?我不想再重蹈覆轍。」

「噢，我懂了，」葛芮絲說，「薇琴妮亞可以和她的義大利情人在法國南部悠閒度假，但她的丈夫不能和她離婚。」

「你可以挖苦我沒關係，」吉爾斯說，「但這不是正人君子應有的行為。」

「別逗我了。違抗媽媽的遺囑，把艾瑪和我拖進法庭裡，算不上正人君子應有的行為吧?」

「這麼說不公平，」吉爾斯又灌了一大口威士忌，「但我想我是自作自受，」他又說，「我一輩子都會後悔。你會原諒我嗎?」

「如果你來參加我的慶生會，向你妹妹和你的老朋友道歉，我就原諒你。」

「我不確定我有沒有辦法面對他們。」

「你只靠著幾枚手榴彈和一把槍防身，就敢面對一個砲兵連的德軍。」

「要是能說服艾瑪和哈利原諒我，我願意再冒生命危險。」

葛芮絲站起來，走過去，蹲在哥哥身旁。「他們當然會原諒你，你這個大笨蛋。」葛芮絲伸手攬住哥哥肩膀，吉爾斯垂下頭。「你很清楚，媽媽不希望我們為了那個女人而反目。」

*

吉爾斯開車經過標示劍橋方向的路標時，心想，這時掉頭還來得及。但他心裡很清楚，要是這麼做，他永遠不會再有第二次機會。

進到大學城，他馬上感受到校園氣氛。年輕男女身著長短不一的學術袍，從四面八方湧現。這讓他想起當年在牛津的往事，那被希特勒硬生生截斷的大學生活。

吉爾斯在從軍五年後，從戰俘營逃脫，回到英國，布雷齊諾斯學院院長曾提供他機會，回到原本的學院，完成學位。但當時他是受過戰火摧殘的二十五歲退伍軍人，與同輩的許多年輕人——包括哈利——一樣，覺得念書的時機已經過了。反正眼前出現了另一個戰場，他無法克制挑戰選舉的念頭，想要在下議院贏得一席之地。我不後悔，吉爾斯想。嗯，好吧，是有一點點後悔啦。

他沿著農莊路往下開，右轉，在席吉威克大道停好車，穿過紐罕姆學院的拱門。這所學院創建於一八七一年，當時女生並不允許取得學位，目光遠大的創辦人堅信，在他有生之年，一定可以見到女生獲頒大學學位。結果並沒有[15]。

吉爾斯停在門廳，正準備問巴靈頓小姐的慶生會在哪裡舉行，門房就說：「晚安，吉爾斯爵士，請到席吉威克廳。」

被認出來，沒有回頭路了。

「請沿著走廊往下走，上樓，左邊第三扇門，您一定找得到的。」

吉爾斯遵照他指示的方向走，與十幾個穿著白襯衫、黑長裙與學術袍的大學生錯身而過。她們沒多看他一眼，只是她們又何必呢？三十三歲的他，年紀幾乎大她們一倍。

他爬上樓梯，走到樓上之後，不必張望方向，就聽見喧鬧的交談和笑聲，引領他一直走到左手邊的第三扇門前。他深吸一口氣，很想不要進去。

第一個看見他的是潔西卡。她馬上衝過房間，大叫：「吉爾斯舅舅，你這段時間都跑到哪裡去了？」好問題，吉爾斯心想，看著這個他寵愛的小女孩，雖然還沒長成漂亮的天鵝，但也已經不是醜小鴨了。她跳起來，雙手摟住他。越過她的肩頭，他看見葛芮絲和艾瑪朝他走來。她們三個想一起擁抱他。其他的賓客也都轉頭看，想知道是怎麼回事。

「對不起，」吉爾斯和哈利握手之後說，「我不該讓你們經歷這一切的。」

「別再想這件事了，」哈利說，「更何況，我們兩個都還碰過更慘的情況呢。」

和老朋友一碰面，心情竟然馬上就輕鬆起來，吉爾斯非常意外。他和哈利像以前一樣聊起彼德．梅伊[16]，就在這時，他第一次看見她，自此而後，眼睛再也離不開她。

「我沒看過有誰的中前方擊球像他那麼厲害的。」哈利說，左腳用力往前一踏，假裝手拿球棒，用力一揮。他沒發現吉爾斯有多麼心不在焉。

「沒錯，我在赫汀利看過他們對南非的第一場對抗賽，他擊出一百分。」

「我也看了那一場比賽。」有個年紀較大的教授加入談話。「那一棒真是太厲害了。」

吉爾斯趁機溜走，穿過擁擠的廳房，只停下來一次，問問塞巴斯汀上學的情形。這孩子看來變得比他印象中更自在，也更有自信。

吉爾斯很擔心他還沒機會認識她，她就走掉了，於是趁塞巴斯汀因為香腸卷而分神的時候，繼續往前走，站到她旁邊。她正和一位年紀稍長的女人聊天，似乎沒注意到他。他愣站著，舌頭打結，很納悶英國人為什麼難以對女人開口自我介紹，特別是漂亮的女人。貝傑曼[17]說得太對了，儘管這裡並非荒島。

「我覺得舒瓦茲柯芙[18]沒把這個角色掌握得很好。」另一個女人說。

「你說得也許沒錯，但我還是願意放棄半年的獎助金去聽她一場演唱。」

年紀較長的那個女人瞥見吉爾斯，彷彿心中瞭然地轉頭和別人講話。吉爾斯自我介紹，暗暗希望不要有人來打岔。他們握手，但他只是輕輕碰了她一下……

「你好，我是吉爾斯．巴靈頓。」

---

⑮ 紐罕姆學院（Newnham College）遲至一九四八年才正式擁有和劍橋其他學院同等的地位，可以頒授學位。

⑯ Peter May，1929-1994，英國板球選手，被認為是英國最佳板球手之一。

⑰ Sir John Betjeman，1906-1984，英國桂冠詩人。

⑱ Elizabeth Schwarzkopf，1915-2006，德國歌劇演員，後因婚歸化為英國籍，被視為二十世紀後半最重要的女高音。

「你一定是葛芮絲的哥哥，那位我常在報上讀到，發表激進主張的國會議員。我是格妮絲。」她說，透露了她的出身[19]。

「你還在念大學嗎？」

「你這是在恭維我。」她對他微笑說，「不，我剛拿到博士學位，令妹是我的指導教授。」

「你論文寫什麼？」

「數學與哲學在古希臘時代的連結關係。」

「我迫不及待想讀讀看。」

「我會先送一本給你。」

「和吉爾斯聊天的那個女孩是誰？」艾瑪問妹妹。

葛芮絲轉頭看大廳另一頭。「格妮絲．休斯，我聰明的博士生。他一定會發現她和薇琴妮亞女爵不一樣。她父親是威爾斯礦工，她喜歡告訴別人，她出身谷地，而且她肯定理解『compos mentis[20]』的意思。」

「她很有魅力，」艾瑪說，「你覺不覺得——」

「天哪，才不會，他們有什麼共同點嗎？」

艾瑪兀自微笑，然後開口說：「你已經把你的百分之十一股權給吉爾斯了嗎？」

「是啊，」葛芮絲說，「還有爺爺在史密斯廣場的那棟房子，這是我對媽媽的承諾，只要這個笨男生一離開薇琴妮亞，我就都給他。」

艾瑪沉吟半晌。「所以你早就知道媽媽新遺囑的內容？」

「還有信封裡的東西，」葛芮絲毫不在意，「所以開庭的時候我才沒去。」

「媽媽真的很瞭解你。」

「她真的很瞭解我們三個。」葛芮絲說，再次轉頭看她哥哥。

⓳ Gwyneth 這個名字源自威爾斯。

⓴ 即前一章巴靈頓夫人寫給法官信中所空下的字謎，為拉丁文，意為「神智清明」。

16

「你可以把所有的事情全搞定？」吉爾斯問。

「可以，爵士，就交給我吧。」

「我想盡早解決。」

「沒問題。」

「實在太不堪了。我真希望有更文明的辦法可以想。」

「我們的法律需要修改啊，吉爾斯爵士。不過老實說，這是你們國會的權力，不是我能做的。」

吉爾斯知道這人說得沒錯，法律未來肯定也會修改的，但薇琴妮亞說得很明白，她沒辦法等。幾個月沒聯絡之後，她突然打電話給他，告訴他說她為什麼要離婚。她不需要一字一句地講出她期待他做的。

「謝謝你，寶貝，我知道我可以仰賴你。」她說完就掛掉電話。

「什麼時候會有消息？」吉爾斯問。

「這個星期之內，」這人乾掉他的啤酒，站起來，微微躬身，一跛一跛走開。

*

吉爾斯在鈕眼別了一大朵紅色康乃馨，讓她不至於看不見他。他看著每一個朝他方向走來的三十歲以下女人，但沒有人瞥他一眼，最後終於有位打扮得嚴肅正經的年輕女子停在他面前。

「布朗先生？」她問。

「是的。」吉爾斯回答說。

「我是霍特小姐，事務所派我來的。」

她沒再多說一句話，就挽起他的手，像導盲犬般領他走過月台，踏上頭等車廂。面對面坐下之後，吉爾斯不太確定自己接下來要做什麼。時值星期五傍晚，火車還沒離站，所有的位子就都坐滿了。整段車程，霍特小姐都沉默不語。

火車在布萊頓靠站之後，她是第一批下車的人。吉爾斯把兩張車票交給閘門的收票員，跟著她走向計程車招呼站。吉爾斯覺得霍特小姐顯然不是第一次做這樣的事。兩人坐進計程車後座之後，她才開口。但說話的對象並不是他。

「華麗飯店。」

抵達飯店之後，吉爾斯用布朗先生與太太的名義登記入住。

「三十一號房，先生。」櫃檯接待員說。他一副準備要眨眨眼的模樣，但沒有，就只是微笑，說：「入住愉快，先生。」

行李員幫他們把行李送到三樓。吉爾斯給了小費，打發行李員離開之後，霍特小姐才再度開口。

「我是安琪拉．霍特。」她挺直身子坐在床尾說。

吉爾斯站著，打量這位他一點都不想與之共度布萊頓齷齪週末的女子。「你可以告訴我整個程序嗎？」他問。

「當然可以，吉爾斯爵士。」霍特小姐說，彷彿他只是向她問路似的。「八點鐘，我們下樓吃晚餐。我已經訂好餐廳正中央的座位，希望有人會認得你。晚餐後，我們就回房間。我全程都會衣裝整齊，但是你可以到浴室裡更衣，換上睡衣和睡袍。十點鐘，我上床睡覺，你睡沙發。半夜兩點，你打電話到櫃檯點一瓶上好香檳，半品脫健力士啤酒和火腿三明治。夜間服務員送來食物的時候，你必須告訴他，你點的是馬麥醬番茄三明治，要他馬上送正確的餐點來。他回來之後，你就謝謝他，給他五鎊的小費。」

「為什麼要給這麼多小費？」吉爾斯問。

「因為如果上法庭，夜間職員絕對會被傳喚上庭作證，我們必須確保他記得你。」

「瞭解。」

「明天早上，我們一起吃早餐，退房的時候，你必須用支票付帳，這樣才容易追查。離開飯店的時候，你要擁抱我，親吻我好幾次。然後你就坐上計程車，揮手道別。」

「為什麼要好幾次？」

「因為我們必須確保你妻子雇用的私家偵探能拍到清晰的照片，證明我們在一起。在我們下樓吃晚餐之前，吉爾斯爵士，你還有任何問題嗎？」

「有，霍特小姐，容我請教，你常做這樣的事嗎？」

「你是我這個星期的第三位客戶，下個星期，事務所還幫我安排了兩個工作。」

「真是瘋了。我們的離婚法簡直野蠻。政府應該盡快修法。」

「希望不要，」霍特小姐說，「因為要是你們真的修法了，吉爾斯爵士，那我豈不是要失業了。」

亞歷斯・費雪

一九五四—一九五五年

17

「我純粹就是想要摧毀他，」她說，「唯有這樣，我才會滿意。」

「我可以保證，薇琴妮亞女爵，我會竭盡所能協助你。」

「很高興聽你這麼說，少校，因為如果我們要合作，就必須彼此信任，沒有秘密。然而，我還是不完全相信你是做這件事的合適人選。告訴我，你為什麼覺得你自己夠格？」

「親愛的女爵，我想你會發現我不只夠格，而且是超乎規格。」費雪說，「巴靈頓和我的恩怨從很久以前就開始了。」

「那麼就話說從頭，把每一個細節都告訴我，不管你覺得有多微不足道。」

「事情是從我們三個念聖貝迪的時候開始的，巴靈頓竟然和碼頭工人的兒子交朋友。」

「哈利．柯里夫頓。」薇琴妮亞咬牙切齒地說出這個名字。

「巴靈頓當年應該要被聖貝迪退學的。」

「為什麼？」薇琴妮亞問。

「他在福利社偷糖果，被逮到，但順利脫身。」

「怎麼辦到的？」

「他老爸，雨果爵士，捐錢給學校蓋了一座新的板球場。所以校長就當作沒看見，也就因為這樣，巴靈頓才能上牛津。」

「你也念牛津？」

「沒有，我從軍。但是後來我們又在托布魯克碰上了，因為我們隸屬同一個軍團。」

「他就是在那裡贏得十字獎章，後來從德軍戰俘營逃脫的？」

「那獎章應該是我的，」費雪瞇起眼睛說，「當時我是小隊指揮官，負責領軍攻擊敵軍砲兵連。我收拾完德軍之後，上校提報我請授十字獎章，但是巴靈頓的好朋友貝茲下士不肯為我的事蹟背書，所以我的功勞就沒了，只在電報裡附帶提了一筆，然後我的十字獎章就被巴靈頓給搶走了。」

這和吉爾斯提到的當年情況並不一樣，但薇琴妮亞知道自己想相信哪一個版本。「你之後還見過他嗎？」

「沒有，我原本留在軍隊裡，但知道他斷了我的升官路之後，我就提早退伍了。」

「那你現在從事什麼工作呢，少校？」

「我本業是股票經紀人，兼任布里斯托文法學校的董事。同時，我也是保守黨地方黨部的執行委員會委員。我之所以加入政黨，就是想插一腳，讓巴靈頓下次選舉無法連任。」

「嗯，關於這個嘛，我確信你一定可以扮演重要角色。」薇琴妮亞說，「因為這人最在乎的，就是保住他在下議院的席位。他相信工黨要是在下次大選勝選，艾德禮會邀他入閣。」

「除非我死，否則絕對不讓他如願。」

「我想我們也不必採取這麼極端的手段。因為，要是他在下次選舉落選，工黨不太可能再次提名他，這也就表示他的政治生命結束了。」

「老天保佑。」費雪說，「但我還是必須告訴你，雖然他領先的幅度不大，但在選區還是很有人氣。」

「等我告他通姦之後，看他還有多少人氣。」

「他早就在為這件事鋪墊了，告訴每一個人說他是為了保護你的名譽，才在布萊頓搞那齣戲。他甚至還領銜推動離婚法修正案。」

「可是，他選區的選民要是發現他過去一年都和劍橋的某個女生搞婚外情，會有什麼反應呢？」

「等你一離婚，就沒有人理會這件事了。」

「但如果離婚程序沒擺平，而我又讓大家知道，我費了多少心力拚命想挽回……」

「那情勢就會完全改觀。」費雪說，「你只要靠我，就可以把你的情況和消息傳到某些重要人士的耳朵裡。」

「很好。要是你可以成為布里斯托碼頭區保守黨地方黨部主任委員，對我們的長期目標肯定大有助益。」

「我也很想，但唯一的問題是，我沒辦法花那麼多時間在政治上，因為我還得掙錢過活。」

費雪盡量讓自己的語氣聽起來沒那麼困窘。

「你加入巴靈頓航運集團董事會之後，就不必擔心這個問題了。」

「這更不可能了。我的名字一被提出來，巴靈頓馬上就會否決。」

「我擁有公司百分之七點五的股權，他沒辦法否決所有的提案。」

「我不太明白你的意思。」

「請容我解釋一下，少校。過去六個月，我透過保密基金，購進巴靈頓公司的股票，現在我手上的股權已經佔公司的百分之七點五。要是你查一下他們的公司規章，就知道我可以任命一位董事，我想不出來有誰比你更合適，少校。」

「我該怎麼謝你？」

「很簡單，短期來說，你先把所有的時間花在保守黨黨務，想辦法當上保守黨地方黨部主任委員。一旦當上了，你唯一的目標就是確保布里斯托碼頭區的選民，在下次選舉換掉他們的國會議員。」

「那麼長期呢？」

「我有個點子，肯定能逗得你很樂。但是在你當上主任委員之前，我們想都不該想。」

「那我最好馬上動身回布里斯托，開始布局。但在離開之前，我有件事想問你。」

「沒問題，」薇琴妮亞說，「隨便你問。畢竟我們已經是合夥人了。」

「你為什麼挑我來做這件事？」

「噢，很簡單呀，少校。古爾斯有一回告訴我，你是他唯一討厭的人。」

*

「各位先生，」保守黨地方黨部主任委員比爾．霍金斯拿起槌子敲敲桌子。「請保持會議秩序。也許我應該先請我們的秘書長費雪少校宣讀上次會議的議事錄。」

「謝謝主委先生。上次會議在一九五四年六月十四日舉行，委員會在會議上決議，要我寫信給倫敦的中央黨部，提出可以考慮代表本選區投入下次大選的候選人名單。幾天之後，總部寄來正式的候選人名單，我已經把複本送給每位委員，讓他們可以在今晚的會議上就這些候選人進行討論。

「上次會議也已經決定今年的夏季園遊會將在康伯城堡舉行，感謝哈特利－布斯夫人惠允。隨後討論抽獎券價格，經過投票，決定每張六便士，六張半克朗。接著由財務長梅納德先生報告本黨部銀行存款為四十七鎊十二先令。他說他已經寫信給尚未繳交年費的會員。討論到此結束，會議於十點十二分散會。」

「謝謝你，少校。」主委說，「現在請看第二項，也就是中央黨部推薦的候選人名單。你們已經有好幾天的時間可以考慮這份名單，所以我先請告位討論一下，再決定請哪幾位來參加面談。」

費雪已經給薇琴妮亞女爵看過名單，他們都認為其中一個是最適合他們長期目標的人選。費雪往後靠在椅背上，仔細聆聽其他委員表達意見，討論每一位候選人的優缺點。態勢很明顯，他的目標人選並不是眾人首選，但至少沒有人反對這個人。

「在我們投票之前，少校，你想表達一下看法嗎？」

「謝謝您，主委。我同意許多委員的意見，認為辛普森先生上次選舉在埃布維爾表現英勇，絕對應該來參加面談，但我想，我們也應該考慮唐涅特先生。畢竟，他夫人是本地人，這是個優勢，特別是你們知道吉爾斯．巴靈頓爵士目前的婚姻狀況。」

圍著會議桌而坐的委員，有好幾位附和。

四十分鐘之後，格里葛利．唐涅特被納入決選名單，一起入圍的候選人包括曾在埃布維爾參選的辛普森先生，以及一名本地市議員（沒希望）、一名四十幾歲的單身漢（沒希望），和為了符合法律規定而納入的女性候選人（絕對沒希望）。費雪需要做的，就只是找個好理由，讓其他人不選湯普森先生。

會議即將結束前，主委問還有沒有其他問題。

「我有件事要向委員會報告，」費雪轉著筆蓋說，「可是我想，最好不要記錄在議事錄裡。」

「我相信你自有正當理由，少校。」主委說，目光掃過會議桌一圈，確保每一個人都同意。

「我上個星期在我倫敦的俱樂部裡，」費雪說，「從可靠的消息來源獲悉一個令我吃驚的消息，有關吉爾斯．巴靈爵士的。」委員會的全部成員都豎起耳朵。「如各位所知，吉爾斯爵士婚姻不幸破裂，目前正進行離婚程序。他採取所謂的『布萊頓途徑』時，我們大部分的人都很同情他，特別是他讓大家知道，他之所以這麼做，是為了保護妻子的名譽，我覺得他這麼說很不厚道。我們都是成年人，也都知道離婚法需要改革。然而，我卻發現我們聽到的只是一面之詞。據我所知，吉爾斯爵士和一名年輕的劍橋女學生有婚外情，雖然他的妻子努力想破鏡重圓。」

「老天爺啊，這人真卑鄙，」比爾．霍金斯說，「他應該辭職。」

「我再同意不過了，主委先生。事實上，他如果是保守黨的候選人，早就別無選擇了。」

圍坐的委員開始竊竊私語。

「我希望，」主委敲了幾下桌子之後，費雪繼續說，「各位委員值得我信賴，出了這個房間，絕對不要再提起這件事。」

「當然，當然，」主委說，「我們都知道。」

費雪往後靠，相信再過幾個鐘頭，這個消息馬上就會傳到本地工黨的重要成員耳朵裡。到了週末，整個選區也必定有超過一半的人聽到這個故事。

主委宣布散會之後，委員們越過馬路到酒館去，財務長彼得·梅納德悄悄走近亞歷斯，問能不能私下說幾句話。

「當然可以，老兄。」亞歷斯說，「有什麼我可以幫得上忙的嗎？」

「如你所知，主委講過好幾次，說他打算在下次大選之前卸下職務。」

「我確實聽過。」

「我們幾個人覺得這個工作應該交給年輕人，所以他們要我來問你，願不願意讓我們提名你？」

「你人太好了，彼得。如果大部分同僚都認為我適合這個工作，我當然義不容辭。但是，你也明白，如果委員會裡有其他人認為他更合適，那我也會讓賢。」

*

巴靈頓航運公司付給他的第一張董事會酬勞兌現時，亞歷斯關掉他在密德蘭銀行的帳戶，過街到巴克萊銀行開戶。巴靈頓公司和保守黨地方黨部都是巴克萊的客戶，這家銀行的經理比密德蘭銀行更懂得變通，同意給他超額透支的便利。

隔天，他到倫敦，在君皇仕（Gieves & Hawkes）開了貴賓戶，訂製三套新西裝、一套晚宴服和一件大衣，全部都是黑色的。在陸海軍俱樂部用完午餐之後，他到頂級襯衫店仙狄仕金（Hilditch & Key）挑了六件襯衫，以及兩套睡衣、一件睡袍、幾條真絲領帶。簽名付帳後，又到約翰洛布（John Lobb）鞋店，花了些時間試穿，訂購兩雙拷花皮鞋：一雙黑，一雙褐。

「應該三個月之內可以好，少校。」店裡的人告訴他。

接下來四個星期，他各別邀請委員會的每一位委員出來吃午餐或晚餐，全由薇琴妮亞買單。最後，他很有自信，大部分委員在下次投票時，都會把格里葛利．唐涅特列為他們的第二人選，其中一兩個甚至會把他當成第一人選。

和彼得．梅納德晚餐後喝著白蘭地時，費雪發現這位財務長面臨周轉不靈的財務危機。他隔天到倫敦，和薇琴妮亞女爵私下談了一會兒，這暫時性的財務危機就順利化解。如今委員會有個成員欠他人情了。

18

亞歷斯進巴靈頓航運公司董事會才幾個月，就看到了薇琴妮亞很可能感興趣的機會。在這段期間，他認真出席每一次會議，研讀每一份報告，投票時永遠站在多數的那一邊，所以沒有人懷疑他真正的目的何在。

薇琴妮亞深信，亞歷斯被指派為董事的時候，吉爾斯必定會起疑。她甚至擔心，他會想辦法查出費雪所代表的那百分之七點五的股權是屬於誰的。如果他真的去查，會發現這股權的擁有者是保密基金。不過，吉爾斯眼睛沒瞎，腦袋也不笨，不需要花功夫思索，也知道這百分之七點五是怎麼來的。

董事長要吉爾斯放心，說少校看來是個正人君子，在董事會上很少發言，當然也不惹麻煩，但是吉爾斯並不相信。他不相信費雪可能改過向善。但是大選在即，保守黨可望贏得多數，再加上薇琴妮亞明明哀求讓她有提出離婚的理由，卻又遲遲未提出離婚訴訟，讓他大惑不解，費雪不是他眼前最迫切需要考慮的問題。

*

「各位先生，」巴靈頓航運公司董事長說，「我今天所提出的建議，將是本公司歷史的轉捩點。我這樣說一點都不誇張。我全力支持總經理康普頓先生所提出的新投資，而且也懇請董事會的所有成員共同支持，建造本公司戰後的第一艘載客郵輪，讓我們不落於最大的競爭對手康納德與P&O之後。我相信公司的創辦人約夏・巴靈頓必定會大力讚賞我們的提議。」

亞歷斯專心聆聽。他很讚賞接替雨果・巴靈頓——他是沒人再提的已故董事長——的威廉・崔佛斯爵士。威廉爵士不只是精明睿智的企業家，也廣獲業界和社會的信任。

「當然，這項投資會讓我們的資金有點吃緊，」威廉爵士說，「但我們往來的銀行願意支持我們，因為依據統計，就算新郵輪的客艙只有百分之四十的載客率，我們的投資也可以在五年內完全回收。現在各位倘若有任何問題，我都樂於回答。」

「鐵達尼號的不幸事件會不會已經深埋在大眾的潛意識裡，讓他們不敢搭乘豪華郵輪？」費雪問。

「這是很好的觀點，少校，」威廉爵士說，「但是康納德公司日前決定在航隊中新增一艘船，相當程度可以證明新世代的旅行者已經發現，自從一九一二年的大悲劇之後，豪華郵輪已經沒再發生過什麼重大意外了。」

「我們建這艘船大概要花多少時間？」

「如果董事會通過提案，我們會立即招標，希望能在今年年底之前，委託專精的造船公司開始建造，這樣我們預計三年就會有新船加入航運。」

亞歷斯等待董事會的其他董事開口提出他不想自己問的問題。

「成本預估多少？」

「確切的數字很難估算，」威廉爵士承認，「但我的預算是三百萬鎊。不過，我認為這是太過寬列了。」

「但願如此，」另一名董事說，「我們必須把我們的計畫告知所有的股東。」

「我同意，」威廉爵士說，「我會在下個月的年度股東大會宣布，而且我也會指出，公司預期的盈餘很樂觀，股東分配到的紅利沒有理由比去年少。儘管如此，董事會還是有可能面對股東質疑，擔心公司營運方向的轉變，更別提如此巨額的投資。這也有可能導致公司股價下跌。不過，等大家發現我們的資產足以支應短期財務問題之後，股價回升是遲早的事。還有其他問題嗎？」

「新的客運部門已經命名了嗎？第一艘新船呢？」費雪問。

「我們考慮把新的客運部門命名為『皇宮航線』，而第一艘船則叫『白金漢號』，用以慶祝伊麗莎白女王時代的來臨。」

這一點，董事會全體成員都沒有異議。

＊

「再解釋一遍給我聽。」薇琴妮亞說。

「威廉爵士會在下個星期四的年度股東大會上宣布，巴靈頓公司將建造一艘豪華郵輪，在公海上和目前的競爭對手康納德與P&O公司一爭高下。新船造價高達三百萬鎊。」

「我覺得這是很大膽，也很有想像力的策略。」

「在其他人看來，風險也很高，因為股票市場的大部分投資人既不大膽，也欠缺想像力，很可能會擔心新船造價太高，而未來的載客率又不足以攤平成本。但是如果仔細查看公司財報，他們就會發現，巴靈頓擁有的現金，用來填補短期損失還綽綽有餘。」

「那你為什麼還建議我賣掉股票？」

「因為你如果先賣掉，三個星期之後再買進，肯定賺得滿盆滿缽。」

「這就是我不懂的地方。」薇琴妮亞說。

「請容我解釋。」亞歷斯說，「買進股票，款項在二十一天之後才需要入帳；同樣的，賣出股票，也要在三個星期之後才拿得到錢。也就是說，在這二十一天之內，你可以不付一毛錢地買進賣出。而我們有內線消息，所以可以利用這個優勢。」

「那你的建議是？」

「巴靈頓的年度股東大會在下星期四上午召開，董事長將發表年度報告。我預估，幾個鐘頭之內，股價會從目前的四鎊多，跌到大約三鎊十先令。如果當天早上九點股市一開盤，你就賣掉手上百分之七點五的持股，股價會跌得更低，可能跌破三鎊。等股價跌到谷底，你就再進場，用更低的價格買進所有拋售的股票，補回你原本的百分之七點五持股。」

「股票經紀難道不會起疑，甚至告訴董事會說我們想做什麼？」

「他們什麼也不會說的，因為賣出股票和買進股票，他們都可以得到佣金。他們穩賺不賠。」

「我們也能穩賺不賠嗎？」

「除非在董事長發表年度報告之後，股價不跌反升，讓你必須用更多錢買回原本的持股。但是老實說，在公司宣布要把三百萬鎊盈餘拿去冒險投資之後，這樣的情況不可能發生。」

「那我們接下來該怎麼做？」

「如果你可以授權我替你操作，那我會透過我認識的一位香港股票經紀人來處理整個交易，如此一來，事情就不會追查到我們頭上來。」

「吉爾斯會猜出我們在幹嘛，他又不是笨蛋。」

「只要三個星期之後，你的百分之七點五持股仍然原封不動，他就不會起疑。更何況，他眼前還有更迫切的問題要操心。」

「例如？」

「我聽說本地的工黨執行委員會要對他進行信任投票，因為他們發現他和格妮絲．休斯小姐的婚外情。他甚至可能無法參加下次的大選。你大概還沒簽離婚文件吧。」

*

「費雪少校，你可以向我保證這項調查和吉爾斯．巴靈頓爵士或哈利．柯里夫頓夫人無關嗎？因為我過去是他們兩位的代理人，這會產生無法接受的利益衝突。」

「我的調查和巴靈頓家族無關。」費雪說，「單純是因為保守黨地方黨部把兩位候選人列入決選名單，正在考慮由誰代表保守黨競選布里斯托碼頭區的國會議員。我身為秘書長，希望確定他們的背景百分之百沒有問題，不至於在未來讓保守黨蒙羞。」

「你有特別想查的事嗎，少校？」

「因為你和警方的淵源，我需要你查一下，他們的名字是否曾經出現在警方紀錄上。」

「包括違規停車罰款和其他不構成羈押理由的違規行為？」

「任何可以讓工黨在選舉中拿來做文章的紀錄都要。」

「我懂了，」米契爾說，「我有多少時間？」

「審查時間大概是兩個月，甚至三個月，但是你只要一查到什麼，就要即時告訴我。」費雪說，交給他一張寫了兩個名字的紙條。

米契爾看看那兩個名字，把紙條收進口袋裡，一句話也沒說就走了。

*

巴靈頓年度股東大會那天早上九點鐘，費雪打了香港的一個私人電話號碼。聽見電話另一端響起熟悉的嗓音，他馬上說：「班尼，我是少校。」

「少校，你好嗎？好久沒你的消息。」

「這是有原因的，」費雪說，「等你下回來倫敦，我再說給你聽。現在我需要你替我賣出股票。」

「我已經拿好筆了。」班尼說。

「我要你在倫敦股市一開盤，就用市場價格賣出二十萬股巴靈頓航運公司的股票。」

班尼吹聲口哨。「馬上辦。」他說。

「賣出之後，我要你在二十一天之內，再回補相同數量的股票，不過，得用你認為已經跌到谷底的價格買進。」

「瞭解。只有一個問題，少校，班尼是不是也應該在這匹馬上押點賭注？」

「隨便你，但是別太貪心，因為以後會有更多好處的。」

少校放下電話，走出位於帕摩爾街的俱樂部，搭計程車到薩伏伊飯店。他和其他董事一起坐在飯店會議廳裡，不到幾分鐘，董事長就起身對巴靈頓航運公司的股東發表年度報告。

19

戴維斯街的憲法大廳擠滿人，好幾位黨員只能站在走道或大廳後方。有一兩個甚至爬到窗台上，希望能看清楚前面進行的情況。

在決選名單上的兩位候選人，納維爾·辛普森和格里葛利·唐涅特都發表了強而有力的演說，但是費雪覺得辛普森比他屬意的人選略有優勢。辛普森是倫敦律師，比唐涅特大幾歲，有光榮的服役參戰紀錄，而且曾經在埃布維爾與安奈林·貝文[21]競選，大幅提升保守黨的得票率。但米契爾已經提供給費雪足夠的材料，可以讓他難堪。

辛普森和唐涅特在舞台上，分坐主任委員左右兩側，委員會委員則坐在前排。吉爾斯·巴靈頓爵士在工黨不信任投票的閉門會議中逃過一劫，這消息讓費雪很開心，但他除了對薇琴妮亞坦誠以告之外，並沒有告訴任何人原因。他打算公開羞辱巴靈頓，在大選裡，而不是在燈光昏暗的工黨委員會小房間裡。但是他的計畫要成功，首先得讓唐涅特成為保守黨的候選人。到目前為止，辛普森和唐涅特還是勢均力敵。

主任委員站起來，對著台下的出席者露出溫煦的微笑。他先咳了幾聲——這已經是他的招牌動作——才開口對忠實擁護者說話。

[21] Aneurin Bevan，1897-1960，英國工黨政治家，出身礦工家庭，當選國會議員，並曾入閣擔任衛生部長、勞工部長等職。

「在請大家提問之前，我要先告知各位，這是我最後一次以主任委員的身分主持會議。我認為，為迎接即將到來的大選，黨內有新的候選人，也應該有新的主任委員，一位比我更年輕的主任委員。」他暫停一下，看有沒有人想勸他打消念頭，但沒有，所以他只好黯然繼續。

「我們現在進入本次會議的最後一個階段，然後，我們就要選出一位能在大選中為我們的理想奮戰的人。各位可以利用這個機會直接對兩位候選人提問。」

坐在大廳後排的一名高個子男人迅速起身，在比爾．霍金斯還沒來得及點名之前就開口。

「主委先生，我想請問兩位候選人，要是當選了，是不是會住在選區裡？」

辛普森先回答。「我當然會在選區裡買房子，」他說，「但我想我大概會住在國會裡吧。」

這句話引來笑聲和如雷掌聲。

「我上週已經先去找了房屋仲介，」唐涅特不甘示弱，「不是胸有成竹，而只是懷抱希望，希望你們會選我。」

掌聲讓費雪知道會場裡的雙方支持者平分秋色。

主委點了坐第三排的一名女子。每回開會，她都要問問題的，所以主委決定早點解決她。

「你們一個是律師，一個是保險經紀人，而這場大選勝負差距這麼小，你們會有足夠的時間全心投入，爭取這個邊陲地區的關鍵席次嗎？」

「要是你們選擇了我，我今天晚上就不回倫敦。」唐涅特說，「我醒著的每一個小時都會為贏得國會席次而努力，絕對要徹底擊潰吉爾斯．巴靈頓。」

這一次掌聲更熱烈了，費雪頭一次覺得稍微放心。

「重要的不是花多少個鐘頭，」辛普森說，「而是你要怎麼利用這些時間。我打過選戰，當時對付的是一個非常難搞的對手，所以我知道該怎麼做。你們必須選擇一個學習力很強，而且可以利用這些技巧擊敗吉爾斯·巴靈頓，為保守黨贏得國會席次的人，這才是最重要的。」

費雪開始覺得唐涅特可能需要有人助他一臂之力，才能把辛普森擠出戰局。

「你們覺得誰會是接替溫斯頓·邱吉爾擔任本黨領袖的合適人選？」

「本黨領袖出缺？我怎麼不知道！」辛普森說，這回的笑聲和掌聲更響亮了，接著，他的語氣轉為嚴肅，「沒有任何說得通的理由，就考慮換掉本世紀最好的首相，我們是腦袋壞了嗎？」

掌聲如雷，隔了好一會兒，唐涅特才有辦法回答問題。

「我想邱吉爾先生說得很明白，等時機來臨，他最屬意的接任人選是安東尼·艾登，我們傑出且備受敬重的外相。如果對邱吉爾先生來說他是夠好的人選，那對我們來說，他肯定夠好。」

掌聲並不熱烈。

接下來三十分鐘，問題越來越少，也越來越短，費雪覺得辛普森的領先地位似乎已經穩固。然而，費雪很有信心，最後的三個問題一定可以助他的候選人一臂之力，因為他不僅安排了兩個人發問，甚至還設計好了讓主任委員本人問出最後一個問題。

比爾·霍金斯看看手錶。

「我想我們還有時間可以問最後三個問題。」他點了後排一個不時和他眼神接觸的男人。費雪微笑。

「請兩位候選人發表對新離婚法的看法。」

眾人倒吸一口氣的聲音清晰可聞，接著是一片沉寂，大廳裡有些人認為這個問題應該是針對吉爾斯．巴靈頓，而不是舞台上的這兩位候選人。

「我非常不滿我們過時的婚姻法，這條法律顯然需要修正。」辛普森律師說，「我只希望這個議題不會主導本選區的選舉，因為我寧可憑實力擊敗巴靈頓，而不是靠謠言和含沙射影。」

費雪很能理解中央黨部為什麼會認為辛普森是未來內閣閣員的適當人選，但他也知道，這個答案並不是本地選民想聽的。

唐涅特馬上就掌握了觀眾的反應，說：「對於辛普森先生方才發表的意見，我雖然大半都同意，但我也認為，布里斯托碼頭區的選民有權在走向投票箱之前，而不是之後，瞭解巴靈頓的家務事。」

唐涅特頭一次得到比辛普森更熱烈的掌聲。

主任委員點名坐在前排正中央的彼得．梅納德。

「在這個選區，我們要找的並不只是一名國會議員，」梅納德唸著手上準備好的紙條，「我們要找的是一種緊密關係，一種團隊精神。兩位候選人可不可以向我們保證，在大選倒數計時期間，他們的夫人可以常常出現在我們面前，因為我們年復一年，從未見過巴靈頓夫人。」

他是第一個得到掌聲的提問人。

「內人此時就陪著我，」唐涅特指著坐在第二排的一名漂亮女子，「在選舉期間，也會如此。事實上，如果我成為本選區的國會議員，你們看見康妮的頻率，應該比看見我還高。」

費雪微笑。他知道這個問題指向唐涅特的優勢，更重要的是，指出了辛普森的弱點。老實說，他寄信邀請兩位候選人出席會議的時候，一個信封上寫的是唐涅特先生暨夫人，而另一個只寫了辛普森先生。

「內人在倫敦政經學院任教，」辛普森說，「但在大部分的週末和學校假期，她都會到選區來。」費雪可以感覺得到他的選票逐漸流失。「而且我相信各位也都同意，沒有什麼任務比教育下一代更重要。」

繼之而來的掌聲顯示，並不是每個人都認為倫敦政經學院是教育下一代的好地方。

「最後，」主任委員說，「我知道我們的秘書長費雪少校有問題要問兩位候選人。」

「我今天早上在《每日郵報》上看到一則消息，」費雪說，「當然很可能不是事實啦，」兩名候選人都恰如其分地笑起來，「倫敦的富爾翰中央選區也擇定了他們的候選人決選名單，將在星期一面試幾位入選的候選人。我在想，二位是不是也在他們的決選名單上，如果是，願不願意在我們今晚投票之前，退出那個選區的決選呢？」

「我沒申請富爾翰中央選區，」唐涅特說，「因為我一直希望能代表西部投入選戰，內人在這裡出生長大，我們也希望在這裡養兒育女。」

費雪點點頭，等熱烈的掌聲停歇才開口。

「我確實在富爾翰中央選區的決選名單上，費雪少校，」他說，「在距離決選只有短短幾天之前，不給任何理由就退出決選，我覺得是很失禮的行為。然而，如果我今晚幸運得到各位的支持，那麼我就有最好的理由退出了。」

反應很快嘛，費雪聽到觀眾席的掌聲時心想。但這個反應夠好嗎？

主任委員起身，「我想請各位和我一起謝謝兩位候選人，他們不只耗費寶貴的時間來出席我們今晚的會議，也為我們做出卓越的貢獻。我相信兩位都會是出色的國會議員，可惜我們只能選擇一位。」掌聲更熱烈了。「現在我們要開始投票。請容我先說明進行的程序。請各位走到前面來，秘書長費雪少校會發選票給你們。拿到選票後，請在你想選的候選人名字旁邊打個勾，然後丟進票箱裡。投票完成之後，秘書長和我會檢查每一張選票，這花不了多少時間。最後我就會宣布，哪一位會在即將舉行的大選裡，代表保守黨在布里斯托碼頭區參選。」

黨員在舞台前井然有序排隊，費雪發放的選票總共三百張出頭。最後一張選票投完之後，主任委員請地方黨部幹事把投票箱搬到舞台後面一個獨立的房間裡。

幾分鐘之後，主任委員和秘書長走進房間，看見選票箱放在正中央的桌子上，由黨部幹事把守。他倆面對面坐在木椅上，幹事打開票箱的鎖，然後離開房間，關上門。

主任委員一聽見門關上的聲音，就站起來，打開票箱，把選票倒在桌子上。再度坐下之後，他問費雪，「你想怎麼進行？」

「我建議你數辛普森的票，我來數唐涅特的票。」

主任委員點頭，兩人開始翻看選票。費雪很快就發現，辛普森大概會贏二、三十票。他知道他必須耐住性子，等待適當時機。時機終於來了，主委把票箱放到地板上，彎腰查看裡面是不是還有漏掉的選票。他只低頭幾秒鐘，但這時間已經夠費雪動手腳了。他手伸到口袋裡，偷偷摸出一把選票，是下午預先做好，勾選唐涅特的選票。這個動作他已經在鏡子前面練習過好幾次。他偷偷把這些票加進他面前的那堆選票裡，但不確定夠不夠多。

「那麼，」費雪抬頭說，「辛普森有幾票？」

「一百六十八票。」主任委員回答說，「唐涅特呢？」

「一百七十三票。」

主委一臉意外。

「既然票數這麼接近，主委，也許我們應該再查對一遍，免得待會兒有爭議。」

「我非常同意，」主委說，「我們應該交換？」

於是他們交換計票，開始數第二遍。

幾分鐘之後，主委說：「完全正確，費雪，唐涅特有一百七十三票。」

「你的數字也很正確，主任委員。辛普森有一百六十八票。」

「你知道嗎，我以為今天晚上沒來這麼多人。」

「有很多人站在後面，」費雪說，「還有人坐在走道上。」

「那就說得通了，」主任委員說，「不過我也不怕你知道，小子，我投給了辛普森。」

「我也是，」費雪說，「但這就是民主啊。」

主委笑起來，「嗯，我想我們最好趕快出去，趁他們還沒鬧起來之前，宣布結果。」

「主委，也許我們只宣布誰勝出就好，不要公布票數。畢竟我們現在必須全黨一起支持勝出的候選人。當然，在寫議事錄的時候，我會登記確切的票數。」

「想得很周到，費雪。」

*

「對不起，薇琴妮亞女爵，星期天晚上這麼晚打電話給你，但是有情況了，我需要取得你的授權，立刻展開行動。」

「最好真的是大消息。」她的聲音聽來睡意迷濛。

「我剛聽說威廉·崔佛斯爵士，也就是巴靈頓——」

「我知道威廉·崔佛斯是誰。」

「他心臟病發作，幾個鐘頭之前過世了。」

「這是好消息還是壞消息？」薇琴妮亞彷彿立刻清醒過來了。

「絕對是好消息，因為媒體一報導，股價肯定馬上下跌。這也是我打電話來的原因，我們只有幾個鐘頭的時間可以行動。」

「我猜你又要賣我的股票了？」

「沒錯。我不必提醒你，上一次你賺了多少錢，更何況還害公司很沒面子。」

「可是我一賣掉，股票可不可能不跌反漲啊？」

「上市公司的董事長死掉，而且還是死於心臟病，這股價就只跌不漲了，薇琴妮亞女爵。」

「那就快賣吧。」

20

吉爾斯答應妹妹會準時出席會議。他在主大樓外面的碎石地上緊急煞車，把他的捷豹停在艾瑪的奧斯汀旅行者旁邊。看見她已經到了，他很高興，因為他們兄妹雖然都各有百分之十一的股權，但是她對巴靈頓航運公司的興趣比他大得多，而且在史丹佛開始修讀學位之後，越來越關心公司的營運。指導她的是位兩度榮獲普立茲獎的學者，但他的名字吉爾斯始終沒記住。

「要是賽盧斯．費德曼在你的選區有投票權，你肯定會牢牢記住他的名字。」艾瑪嘲笑他。

他沒打算否認這項指控。

吉爾斯跳下車時，看見一群小孩跑出老傑克的那節火車車廂，不禁露出微笑。他父親在世時，完全不理會這節車廂，但這裡如今已重現往日光華，成為紀念這位偉大紳士的博物館。學校團體常常來看老傑克的維多利亞大十字勳章，同時也上一堂有關波爾戰爭的歷史課。還要再過多久，第二次世界大戰才會成為他們歷史課的題材？吉爾斯尋思。

快步衝進大樓的時候，他不禁狐疑，艾瑪為什麼覺得今天和新董事長會面這麼重要，畢竟他的選舉已經迫在眉睫。

吉爾斯對羅斯．布喬南所知不多，只在《金融時報》上讀過他的報導。布喬南畢業於費蒂斯公學，在愛丁堡大學研讀經濟，之後進入P&O當實習生，從基層做起，一路晉升到董事，並被任命為公司執行長。曾有傳聞說他要當董事長，但後來因為家族成員有意接掌而落空。

布喬南接受巴靈頓航運公司董事會的邀請，接替威廉．崔佛斯爵士擔任董事長的消息公布之後，公司的股票上漲五先令，幾個月之後，就回升到威廉爵士生前的股價水準。

吉爾斯瞄一眼手錶，不只因為他遲到了幾分鐘，也因為他今天傍晚還有三場活動，包括碼頭工會，他們可不喜歡等人。他的競選主張是保障工會成員每週四十八小時的工時，以及兩週有薪假期，但碼頭工人還是對他們這位與航運公司同名的國會議員心存疑慮，儘管今天是他一年多以來，頭一次踏進巴靈頓大樓。

他發現大樓外觀已經粉刷得煥然一新，推開門，室內鋪的是厚厚的藍色鑲金色地毯，並繡有新的皇家航線徽章。他走進電梯，按下頂樓按鈕。電梯輕鬆上升，再也不像是由心不甘情不願的奴隸拚命往上拉那樣慢吞吞了。踏出電梯，他不由得想起爺爺，是這位人人敬畏有加的董事長帶領公司進入二十世紀，然後公開上市。接著，他的思緒不可避免地飄向父親。他父親差點就搞垮公司。但他對這棟大樓最可怕的回憶，也是他之所以不願踏進這棟大樓的主要原因，是因為他父親喪命於此。那樁駭人聽聞的命案唯一的好處，就是帶來了潔西卡，宛如貝西．莫莉索[22]再世的潔西卡。

吉爾斯是第一個把董事長寶座拱手讓給外人的巴靈頓家族繼承人，但他打從在布里斯托文法學校當校隊隊長，見到蒞校頒獎的溫斯頓．邱吉爾開始，就立志從政。然而他從右派轉為左派，則是拜好友貝茲上士之賜。當年貝茲和他一起逃離德國戰俘營，但沒能活著離開德國。

他快步衝進董事長辦公室，熱情擁抱妹妹，才和雷伊．康普頓握手。康普頓擔任公司總經理已經久到吉爾斯都記不得是多少年了。

吉爾斯和羅斯．布喬南握手時吃了一驚，因為他沒想到五十二歲的布喬南看起來這麼年輕。但他隨即想起，《金融時報》曾說布喬南不抽菸也不喝酒，一個星期打三次壁球，每晚十點半熄燈睡覺，清晨六點即起。這樣的生活起居，對政治人物來說根本是不可能做得到。

「很高興終於見到你了，吉爾斯爵士。」布喬南說。

「碼頭工人都叫我吉爾斯，公司裡的人或許也應該這樣叫我。」

吉爾斯的政治天線原本感受到些微緊張氣氛，但笑聲化解了一切。他以為今天只是個非正式的場合，讓他可以和布喬南見面認識而已，但從他們的神色看來，今天要談的是嚴肅的事。

「怎麼感覺不太妙啊。」吉爾斯挨著艾瑪坐下。

「確實是，」布喬南說，「如果不是認為應該馬上通知你，我是不會在選戰決勝關頭打擾你的。你或許注意到，在前任董事長過世之後，公司股價劇幅下跌。」

「是的，我注意到了。」吉爾斯說，「但我以為這很正常。」

「在通常的情況下是這樣沒錯，但不尋常的是，這股價跌得如此之快，又如此之深。」

「但你上任之後，股價好像又漲回來了。」

「沒錯，」董事長說，「但我覺得並不只是因為我上任的緣故。我在想，威廉爵士過世之後，公司股價大幅跌落，還有沒有別的因素作祟。特別是雷伊提醒我，這情形已經不是第一次發生了。」

㉒ Berthe Morisot，1841-1895，法國知名印象派女畫家。

「是的，董事長，」康普頓說，「在我們決定投資建造新郵輪的時候，股價也一度大幅滑落。」

「但我如果記得沒錯，」艾瑪說，「後來股價又漲到新高點。」

「確實如此，」布喬南說，「但花了幾個月的工夫才漲回原來的股價，讓公司信譽受到不小的損傷。異常現象發生一次或許可以接受，但再發生第二次，我們不免要懷疑，這其中是否有某種軌跡可循。我沒有時間不停轉頭防暗箭，擔心什麼時候又要再發生類似的情況。」布喬南手指梳著他濃密的沙色頭髮。「我經營的是一家上市公司，不是賭場。」

「你該不會是要告訴我，這兩樁意外事件都是在亞歷斯．費雪加入董事會之後發生的吧？」

「說來話長，就算不怕煩死你，我也怕講到半夜都講不完，更何況我待會兒還要去參加碼頭工人會議。」

「你認識費雪少校？」

「所有的跡象都指向費雪。」布喬南說，「這兩次股票暴跌，都有二十萬張股票拋售，差不多剛好等於他所代表的百分之七點五股權。第一次是我們在股東大會上宣布公司重大政策改變的幾個鐘頭之前，第二次就在威廉爵士意外病故之後立即拋售。」

「這絕對不是巧合。」艾瑪說。

「還不只這樣，」布喬南說，「這兩次股票暴跌到谷底之後，在二十一天的法定空窗期裡，賣掉股票的經紀人又買回同樣數量的股票，讓他的客戶大賺一筆。」

「你認為他的客戶就是費雪？」艾瑪問。

「不，數量太大，不可能是他。」吉爾斯說。

「我確信你的說法沒錯，」布喬南說，「他肯定是替某人操作的。」

「我猜是薇琴妮亞女爵。」吉爾斯說。

「我也這麼想，」布喬南坦承，「但我可以證明這兩筆交易都是費雪搞的鬼。」

「怎麼證明？」

「我查過那三個星期之內的股票交易紀錄，」康普頓說，「兩次大量拋售都是透過一個名叫班尼·德里斯寇的股票經紀，從香港賣出的。不必太用力查就可以發現，德里斯寇趕在被警方逮捕的幾個鐘頭之前離開都柏林，短期之內也肯定不會回到愛爾蘭。」

「我們能追查到這些消息，都要歸功於令妹。」布喬南說。吉爾斯看著艾瑪，頗為意外。「她推薦我們聘用德瑞克·米契爾先生，因為他以前協助過她。我們請米契爾先生飛到香港，他找到港島一家提供健力士啤酒的酒吧，花了大概一個星期的時間，灌了好幾箱酒，終於查出班尼·德里斯寇最大的客戶是誰。」

「所以我們至少可以把費雪趕出董事會了。」吉爾斯說。

「我也希望事情有這麼簡單。」布喬南說，「只要繼續代表百分之七點五的股權，他就有權待在董事會。更何況對於他的詐欺行為，我們掌握到的唯一證據是個住在香港的酒鬼股票經紀。」

「難道我們什麼辦法都沒有嗎？」

「當然不是，」布喬南說，「這也是我必須馬上見你和柯里夫頓夫人的原因。我相信這是我們該以其人之道還治其人之身的時候了。」

「算我一份。」

「我想先聽聽你的計畫，再做決定。」艾瑪說。

「沒問題。」布喬南打開面前的檔案，「你們兩位擁有百分之二十二的股權，也是公司的最大股東，沒有你們的支持，我絕對不會貿然行動。」

「我們一點都不懷疑，」康普頓打岔說，「薇琴妮亞女爵的長期目標是摧毀公司，所以不時出手影響我們的股價，打擊公司的信譽。」

「你覺得她這麼做只是為了報復我？」

「只要她在公司裡有內線，就可以隨時掌握出手攻擊的時機。」布喬南說，迴避吉爾斯的問題。

「可是她使出這樣的手段，不怕損失很多錢嗎？」艾瑪問。

「薇琴妮亞才不在乎咧，」吉爾斯說，「要是可以毀掉公司，再拉我一起陪葬，她高興還來不及呢。媽比我還早看穿她的真面目。」

「雪上加霜的是，」董事長說，「她前兩次對公司股價的出手攻擊，讓她賺進超過七萬鎊。所以我們必須在她展開下一回合攻擊之前，盡快採取行動。」

「你有什麼計畫？」艾瑪問。

「我們假設，」康普頓說，「費雪在等待壞消息，好讓他可以故技重施。」

「要是我們給他壞消息……」布喬南說。

「但這對我們有什麼助益？」艾瑪問。

「因為這一次輪到我們玩內線交易。」康普頓說。

「等德里斯寇拋售薇琴妮亞女爵的百分之七點五股權的時候，我們馬上買進，讓股價上漲，而不是下跌。」

「可是這樣我們得花掉一大筆錢。」艾瑪說。

「如果我們給費雪的是錯誤消息，那就不會。」布喬南說，「如果你們願意支持，我打算讓他相信，公司正面臨重大財務危機，很可能撐不下去了。我會讓他知道我們今年不配息，因為建造『白金漢號』的成本太高，預算超支百分之二十，所以沒有辦法分發紅利給股東。」

「你這麼做，」艾瑪說，「是假設他會建議薇琴妮亞賣掉她全部的股票，然後在三個星期之內，用較低的價錢再買回來。」

「沒錯，但如果股價在三個星期之內不跌反漲，」康普頓說，「薇琴妮亞女爵很可能不願意買回她的百分之七點五股權，如此一來，費雪就會失去董事席位，我們也就能一舉鏟除他們兩個。」

「要這麼做，你們需要多少錢？」吉爾斯問。

「我有信心，」布喬南說，「如果有五十萬鎊當子彈，我就可以搞定他們。」

「時間點呢？」

「我會在下次董事會宣布這個壞消息，並且宣布在下次的年度股東大會通知股東。」

「年度股東大會是什麼時候？」

「這一點我需要聽聽你的建議，吉爾斯爵士。你知道大選會在什麼時候舉行嗎？」

「大家認為最有可能是在五月二十六日，我目前也是以這個日期為目標，展開競選活動。」

「什麼時候可以確定？」布喬南問。

「通常在國會休會前一個月會公告。」

「很好，那我們就在——」他翻開行事曆，「四月十八日舉行董事會，然後預定五月五日舉行年度股東大會。」

「為什麼要在大選期間舉行股東大會？」艾瑪問。

「因為在那個時間舉行，我就可以確保選區的地方黨部主任委員無法出席。」

「主任委員？」吉爾斯顯得更有興趣了。

「你顯然還沒看今天的晚報，」雷伊．康普頓交給他一份《布里斯托晚郵報》。吉爾斯看見頭條新聞是：「前托布魯克戰役英雄成為布里斯托碼頭工人選區保守黨地方黨部主任委員。亞歷斯．費雪經由全體投票通過……」

「這人究竟想幹嘛？」他說。

「他認為你會輸掉這場選舉，所以希望以主任委員的身分——」

「如果是這樣，他應該會支持提名納維爾．辛普森為保守黨候選人，而不是格里葛利．唐涅特，因為辛普森是個比較厲害的對手。他肯定別有所圖。」

「你希望我們怎麼做，布喬南先生？」艾瑪問，想起董事長一開始就說要取得她和吉爾斯的支持。

「我需要你們授權我買進五月五日，以及其後三個星期之內所售出的全部股票。」

「這樣我們會損失多少錢？」

「恐怕會高達兩萬到三萬鎊。但是這一次我們至少可以選擇開戰的時間與戰場，所以最壞的情況就是不賺不賠，更何況還有可能賺一把。」

「如果能把費雪趕出董事會，」吉爾斯說，「同時破壞薇琴妮亞的大計，那麼花三萬鎊很划算。」

「至於取代費雪董事席位的人選……」

「我不行，」吉爾斯說，「就算我沒選上也不行。」

「我考慮的人選不是你，吉爾斯爵士。我希望柯里夫頓夫人能答應加入董事會。」

*

「首相安東尼・艾登爵士今天下午四點前往白金漢宮覲見伊麗莎白女王。安東尼爵士請求女王陛下賜准解散國會，俾於五月二十六日舉行大選。女王陛下已恩准此一請求。」

「和你預測的一樣。」薇琴妮亞關掉收音機說，「你什麼時候要把你的打算告訴倒霉的唐涅特先生？」

「時機最重要，」費雪說，「我想我要等到星期天下午，再請他來見我。」

「為什麼挑星期天下午？」

「我不希望見他的時候，有其他的委員在我身邊。」

「有你這樣的委員會主任委員，馬基維利㉓一定會引以為傲。」薇琴妮亞說。

「馬基維利才不相信什麼委員會咧。」

薇琴妮亞笑起來。「你什麼時候要打電話給我們香港的朋友？」

「我會在年度股東大會舉行的前一天晚上打電話給班尼。他必須在布喬南站起來發表談話的那個時機點賣出股票。」

薇琴妮亞從菸盒裡拿出一根菸，往後靠在椅背上，等待少校為她劃亮火柴點菸。她抽了幾口才說：「所有的事情都剛好落在同一天，你說是不是太巧了，少校？」

㉓ Machivelli，1469-1527，義大利學者，精通哲學、歷史、政治、外交，他所著的《君王論》，提出了現實主義的政治理論，迄今仍對政治運作有極大影響。

21

「唐涅特，這麼晚才通知你，而且還是星期天下午，幸好你能來。」

「主委先生，這是我的榮幸。我知道您很樂於知道我們的競選活動進行得多麼順利。初步預估，我們應該可以贏一千多票。」

「為了本黨，希望你的預估沒錯，唐涅特。但我有個不太好的消息，你最好先坐下。」

候選人臉上愉快的笑容馬上變成問號。「是有什麼問題嗎，主委先生？」他在費雪對面的椅子坐下。

「我想你應該很清楚問題是什麼。」

唐涅特眼睛盯著主任委員，開始咬下唇。

「你申請角逐候選提名的時候，向委員會遞交了個人履歷。」費雪說，「你顯然沒有完全誠實以告。」一人的臉色可以變得如此之白，費雪只在戰場上見過。「你記得我們要求你提報在戰爭時期所擔任的工作。」費雪從辦公桌上拿起他的履歷，大聲唸：「因為在橄欖球場受傷，我別無選擇，只能在皇家救護隊服務。」

唐涅特整個人垮下來，就像斷了線的傀儡戲偶。

「我不久前發現，這份聲明說得好聽是誤導，說得難聽一點，就是詐欺。」唐涅特閉上眼睛，「事實上，你是拒絕服役，甚至因此被關了半年。你在出獄之後，才加入皇家救護隊的。」

「這已經是十幾年前的事了，」唐涅特還想奮力一搏，「沒有理由會被挖出來。」

「我也希望如此，唐涅特，但是很可惜，和你一起在帕克赫斯特服刑的某人寫了封信給我們，」費雪拿起一個信封。信封裡其實沒有信，只有一張瓦斯帳單。「要是我放過這個行為，唐涅特，就等於和你一樣不誠實。如果這件事在選舉期間曝光，或者更慘，是在你當選國會議員之後才曝光，那我就必須向我的同僚承認，我早就知道真相，到時候他們大有理由要求我辭職。」

「但是，只要你支持我，我還是可以贏得大選的。」

「如果工黨聽到這個消息，巴靈頓就會打得你落花流水了。別忘了，他不只得過十字獎章，還從德軍戰俘營逃出來。」

唐涅特垂下頭，開始哭。

「打起精神來，唐涅特，像個男子漢吧。用不失體面的方法解決。」

唐涅特抬起頭，臉上瞬間浮現希望。費雪把一張印有選區委員會名銜的信箋推到唐涅特面前，旋開鋼筆筆蓋。

「我們何不一起解決這個問題？」他把筆遞給唐涅特。

「親愛的主委先生，」費雪唸，唐涅特很不情願地一個字一個字抄下。「非常遺憾，我必須辭卸本次大選保守黨候選人的身分——」費雪暫停一下，又繼續說：「因為健康因素。」

唐涅特抬起頭。

「尊夫人知道你拒絕服役嗎？」

唐涅特搖搖頭。

「那我們就別說破，對吧？」費雪亮出諒解的微笑，繼續說：「在大選如此迫近之時，給委員會造成困擾，我深感抱歉。」費雪又停了一下，看著唐涅特顫抖的手在紙上緩緩蠕動，「無論是哪一位幸運人士接替我參選，都祝他順利成功。誠摯的……」他沒往下說，等著唐涅特在信箋下緣簽上自己的名字。

費雪拿起信，仔細檢查內文，滿意之後，放進信封裡，又推回到唐涅特面前。

「只要寫上：『主任委員親啟，私人密函』。」

唐涅特照辦，默默接受自己的命運。

「對不起，唐涅特，」費雪旋上鋼筆筆蓋說，「我真的很同情你。」他把信封收進辦公桌最上層的抽屜，上鎖。「但是老兄，別沮喪。」他站起來，拉著唐涅特的手肘，「我相信你一定理解，我時時以你的利益為優先。」他領著唐涅特緩緩走向門口時又說：「我們可不想讓新聞記者插手，對吧？」

唐涅特一臉驚駭。

「格里葛利，我絕對會謹慎行事，你放心。」

「謝謝你，主委先生。」唐涅特才說完，門就關上了。

費雪回到辦公室，拿起辦公桌上的電話，撥了寫在面前便條紙上的電話號碼。

「彼得，我是亞歷斯．費雪。抱歉，星期天下午打擾你，但有個問題，我必須馬上和你討論。你有時間和我一起吃晚飯嗎？」

＊

「各位先生，非常遺憾，我必須告訴各位，昨天下午格里葛利・唐涅特來看我，說他很抱歉，必須辭去本黨國會議員候選人的身分，所以我才召開今天的緊急會議。」

執行委員會的每一個委員幾乎都同時開口講話。每個人都在說為什麼？怎麼回事？

費雪耐心等待恢復秩序，才回答這個問題。「唐涅特向我坦承，他誤導本會相信他戰爭期間在皇家救護隊服役，事實上，他是那種所謂基於良心而拒絕服役的人㉔，所以被判入獄六個月。他聽到風聲，說當年在帕克赫斯特的牢友去找記者，所以他別無選擇，只能請辭。」

屋裡又迸出一波意見與提問，比前一波更嘈雜，但亞歷斯・費雪再次好整以暇。他等得起。他已經寫好劇本，知道接下來該怎麼做。

「我認為我別無選擇，只能代表各位接受他的請辭。而且我們也達成協議，認為他應該盡快離開選區。希望你們不會覺得我對這位年輕人太寬大為懷。」

「距離大選的時間這麼短，我們上哪裡去找另一個候選人？」彼得・梅納德拋出問題。

「這也是我的第一個反應，」費雪說，「所以我馬上打電話給中央黨部，尋求他們的指示，但是星期天下午，辦公室很難找得到人。不過，在和中央黨部法務室討論的時候，我發現了一個各位或許會覺得很嚴重的問題。要是我們在下週四，也就是五月十二日之前，沒提名候選人的話，依據選舉法，我們就無法參與這次的大選。這也就保證巴靈頓可以獲得壓倒性的大勝，因為他的對手只剩下自由黨候選人。」

會議桌上的嘈雜聲到了刺耳的程度，但費雪早就料到會這樣。等秩序恢復之後，他繼續說：「我接著就打給納維爾．辛普森。」

幾位委員露出欣喜的笑容。

「但遺憾的是，富爾翰中央區決定提名他，而他也簽署了同意書。然後我又回頭搜尋中央總部所提供的候選名單，結果比較出色的候選人都各有選區了，其餘沒有著落的，老實說，碰上巴靈頓，他們也只有被活剝生吞的份。所以，各位，就只能由你們決定了。」

好幾隻手舉起來，費雪選了彼得．梅納德，彷彿他一眼就先看到梅納德。

「對本黨來說，今天真是哀傷的一天，主委先生，但我認為，面對這樣的情況，沒有人可以比你處理得更好。」

會議桌旁響起喃喃的贊同聲。

「謝謝你這麼說，彼得。我只是做了我認為對本黨最有利的事。」

「請容我表達個人意見，主委先生，」梅納德繼續說，「基於我們目前面臨的情況，不知道有沒有可能說服你來遞補這個空缺呢？」

「不，不，」費雪說，拚命揮著他那像羅馬將軍卡西烏斯[25]的手。「我相信你們可以找到比我更適合的人來代表選區參選。」

[24] Conscious objector，基於道德或宗教因素而拒絕服役的人。

[25] Cassius，西元前八十五至前四十二年，為羅馬元老會議員與軍事將領，曾與妻舅布魯圖斯一起謀劃刺殺凱撒。

「主委先生，可是沒有人比你更瞭解這個選區，以及我們的對手。」

費雪讓其他幾個人也表達了相同的心情，最後黨秘書長說：「我贊成彼得的意見。我們沒辦法再浪費時間了。我們耽擱得越久，巴靈頓就越開心。」

費雪覺得很有把握，大部分的委員已經接受這個意見了。這時，他低下頭，這是給梅納德的信號。梅納德站起來說：「我提議邀請亞歷斯．費雪擔任布里斯托碼頭區的保守黨國會議員候選人。」

費雪偷偷抬起一眼，看有沒有人附議。秘書長立即附議。

「贊成的請舉手。」梅納德說。好幾隻手馬上舉起來。梅納德等了等，直到最後一隻手很不情願地加入大多數人之中，才說：「我宣布，動議無異議通過。」緊接著而來的是如雷的掌聲。

「我太感動了，各位，」費雪說，「我謹以謙卑之心接受各位對我的信心，因為如各位所知，我向來把黨放在第一位，這是我從未想過的結果。然而，請各位放心，」他繼續說，「我會竭盡一切可能，在大選中擊敗吉爾斯．巴靈頓，讓保守黨可以代表布里斯托碼頭區重返國會。」這是他已經練習過很多次的演說，因為他知道自己不能帶小抄。

委員們迅即起身，開始大聲喝采。費雪頷首微笑。他一回到家就會打電話給薇琴妮亞，讓她知道，花錢雇用米契爾搜尋候選人背景，看看誰有丟人的事，這投資太划算了。費雪信心滿滿，覺得他一定可以狠狠羞辱巴靈頓，而且這一次是在戰場上公開羞辱。

*

「班尼，我是費雪少校。」

「聽到你的消息總是很開心，少校，特別是有隻小小鳥告訴我說，你有很多值得恭喜的事啊。」

「謝謝，」費雪說，「但我不是因為這樣才打電話給你的。」

「我拿好筆了，少校。」

「我要你像之前那樣賣出買進，但這一次，你沒有理由不順便撈點好處。」

「你一定很有把握，少校。」班尼說。沒聽到任何回應，所以他又說：「我們要拋售二十萬股巴靈頓股票。」

「沒錯。」費雪說，「但和以前一樣，時機很重要。」

「請告訴我你哪一天要拋售，少校。」

「五月五日，巴靈頓年度股東大會召開的那天。但交易必須在當天早上十點之前完成，這很重要。」

「沒問題。」班尼沉默了一會兒之後說：「所以整個交易會在選舉日當天完成？」

「沒錯。」

「真是一石兩鳥的好日子。」

吉爾斯·巴靈頓

一九五五年

22

電話鈴響的時候，剛過午夜。吉爾斯知道敢在這個時間打電話給他的，只有一個人。

「你還沒上床睡覺啊，葛里夫？」

「保守黨候選人半途落跑，我怎麼睡得著？」

「你說什麼？」吉爾斯整個人突然清醒過來。

「格里葛利．唐涅特請辭，說是健康因素。但更重要的是，費雪成為候選人啦。想辦法睡一下吧，明天早上七點進辦公室，我們得決定接下來該怎麼做。老實說，就像美國人說的，這下子我們打的是另一種球了。」

但吉爾斯沒睡。過去這段時間，他一直在思索費雪究竟想做什麼，現在他知道是怎麼回事了。費雪肯定打從一開始就盤算要成為候選人，唐涅特只是隻獻祭的羔羊。

吉爾斯知道他上次只險勝四百一十四票，而民調顯示，這次大選保守黨的席次會增加，他有場硬仗要打。他知道自己如今所面對的這個人，只求自己能活得下來，把其他人全送進墳墓也在所不惜。格里葛利．唐涅特只是他最新的受害人。

*

隔天早上，哈利和艾瑪來到巴靈頓大宅，發現吉爾斯在吃早餐。

「接下來三個星期，我沒午餐，也沒晚餐可吃。」吉爾斯又拿起一片吐司塗奶油，「整天在硬邦邦的路上走來走去，把皮鞋磨出洞，和無數的選民握手。還有，你們兩個別靠近我。我不需要有誰提醒我說，我妹妹和妹夫是頑固的保守黨支持者。」

「我們也要走出去，為我們所相信的理想而奮鬥。」艾瑪說

「這還真是我需要的。」

「我們一聽說費雪要代表保守黨參選，就決定繳黨費，成為工黨黨員。」哈利說，「我們甚至還捐錢給你的選舉基金。」

吉爾斯停下動作。

「接下來三個星期，我們打算夜以繼日的幫你，直到投票結束，只要能讓費雪不贏就行了。」

「但是，」艾瑪說，「在我們放棄長期固守的原則，轉向支持你之前，有幾個條件必須先講清楚。」

「我就知道這是個圈套。」吉爾斯說，給自己倒了一大杯黑咖啡。

「在投票結束之前，你搬到莊園宅邸和我們一起住。否則只有葛里夫·哈斯金一個人照顧你，你最後就會整天吃炸魚薯條，喝太多啤酒，睡在競選辦公室的地板上。」

「你說的八成沒錯，可是我警告你，我每天都會過了午夜才回家。」

「沒問題，只要別吵醒潔西卡就行了。」

「同意。」吉爾斯站起來，一手拿吐司，一手拿報紙。「晚上見啦。」

「沒吃完不准離桌。」艾瑪說，語氣和她媽媽一模一樣。

吉爾斯笑起來。「媽媽從來不需要打選戰喔。」他提醒妹妹。

「她教出了個很棒的國會議員呢。」哈利說。

「這一點倒是我們的共識。」吉爾斯一面說一面往外衝，嘴巴裡還嚼著吐司。他匆匆交代了丹比幾句才衝出大門，卻只見哈利和艾瑪已坐在他的捷豹車上。

「你們兩個幹嘛啊？」他問，一面坐進駕駛座，發動引擎。

「我們要去工作，」艾瑪說，「我們要搭便車，去登記當志工。」

「你們可得想清楚，」吉爾斯把車開上大馬路，「志工要一天工作十八小時，而且沒有工資可拿。」

二十分鐘之後，艾瑪和哈利跟著吉爾斯走進競選總部，看見許多年齡、體型、樣態各異的志工忙進忙出，感到非常訝異。吉爾斯快步穿過他們，走進總幹事辦公室，把妹妹和妹夫介紹給葛里夫·哈斯金認識。

「又來兩個志工。」

「自從費雪成為保守黨候選人之後，很多陌生人加入我們的團隊。你們兩位以前拉過票嗎？」

「沒有，從來沒有。」哈利承認，「連幫保守黨拉票都沒有過。」

「那麼，請跟我來。」葛里夫帶他們回到大房間，走到一張長長的擱板桌前。桌上有一排排的夾紙板。「每一個夾紙板都是選區的一條路或街。」他解釋說，給他們一人一個夾紙板，以及一組三支的紅色、綠色、藍色鉛筆。

「你們今天運氣不錯，」葛里夫又說，「伍德班區是我們的鐵票區。我來說明一下基本規則。白天這個時間去敲門，來應門的通常是太太，因為丈夫已經出門工作了。如果來開門的是男人，他很可能失業，所以比較可能投票給工黨。但是不管來開門的是誰，你們要說的都是：『早安，我代表吉爾斯．巴靈頓』──切記，千萬不能說吉爾斯爵士──『他代表工黨參加五月二十六日星期四的選舉』──一定要強調日期──『希望您能支持他。』接下來就要用上你們的智慧了。要是他們說：『我這輩子都支持工黨，請放心。』那就用紅鉛筆在他們的姓名上做記號。要是他們年紀比較大，就問他們，當天需不需要派車來接他們去投票所。如果他們說要，就在他們的名字旁邊註明『車』。如果他們說：『我以前都支持工黨，但這次不太確定。』那就用綠色鉛筆做記號，表示尚未決定，本地黨務委員這兩天就會去拜訪他們。要是他們告訴你說他們向來對政治沒興趣，他們得要想想，還沒做出決定，諸如此類的，那他們肯定是保守黨，用藍色鉛筆做記號，不必在他們身上浪費時間。到目前為止，你們都聽懂了嗎？」

他倆都點頭。

「這些拜票紀錄非常重要，」葛里夫說，「因為在選舉當天，我們會再拜訪一遍標註紅色記號的人，確定他們都去投票了。要是他們還沒去，就再煩他們，提醒他們去投票所。要是你對某人的投票傾向有疑慮，就用綠色做記號，表示他們沒做最後決定，因為我們最不希望的就是提醒……甚至更慘的，用車載了那些支持另一方的人去投票所。」

有個年輕的志工跑進來，交給葛里夫一張紙。「我該拿這個怎麼辦？」他問。

葛里夫讀了內容，說：「叫他滾。誰不知道他支持保守黨，就只是想來浪費我們的時間而已。順便提醒一下，」他轉頭對哈利和艾瑪說，「要是有人讓你們在門口站超過六十秒，要你們多說一些支持的理由，或想要仔細討論工黨的政策，多瞭解候選人之類的，那他們也是保守黨的人，目的只是要浪費你們的時間。和他們道聲好，快點離開。祝你們好運。拜訪完選民之後，把報告交回給我。」

*

「早安，我是羅斯·布喬南，巴靈頓航運公司董事長。首先歡迎各位參加公司的年度股東大會。在各位的座位上，有一份公司的年度報告，請各位注意幾個重點。今年的年度盈餘從十萬八千鎊增加到十二萬兩千鎊，成長幅度百分之十二。我們已經委請設計師設計我們的新郵輪，預期在六個月之內提出設計圖。

「也請所有的股東放心，在確切證明提案可行之前，我們不會貿然進行這個計畫。基於此，我樂於向各位報告，本年度的股東分紅將增加百分之五。我有絕對的理由相信公司下年度將維持相同，甚至更高的成長幅度。」

掌聲響起，讓布喬南有機會可以把演講稿翻到下一頁，查看自己接下來要講什麼。再抬起頭來，他看見幾位財經記者快步走出會議廳，希望趕上第一版晚報的發稿。他們知道董事長已經講完年度報告的重點，接下來只是對股東解釋細節而已。

致詞之後，布喬南和康普頓花了四十分鐘接受股東提問。會議結束時，布喬南看見大部分股東都面帶微笑離去，讓他很滿意。

布喬南才走下飯店會議廳講台，秘書立刻上前說：「香港來了緊急電話，飯店總機已經把電話轉到您的房間。」

*

哈利和艾瑪完成第一份選區拜訪報告，回到工黨總部，已經筋疲力竭。

「進行得如何？」葛里夫用專業眼光查看他們的報告，問道。

「還可以，」哈利說，「如果伍德班區可以當成樣本的話，那我們的表現還不錯。」

「但願如此，」葛里夫說，「那是工黨的鐵票區。可是明天我要放你們去阿卡迪亞大道，你們就會知道我們實際面對的是什麼情況。回家之前，在黑板上寫出你們今天得到的最佳回應，贏的人可以得到一盒吉百利巧克力。」

艾瑪咧嘴笑。「有個女人對我說：『我老公支持保守黨，但我一直支持吉爾斯爵士，無論如何，都不能讓他知道喔。』」

葛里夫微笑。「這不算罕見。」他說，「而且，艾瑪，別忘了，你最重要的任務是讓我們的候選人吃飽睡好。」

「那我的任務呢？」哈利說。這時吉爾斯正好走進來。

「我對你沒興趣，」葛里夫回答說，「印在選票上的又不是你的名字。」

「我今天晚上有幾個場子要跑？」吉爾斯劈頭就問。

「三個。」葛里夫不用查任何筆記本就答得出來。「七點鐘到漢默街的 YMCA，八點到坎農街撞球俱樂部，九點在工人俱樂部。記住，哪一場都別遲到，然後半夜之前就乖乖上床睡覺。」

「我真想知道葛里夫幾點上床睡覺。」葛里夫匆匆去處理最新危機時，艾瑪說。

「他不睡覺的，」吉爾斯低聲說，「他是吸血鬼。」

*

羅斯·布喬南走進飯店房間時，電話已經響起。他大步向前，拿起話筒。

「您好，香港打來的電話已在線上。」

「午安，布喬南先生，」在嘰嘰喳喳的線路上，響起了帶蘇格蘭腔調的嗓音。「我是山迪·麥可布萊德。我打來是要讓您知道，事情一如您的預期，事實上呢，是一秒不差地發生了。」

「股票經紀的名字是？」

「班尼·德里斯寇。」

「一點都不意外。」布喬南說，「請告訴我詳情。」

「倫敦股市一開盤，股票交易自動記錄帶[26]上立刻出現了一筆巨額拋售單，總計二十萬股的巴靈頓股票。我們遵照指示，把這二十萬股全數買進。」

「價格呢？」

「每股四鎊三先令。」

「市場上還有更多賣出的股票嗎？」

「不太多，老實說，您在股東大會上公布那麼出色的經營績效之後，買進的單子遠多於賣出。」

「現在的股價呢？」布喬南聽得見電話另一端有自動記錄帶喀噠喀噠的聲音。

「四鎊六先令。」麥可布萊德說。「目前似乎就停在這個價位不動。」

「很好，」布喬南說，「除非股價再掉到四鎊三先令以下，否則不要再買。」

「瞭解了，先生。」

「這應該會讓少校在接下來的三個星期睡不著覺。」

「少校？」股票經紀問，但布喬南已經掛掉電話了。

*

一如葛里夫的事前警告，阿卡迪亞大道是保守黨的大本營，但哈利和艾瑪並沒有空著手回到

㉖ Ticker tape，也稱為電報紙條，用以列印不斷更新的訊息，例如股價。

競選總部。

葛里夫檢查過他們的紀錄之後，露出不解的表情。

「我們嚴格遵守你的規定，」哈利說，「只要覺得不太確定，就標上綠色記號，表示他們還沒做出決定。」

「如果你們的紀錄沒錯，那麼選情會比預期來得更緊繃。」葛里夫說。這時，吉爾斯上氣不接下氣地跑進來，手裡揮著《布里斯托晚郵報》。

「你看到頭版了嗎，葛里夫？」他把報紙遞給葛里夫說。

葛里夫讀了頭條新聞，又把報紙交還給吉爾斯，說：「別理他。什麼都別說，什麼都別做。這是我的建議。」

艾瑪越過吉爾斯肩頭看見報紙頭條：費雪挑戰巴靈頓舉行辯論。「好像很有趣耶。」她說。

「一點都不有趣，吉爾斯腦袋壞了才會接受。」

「為什麼不接受？」哈利說，「他的辯論技巧比費雪好多了，而且他的政治經驗也很豐富。」

「或許是這樣沒錯，」葛里夫說，「但永遠不要給你的對手搭舞台。吉爾斯是現任議員，他可以掌握優勢。」

「是沒錯，但你看到那個渾蛋是怎麼說的嗎？」吉爾斯說。

「我幹嘛在費雪身上浪費時間，」葛里夫說，「更何況這是根本就不會發生的事。」

吉爾斯不理會葛里夫，大聲唸頭條新聞的內容：「巴靈頓如果想贏得五月二十六日的大選，繼續擔任布里斯托碼頭區國會議員，那麼就必須先回答很多問題。我太瞭解他了，我相信這位托布魯克戰役英雄不會逃避挑戰。下星期四，五月十九日，我會在科斯頓大堂回答社會大眾提出的任何問題。屆時舞台上會有三把椅子，如果吉爾斯爵士能出席，我相信選民自然能做出他們自己的判斷。」

「三把椅子？」艾瑪問。

「費雪知道自由黨會出席，因為他們沒有什麼好損失的。」葛里夫說，「但我的建議還是一樣，別理那個渾蛋。明天會有另一條頭條新聞，到那時，」他指著報紙說，「這就只能拿來包炸魚薯條了。」

*

羅斯・布喬南正坐在巴靈頓大樓的辦公桌後面，查看哈蘭德與沃爾夫造船廠的最新報告，秘書透過對講機向他報告：

「有位山迪・麥可布萊德從香港打電話來，您要接嗎？」

「請轉進來。」

「董事長早安，我想您應該很樂於知道，班尼・德里斯寇每隔幾個鐘頭就打電話來問，我們有沒有巴靈頓的股票要賣。我手上還有二十萬張股票，因為股價還在漲，我打電話來是想請問您，要不要賣出一些？」

「在三個星期期限屆滿之前不賣。這段時間，我們只買，不賣。」

＊

吉爾斯隔天看見《晚郵報》的頭版頭條時，就知道他無法再迴避與費雪的正面對決。布里斯托大主教將主持選舉辯論。這一次，葛里夫詳讀報導內文。

布里斯托大主教斐德烈克·寇欽同意在下週四，五月十九日晚間七點三十分假科斯頓大堂舉行的選舉辯論會上擔任主持人。保守黨候選人亞歷斯·費雪少校，自由黨候選人瑞金納德·埃斯渥西先生均已同意出席，工黨候選人吉爾斯·巴靈頓爵士尚未回覆此一邀請。

「我還是覺得你不必理會。」葛里夫說。

「但請看看頭版上的照片。」吉爾斯說，把報紙又塞回葛里夫手裡。

葛里夫看著照片，是一張空椅子的照片。聚光燈打在科斯頓大堂舞台的一張空椅上，上方的標題寫道：吉爾斯爵士會現身嗎？

「你懂了吧，」吉爾斯說，「要是我不出席，他們可就高興了。」

「但如果你出席，他們可就要樂翻天了。」葛里夫頓了一下，「不過，決定權在你，如果你還是堅持非去不可，我們就必須把情勢轉為我們的優勢。」

「我們要怎麼做？」

「你明天早上七點鐘發表聲明，那我們就可以讓他們撤換頭條新聞。」

「要說什麼？」

「說你很樂意接受挑戰，因為這讓你有機會徹底把保守黨的政策攤在陽光下，同時也讓布里斯托人民自己決定誰才是在國會代表他們的最佳人選。」

「你為什麼改變主意了？」吉爾斯問。

「我看過最新的選區拜票報告，看來你會輸大約一千票。所以你現在不是穩贏的一方，而是挑戰者。」

「還可能出什麼別的差錯嗎？」

「你老婆出席辯論會，坐在第一排，第一個提問，然後你女朋友現身，打她一個耳光，如此一來，你就不必擔心《布里斯托晚郵報》，因為你會出現在全國各地的報紙頭版。」

23

吉爾斯在如雷的掌聲中回座。擠滿觀眾的大廳裡，他這場演說精采絕倫，最後一個上台是個優勢。

三名候選人提前半個鐘頭抵達，像第一次上跳舞課的男生一樣，在彼此身邊繞來走去。擔任主持人的大主教集合他們，說明他今天晚上打算進行的程序。

「我會請你們三位發表開場演說，時間不能超過八分鐘。七分鐘的時候，我會敲鈴。」他說明，「八分鐘一到，我會敲第二次鈴，表示你們的時間到了。等你們都演說完畢，我就會開放現場觀眾提問。」

「如何決定順序？」費雪問。

「抽籤決定。」大主教手裡緊握著三根麥稈，要每一位候選人抽一根。

費雪抽到最短的一根。

「所以就由你開始，費雪少校。」大主教說，「埃斯渥西先生，你第二。吉爾斯爵士，你最後。」

吉爾斯對費雪微笑說：「運氣不太好啊，老兄。」

「不，我就是想第一個發言，」費雪反駁說，這話連大主教聽了都挑起眉毛。

七點二十五分，大主教帶著他們三個走上舞台，大廳裡的每一個人都鼓掌。今天晚上，這是唯一一次全部人都鼓掌的時刻。吉爾斯坐下，看看擁擠的大廳，約略估算一下，應該有上千人來看他們針鋒相對。

吉爾斯知道三個政黨各分到兩百張入場券給他們的支持者，所以有大約四百名觀眾是尚未拿定主意的，差不多也就是他上次選舉領先的票數。

七點三十分，大主教主持開場，介紹三位候選人，然後請費雪少校第一個發言。

費雪慢慢走到舞台前方，把準備好的講稿放在講台上，敲敲麥克風。他講得很緊張，一直低著頭，顯然很怕講錯話。

大主教敲鈴表示還剩一分鐘的時候，費雪開始加快速度，卻讓自己口齒更不清楚。吉爾斯很想告訴他，演講有個黃金定律，那也就是如果你分配到的時間是八分鐘，只能準備七分鐘的講稿。比規定的時間稍微早一點結束，總好過講到一半被制止。儘管如此，費雪回座時，他的支持者還是給他熱烈的掌聲。

瑞金納德．埃斯渥西起身發表自由黨政見的時候，讓吉爾斯很意外。他沒準備講稿，甚至連提示該集中焦點談什麼問題的小紙條都沒有。相反的，他漫談本地問題，七分鐘的提醒鈴響時，他竟然沒把話說完就回座了。埃斯渥西做到了吉爾斯認為沒人可以做得到的事，那也就是讓費雪顯得表現還不錯。然而，還是有大約五分之一的聽眾鼓掌喝采。

吉爾斯起身，兩百位支持者熱情歡迎他，儘管其他大部分聽眾都沒拍手。但他見怪不怪，因為在議會裡發言常有這樣的情況發生。他站在講台旁，只偶爾瞄一眼講稿。

他先從保守黨政府的失敗講起，勾勒出工黨如果組成下屆政府，將會推動什麼樣的政策。接著，他談及本地問題，甚至還挖苦了一下自由黨的草根政策，引來滿堂笑聲。演講結束時，至少有一半的聽眾鼓掌。如果辯論會就此結束，那麼誰是贏家就毋庸置疑了。

「現在請候選人接受聽眾提問。」大主教宣布。「我希望大家能遵守秩序，相互尊重。」

有三十位吉爾斯的支持者立刻跳起來舉手，他們都已準備好題目，可以幫助他們的候選人，貶低其他兩個人。但唯一的麻煩是，也有其他六十個人同時堅持不屈地舉起手來。

大主教很精明，分辨出三位候選人的支持者各坐在哪個區塊，很有技巧地挑選不屬於哪個政黨的聽眾。這些聽眾想知道候選人對一些問題的看法，包括布里斯托引進停車收費計時器（這給了自由黨候選人發揮的機會），停止配給制（三位候選人都贊成），擬議中的擴大鐵路電氣化（對三位候選人似乎都沒什麼好處）。

但吉爾斯知道最終會有一支箭朝他射來，他只能希望不讓這箭正中紅心。他終於聽見拉弓射箭的聲音。

「吉爾斯爵士能不能解釋一下，他在上個會期裡，走訪劍橋的時間竟比回選區還多，是為什麼？」發問的是個高瘦的中年人，吉爾斯覺得自己應該認識他。

吉爾斯默默坐了一會兒，讓自己心緒平靜下來。他正要起身時，卻見費雪跳了起來，顯然對這個問題一點都不意外，也認為在場的人都知道提問人在暗示什麼。

「我向在場的各位保證，」他說，「無論發生什麼事情，我待在布里斯托的時間都會比待在其他城市多。」

吉爾斯看看台下那一排排面無表情的臉孔，聽眾顯然不知道費雪在說什麼。

自由黨候選人接著站起來。他更是不知所云，因為他的回答是：「我是牛津人，除非必要，我不去其他地方。」

有些人笑起來。

吉爾斯的兩名對手提供了他反擊的子彈。他站起來，面對費雪。

「我想請教費雪少校，打算大部分時間都待在布里斯托的意思是，如果他在下個星期四當選國會議員，也不打算到倫敦的下議院去就任嗎？」

吉爾斯停頓一下，等掌聲和笑聲平息，才繼續說：「我相信我不必提醒保守黨候選人，埃德蒙·伯克[27]曾說：『選民選我是要我在西敏寺代表布里斯托，而不是在布里斯托代表西敏寺。』他是我由衷敬仰讚佩的保守黨政治家。」吉爾斯在綿長不止的掌聲中就座。雖然他知道他沒真正回答問題，但覺得自己已經脫身了。

「我想還有時間提最後一個問題，」大主教說，指著坐在中間偏後的一名女子，他相信她是中立的。

「可否請三位候選人告訴我們，他們的妻子今晚在哪裡？」

費雪靠在椅背上，雙臂抱胸，而埃斯渥西則一臉困惑。最後，大主教轉頭對吉爾斯說：「我想，輪到你先回答了。」

吉爾斯站起來，眼睛看著那名女子。

㉗ Edmund Burk，1729-1797，英國下議院議員，被視為英美保守主義的奠基者。

「內人和我，」他說，「正在辦理離婚手續，我希望能在近日內解決。」

他在不安的沉默中坐下。

埃斯渥西馬上站起來說：「我必須承認，自從我擔任自由黨的候選人之後，就找不到想和我約會的人，更不用說願意嫁給我的人了。」

這句話引來陣陣笑聲和鼓勵的掌聲。吉爾斯想了想，覺得埃斯渥西或許有助降低緊張氣氛。

費雪緩緩站起來。

「我的女友，」他這句話讓吉爾斯很詫異，「今天晚上陪我出席，現在就坐在前排。她會陪在我身邊，打完這場選戰。珍妮，能請你站起來，和大家打聲招呼嗎？」

一名漂亮的年輕女子站起來，朝向聽眾揮手，一波波掌聲歡迎她。

「我以前在哪裡見過這個女人？」艾瑪輕聲說。但哈利的注意力集中在費雪身上。費雪沒回座，顯然還有話要說。

「我想各位或許有興趣知道，我今天早上收到巴靈頓夫人的來信。」

大廳一片沉寂，這是今晚任何一位候選人都沒能達成的效果。吉爾斯緊張地往前坐，看見費雪從外套內側口袋掏出一封信，緩緩打開，開始唸。

「『親愛的費雪少校，您代表保守黨參與選戰，謹以此信致上敬意。盼您知悉，倘若我是布里斯托居民，絕對投您一票，毫不遲疑，因為我相信您是目前最傑出的候選人。我誠願見您取得國會席次。薇琴妮亞．巴靈頓敬上。』」

大廳頓時哄鬧起來，吉爾斯知道，他過去一個鐘頭取得的成果都已經在這一分鐘裡蒸發於無形了。費雪折好信，收進口袋，回到座位。大主教努力想讓會場恢復秩序，而費雪的支持者不斷鼓掌歡呼，吉爾斯的支持者陷入絕望。

葛里夫說得一點都沒錯。千萬別給你的對手搭舞台。

*

「你想辦法買回股票沒？」

「還沒，」班尼說，「巴靈頓的年度收益比預期來得高，再加上保守黨可能在大選贏得多數，所以股票還在高點。」

「現在一股多少錢？」

「大約四鎊七先令，而且近期應該不會跌。」

「那我們大約損失多少錢？」費雪問。

「我們？不是我們，」班尼說，「只有你。薇琴妮亞女爵什麼損失也沒有。她出清股票的價格，比她當初買進的價格高得多。」

「可是她如果不買回來，我就會丟掉董事席位。」

「但她如果要把股票買回來，就得付出很高的代價。我想她應該不樂於這麼做的。」班尼等了幾秒鐘才又說：「凡事要樂觀一點，少校。下個星期的這個時候，你已經是國會議員了。」

＊

隔天，現任議員覺得兩家本地報紙都不堪卒讀。通篇幾乎沒提到吉爾斯的演說，頭版上一大張薇琴妮亞的照片，露出她最燦爛的笑容，底下印著她給費雪的那封信。

「別翻開報紙。」葛里夫說。

吉爾斯馬上翻開報紙，查看最新的民調結果，預估保守黨會以二十三席的優勢成為多數黨。保守黨可望從工黨手中奪得八個席位，布里斯托碼頭區是其中之一。

「所屬的政黨面對全國性的反對浪潮，現任議員也很難扭轉局勢。」吉爾斯看完報紙之後，葛里夫說。「我估計，表現很好的現任議員大概可以多得個一千票，而不太理想的反對黨候選人，大概會少個一千票，但老實說，就算這樣多個一兩千票，我也不確定是不是足夠。我們不會因此放棄努力，我們要一直拉票拉到星期四晚上九點鐘。所以你千萬不能鬆懈，我要你走上街頭，和任何一個會動的東西握手。除了亞歷斯．費雪之外。要是你碰見那個人，我允許你掐死他。」

＊

「你有沒有想辦法買回巴靈頓股票？」

「恐怕沒有，少校。股價一直沒跌到四鎊三先令以下。」

「那我就會失去董事席位。」

「我想你會發現，這就是巴靈頓的打算。」班尼說。

「什麼意思？」

「我們一拋售股票，山迪・麥可布萊德就吃下，過去二十一天的主要買家就是他。大家都知道他是巴靈頓的經紀人。」

「王八蛋。」

「他們顯然是衝著你來的，少校。但這也不全然是壞消息，因為用最初的投資成本計算，薇琴妮亞女爵賺了七萬多鎊，所以我覺得她欠你一份人情。」

*

選戰的最後一個星期，吉爾斯卯足全力，儘管他有時難免覺得自己像是推巨石上山的薛西佛斯[28]。

投票日前一天，他回到競選總部，第一次看見葛里夫露出沮喪表情。

「昨天晚上，有上萬張這個東西丟進選區家家戶戶的信箱裡，唯恐有人沒看報。」

吉爾斯低頭一看，是複印的《布里斯托晚郵報》頭版，也就是薇琴妮亞照片配上她給費雪那

---

[28] Sisyphus，希臘神話中因狡詐而受罰的人，被罰以推巨石上山，但快到山頂時，巨石便滾落，於是周而復始，永不停歇。

封信的報紙頭版。下面還有一行字：你想要一位誠實正直的國會代表，就請投費雪。

「這傢伙真是一坨大便，」葛里夫說，「剛好就從高處掉到我們頭上。」正說著的時候，第一個志工帶來了早報。

吉爾斯癱坐在椅子裡，閉上眼睛。但一會兒之後，他發誓他聽見葛里夫在笑。他在笑！吉爾斯張開眼睛，葛里夫把《每日郵報》遞給他。「還沒結束呢，小子，至少我們又回到場上了。」

吉爾斯沒立即認出頭版上的那個漂亮女孩是誰。她是剛被《班尼．希爾秀》選中的新星。珍妮告訴記者，她還沒被節目選上之前所做的工作。

「我每天陪保守黨的候選人在選區拜票，告訴大家說我是他的女朋友。一天的酬勞是十鎊。」

吉爾斯沒想到上面登的是一張費雪還挺上相的照片。

＊

費雪看見《每日郵報》的頭版，不禁大聲咒罵。

他喝完第三杯黑咖啡，正要起身赴競選總部，就聽見早晨郵件丟在門墊上的聲音。所有的信都可以等到今天晚上再處理，所以他不打算理會。但就在這時，他瞥見一封印有巴靈頓公司徽章的信。他彎腰撿起，回到廚房。撕開信封，抽出兩張支票，一張是給他的，一千鎊，這一季的董事酬勞。另一張金額七千三百四十一鎊，是給薇琴妮亞女爵的年度分紅，同樣也是支付給「亞歷山大·費雪少校」，如此一來就不會有人知道擁有百分之七點五股權，把費雪送進董事會的人是她。但他再也不是董事了。

今天晚上回來之後，他會簽一張同樣金額的支票給薇琴妮亞女爵。他心想，這個時間打電話給她會不會太早，瞄了一眼手錶。八點零幾分，這個時間他應該要站在寺院草原站外面，迎接走出車站去上班的選民。她這個時間當然早就醒了。他拿起話筒，撥了肯辛頓的電話號碼。

電話響了好幾聲，才有一個睡意朦朧的聲音接起來。他差點就要掛掉電話了。

「誰啊？」薇琴妮亞問。

「我是亞歷斯·費雪。我想要通知你，我已經幫你賣掉全部的巴靈頓股票，你賺了七萬多鎊。」他等著她說聲謝謝，結果什麼也沒有。「我在想，你有沒有打算把股票再買回來？」他問，「畢竟，自從我進了董事會之後，你也賺了不少錢。」

「你也是啊，少校，相信我不需要提醒你。但我未來的計畫有點改變了，巴靈頓已經不在我的計畫之中。」

「可是你如果不買回百分之七點五的股權，我就要丟掉董事席位了。」

「我也不會因為這樣而失眠啊，少校。」

「可是我想，基於目前的情況……」

「什麼情況？」

「你不覺得應該給一點小小的紅利嗎？」他看著手上那張七千三百四十一鎊的支票。

「多小？」

「我想，也許五千鎊吧。」

「讓我想想。」電話另一頭沉默了好久，費雪幾乎懷疑她掛掉電話了。最後，薇琴妮亞說：

「我想了想，少校，決定不要。」

「那麼可以貸款……」他說，盡量不露出絕望的口氣。

「你家奶媽沒告訴過你嗎，別向人借錢，也別借人錢？噢，當然沒有，因為你根本就沒有奶媽。」

薇琴妮亞轉身，用力敲了床頭板三下。

「啊，女傭送我的早餐來了，少校，我得說再見啦。我說再見，就是再見。」

費雪聽著電話掛斷，瞪著那張面額七千三百四十一鎊，寫有他名字的支票，想起班尼說的：

她欠你一份情。

24

選舉日，吉爾斯清晨五點就起床，不只是因為睡不著。下了樓，丹比幫他打開早餐室的門，說：「早安，吉爾斯爵士。」彷彿選舉日只是個普通日子。

吉爾斯踏進早餐室，從邊桌上拿起一個碗，裝滿玉米片和水果。正在看今天的行程時，聽見門打開，進來的是塞巴斯汀。塞巴斯汀身穿考究的藍色獵裝，搭上灰色法蘭絨長褲。

「小塞，你什麼時候回來的？」

「昨天深夜，吉爾斯舅舅。大部分學校都因為挪作投票所而放假了，所以我就問可不可以回家幫你。」

「你想要做什麼？」吉爾斯問。丹比把一盤蛋和培根擺在他面前。

「只要能幫得上你的忙，做什麼都可以。」

「如果這是你的打算，那就好好聽著。選舉日，黨部會在選區設八個選務辦公室，由志工負責，其中有些志工已經有十幾次的選舉經驗。他們會即時報告他們負責的街坊投票狀況。每一條路、每一條街，甚至每一條死巷，都會標上記號，顯示我們的支持者住在哪裡。我們也有志工坐在每個投票所外面，勾起每個來投票的人的名字。我們最大的問題是要即時把這些名單送回選務辦公室，這樣我們才能知道哪些支持者還沒來投票，趕在今晚九點投票截止之前，找他們來投票。一般來說呢，」吉爾斯繼續說，「早上投票所剛開放，八點到十點之間，來投票支持我們的選民比較多。十點鐘之後，保守黨的選民開始出現，一直到四點之前都是如此。但四點之後，上班的選民開始回家，就到了我們的關鍵時刻，因為他們如果不在回家途中順道投票，就很難讓他們再專程出門一趟。」這時艾瑪和哈利也踏進早餐室了。

「葛里夫今天給你們分派了什麼工作？」吉爾斯問。

「我要在選務辦公室幫忙。」艾瑪說。

「我要去拜訪紅區選民。」哈利說，「要是他們需要接送，那我就開車載他們去投票所。」

「要記得，」吉爾斯說，「他們有些人很少有機會搭轎車，上一次很可能就是上回選舉的時候，除非他們在過去四年還參加了某個親戚的婚禮或葬禮。葛里夫派你去哪個選務辦公室？」他問艾瑪。

「我要在伍德班區協助帕瑞許小姐。」

「這真是你的榮幸。」吉爾斯說，「帕瑞許小姐是個傳奇人物。沒去投票的大男人都會擔心自己的生命安全。噢，小塞也要去當志工。我已經向他說明任務內容了。」

艾瑪對兒子微笑。

「我得走了。」吉爾斯從椅子上跳起來，但不忘在兩片全麥麵包之間夾進兩片培根。

艾瑪知道只有伊麗莎白才能攔得住他，但在選舉日，可能連媽媽也攔不住。

「我今天會到各個選務辦公室去，」他說，「所以我晚一點會見到你們。」

丹比已經站在大門外等他了。

「不好意思，爵士，打擾您，想請問今天下午四點到四點半，大宅的員工可不可以請假半小時？」

「有特別的原因嗎？」

「去投票，爵士。」

吉爾斯有些不好意思。「有幾票？」他低聲說。

「有六票要投給您，有一票還沒決定。」吉爾斯聽了挑起眉毛，「是新來的園丁，爵士，他心高氣傲的，我想他大概是保守黨。」

「那我們只好祈禱，我別以一票之差落敗。」吉爾斯衝出大門時說。

潔西卡站在車道上，就像每天早上那樣，幫他拉開車門。「我可以和你一起去嗎，吉爾斯舅舅？」她問。

「這次不行。可是我保證，下次選舉一定讓你陪在我身邊。我會告訴每個人說你是我女朋友，這樣我肯定大勝。」

「我可以幫什麼忙嗎？」

「沒……有了，你認識新來的園丁嗎？」

「亞伯特？認識啊，他人很好。」

「他想要投給保守黨。看看你在下午四點以前，能不能讓他回心轉意。」

「我會的，我會的。」吉爾斯坐進車裡時，潔西卡說。

＊

七點不到，吉爾斯就已經把車停在碼頭外面了。他和每個正準備打卡上班的早班工人，以及每一個正要下工的晚班工人握手。他很意外，竟然有很多人想和他講話。

「先生，這次我絕對不會讓你失望。」

「相信我，我一定支持你。」

「我現在就要去投票。」

夜班領班戴夫．科爾曼打卡下班後，吉爾斯把他拉到一旁，問他工人們為何這麼熱情。

「他們很多人覺得你應該趕快搞定你的婚姻問題，」向來直言無諱的科爾曼說，「但是他們很討厭那個該死的費雪少校，說無論如何都絕對不能讓他在國會裡代表我們這些貧苦大眾。就我個人來說，」他又說，「如果費雪有勇氣在碼頭露面，我會更尊敬他一些。工會裡其實有幾個保守黨員，但他連去找出是哪幾個都懶。」

吉爾斯到威爾斯菸廠的時候，受到熱烈歡迎，讓他很感動。向布里斯托飛機公司工人拜票時，也得到同樣的熱情回應。但他知道，在選舉日，每個候選人都覺得自己會贏，就連自由黨候選人也不例外。

十點剛過，吉爾斯抵達第一個選務辦公室。這個辦公室的主任告訴他，這一區的支持者已經有百分之二十二投完票了，達到一九五一年的水準。那年吉爾斯以四百一十四票險勝。

「保守黨呢？」吉爾斯問。

「百分之十六。」

「和一九五一年比呢？」

「他們增加了百分之一。」這位主任坦承。

吉爾斯抵達第八個選務辦公室時，時間剛過下午四點。帕瑞許小姐站在門口等他，一手端個裝乳酪番茄三明治的盤子，另一手拿一大杯牛奶。帕瑞許小姐是伍德班區少數擁有冰箱的人之一。

「情況怎麼樣？」吉爾斯問。

「謝天謝地，早上十點到下午四點之間下雨，現在又放晴了。我開始相信上帝可能是社會主義者了。但如果要在最後的這五個鐘頭贏回優勢，我們還有很多工作要做。」

「你對選情的看法一向正確，愛麗斯，你這次的預測是？」

「要聽實話？」

「實話。」

「勝負太過接近，很難斷定。」

「那我們最好趕快動起來吧。」吉爾斯在選務辦公室裡走來走去，謝謝每一個人。

「你的家人是我們的王牌，」帕瑞許小姐說，「記得他們以前是支持保守黨的。」

「艾瑪做什麼事情都在行。」

「她很出色，」帕瑞許小姐說，吉爾斯看著妹妹把投票所送回來的數據登記到夾紙板上，「但超級明星是我們這位塞巴斯汀。如果我們有十個像他這樣的人，就絕對不會輸。」

吉爾斯微笑。「這位年輕人哪裡去了？」

「他不是正要去投票所，就是正從投票所回來。他從不停下腳步。」

＊

但塞巴斯汀這會停下腳步，一動也不動站著，等待計票員把最新的名單交給他，好讓他可以跑回辦公室交給帕瑞許小姐。帕瑞許小姐不停餵他喝汽水，吃牛奶巧克力，惹得媽媽不時拋來不以為然的目光。

「麻煩的是，」計票員對剛投完票的一個朋友說，「住二十一號的米勒，他們一家六口不停抱怨保守黨政府，卻連跨過馬路來投票都懶。要是我們差六票輸掉選舉，就知道誰是罪魁禍首了。」

「你為什麼不請帕瑞許小姐去催他們？」他朋友說。

「她已經夠忙了，沒辦法抽身過來。我應該自己去的，可是又不能離開崗位。」

塞巴斯汀轉身過街，找到二十一號，但站了好一會兒，才鼓足勇氣敲門。看見來開門的這人體型有多龐大，差點就轉身逃跑。

「你要幹嘛，小鬼？」那人咆哮說。

「我代表保守黨候選人費雪少校，」塞巴斯汀刻意用字正腔圓的公學腔調說，「他希望你們今天能支持他，因為民調顯示，勝負差距非常之小。」

「快滾，不要逼我掐你耳朵。」米勒先生砰一聲甩上門。

塞巴斯汀跑過馬路回投票所，從計票員手中拿到最新報告時，看見二十一號的大門打開，米勒先生走出來，帶著另外五個家人，過街而來。塞巴斯汀把米勒家加到夾紙板的紀錄裡，跑回選務辦公室。

＊

吉爾斯六點鐘回到碼頭，正好趕上日班打卡下班，晚班上班。

「你在這裡站一整天嗎，先生？」有位工人問。

「感覺上是。」吉爾斯和他握手說。

有一兩個人看見他站在那裡，馬上轉身回來，朝附近的投票所走去，而從碼頭出來的人都往同一個方向去，而且並非走向最近的酒館。

六點三十分，所有的碼頭工人要不上班，要不回家之後，吉爾斯做了和過去兩次大選時一樣的事：跳上開往市區的雙層巴士。

他一上車就爬到上層，和滿臉詫異的乘客握手，接著又到下層，握完手之後，就在下一站下車，然後再搭上往反方向的另一輛巴士。接下來兩個半鐘頭，他就這樣上車下車，不停握手，直到九點零一分。

吉爾斯跳下最後一班巴士，獨自坐在車站。他沒有辦法再做任何事情去扭轉選局了。

吉爾斯聽見遠處傳來一聲鐘響，瞄一眼手錶：九點三十分。該走了。他覺得自己沒辦法再面對另一班巴士，於是開始慢慢走向市區，希望夜晚的空氣能讓他在計票之前澄清思緒。

這個時間，本地的警察機構應該已經開始從選區的各個投票所收走票箱，運送到市政廳。這個程序大約要一個多鐘頭才能完成。等票箱全部運到，經過檢查與複查之後，市政府主任秘書萬萊特先生會下令拆開票箱封條，開始計票。如果凌晨一點鐘之前能公布計票結果，那就是奇蹟了。

*

山姆．萬萊特不是個生來可以在陸地或海上締造速度紀錄的人。「寧慢而確實無誤」是日後會刻在他墓碑上的話。過去十年來，吉爾斯常和這位主任秘書就地方事務打交道，但迄今仍不知道他究竟支持哪一黨。他懷疑萬萊特先生根本就不投票。吉爾斯知道的是，這次大選是萬萊特最後一次主掌選務工作，他今年年底就要退休了。在吉爾斯看來，市政府要運氣非常好，才有可能找到稱職的接班人。就如同湯瑪斯．傑佛遜在接替班傑明．富蘭克林擔任美國駐法大使時所說的，或許有人可以承接萬萊特的工作，但沒有人可以取代他。

吉爾斯走向市政廳途中，有幾個人向他揮手致意，也有人對他視而不見。他開始思索自己的人生，若是不再擔任布里斯托碼頭區的國會議員，他要做什麼呢？再過幾個星期，他就滿三十五歲了。沒錯，年紀還不算老，但是戰爭結束回到布里斯托之後，他就只做過這一份工作，老實說，他能做的其他工作，其實也不太多。這是地位不夠穩固的國會議員常有的困擾。

他的思緒轉向薇琴妮亞。如果六個月之前，她在離婚文件上簽字，他的人生就可以輕鬆許多。但如今他已明白，她從來就沒打算放過他。她原本就計畫把婚姻問題拖到選舉之後，竭盡一切可能，用力羞辱他。他一點都不懷疑，是她讓費雪進入巴靈頓航運董事會的，甚至也懷疑，是她在費雪心中種下信念，讓他相信他可以打敗吉爾斯，取而代之成為國會議員。

她現在八成坐在她倫敦的家裡，等待選舉結果揭曉，雖然她真正在乎的，只是其中一個席次。她的長期計畫是不是再次襲擊巴靈頓公司股價，讓巴靈頓家族一蹶不振？但吉爾斯對羅斯·布喬南和艾瑪有信心，這次薇琴妮亞遇上旗鼓相當的敵手了。

讓他恢復理智，看清薇琴妮亞真面目的是葛芮絲，但在把他拉回正軌之後，她就再也沒提起這件事。他能認識格妮絲，也要感謝葛芮絲。格妮絲很想到布里斯托來幫他助選，但她不需別人提醒就意識到，如果有人看見她和吉爾斯在大街上拜票，只會讓費雪漁翁得利。

吉爾斯每天早上進辦公室之前，都先打電話到劍橋給格妮絲，晚上回家之後不打，因為她雖然說吵醒她沒關係，但吉爾斯通常都要時過午夜才回到家。如果今晚輸掉選舉，他明天一早就開車到劍橋，當面對她傾訴心聲。要是他贏了，他明天下午就會去找她，與她分享勝利的喜悅。無論結果為何，他都不想失去她。

「祝你好運，吉爾斯爵士。」一路人的一句話，把他帶回到現實世界。「我相信你一定會贏。」吉爾斯報以自信的微笑，但其實內心並沒有把握。

矗立於夜色裡的宏偉市政廳，已出現在他面前。蹲踞建築物兩端的金色獨角獸，隨著他一步步走近，也顯得越來越大。

獲選協助計票的志工已經就位。這是很重大的責任，通常都由市議員或資深政黨幹部擔當。和過去的四次大選一樣，帕瑞許小姐帶領六位工黨監票員在場，他也知道，她這次請艾瑪和哈利加入她的團隊。

「我本來也想請塞巴斯汀一起來，」她之前對吉爾斯說，「可惜他不到法定年齡。」

「他一定會很失望。」吉爾斯回答說。

「是啊，沒錯。但我給他一張通行證，他可以在看台上觀看計票的過程。」

「謝謝你。」

「別謝我。」帕瑞許小姐說，「我真希望整個選舉過程都有他幫忙。」

吉爾斯深吸一口氣，踏上市政廳的台階。不管結果為何，他都要記得感謝這麼多位支持他的人，而能真正答謝他們的，就只有勝選。他想起在羅德球場擊出一百分時，老傑克對他說的一句話：誰都可以是個出色的贏家，但如何面對失敗，才能真正看出你是不是個偉大的人。

25

葛里夫．哈斯金在市政廳的大廳裡踱來踱去，瞥見吉爾斯朝他走來。兩人握手，彷彿已經幾個星期沒見面。

「要是我贏，」吉爾斯說，「你——」

「別這麼多愁善感，」葛里夫說，「我們還有工作要做。」

他們穿過雙開門，走進大會堂，看見原本塞得滿滿的一千把座椅已經搬開，二十四張擱板桌一排排擺好，每張桌子兩端各擺了一把木椅。

山姆．萬萊特雙手扠腰，雙腿劈開，站在舞台中央。他吹響哨子，彷彿宣布競賽開始。剪刀出現了，封條剪開了，票箱敞開，翻倒過來，把幾千張印有三個候選人名字的選票倒在計票員面前的桌上。

他們的第一個工作是把選票按圈選的結果分成三堆，然後才開始計票。桌子一側是費雪的票，另一側是巴靈頓的，至於埃斯渥西的票，則久久才出現一張。

吉爾斯和葛里夫緊張地在大會堂裡走來走去，希望能從桌上成堆的選票，看出是誰的票數領先。繞完一整圈之後，他倆都很清楚，兩個候選人誰也沒領先。伍德班區票箱倒出來的票，吉爾斯穩穩領先；但如果看的是阿卡迪亞大街的票箱，則費雪明顯是贏家。再繞大會堂一圈，他們並沒能更清楚掌握情勢。他們唯一能確定的是，自由黨候選人敬陪末座。

吉爾斯聽見大會堂另一頭響起掌聲，抬頭看見費雪在他的競選總幹事與幾位核心支持者的陪同下，走進大會堂。吉爾斯認得他們之中有幾個參加了辯論會。他不由自主地注意到，費雪換上新襯衫和時尚的雙排釦西裝，看起來已經像是國會議員了。他和幾個計票員聊了一會兒，也開始繞著房間走，想知道他能不能擊敗吉爾斯。

吉爾斯和葛里夫，還有帕瑞許小姐、哈利和艾瑪，繼續沿著走道緩緩來回走，仔細看著一堆堆選票被分成十張一疊，每累計到十疊一百張，就分別用紅色、藍色或黃色的粗橡皮圈紮起來，方便辨識是屬於哪一位候選人的票[29]。最後則就像士兵列隊似的，五百張、五百張排成一列。

監察員每人負責一排，檢查一疊確實是十張，不是十一張，也不是九張。更重要的是，確認紮成一束的一百張確實是一百張，不是一百一十張，也不是九十張。如果認為計票有誤，可以要求在萬萊特先生或他的代理人監督之下，重新計票。但這事情非同小可，帕瑞許小姐警告她的團隊。

計票進行兩個鐘頭之後，葛里夫聳聳肩，算是回答吉爾斯問他情況如何的答案。一九五一年，儘管只贏幾百票，他都事先告訴吉爾斯會贏。但今晚情況不同。

計票員把選票依五百張為單位排好之後，就舉起手來，讓主任秘書知道他們已經完成任務，也準備確認結果。在最後一人舉手之後，萬萊特先生再次吹哨，說：「現在，再一次重新確認每一堆選票。」然後又說：「請各位候選人和競選總幹事到台上來。」

吉爾斯和葛里夫首先步上舞台，費雪和埃斯渥西只落後他們一步。舞台正中央擺了一張桌子，讓每一個人都可以清楚看見接下來要進行的事。桌上有一小疊選票。大概只有十一、二張，吉爾斯估計。

「各位，」主任秘書說，「這些是廢票。選舉法規定，我，只有我，可以決定這些票能不能納入計算。然而，你們還是有權針對我的判斷提出異議。」

萬萊特低頭，調整眼鏡，開始檢查那疊選票的第一張。那張在費雪名字前方的空格畫個叉，但又寫了：「天佑女王」。

「這顯然是投給我的票。」萬萊特還沒發表意見，費雪就搶先說。

主任秘書看著吉爾斯，接著又看看埃斯渥西，他倆都點頭，所以這張選票列入計算。下一張選票，在費雪名字前面的空格打個勾，而不是按規定打叉。

「這也是投給我的。」費雪很堅定。吉爾斯和埃斯渥西再次點頭。

主任秘書把這張票放到費雪的票裡，讓這位保守黨候選人露出微笑。但這笑容轉瞬消失，因為他看到接下來三張選票，都是在巴靈頓名字前面的空格打勾。

下一張選票，在三名候選人的空格里都打叉，寫上：「投給絕望的丹」。三人都同意這是廢票。接下來這一張勾選了埃斯渥西的名字，他們同意這該計入自由黨候選人的得票裡。第八張寫著「廢除絞刑」，歸入廢票之列。第九張勾的是巴靈頓的空格，費雪別無選擇，只能同意，於是吉爾斯暫以四比二領先。桌子上只剩兩張票待判定。下一張勾了巴靈頓的空格，在費雪名字旁邊寫上「休想」。

㉙ 保守黨的代表色是藍色，工黨是紅色，自由黨則是黃色。

「這絕對是廢票。」費雪說。

「這一張，」主任秘書說，「我會用和『天佑女王』同樣的標準處理。」

「很合理，」埃斯渥西說，「最好把這兩張都剔除。」

「我同意費雪上校的看法。」吉爾斯說，知道如此一來，他的優勢就從四比三增加到四比一了。費雪看似要開口抗議，但最後什麼也沒說。

所有的人都看著最後一張選票。萬萊特露出微笑。

「我想我這輩子絕對等不到。」他說，把這張寫著「蘇格蘭獨立」的選票攤開擺在廢票堆頂端。

萬萊特再次檢查每一張選票，然後才說：「巴靈頓四張，費雪一張，埃斯渥西一張。」他在筆記本裡登錄數字，說：「各位，謝謝你們。」

「希望這不是你今天晚上贏得的唯一一次勝利。」葛里夫低聲對吉爾斯說。他們走下舞台，和帕瑞許小姐與她的監票員站在一起。

主任秘書回到舞台前方，再次吹響口哨。他的助手群走過各個走道，登錄每位計票員最後確認的票數，然後把統計數字帶回到舞台上，交給他。

萬萊特先生仔細詳讀數字，開始把數字輸入一台大計算機裡。這台機器是他對摩登世界的唯一讓步。按下最後總計的按鈕之後，他抄下三個候選人的總票數，端詳了好一會兒，才邀請候選人再次上台。他告訴他們計票的結果，同時接受了吉爾斯的要求。

帕瑞許小姐看見費雪對支持者豎起大拇指，不禁蹙眉，因為她知道他們輸了。她抬頭，看見坐在二樓看台的塞巴斯汀拚命對她揮手。她也對他揮揮手，但馬上就轉開視線，看著萬萊特先生敲敲麥克風，讓大會堂裡的人全靜默下來，充滿期待。

「我，布里斯托碼頭區的選區監察官，在此宣布每位候選人的得票數是：

吉爾斯．巴靈頓爵士　一八，七一四票

瑞金納德．埃斯渥西先生　三，四七二票

亞歷山大．費雪少校　一八，九〇八票」

費雪陣營爆出熱烈的歡呼與掌聲。萬萊特等到聲音平息才接著說：「現任議員要求重新計票，我已經同意他的要求。每一位計票員請更仔細重新查核每一疊選票，確保沒有錯誤發生。」

計票員開始查核選票，每十張一疊的，每百張一紮的，每五百張一列的，算完便舉起手來，表示他們已經算完第二遍。

吉爾斯仰頭望天，默默禱告，卻看見塞巴斯汀拚命朝他揮手，但他的注意力馬上被葛里夫說的話引開了。

「你應該開始構思你的演說，」葛里夫說，「你應該謝謝主任秘書，他手下的工作人員，你的工作人員，更重要的是，如果費雪贏了，你一定要表現出雅量，畢竟，總還是會有下一次選舉的。」

吉爾斯不確定自己會不會再有下一次選戰，正打算要這麼說的時候，帕瑞許小姐快步走到他們身邊。

「對不起，打攪了，」她說，「但是塞巴斯汀好像拚命要引起你的注意。」

吉爾斯和葛里夫抬頭，看見塞巴斯汀探身到欄杆外，幾乎是在懇求他們去找他。

「你何不上去看看他究竟怎麼回事，」葛里夫說，「吉爾斯和我還要準備應付新的情勢。」

帕瑞許小姐爬上樓梯到看台，塞巴斯汀已經站在樓梯口等她。他抓起她的手臂，拉她到欄杆旁，指著大會堂一樓。「你看見那個坐在第三排尾端，穿綠色襯衫的男人嗎？」

帕瑞許小姐朝他指的方向望去。「看見了，怎麼了嗎？」

「他在做票。」

「你為什麼這麼說？」帕瑞許小姐盡力保持鎮靜。

「他向主任秘書的助理報告，說費雪有五百票。」

「是啊，沒錯，」帕瑞許小姐說，「他面前有五紮各一百張的選票。」

「我知道，」塞巴斯汀說，「但其中有一疊，只有上面一張是費雪的選票，底下的九十九張都是吉爾斯舅舅的票。」

「你確定嗎？」帕瑞許小姐說，「因為如果葛里夫要求萬萊特先生親自查驗選票，而你的說法有誤……」

「我很確定。」塞巴斯汀很不服氣。

帕瑞許小姐還是沒有把握，但她加快腳步，幾乎跑了起來。回到一樓，她馬上走向吉爾斯。吉爾斯正和艾瑪與葛里夫聊天，故作自信。她把塞巴斯汀說的事告訴他們，但大家都一副不相信的模樣。四個人同時抬頭，看見塞巴斯汀拚命指著那個穿綠襯衫的男人。

「我覺得塞巴斯汀的說法很可信。」艾瑪說。

「為什麼？」葛里夫問，「你親眼看見那個人把一張費雪的選票蓋到我們的選票堆上？」

「沒有，但我上個星期四在辯論會上見過他，他就是問吉爾斯為什麼在上個會期，去劍橋的次數多過回布里斯托的那個人。」

吉爾斯更仔細看看那人，大會堂裡越來越多人舉手，重新計票就快要完成了。

「我想你說得沒錯。」他說。

葛里夫沒再多說一句話，就快步走回舞台上，要求和主任秘書私下講幾句話。

聽完葛里夫的話，萬萊特先生抬頭看塞巴斯汀，接著把目光轉向坐在第三排末端的那名計票員。

「這麼嚴重的指控，只單憑小孩的一面之詞？」他說，目光又飄向塞巴斯汀。

「他不是小孩，」葛里夫說，「是個年輕人。無論如何，這是我們正式提出的請求，請你親自驗票。」

「好，那你們也要自己承擔後果。」萬萊特先生再次看了那名被指控的計票員說。他沒再多說什麼，就叫了兩個助手來，沒任何解釋，只說：「跟我來。」

他們三人走下舞台，直接走向第三排桌子的尾端，吉爾斯和葛里夫緊隨在後。主任秘書看著穿綠襯衫的那人說：「我想請你讓出位子，先生，因為吉爾斯爵士的競選總幹事要求我親自查驗你所計算的選票。」

那人緩緩起身，站到一旁，萬萊特坐在他的椅子上，開始檢查面前那五落費雪的選票。

他拿起第一落，取下藍色橡皮筋，檢查最上面那張選票。他只粗略地翻看一下，就確認這一百張選票全是投給費雪的選票無誤。第二落也是同樣的結果。這時只有坐在二樓往下看的塞巴斯汀還是自信滿滿。

萬萊特拿開第四落的第一張選票時，看見的卻是投給巴靈頓的選票。他緩慢且仔細地查驗這一落其餘的選票，發現這九十九張全是投給巴靈頓的。最後他查驗了第五落，全部是費雪的選票。

沒有人發現這位保守黨候選人已經悄悄走近圍在桌子旁邊的這一小群人。

「有什麼問題嗎？」費雪問。

「這不是我能處理得了的問題。」主任秘書轉身對他的一名助理說：「請警察陪同這位先生離開此地。」

他和他的秘書講了幾句話，回到舞台上，坐在計算機後面。他再次慢慢輸入助手所回報的數字，最後一次按下總計按鈕之後，把數字一一填到候選人名下。終於滿意之後，他請他們全部回到舞台上。這一次，他公布修正過的數字之後，吉爾斯沒要求重新計票。

萬萊特回到麥克風前，對著在此之前一直互相咬耳朵打探訊息的眾人宣布結果。

「……宣布每位候選人的得票數是：

吉爾斯·巴靈頓爵士　一八，八一三票

瑞金納德·埃斯渥西先生　三，四七二票

亞歷山大·費雪少校　一八，八〇九票」

這一次，換工黨支持者爆出歡呼掌聲，持續了好幾分鐘之久，直到萬萊特先生宣布費雪少校要求重新計票。

「請所有的計票員仔細計算第三次，如果有任何變化要報告，請立即通知我的助手。」

主任秘書回到舞台上的桌旁，秘書把他需要的參考書交給他。他翻開馬卡利選舉法，翻了幾頁，找到他今天下午特地做了記號的那一條規定。萬萊特忙著確認自己身為選舉監察官的權責，費雪的監票團則在走道來回穿梭，要求再次檢查巴靈頓的選票。

儘管如此，四十分鐘之後，萬萊特還是宣布第二次公布的選票總數不變。費雪馬上要求再次驗票。

「我不同意這個要求。」萬萊特說，「經過三次計算，選票統計的最後數字都吻合。」他逐字引用馬卡利選舉法書中的說法。

「可是情況根本不是這樣，」費雪咆哮，「只有兩次吻合。你應該記得，第一次計票是我贏。」

「是三次吻合無誤。」萬萊特堅持，「要記得，第一次計票時，你那位同事犯下的不幸錯誤。」

「我同事？」費雪說，「這是對我人格無恥的誣衊。我這輩子從沒見過那個人。要是你不撤回這個指控，同意重新計票，那我別無選擇，只能明天早上去找我的律師了。」

「若是這樣就太不幸了，」萬萊特說，「因為我可不想看見彼得·梅納德市議員坐在證人席上，努力解釋他為什麼會從來沒見過他們的地方黨部主任委員，而這位主任委員又剛好是他們的國會議員候選人。」

費雪滿臉通紅，快步離開舞台。

萬萊特先生站起來，緩緩走向舞台前方，最後一次拍拍麥克風。他清清嗓子，宣布：「我，布里斯托碼頭區的選區監察官，在此宣布每位候選人的得票數是：

吉爾斯．巴靈頓爵士　一八，八一三票

瑞金納德．埃斯渥西先生　三，四七二票

亞歷山大．費雪少校　一八，八〇九票」

「因此，我在此宣布，吉爾斯．巴靈頓爵士當選布里斯托碼頭區的國會議員。」

這位布里斯托碼頭區的國會議員抬頭看二樓的看台，朝塞巴斯汀．柯里夫頓鞠躬致意。

塞巴斯汀·柯里夫頓

一九五五—一九五七年

26

「請舉杯，向助我們贏得勝選的這位先生致謝！」葛里夫大聲吆喝。他搖搖晃晃站在房間正中央的桌子上，一手端著香檳杯，一手拿菸。

「敬塞巴斯汀！」每個人都大聲喊，掌聲與喝采不斷。

「你以前喝過香檳嗎？」葛里夫腳步踉蹌爬下桌子之後，問塞巴斯汀。

「只喝過一次。」塞巴斯汀坦承，「我朋友布魯諾慶祝十五歲生日的時候，他父親帶我們去酒館。所以今天應該是我的第二杯。」

「聽我的建議，」葛里夫說，「千萬別習慣喝這個。這是有錢人的玩意兒，我們勞工階級，」他攬著塞巴斯汀肩頭說，「一年頂多只能喝個一兩杯，而且還要別人出錢才行。」

「可是我想當有錢人。」

「我為什麼一點都不意外？」葛里夫說，再次給自己的杯子斟滿酒。「要是這樣呢，你就會是個香檳社會主義分子，天曉得，我們黨裡已經夠多了。」

「我又不是你們工黨，」塞巴斯汀口氣堅定，「在其他任何選區我都支持保守黨，吉爾斯舅舅參選的選區除外。」

「那你得回來住在布里斯托。」葛里夫說，看著新當選的議員走近。

「機會不大，」吉爾斯說，「他爸媽說他們很希望他能拿到劍橋的獎學金。」

「這個嘛，要是你住在劍橋而不是布里斯托，見到你舅舅的機會可能比我們還多咧。」

「你喝太多了，葛里夫。」吉爾斯拍拍他這位總幹事的背。

「要是我們輸了，我還會喝更多咧。」葛里夫一口喝乾，「別忘了，該死的保守黨在議會的席次增加了。」

「我們得回家了，小塞，如果你明天想精神飽滿去上學的話。天曉得這幾個鐘頭，你違反了多少條規定。」

「我走之前可以向帕瑞許小姐道別嗎？」

「當然可以。你去和她道別，我先去付酒錢。選舉既然結束了，我就可以請喝酒了。」

志工擠得一屋子滿滿的，有的東倒西歪，像風中的柳樹那般，還有的趴在桌上，八成是醉得不省人事，或只是動彈不得。塞巴斯汀擠過他們中間，看見帕瑞許小姐坐在另一端的牆角凹處，身旁只有兩個香檳空瓶。走到她面前時，他甚至不確定她是不是認得出他來。

「帕瑞許小姐，我想謝謝你讓我參加你的團隊。我從你身上學到好多，真希望你是我們學校的老師。」

「這真的是很大的讚美，塞巴斯汀。」帕瑞許小姐說，「可是我怕自己是生錯時代了。女人要在私立男校任教，恐怕不是近期能實現得了的。」她撐著身體站起來，給他一個大大的擁抱。

「祝你好運，塞巴斯汀。」她說，「希望你拿到劍橋獎學金。」

「帕瑞許小姐說她生錯時代了，是什麼意思？」吉爾斯駕車回莊園宅邸途中，塞巴斯汀問。

「因為她那一代的女人沒有機會在職場上追求發展。」吉爾斯說，「她可以是位很棒的老師，她的智慧和知識可以造福幾千幾百名孩童。但現實的情況是，我們有兩代的男人在戰場上浪費生命，而兩代的女人卻也沒有機會取代他們。」

「說得好，吉爾斯舅舅，但你打算怎麼做？」

吉爾斯笑起來。「要是我們的黨勝選，我就可以多做一點了，因為若是那樣，我明天很可能就入閣了。但現在，我如果能爭取到只有少少幾席的反對黨前排席位就該滿足了。」

「我媽也會面臨同樣的問題嗎？」塞巴斯汀問，「因為她當國會議員肯定出色得不得了。」

「不會的，雖然我也不認為她想進國會。我想她不會想當個笨蛋，你知道有人覺得這個工作就是笨蛋幹的。可是我有預感，她會帶給我們大家意外的驚喜。」

吉爾斯在莊園大宅前停下車，熄掉引擎，手貼在膝上。「噓，我答應你媽，絕對不吵醒潔西卡。」

他倆躡手躡腳走過碎石子道，吉爾斯輕輕打開大門，希望門不會發出咿呀聲。才剛穿過玄關一半，吉爾斯就看見她了，窩在僅剩餘燼的壁爐邊椅子裡，睡著了。他抱起她，爬上樓梯。塞巴斯汀跑在前面，打開她的臥房門，掀開被子，讓吉爾斯可以把她放在床上。他們走出她房間，正要關上門的時候，聽見她說：「我們贏了嗎，吉爾斯舅舅？」

「是的，我們贏了，潔西卡。」吉爾斯說，「贏四票。」

「其中一票是我的，」潔西卡打了個長長的呵欠說，「因為我讓亞伯特投給你。」

「那一票有兩票的價值。」塞巴斯汀說。但他還沒解釋是為什麼，潔西卡就又睡著了。

*

隔天早上吉爾斯出現在早餐室時，應該已經算是吃早午餐的時間了。

「早安，早安，早安。」吉爾斯向桌旁的大家打招呼，從餐檯上拿起一個盤子，掀開三個大銀盆的蓋子，像個還在念書的小男生似的，取了很多炒蛋、培根和焗豆。他坐在塞巴斯汀和潔西卡之間。

「媽咪說你應該先喝柳橙汁，吃牛奶玉米片，才能吃熱食。」潔西卡說。

「她說得沒錯，」吉爾斯說，「可是誰也不能阻止我坐在我最喜歡的女朋友旁邊。」

「我才不是你最喜歡的女朋友咧。」潔西卡說。她一句話就讓他啞口無言，比任何保守黨的部長還厲害。「媽咪告訴我，格妮絲是你最喜歡的女朋友。政客！」她學艾瑪的口氣，讓艾瑪忍俊不住笑出聲來。

吉爾斯改打安全牌，轉頭問塞巴斯汀：「你今年會是首發球員嗎？」

「如果我們想贏球的話就不會。」他回答說，「不會，因為我大部分的時間要用來準備考試，如果我明年想升前段班的話，就必須通過八科 O Level 考試。」

「你葛芮絲阿姨一定會很開心。」

「更別說他媽媽了。」艾瑪說，眼睛還是沒離開報紙。

「要是可以進前段班，你準備選哪個科目當主修？」吉爾斯還在想辦法讓自己爬出坑來。

「現代語文，數學當備胎。」

「嗯，如果你拿到劍橋的獎學金，那你就贏過你爸和在下了。」

「是你爸和我。」艾瑪糾正他。

「但贏不了我媽和葛芮絲阿姨。」塞巴斯汀提醒他。

「沒錯，」吉爾斯說，決定保持沉默，專心看馬斯登從巴靈頓大宅送來的郵件。他打開一只白色的長信封，抽出一張信紙，他等待了六個月之久的一封信。他讀完一遍，又讀一遍，然後跳起來，興奮非常。所有的人都停下刀叉，盯著他看。最後哈利問：「是女王陛下邀你組閣了嗎？」

「不是，比這還棒的消息。」吉爾斯說，「薇琴妮亞終於簽了離婚文件。我終於恢復自由了！」

「她現在簽文件，可真是及時啊。」一直在看《每日郵報》的艾瑪抬頭說。

「什麼意思？」吉爾斯問。

「今天早上威廉・希奇的專欄有一張她的照片，在我看來，她應該已經懷孕七個月了。」

「報上有沒有說孩子的父親是誰？」

「沒有，不過照片裡挽著她的是阿雷佐公爵。」艾瑪把報紙遞給哥哥，「他顯然想昭告天下，說他是天底下最快樂的男人。」

「第二快樂。」吉爾斯說。

「意思是，我再也不必和薇琴妮亞女爵講話了？」潔西卡問。

「沒錯。」吉爾斯說。

「耶！」潔西卡說。

吉爾斯又撕開另一個信封，抽出一張支票。仔細看過之後，他端起咖啡，向爺爺華特・巴靈頓爵士致意，當然還有羅斯・布喬南。

他拿起支票給艾瑪看，艾瑪點點頭，用嘴形說：「我也拿到了。」

幾分鐘之後，門開了，丹比走進來。

「不好意思，打擾了，吉爾斯爵士，但休斯博士打電話來了。」

「我正要打電話給她呢。」吉爾斯拿起他的郵件，往門口走去。

「你就用我的書房吧，」哈利說，「這樣就不會有人吵你。」

「謝謝，」吉爾斯說，衝出房間，腳步快得像是跑步。

「我們最好快點出門，小塞，」哈利說，「要是你想趕上今晚的自習課的話。」

塞巴斯汀讓媽媽給他一個香水濃郁的吻，然後上樓去拿行李。再次下樓時，丹比已經站在大門口，幫他打開門了。

「再見，塞巴斯汀少爺。」他說，「期待暑假見。」

「謝謝你，丹比。」塞巴斯汀一面說，一面往車道衝。潔西卡站在前座車門旁，他給了她一個大大的擁抱，才上車坐在父親旁邊。

「八科一定都要過關喔，」潔西卡說，「這樣我才能告訴我的朋友，我哥有多聰明。」

27

校長是第一個發現這個請假幾天去幫忙舅舅競選的孩子，回到畢屈克羅夫修道院之後已經長大成青年了。

塞巴斯汀的舍監理察斯先生形容這是一趟「到布里斯托的聖保祿歸化[30]聖蹟之旅」。因為柯里夫頓回到學校之後，開始用功讀書，準備期末考，不再像過去那樣，靠著自己在語文和數學的天分，只求低空飛過及格邊緣就好。他這輩子頭一次像他那兩位天分沒那麼高的好友布魯諾・馬丁內茲與維克・考夫曼那樣努力用功。

O Level 考試成績公布在學校布告欄的時候，大家一點也不意外地發現，他們三個人下個學期都能順利升級，雖然也有人（但不包括他的葛芮絲阿姨）覺得詫異，塞巴斯汀竟然被邀請進入特別為準備贏得劍橋獎學金而組成的小組。

*

塞巴斯汀的舍監同意在最後一年，讓柯里夫頓、考夫曼和馬丁內茲共用一間書房。雖然塞巴斯汀看來和他這兩個朋友一樣用功，但理察斯先生告訴校長，他還是很擔心這孩子哪天又會故態復萌。理察斯先生的掛慮原本也不會成真的，但塞巴斯汀在畢屈克羅夫修道院的最後一年發生了四件事情，影響了他的未來。

第一件事發生在新學期一開始，布魯諾要塞巴斯汀和維克，與他和父親一起到畢屈克羅夫酒館吃晚餐，慶祝他們擊敗其他考生。塞巴斯汀開心接受，期待更進一步享受品嚐香檳的愉悅，結果慶祝會在最後一刻臨時取消。布魯諾說是他父親有事，所以改變計畫。

「他更可能是改變心意了吧，」布魯諾去練合唱時，維克說。

「你在說什麼啊？」正在自修的塞巴斯汀抬頭說。

「我想你會明白，馬丁內茲先生發現我是猶太人，而且布魯諾不想和我一起慶祝，所以就乾脆取消了。」

「考夫曼，如果他因為你又廢又懦弱，所以取消慶祝會，我完全可以理解，但誰會在乎你是不是猶太人啊？」

「在乎的人多著呢，比你想像的多更多。」維克說，「你不記得布魯諾邀你去他十五歲生日的慶生會？他當時說，他只能帶一位客人，下一次就輪到我。我們猶太人是不會忘記這種事的。」

「我還是不相信馬丁內茲先生會無緣無故，只因為你是猶太人，就取消晚餐。」

「你當然不相信，小塞，但那只是因為你父母親很有教養。他們不會憑著一個人的出身來判斷他，同時也把這種不帶偏見的態度，在不知不覺中遺傳給你了。遺憾的是，你並不代表大多數

㉚聖保祿（St Paul）原為狂熱的猶太教徒，參與迫害基督徒行動，但在前往大馬士革途中，親眼見到耶穌基督顯現，於是歸化，傳揚福音。

人，即使在這所學校裡也不是。」

塞巴斯汀想要抗議，但維克對這個問題有更多意見想說。

「我知道有些人覺得我們猶太人對大屠殺的事情疑神疑鬼，但是大家怎麼能怪我們呢？有這麼多事實不斷揭露，讓我們知道當年德國集中營究竟發生了什麼。請相信我，小塞，我在三十步之外，就可以聞到反猶太的氣味，你妹妹遲早也要面對這個問題。」

塞巴斯汀不由得大笑起來。「潔西卡又不是猶太人。她有一點波西米亞血統，也許，但她不是猶太人。」

「我向你保證，小塞，雖然我只見過她一次，但她絕對是猶太人。」

塞巴斯汀很少讓人逼得啞口無言，但維克卻做到了。

第二件事發生在暑假。那天塞巴斯汀和爸爸在書房裡，看他的學期成績單。塞巴斯汀看著擺放在哈利書桌上的幾張家庭照，其中一張特別引起他注意：那是在莊園宅邸拍的一張照片，媽媽挽著她父親，旁邊是吉爾斯舅舅。當時媽媽大概十二歲，或許十三歲吧，穿著聖瑪麗雷克里夫女校的制服。有那麼一瞬間，塞巴斯汀以為照片上的是潔西卡。她們長得好像啊。當然可能是光線的關係，但他想起他們那年去巴納多醫生之家的時候，他堅決要潔西卡當他妹妹的時候，他爸媽馬上就放棄他們原本的意見。

「整體來說，很讓人滿意。」他父親把成績單交回給塞巴斯汀。「可惜拉丁文被當了，不過我想，校長這麼做一定是有原因的。而且我贊同班克－威廉斯博士的看法，如果你繼續像這樣用功，有很大的機會可以拿到劍橋的獎學金。」哈利露出微笑。「班克－威廉斯向來不講什麼場面話，但他在授獎演講日那天告訴我，他下個學期打算安排你去參觀他以前念的學院，因為他希望你可以追隨他的腳步，去念彼德豪斯學院。當然，他當時在那裡成績也很優秀。」

塞巴斯汀還是盯著那張照片。

「你聽見我說什麼了嗎？」他父親問。

「爸爸，」小塞平靜地說，「關於潔西卡，你不覺得你們該把真相告訴我了嗎？」他的目光從照片轉回到父親臉上。

哈利推開成績單，遲疑了半晌，往後靠在椅背上，把所有的事情源源本本全告訴塞巴斯汀。他從塞巴斯汀的外祖父死於奧嘉．皮歐特羅夫斯卡之手開始講起，講到當時他辦公室裡找到個嬰兒搖籃，裡面有個小女娃，以及艾瑪如何追查她的下落，找到布里吉瓦特的巴納多醫生之家。講完之後，塞巴斯汀只有一個問題。

「那你們打算什麼時候告訴她真相？」

「我每天都問自己這個問題。」

「可是你們為什麼要拖這麼久呢，爸爸？」

「因為我不希望她要面對你告訴我的，你那位朋友維克．考夫曼每天所要承受的痛苦。」

「要是潔西卡自己摸索出真相，那她肯定會更痛苦。」塞巴斯汀說。

他的下一個問題更嚇了哈利一大跳。

「你要我替你們告訴她嗎？」

哈利看著他這十七歲的兒子，覺得難以置信。這孩子什麼時候變成男人了，他尋思。「不用，」最後他說，「你媽媽和我應該扛起這個責任。可是我們得找到正確的時機。」

「沒有什麼『正確的』時機。」小塞說。

哈利拚命回想，他上次聽到這句話是什麼時候。

第三件事是塞巴斯汀第一次墜入愛河。不是愛上女人，而是愛上一座城市。他一眼就愛上，因為他從未見過任何事物像這樣集美麗、懾人、渴望、魅惑於一身。啟程返回畢屈克羅夫時，他已更加堅決，一定要在學校的榮譽榜上看見自己燙金的名字。

塞巴斯汀從劍橋返回學校之後，勤奮用功，他從來不知道一天能有這麼多個小時可以利用。就連校長也開始相信，原以為不可能的，終將成為可能。但就在這時，塞巴斯汀遇見了他的另一個愛，僅次於劍橋的愛。而這也就導致了最終的一樁意外。

他知道露比這個人的存在，已經有一段時間了，但直到在畢屈克羅夫的最後一個學期，他才真正注意到她。如果不是因為他站在餐檯前等著拿粥時，她碰了他的手，他甚至可能不會注意到她。塞巴斯汀以為這只是個意外，所以也沒多想，但第二天早上同樣的情況又發生了。

雖然在拿第一碗時，露比已經給了他比其他人更多的分量，但他還是排隊再拿第二碗粥。就在轉身要回座位時，露比塞了一張紙條到他手裡。他等到吃完早餐，獨自待在書房，才打開這張紙條。

五點在學校巷見？

塞巴斯汀很清楚，在學校巷鬼混是嚴重的違規行為，要是有男生在那裡被逮著了，肯定會被舍監狠狠抽上六鞭。但他覺得值得一試。

最後一堂課的下課鐘響之後，塞巴斯汀偷偷溜出教室，迂迴繞著運動場走了很長一段路，爬過木圍牆，滑下一道斜坡堤，到了學校巷。他遲到十五分鐘，但露比從樹後現身，朝他走來。塞巴斯汀覺得她看起來不太一樣，不只是因為換掉圍裙，穿上白襯衫和黑色百褶裙，放下頭髮，而且也是因為他第一次看她搽口紅。

他們沒有太多話題可聊，但在第一次碰面之後，他們一個星期見兩次，甚至三次，每次都不超過半小時，因為兩人都得趕在六點的晚餐時間之前回到學校。

第二次在一起的時候，塞巴斯汀吻了露比好幾次，然後露比教他怎麼張開嘴巴，讓彼此唇舌交觸，享受快感。然而，除了躲在樹後摸索著想進一步認識她的身體之外，他並沒有太多進展。但在學期結束前兩個星期，她准他解開她襯衫的釦子，一手摸她胸部。一個星期之後，他摸到她背後的胸罩釦搭，決定等考試一結束，就要一舉拿下兩張畢業證書。

一切就從這裡開始出差錯了。

28

「勒令停學？」

「你讓我別無選擇，柯里夫頓。」

「可是這個學期再四天就結束了，校長。」

「要是我不處罰你，天曉得你還會闖出什麼禍來。」校長回答說。

「可是，校長，我究竟做了什麼，要受這麼嚴厲的懲罰？」

「我覺得你心知肚明，柯里夫頓，但如果要我細數最近這段時間以來，你違反了多少條校規，我也樂於告訴你。」

塞巴斯汀想起自己最近的逾矩行為，立刻收起微笑。

班克－威廉斯博士低下頭，看他在叫塞巴斯汀到校長室之前匆匆寫下的筆記。隔了好一會兒，他才再開口。

「再過不到一個星期，學期就要結束了，柯里夫頓，你已經考完期末考，所以你在舊休息室抽菸，我可以當作沒看見，甚至你床底下找到的空啤酒罐，我也可以不管，但你最近的失檢行為，很難讓人視而不見。」

「我最近的失檢行為？」塞巴斯汀說，校長尷尬的神情讓他覺得有趣。

「你在熄燈之後，和餐廳的女僕一起待在書房裡。」

塞巴斯汀很想問，如果她不是餐廳女僕，而且他讓書房的燈亮著的話，是不是就沒關係。然而他也明白，這樣的油嘴滑舌只會讓他惹上更多麻煩。如果他不是學校一個世代以來第一個拿到劍橋公開獎學金的學生，學校給他的懲罰很可能不只是勒令停學，而是直接開除。但他已經在思索，如何把停學這件事，從恥辱轉化成榮耀。露比表明態度，說只要能拿到一點小酬勞，她就願意給好處，塞巴斯汀馬上欣然接受條件，於是她同意在那天晚上熄燈之後，從窗戶爬進他的書房。雖然塞巴斯汀是頭一次看見裸體的女人，但他知道，露比以前早就爬過窗戶了。校長打斷他的思緒。

「我得要問你一些問題，用男人對男人的身分。」他說，語氣比平常更誇張。「你的回答會影響我的決定，看是不是要建議劍橋撤回你的獎學金，儘管那樣會讓我們畢屈克羅夫的每一個人都很傷心。只是，我最重要的責任是提升學校的信譽。」

塞巴斯汀握緊拳頭，努力保持鎮靜。勒令停學是一回事，進不了劍橋是完全不同的另一回事。他站在那裡，等著校長繼續往下說。

「回答我下一個問題之前，請好好想一想，柯里夫頓，因為這會決定你的未來。考夫曼和馬汀內茲是不是也參與你的——」校長遲疑了一下，顯然是在搜尋恰當的字彙，但最後還是用了之前的語彙，「——失檢行為？」

塞巴斯汀強忍住笑。想像維克．考夫曼脫口說出「內褲」這兩個字，簡直是不可思議到了極點，更別說想像他動手脫掉露比身上的這件貼身衣物。

「我可以向您保證，校長，」塞巴斯汀說，「就我所知，維克從來沒抽菸，也沒喝啤酒。至於女人，他連在護理長面前脫衣服都會覺得不好意思。」

校長微笑。塞巴斯汀顯然給了他想要聽的答案，這是講實話的附加好處。

「馬丁內茲呢？」

塞巴斯汀得想想如何為他最好的朋友開脫了。布魯諾剛進學校時，因為來自大英國協以外的地方，而且更慘的，還是一個不打板球的國家（塞巴斯汀恰好不喜歡板球，所以兩個人一拍即合），因此被同學排擠，在宿舍的枕頭大戰裡，塞巴斯汀助他一臂之力，自此兩人就形影不離。塞巴斯汀知道布魯諾偶爾抽菸，有一次也和他一起到本地的酒館喝啤酒，不過那是他們考完試之後的事。他也知道，露比提出的條件，布魯諾應該也不會反對。只是他並不知道校長掌握了多少真相。更加為難的是，布魯諾也申請上劍橋，九月就要入讀，雖然他只見過好友的父親幾次，但他可不願扛起害好友沒能進劍橋的責任。

「馬丁內茲呢？」校長又問一遍，這次語氣更強硬。

「布魯諾呢，我向您保證，校長，他是虔誠的天主教徒。他告訴過我好幾次，他的第一個女人將會是他的妻子。」這與事實大略相符，儘管馬丁內茲最近並沒再講得這麼斬釘截鐵。

校長若有所思地點點頭，塞巴斯汀暗忖，自己或許已經過關了，但班克－威廉斯博士卻又說：「那麼菸酒呢？」

「他放假的時候抽過一次菸，」塞巴斯汀說，「可是覺得很噁心，就我所知，他自此以後沒再抽了。」呃，是從昨晚之後沒再抽了，他很想這麼說。校長看來並不相信。「我有一回看見他喝香檳，但那是他拿到劍橋入學許可之後，而且是和他父親一起喝的。」

塞巴斯汀沒說的是，馬丁內茲先生那天晚上駕著他的紅色勞斯萊斯載他們回學校時，塞巴斯汀偷偷帶了沒喝完的酒到書房，熄燈之後兩人一起喝掉。但塞巴斯汀讀過他父親的許多偵探小說，知道有罪的人通常都只因為多說一句話而害自己惹禍上身。

「柯里夫頓，我很感激你的坦誠相告。被盤問朋友的事，通常很難回答。沒人喜歡告密的人。」

接下來一陣漫長的沉默，塞巴斯汀也默不作聲。

「我顯然沒有理由去打擾考夫曼，」最後校長說，「但我得要找馬丁內茲談一下，確保他在畢屆克羅夫的最後這幾天沒違反校規。」

塞巴斯汀露出微笑，一滴汗珠淌下鼻子。

「然而，我還是會寫信給令尊，說明你提早離校返家的原因。但因為你表現出來的正直和懊悔，我不會通知劍橋入學申請處，說你被勒令停學。」

「非常謝謝您，校長。」塞巴斯汀真的鬆了一口氣。

「你現在就回你的書房，打包行李，立刻準備離校。我已經通知舍監，他會安排好你回布里斯托的車程。」

「謝謝您，校長。」塞巴斯汀說，低著頭，深怕校長看見他臉上的得意笑容。

「離開學校之前，不准和考夫曼或馬丁內茲聯絡。還有，柯里夫頓，在學期還沒結束之前，你還是必須遵守校規。你只要違反任何一條，我都會毫不遲疑地重新考慮是不是要通知劍橋。瞭解了嗎？」

「瞭解。」塞巴斯汀說。

「希望你從這件事情裡得到教訓，柯里夫頓，也希望這樣對你的未來有所幫助。」

「我也希望如此。」塞巴斯汀說，看著校長從辦公桌後站起來，交給他一封信。

「一回到家，就請把信交給令尊。」

「我一定會的。」塞巴斯汀把信收進外套的內側口袋。

校長伸出手，塞巴斯汀和他握手，但有點不太樂意。

「祝你好運，柯里夫頓。」校長的話聽來一點說服力都沒有。

「謝謝您，校長。」塞巴斯汀回答說，迅速走出辦公室，關上門。

*

校長坐下來，對剛才的約談很滿意。雖然不意外，但確知考夫曼沒參與這樁醜事，他覺得如釋重負，尤其考夫曼的父親，薩爾·考夫曼既是校務董事，也是考夫曼銀行董事長，是倫敦金融區最受敬重的銀行家。

他也不想和馬丁內茲的父親失和，因為馬丁內茲先生不久前才暗示，如果兒子如願進入劍橋，他將捐贈一萬鎊給學校圖書館。班克－威廉斯博士並不知道佩德羅·馬丁內茲先生是怎麼致富的，所有的學費和其他費用都是用回郵信封寄來。

另一方面，柯里夫頓從踏進學校大門的那一刻起，就成了大問題。校長試著從父母親的角度來加以理解，但是學校所能容忍的範圍確實有其極限。事實上，若非柯里夫頓獲得劍橋的公開獎學金，班克－威廉斯博士早就一刻也不猶疑地開除他。他很慶幸終於看見柯里夫頓離開了，一心只希望他以後千萬別加入校友會。

「校友會。」他大聲說，突然想了起來。他今天晚上要在倫敦的校友年度晚餐會上演說，發表學期報告。擔任校長十五年之後，這將是他最後一次以校長身分發表演說。他很不喜歡即將接任校長職務的威爾斯曼。那個不打領結的傢伙，很可能揮揮手就放過柯里夫頓了。

秘書已經幫他打好演講稿，擺在辦公桌上請他再次審閱，以防要再潤飾。他本想出發前再讀一遍的，但為了處理柯里夫頓的事情，害他沒有時間。他只能在駛往倫敦的火車上，親手做最後的修訂。

他看看手錶，把演講稿收進公事包，上樓到他的宿舍。看見妻子已經幫他準備好行李，他很寬慰。晚宴外套和長褲，漿燙好的白色襯衫，白色領結，換洗的襪子和洗衣袋。他上次明白告訴校友會會長，他們投票決定校友年度晚餐會不穿燕尾服打白領結，他絕對不贊成。

妻子開車載他到車站，差幾分鐘，開往帕丁頓的特快車就要開了。他買了頭等車廂的來回票，匆匆越過天橋到月台，剛剛好趕上火車停靠，讓乘客下車。他踏上月台的時候，又瞄了手錶一眼，還有四分鐘。他向警衛頷首致意。警衛正把紅旗換成綠旗。

「乘客請上車。」警衛大聲喊。校長走向位在火車前方的頭等車廂。

他爬上車廂，坐進角落的座位，迎面一團香菸煙霧。真是討人厭的習慣。他贊同《泰晤士報》有位記者的看法，認為大西部鐵路公司應該為頭等車廂的旅客劃出更多的非吸菸區車廂。

校長從公事包掏出演講稿，擺在膝上。香菸煙霧飄散之後，他抬起頭，看見坐在車廂另一頭的他。

29

塞巴斯汀摁熄香菸，跳起來，從行李架上取下行李，一言未發地離開車廂。儘管校長什麼都沒說，但他感覺得到，校長的目光始終沒離開他身上。

他拖著行李穿過好幾個車廂，到火車最遠的角落，塞進擁擠不堪的三等車廂裡。他凝視窗外，拚命思索有沒有辦法擺脫眼前的困境。

也許他應該回到頭等車廂，向校長解釋，他打算到倫敦找舅舅，國會議員吉爾斯・巴靈頓爵士待上幾天？可是校長叫他回布里斯托，把校長的信交給父親，他又為什麼決定去倫敦呢？事實是，他爸媽人在美國洛杉磯參加學位授與典禮，因為他媽媽以最優異的成績拿到商學學位。他們要到本週週末才回到英國。

那你為什麼一開始不先告訴我呢，他聽得見校長會這麼問，這樣舍監不就可以幫你安排你需要的車票嗎？事實是他打算在學期結束那天才回布里斯托，如此一來，他爸媽就不會發現真相。他原本可能逃過一劫的，如果不是在頭等車廂裡抽菸的話。畢竟，校長已經警告過他，若是學期結束前再違反校規，會有什麼後果。他離開學校才一個鐘頭，就違反了三條校規。但他當時以為自己這輩子再也不會見到校長了。

他很想說，我現在是畢業校友了，我想幹嘛就幹嘛，但他知道這招不管用。如果他決定回頭等車廂，還有另一個風險，也就是校長會發現他身上其實只有三等車廂的車票。他每學期開學或期末，往返學校與布里斯托時，都用這招。

首先他會在頭等車廂找一個角落的位子，確保自己能清楚看見走道的動靜。車掌從車廂另一頭進來查票時，他就馬上跳起來，溜進最近的洗手間。但他不鎖門，讓門上還是顯示「無人」的標誌。等車掌走到下一個車廂，他就溜回頭等車廂的座位，繼續接下來的車程。如果是直達車，他這招萬無一失，從不失敗。欸，這個嘛，他有一回差點兒失敗。有個特別謹慎的車掌再次繞回來，逮著他拿三等車票坐頭等車廂。他馬上哭出來，連聲道歉，說他爸媽向來都搭頭等車廂，他根本不知道有三等車廂存在。那次他逃過一劫，但當時他只有十一歲。如今他十七歲，不相信他這番說詞的，絕對不只車掌一個。

塞巴斯汀覺得自己沒有被處緩刑的機會，心裡默默接受九月無法上劍橋的事實，開始思索火車開進帕丁頓車站之後，他該怎麼辦。

*

火車行過田野，開向首都途中，校長連瞥講稿一眼的心情都沒有。

他該去找那個男生，要求給個解釋嗎？他知道柯里夫頓的舍監給他買的是到布里斯托的三等車廂單程票，那他怎麼會待在開往倫敦的頭等車廂裡呢？他上錯車了？不，這小孩向來知道自己該往哪裡去，他只是沒想到會被逮著。而且他竟然抽菸，明明才剛警告過他，在學期結束之前，都不准違反校規。這男生連一個鐘頭都不肯等，就明目張膽地挑戰他。沒有任何迴旋空間。柯里夫頓讓他別無選擇。

他明天早上會在朝會上宣布開除柯里夫頓，然後打電話給彼德豪斯學院入學申請處，以及男孩的父親，說明他兒子為什麼秋天無法進劍橋念書。畢竟班克－威廉斯博士得為學校的名聲著想，這是他十五年來辛辛苦苦耕耘出來的聲譽啊。

他翻過幾頁講稿，找到相關的那一段。他讀了自己寫的關於柯里夫頓的表現，遲疑了一會兒，畫一條線槓掉。

*

火車停在帕丁頓車站的時候，塞巴斯汀很猶豫，不知道該第一個還是最後一個下車。其實無所謂，只要別碰上校長就成了。

他決定搶先下車，所以在車程的最後二十分鐘，他屁股都只貼在椅子邊緣。他在口袋裡找到一鎊十二先令六便士，比平常多，因為舍監把他沒用掉的零用錢全還給他了。

他原本打算在倫敦混幾天，趕在學期結束的那天回布里斯托。當然，他打從開始，就沒打算把校長的信交給父親。他從口袋抽出信，信封上寫著：H．A．柯里夫頓先生親啟。塞巴斯汀四下張望一下，確定車廂裡沒人看他，於是拆開信封。他慢慢讀校長的每一個字，讀完又讀一遍。信裡的遣詞用字非常謹慎，不過不失，而且很意外的，沒提及露比。要是他搭上開往布里斯托的火車，乖乖回家，等父親從美國回來之後，把信交給他，那麼請況就會全然改觀了。說到底，校長究竟為什麼會搭上這班火車？

塞巴斯汀把信塞回口袋，努力集中精神，思考到了倫敦該怎麼辦，因為在風波平息之前，他肯定不能回布里斯托，而這想必還要耗上一段時間。但他身上只有一鎊十二先令六便士，又奢望能撐得了多久呢？他馬上就會知道答案啦。

火車還沒停進帕丁頓車站，他就已經站在車廂門口，車還沒停穩，就急忙拉開門，他跳下車，扛著沉重的行李，拚命往閘口跑，把票交給驗票員，一溜煙消失在人群裡。

塞巴斯汀只來過倫敦一次，那次是和爸媽一起，一下車就有輛車等著載他們到舅舅位在史密斯廣場的樓房。吉爾斯舅舅帶他們去倫敦塔看皇家御寶，到杜莎夫人蠟像館欣賞艾德蒙·希拉里[31]、蓓蒂·葛萊寶[32]、唐納德·布萊德曼[33]栩栩如生的蠟像，然後到麗晶皇宮飯店喝茶吃肉桂卷。隔天，他帶他們參觀下議院，還看見溫斯頓·邱吉爾坐在前排惡狠狠瞪人。看見他個頭那麼小，塞巴斯汀覺得很意外。

回家之前，塞巴斯汀告訴舅舅，他迫不及待想再造訪倫敦。如今他來了，但沒有車來接他，而他最不敢冒險去見的，就是他這位舅舅。他不知道該到哪裡去過夜。

穿過人群往前走的時候，有人撞上他，差點就把他撞倒在地。他轉頭看見一個年輕人匆匆走遠，連一聲道歉都沒說。

塞巴斯汀走出車站，站前的大街上成排的維多利亞舊樓，有好幾間窗戶都掛著「過夜與早餐」的牌子。他挑了門環擦得最亮、窗台花壇最整齊的一家。敲敲門，來應門的是個身穿印花尼龍居家服的清秀女子，已準備好對上門的客人露出微笑。看見站在門口的是個身穿學校制服的年輕人，她就算驚訝，也完全不動聲色。

「請進，」她說，「是找住處嗎，先生？」

「是的，」塞巴斯汀說。聽見有人叫他「先生」，覺得很意外。「我需要一個房間過夜，想知道費用是多少？」

「一個晚上四先令，包早餐。如果一個星期的話，是一鎊。」

「我只待一個晚上。」塞巴斯汀說，知道他如果要在倫敦多待幾天，明天一早就得另找便宜的住處。

「沒問題。」她說，拎起他的行李，穿過走廊。

塞巴斯汀從沒見過女人提行李，但他還沒能出手做什麼，她就已經爬上一半樓梯了。

「我是緹貝太太，」她說，「但老客人都叫我緹比。」走到第一個樓梯平台的時候，她又說：「我安排你住七號房。靠房子後面，這樣你就不會被一大早的車聲吵醒。」

塞巴斯汀根本搞不清楚她在說什麼，因為他這輩子從來沒被車聲吵醒過。

緹貝太太打開七號房的門鎖，站到一旁，好讓客人進房。這房間比他在畢屈克羅夫的書房還小，但和屋主一樣，小巧而整潔。房裡有張單人床，鋪上乾淨的床單，角落有個盥洗槽。

㉛ Edmund Hillary，1919-2008，紐西蘭登山家，成功登上聖母峰的第一人。

㉜ Betty Grable，1916-1973，美國電影明星，二戰時期的軍中情人。

㉝ Donald Bradman，1908-2001，英國板球選手，被譽為史上最偉大板球手。

「浴室在走廊盡頭。」他還沒問，緹貝太太就主動告訴他。

「我改變主意了，緹貝太太，」他說，「我要住一個星期。」

她從衣服裡掏出鑰匙，但還沒交給他之前先說：「那就先付一鎊。」

「當然，沒問題。」塞巴斯汀說。他伸手進長褲口袋，卻發現口袋是空的。他找另一個口袋，又一個口袋，但是沒有半毛錢的影子。最後他跪在地板上，打開行李箱，拚命在衣服堆裡翻找。

緹貝太太雙手扠腰，臉上已沒有半絲微笑。塞巴斯汀在衣服裡拚命找，什麼也沒找到，最後只好放棄，頹然坐在床上，暗自禱告緹貝太太會比校長更有同情心。

*

校長在革新俱樂部登記，進了房間，迅速洗個澡，換上晚宴服。他在洗臉槽上方的鏡子裡檢查領結有沒有打正之後，就下樓和晚宴的主人見面。

校友會會長尼克．裘德等在樓梯口，領著這位貴賓進到接待廳，和其他校友會的成員一起聚在吧檯前。

「校長，要喝什麼？」會長問。

「雪莉酒就好，麻煩你。」

但裘德接下來的一句話讓他困窘不堪。「請容我第一個恭喜你，」他點了酒之後說，「有畢業生獲得彼德豪斯學院獎學金，這是你卸任之前最大的榮耀。」

校長什麼都沒說，但心裡明白，演講稿上刪去的那三行，得要再加回來。柯里夫頓被開除的事可以晚點再透露，畢竟這孩子確實拿到獎學金，而在明天早上通知劍橋入學申請處之前，這個事實也並未改變。

不幸的是，提起柯里夫頓成就的並不只校友會會長一個，校長起身準備發表年度報告時，他心想，沒有任何理由讓校友們在此刻知道他隔天打算做的事。宣布有畢業生贏得獎學金，竟然引起這麼熱烈不歇的掌聲，他覺得非常意外。

演講得到很好的迴響，班克-威廉斯博士坐下之後，許多校友到主桌來恭喜祝他榮退，害他差點錯過回畢屈克羅夫的最後一班火車。才剛在頭等車廂坐定，他的思緒就回到塞巴斯汀的問題。他開始草擬明天朝會要對大家強調的幾個重點，心中浮現了幾個字彙：「標準」，「正直」，「榮譽」，「紀律」，「尊重」。等火車停靠在畢屈克羅夫時，他已經寫好初稿了。

把票交給驗票員之後，他看見雖然夜深了，妻子還是開車來接他，心裡鬆了一口氣。

「還順利嗎？」他還沒把車門關上，她就開口問。

「我想我的演講應該算是頗有好評吧，在這樣的情況之下。」

「情況？」

開車回家途中，他把在開往倫敦的火車上，不巧碰見柯里夫頓的事，源源本本告訴妻子。

「那你打算怎麼處理？」他打開大門門鎖時，她問。

「他讓我別無選擇。我明天會在朝會上宣布開除柯里夫頓，因此他九月也上不了劍橋。」

「這有點太嚴酷了吧？」班克－威廉斯太太說，「畢竟，他去倫敦也可能有充分的理由啊。」

「那他幹嘛一看見我就跑出車廂？」

「他很可能是不想整趟車程都和你待在一起啊，親愛的。你這個人挺咄咄逼人的。」

「可是別忘了，我還逮到他抽菸。」他不理會妻子的評論說。

「他幹嘛不抽？他已經離開學校，沒有老師舍監管他了。」

「我很明白的告訴他，到學期結束之前，他都還是必須遵守校規，否則就要自行面對後果。」

「你想來杯睡前酒嗎，親愛的？」

「不了，謝謝。我要想辦法好好睡一覺，明天是很難應付的一天。」

「對你來說，還是對柯里夫頓？」她熄燈之前問。

*

塞巴斯汀坐在床尾，把今天發生的事全告訴緹貝太太。他毫無保留，甚至還拿出校長給他父親的信。

「你不覺得應該回家比較好嗎？要是你爸媽回來之後沒看到你，肯定會擔心得要死。更何況，你也不確定校長會開除你啊。」

「相信我，緹貝太太，那個老頑固已經下定決心，會在明天的朝會上宣布。」

「你還是應該回家。」

「我不能回家。我太讓他們失望了。他們一心一意希望我上劍橋。他們絕對不會原諒我的。」

「我可不這麼確定。」緹貝太太說，「以前我爸常說，你要是有問題，就先睡一覺，免得做出以後會後悔的決定來。等到早上，事情就會變得比較容易了。」

「可是我沒有地方可睡。」

「別傻了，」緹貝太太攬著他的肩頭說，「你可以在這裡過夜。不過也別空肚子睡，等收拾好行李，就下來，和我在廚房一起吃飯。」

30

「三桌有點問題。」服務生匆匆推門進廚房說。

「什麼麻煩？」緹貝太太氣定神閒地問，一面打兩顆蛋進大炒鍋。

「他們講的話，我一句也聽不懂。」

「噢，是菲瑞爾夫婦對吧？我想他們是法國人。你只要會說un（一）、deux（二）和oeuf（蛋）就行了。」服務生珍妮絲不怎麼相信。「說慢一點，不要提高音量。他們不會講英語，又不是他們的錯。」

「需要我去和他們溝通嗎？」塞巴斯汀放下刀叉說。

「你會講法文？」緹貝太太問，把鍋子放回爐子上。

「我會。」

「那就請便吧。」

塞巴斯汀離開廚房餐桌，隨珍妮絲走進餐廳。九張桌子都坐滿了，珍妮絲走向靠近另一端牆角的中年夫婦。

「早安，先生，」塞巴斯汀用法文說，「有什麼我可以效勞的呢？」略顯驚訝的客人一臉困惑地看著塞巴斯汀。「Somos espanol（我們是西班牙人）。」

「早安，先生。有什麼我可以效勞的嗎？」塞巴斯汀改用西班牙文說。珍妮絲在一旁等待菲瑞爾先生夫人對他講完話。「請稍候一下。」塞巴斯汀說，然後回到廚房。

「我們的法國朋友需要什麼？」緹貝太太問，又打了兩個蛋下鍋。

「他們是西班牙人，不是法國人。」「他們要一份輕烤全麥麵包，兩顆煮三分鐘的水煮蛋，和兩杯黑咖啡。」

「沒別的？」

「他們問西班牙大使館在哪裡。」

「珍妮絲，你給他們弄咖啡和麵包，我來煮蛋。」

「那我可以做什麼？」塞巴斯汀問。

「玄關桌上有本電話簿，去查一下西班牙大使館的地址，然後找張地圖，告訴他們怎麼去。」

「還有，」塞巴斯汀把六便士放在桌上，「他們給了我這個。」

緹貝太太微笑，「你的第一筆小費。」

「是我賺的第一筆錢。」塞巴斯汀說，把銅板推過桌子。「現在我還欠你三先令六便士。」

他沒再多說什麼，就離開廚房，拿起玄關桌上的電話簿。他查到西班牙大使館的地址，在地圖上找到位置，告訴菲瑞爾夫婦要怎麼到凱瑟姆廣場去。一會兒之後，他回到廚房，手裡又多了六便士。

「收著吧，」緹貝太太說，「我要請你當合夥人了。」

塞巴斯汀脫掉外套，捲起袖子，走到水槽前面。

「你現在是想要幹嘛？」

「我要洗碗。」他轉開熱水說，「電影裡不都是這樣演的嗎？客人付不出錢，就只好洗碗抵債。」

「我敢說這也是你這輩子第一次洗碗。」緹貝太太說，把兩條培根擺到炒蛋旁。「珍妮絲，第一桌，約克郡來的藍斯巴頓先生夫人。他們的話我也聽不懂。告訴我，塞巴斯汀，」珍妮絲走出廚房時，她說，「你還會講別的語言嗎？」

「德文、義大利文、法文和希伯來文。」

「希伯來文？你是猶太人？」

「不是，但我有個要好的同學是。上化學課的時候，他教我講希伯來文。」

緹貝太太笑起來。「我想你應該趕快去念劍橋，因為你當洗碗工太不合格了。」

「我念不了劍橋啦，緹貝太太。」塞巴斯汀提醒她，「而且這事不能怪別人，只能怪我自己。不過，我打算去伊頓廣場，找我同學布魯諾．馬丁內茲的家。他星期五下午應該就會回到倫敦。」

「好主意，」緹貝太太說，「他肯定會知道你是被開除，還是……呃，那叫什麼來著？」

「勒令停學。」塞巴斯汀說。珍妮絲又端著兩個空盤子，快步回到廚房。吃光的空盤是對廚師最真心的禮敬。她把空盤交給塞巴斯汀，又端起一盤水煮蛋。

「第五桌。」緹貝太太提醒她。

「第九桌要再多一些玉米片。」珍妮絲說。

「那就從食品櫃裡再拿包新的啊，你這個小傻瓜。」

塞巴斯汀洗到十點多，才把碗盤都洗完。「接下來呢？」他問。

「珍妮絲給餐廳吸地板，擺好明天早餐的餐具，我清理廚房。十二點是退房時間，等客人離開了，我們就換床單，鋪床，給窗台花壇澆水。」

「那你希望我幫什麼忙？」塞巴斯汀拉下捲起的袖子說。

「搭巴士到伊頓廣場，看看你同學是不是星期五下午回來。」塞巴斯汀穿上外套。「但是走之前，先鋪好你的床，檢查你的房間是不是收拾整齊了。」

他笑起來。「你的口氣開始像我媽了。」

「我就把這句話當讚美。可是你一點鐘以前得回來，因為今天有幾個德國客人，你可能派得上用場。」塞巴斯汀朝門口走去。「你需要這個，」她把兩個六便士銅板交還給他。「除非你想走路到伊頓廣場，然後再走回來。」

「謝謝你，緹貝太太。」

「叫我緹比，因為你已經是老客人了。」

塞巴斯汀把錢收進口袋，親吻緹貝太太雙頰，這個動作讓她頭一次霎然沉默。

她還沒從驚訝中恢復過來，塞巴斯汀就已經走出廚房，跑上樓梯，鋪好床，整理乾淨房間，然後才回到玄關，查看地圖。原來伊頓廣場的「伊頓」兩字，拼法和「伊頓」公學不一樣，讓他非常詫異。當年伊頓公學拒絕吉爾斯舅舅入學，但原因為何，他的家人都三緘其口。

出門之前，珍妮絲叫他搭三十六號巴士，在斯洛安廣場下車，步行過去。

塞巴斯汀關上旅店大門，第一個感覺是街上人真多，個個腳步匆忙地走向四面八方，和布里斯托的步調大不相同。他在巴士站排隊，等了好幾班紅色的雙層巴士來了又走，才等到三十六號巴士出現。他爬上頂層，找了個前排的位子，希望能一覽無遺下方街道的風光。

「你要到哪裡，年輕人？」車掌問。

「斯洛安廣場。」塞巴斯汀說，「到的時候，可以通知我一聲嗎？」

「兩便士。」

巴士行經大理石拱門，穿過公園道，繞過海德公園角，塞巴斯汀一路看得目不轉睛，但也努力提醒自己要注意下車的地點。他只知道布魯諾住在伊頓廣場，並不知道門牌號碼，只能希望那是個小小的廣場。

「斯洛安廣場！」巴士停在W．H．史密斯店外時，車掌喊道。

塞巴斯汀快步走下台階，一踏上人行道，就四處張望，尋找路標。皇家劇院吸引了他的視線，瓊安．普洛萊特正在這裡演出《椅子》。他查看地圖，走過劇院前面，向右轉，估計再走個一百多公尺就會到伊頓廣場。

走到伊頓廣場時，他放慢腳步，希望能看見佩德羅．馬丁內茲先生的那輛紅色勞斯萊斯。但沒有那輛車的蹤影，他知道除非運氣很好，否則他得花上好幾個鐘頭，才能找到布魯諾家。

沿著人行道往前走時，他發現大約有一半的房子已經改裝成各層獨立的公寓，在門鈴旁邊有一塊名牌，標示出各家住戶的姓氏。其他一半的房舍都還是獨立住宅，沒標示屋主的姓氏，只有銅門環，或標有「送貨」的門鈴。塞巴斯汀確信馬丁內茲先生不是那種願意和別人共用大門的人。

他站在一號的門階上，按下「送貨」的門鈴。一會兒之後，身穿黑色長外套、打白領結的管家來開門，讓他想起巴靈頓大宅的馬斯頓。

「我想找馬丁內茲先生。」塞巴斯汀很有禮貌地說。

「這裡沒有馬丁內茲先生。」管家說，塞巴斯汀還來不及問他知不知道馬丁內茲先生住哪裡，他就已經把門關上了。

接下來一個鐘頭，塞巴斯汀得到各式各樣的回應，從「他不住這裡」到門直接當面甩上，不一而足。耗掉將近兩個鐘頭之後，他這問了無數次的問題，終於得到一名女傭的回答：「你說的是那位開紅色勞斯萊斯的外國紳士嗎？」

「沒錯，就是他。」塞巴斯汀覺得鬆了一口氣。

「我想他住在再過去兩家，四十四號。」女傭指著她的右邊說。

「太感謝你了。」塞巴斯汀說。他快步走到四十四號，爬上門階，深吸一口氣，用力敲了門環兩下。

隔了好一會兒才有人來開門，是個魁梧的男人，身高超過六呎，看起來不像管家，倒像拳擊手。

「要幹嘛？」塞巴斯汀聽不出來他的口音是哪裡來的。

「我想請問，布魯諾．馬丁內茲是不是住在這裡？」

「是誰要問？」

「我叫塞巴斯汀．柯里夫頓。」

那人的口氣陡然轉變。「噢，我聽他提起過你，不過他不在。」

「你知道他什麼時候會回來嗎？」

「我聽馬丁內茲先生說，他好像星期五下午回來。」

塞巴斯汀決定不再問其他問題，只說：「謝謝你。」這巨人點個頭，就用力關上門。又或者他沒那麼用力，就只是隨手關上？

塞巴斯汀開始跑向斯洛安廣場，決定及時趕回去幫緹貝太太應付她的德國客人。他搭上第一班開往帕丁頓方向的巴士，一回到帕瑞德街三十七號，就到廚房找緹貝太太和珍妮絲。

「你運氣好不好啊，小塞？」他還來不及坐下，她就問。

「我想辦法找到布魯諾家了，」塞巴斯汀很得意，「在——」

「在伊頓廣場四十四號。」緹貝太太在他面前放下一盤香腸與薯泥，說。

「你怎麼知道？」

「電話簿上有個馬丁內茲先生，但我想到可以先查電話簿的時候，你已經走了。你問到他什麼時候回家了嗎？」

「問到了。他星期五下午回來。」

「所以你還要在這裡混好幾天，」塞巴斯汀有點窘，但隨即聽到她接著說：「不過剛好，因為那幾個德國人要住到星期五下午，所以你——」用力敲門聲打斷了她的話，「要是我沒猜錯，肯定是克羅爾先生和他的朋友到了。跟我來吧，小塞，看你聽不聽得懂他們在說什麼。」

塞巴斯汀很不情願地放下他的香腸薯泥，跟著緹貝太太，在她打開大門的時候，及時趕上。

*

接下來四十八小時，他只能偶爾抽時間睡上一會兒，因為整天忙著扛行李上樓下樓，招計程車，端飲料，更重要的是翻譯，多得不得了的問題，從「倫敦守護神劇院在哪裡？」到「你有推薦的德國餐館嗎？」都有，而大部分的問題，緹貝太太都不需要參考地圖或指南就答得出來。星期四晚上，也就是德國客人住宿的最後一晚，塞巴斯汀被一個他不知道答案的問題，問得面紅耳赤。緹貝太太解救了他。

「告訴他們，他們可以在蘇活區的風車劇院附近找到他們需要的女孩。」

德國人深深一鞠躬。

星期五下午退房時，克羅爾先生給了塞巴斯汀一鎊，還熱情地和他握手。塞巴斯汀把錢交給緹貝太太，但她不肯收，說：「這是你的錢。你自己賺來的。」

「可是我得付我的膳宿費用。要是我沒付，我那位當過布里斯托華麗飯店經理的外婆，肯定會狠狠修理我一頓。」

緹貝太太擁他入懷。「祝你好運，小塞。」她說。她放開他，退後一步說：「把褲子脫下來。」

塞巴斯汀看起來比克羅爾先生問他紅燈區在哪兒還尷尬。

「我得幫你把長褲燙好，不能讓你看起來一副剛下工的模樣。」

31

「我不確定他在不在家。」塞巴斯汀永難忘懷的這個大塊頭說，「我去看看。」

「小塞！」聲音在大理石長廊裡迴盪。「見到你真的是太好了，老兄。」布魯諾和好友握手，又說：「我還怕永遠都見不到你了呢，要是傳聞不假的話。」

「什麼傳聞？」

「卡爾，麻煩叫艾蓮娜送茶到客廳。」

布魯諾帶塞巴斯汀到屋子裡。在畢屈克羅夫的時候，凡事都是塞巴斯汀帶頭，現在角色對調，主人帶著客人穿過走廊，進到客廳。塞巴斯汀向來認為自己成長在相當舒適，甚至可以說是很優渥的環境裡，但踏進客廳時，眼前所見的景象足令普通皇族吃驚。畫作、傢俱，甚至地毯，就算陳列在博物館裡也不為過。

「什麼傳聞？」塞巴斯汀在沙發邊緣坐下，緊張追問。

「我等等再說給你聽。」布魯諾說，「你先告訴我，為什麼突然就走了？前一分鐘，你還和維克、我坐在書房裡，後一分鐘，你人就不見了。」

「隔天的朝會，校長沒說什麼？」

「什麼也沒說，所以就更神秘了。每個人都有一套理論，但是舍監和班克－威廉斯都死不開口，所以沒有人分得清什麼是事實，什麼是謠言。我問過護理長，她向來什麼都知道，但只要一提起你的名字，她就閉緊嘴巴，完全不像她的作風。維克擔心最壞的情況發生，但他那個人本來就悲觀。他怕你被開除，我們永遠不能再見面，但我告訴他，我們會在劍橋團聚。」

「恐怕沒辦法了。」塞巴斯汀說，「維克說得沒錯。」他把幾天前被校長約談之後所發生的一切，詳細告訴好友，讓布魯諾知道情況有多慘，知道劍橋肯定取消他的入學許可了。

講完之後，布魯諾說：「原來如此，難怪老頑固星期三早上把我叫到他辦公室。」

「他怎麼處罰你？」

「痛打一頓嘍。我的級長職務被取消，外加一條警告，如果再有任何違規行為，就勒令停學。」

「要不是被老頑固逮到在開往倫敦的火車上抽菸，」塞巴斯汀說，「我本來停學也就了事了。」

「你明明有張回布里斯托的車票，幹嘛跑倫敦來？」

「我想在這裡混到星期五，在學期最後一天才回家。我爸媽明天才會從美國回來，所以我想他們不會知道。要是沒在火車上碰見老頑固，我根本不會有事。」

「如果你今天搭火車回布里斯托，他們也還是不會知道啊。」

「不可能。」塞巴斯汀說，「別忘了，老頑固警告過我：『在學期結束之前，你還是必須遵守校規。』」他拉拉外套衣領，模仿校長的神態。「『你只要違反任何一條，我都會毫不遲疑地重新考慮是不是要通知劍橋。瞭解了嗎？』結果才離開他辦公室一個鐘頭，我就在他眼皮子底下違反了三條校規。」

女傭走進客廳，大銀托盤上擺滿他們在畢屈克羅夫從未嚐過的美食。

布魯諾給熱熱的馬芬糕塗上奶油，「我們喝完茶之後，你就回旅店拿行李。今天晚上住我家，我們明天早上再討論接下來該怎麼做。」

「可是你父親會有什麼反應？」

「從學校回來的路上，我告訴他說，如果不是你代我受罰，我九月就上不了劍橋。他說我運氣很好，有你這麼好的朋友，他一定會想要親自謝謝你的。」

「要是班克－威廉斯先約談你，布魯諾，你也一定會這麼做的。」

「這不是重點，小塞。他先約談你，所以我被打一頓就沒事了，而維克甚至什麼事都沒有。不過他其實只差一點點，因為他也很想多瞭解露比一點呢。」

「那你還認為我有機會上劍橋？」

「她和你同一天消失。廚師告訴我，說我們再也見不到她了。」

「露比，」塞巴斯汀說，「你知道她怎麼了嗎？」

兩人同時沉默下來。

「艾蓮娜，」女傭端著一個水果大蛋糕回客廳來的時候，布魯諾說：「我朋友待會兒要去帕丁頓拿行李，麻煩你叫司機載他去，然後在他回來之前，把客房準備好。」

「司機剛去辦公室載您父親了。我想他們要晚餐前才會回來。」

「那你只好搭計程車了。」布魯諾說，「不過，你得先嚐嚐我家廚子的水果蛋糕。」

「我的錢連搭巴士都不太夠了，更別說要搭計程車了。」塞巴斯汀低聲說。

「我會幫你叫車，掛在我爸的帳上。」布魯諾拿起蛋糕叉說。

*

「真是好消息。」塞巴斯汀把下午的事情告訴緹貝太太之後，她說。「不過，我還是覺得你應該打電話給你爸媽，讓他們知道你人在哪裡。畢竟你也還不確定，你是不是已經喪失劍橋的入學資格。」

「露比被開除了，舍監不肯談這個問題，就連凡事都愛發表意見的護理長都不敢出聲。我敢向你保證，緹貝太太，我絕對上不了劍橋。反正我爸媽要明天才從美國回來，在這之前，就算我想和他們聯絡，也辦不到。」

緹貝太太把真正的想法揣在心裡。「好吧，如果你要走，」她說，「最好快點收拾行李，挪出房間給我用。我已經拒絕三位客人了。」

「我會盡快。」塞巴斯汀走出廚房，爬上樓梯回房間。收好行李，整理好房間之後，下樓看見緹貝太太和珍妮絲站在玄關等他。

「這是令人懷念的一個星期，非常令人懷念。」緹貝太太為他打開大門說，「我和珍妮絲永遠不會忘記的一個星期。」

「等我寫回憶錄的時候，緹比，你肯定會佔滿一整章。」塞巴斯汀說。他們一起走到門外的人行道。

「早在那之前，你就已經把我們忘得一乾二淨了。」她哀傷地說。

「絕對不會。這裡是我的第二個家，等著看好了。」塞巴斯汀在珍妮絲臉頰印上一個吻，然後給緹貝太太一個大大的擁抱。「你們才沒這麼容易擺脫我咧。」他坐進等候的計程車時說。

緹貝太太和珍妮絲揮手，目送計程車開回伊頓廣場。緹比很想再次勸告他，看在老天的分上，在媽媽回到英國的第一時間，就打電話給她吧。但她知道怎麼說都不會有用的。

「珍妮絲，去換掉七號房的床單。」計程車在馬路盡頭右轉，消失影蹤之後，緹貝太太說。她迅速轉身回到屋裡。要是小塞不肯和他媽媽聯絡，那麼就由她來聯絡吧。

*

這天晚上，布魯諾的父親帶兩個男孩到麗池飯店吃晚餐。除了喝更多香檳之外，塞巴斯汀也第一次品嚐了生蠔。他堅持要塞巴斯汀叫他佩德羅先生，而且一再謝謝他一肩扛起罪責，讓布魯諾還是可以進劍橋。「典型的英國紳士作風！」他說了一遍又一遍。

布魯諾沉默翻揀菜餚，很少參與對話。他今天下午的自信，似乎在父親面前全消散無蹤了。不過，這天晚上最大的意外是，佩德羅先生透露，布魯諾有兩個哥哥：狄亞戈和路易斯。布魯諾從未提起過他有哥哥，而他們也從未到畢屈克羅夫修道院來看他。塞巴斯汀很想問為什麼，但他這位朋友一直低著頭，所以他決定等兩人獨處時再問。

「他們和我一起在家族企業工作。」佩德羅先生說。

「什麼樣的家族企業？」塞巴斯汀天真地問。

「進出口。」佩德羅先生說，但沒再多談細節。

佩德羅先生給他這位年輕客人一支古巴雪茄，問他如果沒辦法上劍橋，打算做什麼。塞巴斯汀咳了兩聲，說：「我想我應該會去找工作吧。」

「你想給自己掙一百鎊現金嗎？你可以到布宜諾斯艾利斯去幫我辦件事，這個月底之前就可以回到英國。」

「謝謝您，先生，您真是太慷慨了。但是要賺這麼大一筆錢，我需要做什麼呢？」

「下個星期一和我一起去布宜諾斯艾利斯，讓我招待幾天，然後替我帶個包裹搭『瑪麗皇后號』回南安普頓。」

「可是為什麼找我呢？這麼簡單的工作，您公司的員工肯定做得來。」

「因為這個包裹裝的是我們家族的傳家寶。」佩德羅先生一口氣也不停地說，「我需要同時會講西班牙文與英文的人，而且要可以信任。你在布魯諾惹上麻煩時的表現，讓我相信你是合適的人選——」他看看布魯諾，又補上一句：「也許這是我可以感謝你的方式。」

「您真的太客氣了，先生。」塞巴斯汀說，簡直不敢相信自己運氣這麼好。

「我先預付你十鎊。」佩德羅先生掏出皮夾說，「在啟程回英國的時候，你可以收到九十鎊的餘款。」他拿出兩張五鎊紙鈔，推過桌子。塞巴斯汀這輩子從沒拿過這麼多現金。「這個週末，你和布魯諾何不好好玩一玩？畢竟這是你自己賺來的錢。」

布魯諾一句話也沒說。

＊

最後一位客人吃完早餐之後，緹貝太太吩咐珍妮絲用吸塵器清理餐廳地板，準備好明天早餐的餐具。這有點異常，因為她通常都是洗完碗碟之後，才叫珍妮絲去做這些工作的。可是今天緹貝太太交代完工作，就上樓去。珍妮絲想，她大概是回辦公室去準備早上的購物清單吧。但沒有，緹貝太太坐在辦公桌旁，瞪著電話。她給自己倒了杯威士忌，她很少在客人還沒上床睡覺之前這麼做。她喝了一大口，拿起聽筒。

「麻煩請接查號台。」她說，等著另一個聲音響起。

「請問要查哪位的電話？」那聲音問。

「哈利．柯里夫頓先生。」她回答說。

「哪個城市？」

「布里斯托。」

「地址？」

「我沒有地址，不過他是個有名的作家。」緹貝太太裝得好像真的認識他一樣。又等了好一會兒，她開始懷疑電話是不是被掛斷了，但那聲音又回到線上，說：「這位用戶的電話號碼不在電話簿上公開登載，女士，所以我沒辦法幫你轉接。」

「可是這是緊急事件。」

「對不起，女士，就算你是英國女王，我也沒辦法替你轉接。」

緹貝太太掛掉電話，坐在那裡想了好一會兒，思索是否有其他方法可以聯絡上柯里夫頓夫人。她突然想起珍妮絲，於是下樓。

「你每天讀得入迷的那些平裝小說是在哪裡買的？」她問珍妮絲。

「在車站，我來上班的時候買的。」珍妮斯一面洗碗，一面講。緹貝太太清理爐子，思索珍妮絲的回答。把爐子擦洗到滿意之後，她解下圍裙，摺疊整齊，拿起購物籃，說：「我去店裡買東西啦。」

離開旅店，她通常都是往右轉，去肉鋪買上好的丹麥培根，去雜貨店買最新鮮的水果，去麵包店買剛出爐的熱麵包，有時也因為價錢便宜而多買其他東西。但今天不同。今天她左轉，走向帕丁頓車站。

她抓緊錢包，因為她不止一次聽幻想破滅的客人說，他們雙腳一踏上倫敦，就被偷了。最近的例子就是塞巴斯汀。以他的年紀來說，這孩子雖然早熟，但卻也還是相當天真。

緹貝太太越過馬路，加入腳步匆忙的眾多通勤者行列，朝車站走去，內心異常緊張。這也許是因為她從沒進過書店。自從十五年前，丈夫和還在襁褓中的兒子死於東區的一場空襲之後，她就沒有什麼時間可以看書。要是兒子還在，應該和塞巴斯汀一樣大了。

失去依靠的緹比，像需要尋找新覓食地的鳥兒一樣，遷居西區。她在安全天堂旅店找到雜工的工作，三年後，她成為服務生，而店東過世之後，她自然而然地承接了旅店，倒也不是繼承，反正銀行只想找到一個，任何一個，可以付貸款的人。

她一度差點破產，還好一九五一年的「英國節[34]」救了她。因為這個活動吸引了上百萬的觀光客，讓她的旅店首度有盈餘。這盈餘每年增加，雖然幅度不大，但她也因此慢慢還清貸款。如今旅店完全屬於她了。她靠老客人度過冬天的淡季，因為她老早就學到教訓，光靠過路客的生意遲早是要倒閉的。

緹貝太太甩開白日夢，在車站裡四處張望，終於找到W．H．史密斯的招牌。她觀察進進出出的老練旅客。大部分都只買半便士一份的報紙，但也有人在店鋪深處的書架瀏覽。

她鼓起勇氣踏進店裡，但卻無助地站在店中央，擋住其他客人的路。她看見有個女人在書架前面，把木推車上的書擺到架上，於是走過去，但沒打擾她的工作。

店員抬起頭。「需要幫忙嗎，女士？」她很有禮貌地問。

「你有沒有聽過一個叫哈利．柯里夫頓的作家？」

「當然有。」店員回答說，「他是我們最暢銷的作家之一。你有特別想找他的哪一本作品嗎？」緹貝太太搖搖頭。「那我們來看看店裡還有哪些書。」店員走向店鋪另一頭，緹貝太太跟在她背後，看見她在標示著「犯罪」的架前停下腳步。威廉．瓦維克系列整整齊齊排成一排，中間出現的一些空格，正足以證明他的書有多暢銷。「當然，」店員繼續說，「我們也有獄中日記，還有普雷斯頓爵士寫的一本自傳，書名叫《世襲原則》，講柯里夫頓－巴靈頓那個不可思議的繼承案。也許你還記得那個案子吧？連續好幾個星期都是報紙的頭版頭條。」

「你會推薦柯里夫頓先生的哪一本小說？」

「每次有人問到這個問題，不論是哪位作家的書，」店員回答說，「我都會建議從第一本開始讀。」她從書架拿下《威廉·瓦維克與盲眼證人之案》。

「另外那本，講世襲的那本，會讓我更瞭解柯里夫頓家族嗎？」

「會，你會發現內容像小說一樣吸引人。」店員走向傳記區說，「總共三先令，女士。」她把兩本書一起交給緹貝太太。

緹貝太太回到旅店時，珍妮絲很意外，因為她的購物籃裡什麼都沒有。而讓她更意外的是，緹貝太太竟然把自己關在辦公室裡，直到有人敲門，也就是有客人上門，才再露面。

緹貝太太花了兩天兩夜的時間讀完普雷斯頓爵士所寫的《世襲原則》。讀完之後，她知道自己應該去一個她從未踏足的地方，一個比書店更令人神經緊張的地方。

*

星期一早上，塞巴斯汀一大早就下樓吃早餐，希望能在布魯諾的父親出門上班之前，和他說幾句話。

「早安，先生。」他在早餐桌旁坐下說。

「早安，塞巴斯汀。」佩德羅先生放下報紙說，「你決定了嗎，要不要和我一起去布宜諾斯

34 Festival of Britian，英國政府為慶祝一八五一年的萬國博覽會百週年，於一九五一年夏天在英國各地舉辦的節慶活動，吸引了數以百萬計的觀光客，同時也大幅提升了英國科技創新、建築設計與藝術文化的水準。

艾利斯？」

「我決定了，先生。我想去，希望我的決定還不算太晚。」

「沒問題。」佩德羅先生說，「只要我回來的時候，你準備好就行了。」

「我們幾點要走，先生？」

「大約五點鐘。」

「我會準備好等您的。」塞巴斯汀說。這時，布魯諾走了進來。

「你應該會很高興，因為塞巴斯汀決定和我一起去布宜諾斯艾利斯了。」佩德羅先生對著剛坐下的兒子說，「他這個月底就會回到倫敦。他回來的時候，要好好照顧他。」

布魯諾正準備開口，艾蓮娜就走了來，把吐司擺在餐桌中央。

「您早餐想吃什麼，先生？」她問布魯諾。

「兩顆水煮蛋，麻煩。」

「我也一樣。」塞巴斯汀說。

「我得走了。」佩德羅先生從餐桌主位站起來說，「我在龐德街有個約。」他轉頭對塞巴斯汀說：「五點鐘以前打包好行李，準備啟程。我們可不能誤了出航時間。」

「我等不及了，先生。」塞巴斯汀似乎真的很興奮。

「祝一切順利，爸爸。」布魯諾對著離去的父親說。他等到聽見大門關上的聲音，才抬起頭，望著坐在餐桌對面的朋友說：「你確定你做的決定是正確的嗎？」

緹貝太太不住發抖，無法克制。她不太相信自己能過得了關。今天早上客人坐下吃早餐的時候，吃到的是煮得過硬的水煮蛋、烤焦的吐司，和有點涼掉的茶，結果害珍妮絲挨罵。更慘的是，緹貝太太兩天沒出門採購，所以麵包不新鮮，水果熟過頭，而且也沒有培根了。最後一個氣呼呼的客人離開餐廳之後，珍妮絲終於鬆了一口氣。剛才有個客人甚至拒絕付帳。

她走到廚房，看緹貝太太是不是身體不舒服，但緹貝太太不在廚房。珍妮絲尋思，她究竟到哪裡去了。

事實上，緹貝太太人在開往白廳的一四八號巴士上。她還是不知道自己過不過得了關。就算他答應見她，她又要對他說什麼？說到底，這又關她什麼事呢？她想得入神，車都駛過了西敏寺橋，才突然回過神來，趕緊下車。她慢慢往回走，越過泰晤士河，但並不是像觀光客那樣為了欣賞河岸風光。

一路上，她數度改變心意。走到國會廣場，她的步伐越來越慢，最後停在國會入口外面，像聖經裡的羅得之妻一樣，變成了一動也不動的鹽柱[35]。

資深門房常見到第一次造訪西敏寺，驚詫不已的人們，所以對這尊雕像微笑問：「有什麼可以效勞的嗎，女士？」

*

---

[35] 典出聖經創世紀，上帝要毀滅罪惡之城所多瑪與蛾摩拉，天使帶領好人羅得一家出城避難，並叮囑不得回頭張望。羅得之妻因留戀而轉頭，於是變成一根鹽柱。

「我要見國會議員，是來這裡沒錯吧？」

「你有預約嗎？」

「沒，我沒有。」緹貝太太說，暗暗希望門房會把她趕走。

「別擔心，很多人都沒預約。不過你得期望他在國會，而且有空見你。請你到那邊排隊，我的同事會協助你。」

緹貝太太走上台階，穿過西敏廳，加入排得老長卻很安靜的隊伍。一個多鐘頭之後，她終於走到隊伍最前面，卻突然想起沒對珍妮絲交代她要來這裡。

有人陪她進入中央大廳，一名國會職員帶她走到接待櫃檯。

「午安，女士。」值班的事務員說，「你想見哪位議員？」

「吉爾斯．巴靈頓爵士。」

「你是他選區的選民嗎，女士？」

她心裡浮現的念頭是：又一個脫身的機會。「我不是。但我有私人的事情必須找他。」

「瞭解。」事務員說，彷彿沒有任何事情會讓他意外。「請告訴我你的名字，我幫你填訪客卡。」

「芙羅倫斯．緹貝太太。」

「地址是？」

「帕丁頓，帕瑞德街三十七號。」

「你要和吉爾斯爵士討論的是？」

「他外甥，塞巴斯汀．柯里夫頓的事。」

事務員填好訪客卡，交給傳達員。

「我要等多久？」她問。

「議員如果在國會裡，通常很快會有回應。可是你也許應該找個地方坐下來等。」他說，指著環繞中央大廳四牆的綠色長椅。

傳達員闊步穿過長廊到下議院。進到議會門廳時，他把會客卡交給一名同事，由他送進議事廳裡。議場裡擠滿議員，大家都是來聽財政大臣彼德．霍尼戈夫宣布蘇伊士運河危機結束之後，將取消石油配給制的政策。

傳達員看見吉爾斯．巴靈頓爵士坐在他的老位子，於是把訪客卡交給坐在第三排最邊邊的議員，這張卡就這樣沿著擁擠的長椅，慢慢一個傳過一個，每位議員都看了一下上面的名字，然後就交給下一位，最後終於送到了吉爾斯爵士手裡。

這位代表布里斯托碼頭區的議員把卡片塞進口袋裡，抓緊外務大臣剛回答完前一個問題的時機跳起來，希望博得議長的注意。

「吉爾斯．巴靈頓爵士。」議長喊他。

「可否請外務大臣告訴本院，美國總統的聲明對英國工業，特別是在國防產業工作的英國人民，會產生什麼影響？」

外務大臣塞爾文．勞埃再次站起來，說：「我可以告訴尊貴的各位，我密集與我國駐華盛頓大使聯繫，他向我保證……」

等勞埃回答完最後一個問題，時間已經又過了四十分鐘，吉爾斯差不多完全忘了訪問卡的事。

大約一個鐘頭之後，他和幾位同僚坐在茶屋，掏出皮夾時，這張卡掉在地上。他撿起來，瞥了一眼上面的訪客名字，但想不起來他認識哪個緹貝太太。但翻過卡片，看見背面的訊息，立即跳了起來，衝出茶屋，一路不停地衝到中央大廳，暗自禱告她還沒放棄見他的念頭。在值班櫃檯前，他要辦事員幫他找緹貝太太。

「對不起，吉爾斯爵士，那位女士不久前才離開。說她得回去工作。」

「該死。」吉爾斯說，連忙翻過卡片，找她的地址。

32

「帕汀頓，帕瑞德街。」吉爾斯坐進停在國會外面的計程車說。「我已經來不及了，」他又說，「所以開快一點。」

「你也不希望我超速，對吧，先生？」司機說。他把車開出大門，小心翼翼轉進國會廣場。

我很希望啊，吉爾斯恨不得這麼說，但還是控制住自己的嘴巴。他一聽說緹貝太太已經離開國會，就馬上打電話給妹夫，告訴他說有個陌生人留下撲朔迷離的信息。哈利的第一個反應是立即搭下一班火車來倫敦。但吉爾斯建議他不要，萬一這只是虛驚一場呢？更何況，吉爾斯說，說不定塞巴斯汀已經在返回布里斯托途中。

吉爾斯緊張傾身，希望每個交通號誌都變成綠燈，只要看見有縫隙可以往前鑽幾公尺，他就催促司機趕快變換車道。他不住想著，哈利和艾瑪過去兩天是怎麼熬過來的。他們有沒有告訴潔西卡？如果說了，她肯定會坐在莊園宅邸的門階上，等待塞巴斯汀回家。

計程車停在三十七號外面，司機忍不住好奇，堂堂國會議員怎麼可能大駕光臨帕丁頓的小旅店。但這不關他的事，特別是這位議員先生又給了他這麼多小費。

吉爾斯跳下計程車，跑向門口，用力敲了好幾下門環。片刻之後，有個年輕女人開門說：「對不起，先生，我們客滿了。」

「我不是來住房的，」吉爾斯告訴她，「我想見——」他瞥了一眼訪客卡，「——緹貝太太。」

「我應該告訴她說是誰找她？」

「吉爾斯．巴靈頓爵士。」

「請在這裡等一下，我去通知她。」她說完就把門關上。

吉爾斯站在人行道上，心中暗忖，塞巴斯汀過去這幾天，該不會就待在距帕丁頓車站僅僅一百多公尺的此地吧。他只等了幾分鐘，門又敞開了。

「對不起，吉爾斯爵士。」緹貝太太說，似乎很不好意思。「珍妮絲不知道您是誰。請快到客廳來。」

吉爾斯坐進舒服的高背椅，緹貝太太說要給他端杯茶來。

「不用了，謝謝。」他說，「我急著想知道，你是不是有塞巴斯汀的消息。他爸媽擔心得不得了。」

「他們當然會擔心，可憐的人，」緹貝太太說，「我告訴過他好幾次，要他打電話給媽媽，可是——」

「可是？」吉爾斯打岔說。

「說來話長，吉爾斯爵士，我盡量長話短說。」

十分鐘之後，緹貝太太已經講到她最後一次見到塞巴斯汀，是他搭上計程車去伊頓廣場，之後就沒再見到他了。

「所以就你所知，他是住在伊頓廣場四十四號，他朋友布魯諾．馬丁內茲家？」

「是的，吉爾斯爵士，但我——」

「我欠你一份大人情。」吉爾斯說，站起來，掏出皮夾。

「你什麼也不欠我，爵士，」緹貝太太擺擺手。「我做的這一切，都是為了塞巴斯汀，不是為了你。但如果您容我提出一個小小的建議……」

「沒問題，請說。」吉爾斯又坐下。

「塞巴斯汀很怕爸媽會生他的氣，因為他搞砸了上劍橋的機會，而且——」

「可是他並沒有喪失劍橋的入學資格啊。」吉爾斯打斷她說。

「這真是我一整個星期以來聽到最好的消息。您最好趕緊找到他，讓他知道這個消息，因為他以為爸媽還在生他的氣，所以不敢回家。」

「我馬上就去伊頓廣場四十四號。」吉爾斯再次站起來說。

「在離開之前，」緹貝太太還是不讓他走，「您應該知道，他是為朋友扛起責任，也就是因為這樣，布魯諾．馬丁內茲才沒像他一樣被處罰。所以也許該拍拍背稱讚他，而不是譴責他。」

「你太浪費天分了，緹貝太太——你應該加入外交使節團的。」

「您實在太會說話了，吉爾斯爵士，和大部分的國會議員一樣。不過我以前也沒真的見過國會議員就是了。」她坦承，「別讓我耽擱您太久。」

「再次謝謝你。等我找到塞巴斯汀，把問題全處理好之後，」吉爾斯第三次站起來，「也許你願意再到國會來，和我們一起喝茶？」

「您太體貼了，吉爾斯爵士。可是我沒辦法一個星期休息兩天啊。」

「那就下個星期好了。」她打開大門時，吉爾斯說。他倆一起走到人行道。「我會派車來接你。」

「您真是周到，」緹貝太太說，「可是——」

「別可是了。塞巴斯汀運氣很好，非常非常之好，能在三十七號落腳。」

*

電話鈴響，佩德羅先生走到房間另一頭，但先確定書房門關好了，才接起電話。

「您從布宜諾斯艾利斯來的國際電話，先生。」

他聽到喀噠一聲，接著有個聲音說：「我是狄亞戈。」

「仔細聽好了，萬事俱備，包括我們的特洛伊木馬。」

「意思是，蘇富比已經同意——」

「那座雕像會納入他們月底的拍賣項目裡。」

「所以我們現在只缺信差。」

「我想我們找到理想人選了。布魯諾的一個同學急需工作，而且會講流利的西班牙文。更棒的是，他舅舅是國會議員，他外公是爵爺，所以他有英國皇家血統，會讓我們的工作更順利。」

「他知道你為什麼挑中他嗎？」

「不知道，我們最好保密。」佩德羅先生說，「這樣可以讓我們和整件事保持距離。」

「他什麼時候抵達布宜諾斯艾利斯？」

「他今天晚上會和我一起搭船啟程，然後在還沒有人知道我們想幹嘛之前，他就已經安安全全回到英國了。」

「你覺得他年紀夠大，可以執行這麼重要的工作？」

「那孩子比實際的年齡早熟，更重要的是，他愛冒險。」

「聽起來很理想。你也讓布魯諾參與嗎？」

「不，他知道的越少越好。」

「同意。」狄亞戈說，「在你們抵達之前，還有沒有什麼事情需要我做？」

「只要確定把貨物準備好，並且訂好『瑪麗皇后號』返程的貨運艙位。」

「錢呢？」

輕輕的敲門聲打斷了佩德羅先生的思緒。他轉身看見塞巴斯汀走了進來。

「希望沒打擾到您，先生。」

「不會，不會。」佩德羅先生說。他放下聽筒，對著這個成為最後一片拼圖的年輕人微笑。

*

吉爾斯想要在最近的電話亭停一下，打電話給哈利，讓哈利知道他已經追查到塞巴斯汀的下落，而且正要去接他。但他想要在打電話之前，先和外甥面對面談一下。

公園道的車子一輛接一輛，塞得動彈不得，計程車司機也不想換車道鑽縫隙，更不想搶黃燈。他深呼吸，反正只差幾分鐘，又有什麼大不了？車子繞過海德公園角的時候，他想。

計程車終於停在伊頓廣場四十四號，吉爾斯一毛小費都沒多給，下車爬上門階，敲門。一個魁梧男子來開門，對著吉爾斯微笑，彷彿正等待他來。

「有什麼可以效勞的嗎，先生？」

「我來找我的外甥塞巴斯汀．柯里夫頓，我知道他借住朋友布魯諾．馬丁內茲的家。」

「他本來是住在這裡沒錯，先生，」管家很有禮貌的回答，「但他們二十分鐘之前去倫敦機場了。」

「你知道他們要搭哪一班飛機嗎？」他問。

「我不知道，吉爾斯爵士。」

「知道他們要去哪裡嗎？」

「我沒問。」

「謝謝你。」吉爾斯說。他這個擔任先發打擊手多年的板球好手終於面對難以超越的障礙了。他轉身想招計程車，聽見大門在他背後關上的聲音。他瞥見車頂的黃燈，招手叫車，那輛計程車馬上迴轉，停到他面前。

「倫敦機場。」他立刻爬進後座說，「要是能在四十分鐘之內趕到，我給你跳表的加倍車資。」車子才開動，四十四號的大門就再次打開，一名年輕人跑下台階，拚命對他揮手。

「停車！」吉爾斯大叫。計程車緊急煞車。

「你不要舉棋不定啊，先生。」

吉爾斯搖下車窗，那年輕人跑到他面前。

「我是布魯諾．馬丁內茲。」他說，「他們沒去機場。他們是去南安普頓，搭美國船『南美號』。」

「啟航的時間是幾點？」吉爾斯問。

「他們會趁今晚漲潮的時候啟航，大概是九點鐘左右。」

「謝謝你，」吉爾斯說，「我會讓塞巴斯汀知道——」

「不，請不要說，先生。」布魯諾說，「無論如何，都不能讓我爸知道我和你談過。」

兩人都沒注意到四十四號的窗戶裡，有人凝望他們。

＊

塞巴斯汀很享受坐在勞斯萊斯後座的感覺，但車子停在貝特西，讓他很意外。

「以前搭過直升機嗎？」佩德羅先生問。

「沒有，先生，我從沒搭過飛機。」

「這可以讓我們節省兩個鐘頭的車程。你如果要替我工作，就要快點瞭解時間就是金錢的道理。」

直升機升空，右轉，朝南飛向南安普頓。塞巴斯汀俯望傍晚擁塞的車流，直升機如蛇般滑溜順暢地飛離倫敦。

*

「我沒辦法在四十分鐘之內趕到南安普頓啊，先生。」計程車司機說。

「確實。」吉爾斯說，「不過，你只要在《南美號》開航前趕到碼頭，我照樣付你加倍車資。」

計程車司機像訓練有素的良駒衝出馬廄般一路往前飛馳，竭盡所能在尖鋒時間的車流裡克服障礙，不時急轉彎，抄吉爾斯認不出通往哪裡的小路，甚至駛進逆向車道，闖過即將變成紅燈的路口，再急轉回原本的車道。但他們還是花了一個多鐘頭才開到溫徹斯特路，然後就看見一長段馬路正在施工，道路縮減成一條車道，他們只能跟在慢吞吞的駕駛後面，怎麼也快不了。吉爾斯看著窗外，卻看不見工程有進行的跡象。

他不斷看手錶，可是秒針維持穩定的速率不停移動。隨著時間一分一秒過去，他們在九點之前趕到碼頭的機會越來越渺茫。他祈禱船隻會耽擱幾分鐘，但也知道，船長是不會誤了漲潮時刻的。

吉爾斯靠在椅背上，思索著布魯諾說的話。「無論如何，都不能讓我爸知道我和你談過。」那他真的是塞巴斯汀的好朋友。吉爾斯再瞄一眼手錶，七點三十分。管家說他們去倫敦機場了，那人怎麼可能犯這麼簡單的錯誤？七點四十五分。顯然不是錯誤，因為那人叫他「吉爾斯爵士」，雖然並不可能事先知道他會出現在馬丁內茲家門口。除非……八點。他說：「**他們**去倫敦機場。」他指的另一個人是誰？布魯諾的父親？八點十五分。這些問題怎麼想，都想不出滿意的答案。這時，吉爾斯卻發現車子已經離開溫徹斯特路，開向碼頭了。八點三十分。吉爾斯拋開掛慮，開始思考，若是能在八點四十五分船起錨之前趕到碼頭，他應該怎麼做。

「快一點！」他催司機，雖然他也知道，司機很可能已經把油門踩到底了。最後他終於看見一艘大船，隨著船身在眼裡越變越大，他開始相信他們可能及時趕到了。但就在這時，他聽見他最擔憂的聲音：三聲響亮綿長的霧笛聲。

「時間和潮水都不等人的。」司機說。若非身在當下的情況，吉爾斯肯定無從體會這個道理。計程車停在《南美號》旁邊，但登船舷梯已經收起來，泊繩也已經鬆開，讓大船可以慢慢滑離碼頭，駛向公海。

吉爾斯無助地看著兩艘拖船引領大船航向海口，宛如小螞蟻領著大象往安全地帶去似的。

「港務長辦公室！」他高聲大喊，根本不知道辦公室究竟在哪裡。司機兩度停車問路，才終於停在唯一還亮著燈的建築前面。

吉爾斯跳下計程車，門都來不及敲就衝進辦公室。裡面三個吃驚的人和他面面相覷。

「你是什麼人？」身穿港務管理機構制服的一名男子問，他衣服上的金穗比其他兩個人多。

「我是吉爾斯．巴靈頓爵士。我外甥在那艘船上，」他指著窗外說，「有沒有辦法讓他下船？」

「恐怕沒辦法，先生，除非船長願意停船，讓他搭上我們的領航船。我認為不太可能，但還是可以試試。乘客的名字是？」

「塞巴斯汀．柯里夫頓。他還未成年，他的父母親授權我帶他下船。」

港務長拿起麥克風，開始撥弄控制板上的按鈕，想和船長通話。

「我不希望讓你抱太大的期望，」他說，「不過船長和我以前一起在皇家海軍服役，所以……」

「我是美國籍船《南美號》船長。」講話的人十足英國口音。

「船長，我是鮑伯．華特斯。我們有個問題，如果你能協助，我會非常感激。」港務長接著轉達了吉爾斯爵士的請求。

「在通常的情況下，我會樂於接受，鮑伯。」船長說，「但是船東就在駕駛艙，所以我必須徵得他的許可。」

「謝謝你。」吉爾斯和港務長齊聲回答，船長掛掉對講機。

「在什麼情況之下，你們可以強制船長接受要求？」

「船在港灣內還可以，但一駛出北邊的燈塔，就進入海峽，那裡不屬於我們的管轄範圍。」

「只要船在港灣裡，你們就可以對船長下令？」

「理論上是這樣沒錯，爵士，但請不要忘了，這是一艘外國船，我們不希望引起外交糾紛，所以我不會強制船長接受我們的要求，除非我確信有犯罪行為發生。」

「為什麼耗這麼久？」過了好幾分鐘，吉爾斯問。對講機突然又響起嘰嘰喳喳的聲音。

「對不起，鮑伯，因為我們已經接近港牆，馬上就要進入海峽了，所以船東不願應允你們的要求。」

吉爾斯從港務長手裡搶過麥克風。「我是吉爾斯．巴靈頓爵士。請讓我和船東通話。我要親自和他說。」

「對不起，吉爾斯爵士。」船長說，「馬丁內茲先生已經離開駕駛艙，回他房間了。而且他嚴格要求我們不得打擾他。」

哈利·柯里夫頓

一九五八年

33

哈利以為這輩子沒有任何事情能比得上塞巴斯汀拿到劍橋獎學金，更讓他引以為豪。他錯了。看見妻子走上台階到舞台，以最優等的成績從史丹佛大學校長華勒斯．斯特林手中接過商學學士證書時，他感到同等驕傲。

他比任何人都清楚，艾瑪為了達到賽盧斯．費德曼教授那高到幾近不可能的標準，付出了多大的代價。而這幾年來，費德曼教授說得再清楚不過，他對她的期待比其他學生更高。

她在熱烈的掌聲中步下舞台，披著藍色的學士袍，和之前的所有學生一樣，把學士帽拋到空中，象徵告別大學生活。她只想知道，親愛的媽媽如果見到三十六歲的英國淑女當眾做出這樣的舉動，會有什麼評論。

哈利的目光從妻子轉到她的教授身上。這位傑出的企管學者坐在舞台上，和校長只隔了幾個位子的距離。賽盧斯．費德曼毫不掩藏對自己這位得意門生的喜愛。他第一個站起來為艾瑪鼓掌，最後一個坐下。哈利常讚嘆妻子能如此輕易征服大權在握的男人，從普利茲獎得主到公司董事長無一例外，就像她母親生前那般。

伊麗莎白會多麼以女兒為榮啊，但更為她感到驕傲的是他母親，因為梅西親身經歷過同樣痛苦的歷程，深知在名字後面加上「學士」頭銜所必須付出的心力。

哈利與艾瑪在前一晚和費德曼教授，以及他飽受折磨的妻子伊蓮共進晚餐。費德曼的目光始終凝注在艾瑪身上，甚至建議她可以繼續回史丹佛，在他的親自指導下，完成博士論文。

「那我可憐的丈夫該怎麼辦？」艾瑪挽著哈利的手臂說。

「他只要學著過幾年沒有你的生活就行了。」費德曼絲毫不掩飾心裡的念頭。血氣方剛的英國男人聽到有人這樣明目張膽挑逗自己的妻子，肯定會一拳打在費德曼鼻子上；而任何不如伊蓮有包容力的妻子，也肯定會提出離婚申請，就像她的三位前任一樣。但哈利就只是微笑，而費德曼太太則假裝沒聽見。

哈利贊成艾瑪的建議，在畢業典禮結束後直接飛回英國，因為她希望能及早見到從畢屈克羅夫回來的塞巴斯汀。他們的兒子不再是個中學生，她思忖，他再三個月就要上大學了。

畢業典禮結束後，艾瑪走在草地上，享受歡慶的氣氛，和同學們打招呼，相互認識，因為他們也和她一樣，居住在遙遠的海外，耗費無數時間獨力苦讀，如今才第一次見面。他們介紹自己的配偶，秀出家庭合照，互留地址。

六點鐘，服務生開始收起折疊椅，拿走香檳空瓶，疊好空盤子，哈利提醒說他們或許該回飯店了。

從返回費爾蒙飯店途中，到打包行李，再到搭計程車赴機場，甚至在頭等艙貴賓室候機的時候，艾瑪都一直講個不停。一登上飛機，找到座位，繫好安全帶，她就閉上眼睛，馬上睡著了。

*

「你一開口就是個中年人口氣。」從倫敦機場回莊園宅邸的漫長車程中，艾瑪說。

「我本來就是中年人，」哈利說，「我已經三十七歲。更慘的是，年輕女孩都開始喊我『先生』了。」

「這個嘛，我不覺得自己是中年人。」艾瑪低頭看地圖說，「下個紅綠燈右轉，然後我們就可以開上大英國公路了。」

「因為對你來說，人生才剛開始。」

「什麼意思？」

「字面上的意思啊。你剛拿到學位，開始擔任巴靈頓公司董事，這兩件事都打開了你人生的新局面。老實說，在二十年前，你絕對不可能有這樣的機會。」

「我之所以可能有這樣的機會，是因為賽盧斯．費德曼和羅斯．布喬南都是開明的人，能給女性公平的待遇。而且別忘了，吉爾斯和我擁有公司百分之二十一的股份。而吉爾斯對公司的經營一點興趣都沒有。」

「或許是這樣沒錯，但如果你能表現得好，應該有助於說服其他公司的董事長效法羅斯。」

「別開玩笑了。有能力的女人要有取代沒能力男人的機會，可能要再等上幾十年吧。」

「這個嘛，至少我們可以期待潔西卡長大的時候，情況會有所改變吧。我希望她畢業的時候，人生的唯一目標不是只有學烹飪，找個合適的對象嫁了。」

「你覺得這是我人生的唯一目標？」

「就算是，你也沒達成啊。」哈利說，「而且別忘了，你才十一歲就選定我了。」

「是十歲。」艾瑪說，「但你還是又花了七年才搞定。」

「反正，」哈利說，「我們不能因為你和我都念牛津，而葛芮絲又在劍橋任教，就認定潔西卡也想走這條路。」

「她這麼有天分，又何必走我們的路呢？我知道她羨慕小塞的成就，但她的偶像是芭芭拉·赫普沃斯[36]和一個叫瑪麗·卡薩特[37]的。所以我一直在思考，她應該有什麼其他選項。」艾瑪又低頭看地圖。「再過半哩右轉，那裡應該有個瑞汀的路標。」

「你們兩個背著我在謀劃什麼？」哈利問。

「如果潔西卡夠優秀——她的老師向我保證說她絕對夠格——學校希望她申請皇家藝術學院，或者斯萊德美術學院。」

「菲爾丁老師不就是斯萊德畢業的？」

「是啊，她常常提醒我說，十五歲的潔西卡在繪畫上的表現，比她當年念大學的時候還出色。」

「那老師不是很糗嗎？」

---

[36] Babara Hepworth，1903-1975，英國現代主義藝術家與雕塑家。

[37] Mary Cassatt，1844-1926，美國畫家，長期居留法國，為印象畫派畫家。

「典型的男人反應。事實上，菲爾丁老師想的只是如何能讓潔西卡充分發揮潛力。她希望潔西卡可以成為瑞梅德第一個上皇家藝術學院的學生。」

「那他們就雙雙破紀錄了，」哈利說，「因為小塞是畢屈克羅夫修道院第一個拿到劍橋獎學金的學生。」

「是一九二二年以來的第一個。」艾瑪糾正他。「下個圓環左轉。」

「有你在董事會，巴靈頓的董事們一定很開心。」哈利遵照她的指示左轉之後說，「順便告訴你，免得你忘了，我的新書下個星期出版。」

「他們要派你去什麼有趣的地方宣傳嗎？」

「我星期五要在《約克郡郵報》的文學午餐會上演講，據說入場券賣得很好，所以場地要從當地的飯店換到約克賽馬場。」

艾瑪傾身親吻他的臉頰。「恭喜啦，親愛的！」

「恐怕不是我的功勞，因為講者不只我一個。」

「快告訴我，你的對手是誰，我好殺了他。」

「是她，阿嘉莎．克莉斯蒂。」

「所以威廉．瓦維克至少可以挑戰赫丘勒．白羅[38]嘍？」

「差得遠呢，恐怕。克莉斯蒂小姐已經寫了四十九部小說，而我才出第五本。」

「也許等你寫到第四十九本的時候，就能趕上她了。」

「那我得要運氣很好才行。我在全國巡迴，想辦法擠上暢銷排行榜的時候，你打算做什麼？」

「我告訴羅斯，我下個星期一會進公司，和他碰面。我想勸他放棄建造《白金漢號》。」

「為什麼？」

「旅客已經迅速轉而擁抱飛機的此時，冒險投資這麼多錢建造豪華郵輪，時機不對。」

「我明白你的看法，但比起搭飛機，我還是寧可搭船去紐約。」

「那是因為你是中年人。」艾瑪拍拍他大腿說，「我也答應吉爾斯要去巴靈頓大宅看看，確認馬斯登已經把一切都準備好，迎接他和格妮絲回來度週末。」

「馬斯登肯定不只準備好而已。」

「他明年就六十歲了，我知道他在考慮退休。」

「很難找到可以替代他的人。」哈利說。他們正經過第一個寫有布里斯托地名的路標。

「格妮絲也不想找人替代他。她說踏進二十世紀後半，吉爾斯有更重要的工作要做。」

「她有什麼打算？」

「她認為下次選舉之後，工黨有可能組閣，到時候吉爾斯幾乎肯定會入閣，所以她打算為他先做好準備，而這可不包括再有成群的僕役簇擁伺候。她希望以後只有普通的幕僚協助他。」

「吉爾斯運氣真好，認識了格妮絲。」

「他是不是該向這個可憐的女孩求婚了？」

「確實是，但他還沒擺脫和薇琴妮亞婚姻的陰影，我想他還沒準備好做出另一個承諾。」

㊳ Hercule Poirot，克莉斯蒂小說裡的比利時退休探長。

「那他最好快點準備好，因為像格妮絲這麼好的女孩可遇不可求。」艾瑪說，又把注意力轉回到地圖上。

哈利加速超過一輛貨車。「一想到小塞已經不是中學生了，我還是很難適應。」

「他回家的第一個星期，你有什麼計畫沒有？」

「我明天想帶他去郡立球場看格勞斯哥隊和布雷克赫斯隊的比賽。」

艾瑪笑起來。「這是人格養成教育吧，去看一支輸球比贏球機會更高的球隊比賽。」

「我們下個星期也許找一天去老維克劇院。」他不理會她的評論，繼續說。

「看哪齣戲？」

「《哈姆雷特》。」

「誰演王子？」

「一個叫彼德．奧圖[39]的年輕演員。塞巴斯汀說他很紅，雖然我不知道指的是哪一方面。」

「有小塞回來過暑假真好。也許他去劍橋之前，我們應該替他辦個派對，讓他有機會認識幾個女孩。」

「他多的是時間認識女孩。我覺得政府取消兵役制真是太可惜了，否則小塞會是很傑出的軍官，軍中生活可以幫助他成為負責任的人。」

「你不是中年人，」車子轉進宅邸車道時，艾瑪說，「你根本是史前人類。」

哈利大笑，把車停在莊園宅邸外面。看見潔西卡坐在門階上等他們，他非常開心。

「小塞呢？」艾瑪問。她下車走上門階，給潔西卡一個擁抱。

「他昨天沒從學校回來。也許去了巴靈頓大宅，和吉爾斯舅舅在一起。」

「我以為吉爾斯在倫敦。」哈利說，「我打個電話給他，看他們要不要過來一起吃晚飯。」

哈利步上門階，走進屋裡，在玄關拿起電話聽筒，撥了本地的電話號碼。

「我們回來了。」一聽到吉爾斯的聲音，他劈頭就說。

「歡迎回國，哈利。你們在美國玩得開心嗎？」

「開心得不得了。主角是艾瑪，當然。我覺得費德曼想要她當他的第五任妻子。」

「這個嘛，倒也不是壞事。」吉爾斯說，「這人的婚姻誓約總是維持不了多久，而且加州的離婚制度健康多了。」

哈利大笑。「對了，小塞在你那裡嗎？」

「沒，他沒有。我已經好一段時間沒看到他了。我相信他應該沒跑遠。你何不打電話去學校，看他是不是還在那裡？找到他之後再打電話給我，因為我有消息要告訴你。」

「沒問題。」哈利說。他掛掉電話，在隨身的電話簿裡找到校長的電話號碼。

「別擔心，親愛的，就像你一直提醒我的，他已經不是中學生了。」他看見艾瑪憂心忡忡，忙對她說。「我相信一定有很簡單的原因。」他撥了畢屈克羅夫一一七號，等待有人接電話的時候，伸手攬住妻子。

㊴ Peter O'Toole，1932-2013，英國演員，一九六二年以電影《阿拉伯的勞倫斯》的勞倫斯一角享譽全球，二〇〇三年獲奧斯卡頒贈終生成就獎。

「我是班克－威廉斯博士。」

「校長，我是哈利．柯里夫頓。不好意思放假還打擾你。但我想請問，你知不知道犬子塞巴斯汀人在哪裡。」

「我不知道，柯里夫頓先生，從他幾天前被勒令停學之後，我就沒看見他了。」

「勒令停學？」

「是的，柯里夫頓先生。我沒有別的選擇，恐怕。」

「他做了什麼事情，要被這樣懲罰？」

「他違反好幾條校規，情節輕微的，包括抽菸。」

「那有情節重大的嗎？」

「他被逮到和餐廳的女僕在書房裡喝酒。」

「這樣就要被勒令停學？」

「因為是學期的最後一週，我本來可以睜一隻眼閉一隻眼的，但很不幸，他們兩個當時都沒穿衣服。」

哈利差點笑出來，但很慶幸艾瑪聽不見電話另一端說的話。

「我隔天早上叫他到校長室，告訴他說我多方考量，並且和舍監商量之後，沒別的選擇，只能勒令停學。我交給他一封信，要他務必轉交給你。顯然他並沒有這麼做。」

「但他到哪裡去了呢？」哈利開始有點擔心了。

「我不知道。我能告訴你的是，舍監幫他買了一張到草原寺院站的三等車廂單程票，我當時以為我再也不會見到他。然而，那天下午我要到倫敦參加校友會的年度餐會，卻意外發現他和我搭同一班火車。」

「你有沒有問他為什麼要去倫敦？」

「我原本要問的，」校長不帶感情地說，「但他一看見我就跑出車廂。」

「他為什麼要這樣？」

「大概是因為他在抽菸。我之前警告過他，要是他在學期結束前再違反任何校規，就會被開除。他很清楚，那就表示我會打電話到劍橋，建議撤回頒授給他的獎學金。」

「你打電話了嗎？」

「沒，我沒有。你得要感謝我太太。如果照我的想法，他肯定會被開除，撤銷劍橋入學資格。」

「就因為抽菸？他當時不在校內吧。」

「他犯的不只是這一條校規。他沒錢買頭等車廂車票，卻佔坐頭等車廂座位，而且在這之前，他還騙舍監說他要直接回布里斯托。這一點，比其他違規行為更嚴重，也讓我相信他不夠格念我的母校。我的一時心軟，可能會讓我後悔一輩子。」

「那是你最後一次看見他？」哈利努力保持鎮定。

「是的，我再也不想見到他了。」這是他掛掉電話之前說的最後一句話。

哈利把電話裡的對話轉述給艾瑪聽，但省略了餐廳女僕的那一段。

「他現在可能在哪裡呢？」艾瑪擔憂地問。

「我先回電給吉爾斯，讓他知道情況，然後我們再來決定該怎麼做。」哈利又拿起電話聽筒，把和校長的對話幾乎一字不漏地再說一遍。

吉爾斯沉默了一會兒。「塞巴斯汀在火車上碰到班克—威廉斯之後，心裡在想什麼，其實並不難懂。」

「但我怎麼都想不通。」哈利說。

「站在他的立場想吧，」吉爾斯說，「校長在火車上逮到他未經許可就要去倫敦，還在車上抽菸，所以他就以為自己會被開除，喪失劍橋入學資格。我想他一定是不敢回家，怕面對你和艾瑪。」

「嗯，這個已經不成問題了。但我們還是必須找到他，讓他知道。如果我馬上開車去倫敦，可以住史密斯廣場嗎？」

「當然可以，但這樣做沒道理，哈利。你應該留在莊園宅邸陪艾瑪，我去倫敦，這樣就可以萬無一失。」

「可是你和格妮絲要在布里斯托度週末的，你沒忘記吧？」

「小塞是我的外甥啊，哈利，你沒忘記吧？」

「謝謝你。」哈利說。

「你說你有消息要告訴我。」

「不重要。呃，比不上找小塞重要。」

＊

這天傍晚，吉爾斯開車到倫敦，抵達史密斯廣場時，管家證實塞巴斯汀並沒聯繫。

吉爾斯先把這個消息轉告哈利，接著就打給蘇格蘭場的助理局長。他表達十足的同情，但也指出，倫敦每天都接到十幾樁孩童失蹤的報案，大部分都比塞巴斯汀年幼許多。在擁有八百萬人口的城市裡，要找人簡直像海底撈針。但他說他會對大都會地區的每一個警局都發出協尋通報。

哈利和艾瑪直到深夜都還在打電話，打給塞巴斯汀的外婆梅西，阿姨葛芮絲，狄金斯、羅斯．布喬南、葛里夫．哈斯金，甚至帕瑞許小姐，想知道塞巴斯汀有沒有和任何人聯絡。哈利隔天和吉爾斯通過好幾次電話，但沒有任何新的進展。海底撈針，他反覆這麼說。

「艾瑪還好嗎？」

「不太好。她越來越擔心有最壞的情況發生。」

「潔西卡呢？」

「誰也安撫不了她。」

「我一有消息就打給你。」

＊

隔天下午，吉爾斯從國會打電話給哈利，說他正要去帕丁頓找一個女人。這女人之前到國會求見，說她有塞巴斯汀的消息。

哈利和艾瑪坐在電話旁邊，以為吉爾斯一個鐘頭之內就會再打電話來，結果他直到晚上九點多才再來電。

「快告訴我，他安然無恙。」艾瑪從哈利手中搶過聽筒說。

「他安然無恙。」吉爾斯說，「但這是唯一的好消息。他正要去布宜諾斯艾利斯。」

「你說什麼？」艾瑪說，「小塞為什麼要去布宜諾斯艾利斯？」

「我也不知道。我只能告訴你，他和一個叫佩德羅．馬丁內茲的人，他同學的父親，一起搭上美國籍船隻『南美號』。」

「是布魯諾的父親。」艾瑪說，「布魯諾也在船上嗎？」

「沒有，他沒去，因為我在伊頓廣場他家見到他。」

「我們馬上開車去倫敦，」艾瑪說，「這樣我們明天一早就可以去找布魯諾。」

「我想，在目前的情況之下，這樣做並不明智。」吉爾斯說。

「為什麼？」艾瑪說。

「有好幾個理由。但首先，我剛接到內閣秘書長亞倫．瑞德曼爵士的電話，問我們三個人明天早上十點鐘可不可以和他在唐寧街十號見面。我不相信這是個巧合。」

34

「早安，亞倫爵士。」三人被請進內閣秘書長辦公室時，吉爾斯說。「請容我介紹舍妹艾瑪，與妹婿哈利．柯里夫頓。」

亞倫．瑞德曼爵士和哈利與艾瑪握手，然後介紹休．史賓塞先生。

「史賓塞先生是助理財政大臣，」他說，「各位馬上就會知道他之所以在場的原因。」

他們圍著辦公室中央的圓桌坐下。

「我知道今天會議召開的目的，是為處理十分嚴重的問題，」亞倫爵士說，「但在開始之前，我想說的是，柯里夫頓先生，我是威廉．瓦維克的忠實讀者。你最新的一本書擺在內人那側的床頭櫃，所以很不幸的，我必須等她看完最後一頁，才能有機會拜讀。」

「您太客氣了，爵士。」

「我先解釋一下，為什麼我們這麼急著見各位。」亞倫爵士的語氣聲調瞬即改變，「我想向二位保證，柯里夫頓先生夫人，我們和二位一樣關心令公子的情況，雖然我們的關注點或許不盡相同。政府關注的，」他繼續說，「主要是名叫佩德羅．馬丁內茲的男子，他涉入的問題多到我們必須有專門的檔案櫃收納他的資料。馬丁內茲先生是阿根廷公民，在伊頓廣場有住所，在希靈福德有別墅，還有三艘郵輪，在溫莎大公園的御林軍馬球俱樂部[40]養有專供馬球運動騎乘的馬匹，在雅谷士[41]有專屬包廂。他總是在社交旺季到倫敦來，朋友多，人脈廣，大家都相信他是有錢的牧牛大王。他們怎麼會不信呢？他在阿根廷擁有三十萬英畝草原，牧養總數達五十萬頭的牛隻。雖然這些產業讓他賺進大筆利潤，但這只是障眼法，是遮掩其他邪惡行動的門面而已。」

「什麼行動？」

「說得直白一點，吉爾斯爵士，他就是個國際流氓。相形之下，莫里亞提[42]簡直只是個小混混。請容我略加說明我們所瞭解的馬丁內茲，之後你們提出的任何問題，我都樂於回答。我們第一次交手是在一九三五年，我當時是戰爭辦公室的專員。我發現他和德國人做生意。他和納粹黨衛軍首腦海因里希．希姆萊[43]有很密切的關係，而且我們也掌握到，他至少見過希特勒三次。戰爭期間，他雖然住在伊頓廣場，但卻為德國提供他們所缺乏的各種原物料，賺進大筆財富。」

「你們當時為什麼沒逮捕他？」吉爾斯問。

「我們不逮捕他，是為了放長線釣大魚。」亞倫爵士說，「我們很想查出他在英國的聯絡人，以及他們真正的目的是什麼。戰爭結束後，馬丁內茲返回阿根廷，繼續做他的牧牛生意。事實上，在盟軍佔領柏林之後，他就沒再踏進德國一步。他還是常到英國來，甚至把三個兒子都送到英國公學念書。他女兒現在也在羅登女子學校念書。」

「請原諒我打岔，」艾瑪說，「但是塞巴斯汀和這一切有什麼關係？」

「原本確實沒有，柯里夫頓夫人，但上個星期，他突然不請自來地造訪伊頓廣場四十四號，他的朋友布魯諾邀請他住下。」

「我見過布魯諾幾次，」哈利說，「我覺得他是很討人喜歡的年輕人。」

「我相信他是，」亞倫爵士說，「這正足以進一步營造馬丁內茲的形象，證明他是個熱愛英國、照顧家庭的高尚紳士。然而，令公子在第二次見到佩德羅．馬丁內茲的時候，很不智地涉入我們執法機構已經布線數年的行動裡。」

「第二次？」吉爾斯問。

「一九五四年六月十八日，」亞倫爵士說，「馬丁內茲邀請塞巴斯汀和他們一起到畢屈克羅夫的酒館，慶祝布魯諾的十五歲生日。」

「你們密切監視馬丁內茲？」吉爾斯問。

「我們絕對會。」內閣秘書長從面前的文件裡抽出一只褐色信封，掏出信封裡的兩張五鎊紙鈔，擺在桌上。「馬丁內茲在星期五晚上給令郎這兩張鈔票。」

「塞巴斯汀這輩子從沒擁有過這麼多現金。」艾瑪說，「我們每個星期只給他半克朗的零用錢。」

「我想馬丁內茲明白，這麼大一筆錢足以讓年輕人昏了頭。然後他打出王牌，邀請塞巴斯汀

㊵ Guards Polo Club，一九五五年由英國女王王夫菲利普親王創立，為英國頂級馬球俱樂部。

㊶ Ascot，英國最負盛名的賽馬場，每年舉行的皇家賽馬會為上流社會年度盛事。

㊷ Moriaty，福爾摩斯小說裡的大反派。

㊸ Heinrich Himmler，1900-1945，納粹高階軍官，對大屠殺與其他戰爭罪行負有重責，一九四五年德國投降後，被盟軍拘禁，服毒自殺。

陪他去布宜諾斯艾利斯，因為他知道令公子當時正面臨人生低潮。」

「馬丁內茲隨手拿給犬子的兩張紙鈔，怎麼會到你手中？」哈利問。

「這不是隨手給的。」財政部的那人第一次開口，「過去八年裡，我們總共收集了超過一萬張這樣的紙鈔。這一張是警方所謂的『可靠消息來源』所提供的。」

「什麼可靠消息來源？」吉爾斯追問。

「你有沒有聽過有位納粹黨衛軍少校，叫伯納德．克魯格？」史賓塞問。

眾人沉默，證明沒人聽過。

「克魯格少校是個人脈很廣，也很精明的人，在加入黨衛軍之前，是柏林警局的探長。他後來負責反偽鈔小組。在英國向德國宣戰之後，他說服希姆萊相信，只要授權他從薩克森豪森集中營挑選最頂尖的印製專家、銅板雕刻師和修圖專家，並由他擔任指揮官，他就可以製造出逼真的五鎊偽鈔。偽鈔大量流進英國之後，便可危及英國經濟穩定。而他最厲害的，是吸收了偽鈔大師索羅門．斯摩利安諾夫。他還在柏林警局的時候，逮捕過斯摩利安諾夫至少三次。斯摩利安諾夫入夥之後，克魯格的團隊偽造了大約兩千七百萬張五鎊紙鈔，總額高達一億三千五百萬鎊。」

哈利倒抽一口氣。

「一九四五年，盟軍攻進柏林，希特勒下令摧毀所有的印刷機。我們有理由相信，他們確實摧毀了。然而，就在德軍投降前幾週，克魯格企圖跨越德國瑞士邊境時被捕，他隨身攜帶的行李箱裡裝滿偽鈔。後來他在柏林英國佔領區的監獄裡被關了兩年。

「我們原本對他已經不再有興趣，但是英國中央銀行卻響起了警訊，因為他們通報，在克魯格行李箱裡找到的錢是真鈔。當時的銀行總裁宣稱，這世界上沒人有辦法偽造英國五鎊紙鈔，不管誰怎麼說他都不相信。我們訊問克魯格，想知道有多少這樣的紙鈔在市面流通，但他很有手腕，利用佩德羅‧馬丁內茲作為籌碼，先和我們談好減刑條件，才肯透露內情。」

史賓塞先生停下來啜了一口茶，但沒人催他。

「我們談妥條件，克魯格如果肯提供情報，原本的七年徒刑，就可以減為三年。據他告訴我們，戰爭即將結束之前，馬丁內茲和希姆萊談好，把總金額兩千萬鎊的五鎊偽鈔偷偷運出德國，送到阿根廷，等待進一步的指示。對一個可以把任何東西——從美國謝爾曼坦克到俄國潛水艇——偷渡到德國的人來說，這絕對一點也不難。

「為了再縮短一年的刑期，克魯格供出，希姆萊和少數幾名納粹高階領導人，很可能包括希特勒本人，希望能想辦法逃到布宜諾斯艾利斯過好日子，讓英國中央銀行買單。

「但是，戰後，希姆萊和他的同黨顯然不可能現身阿根廷，」史賓塞接著說，「馬丁內茲發現自己手上有兩千萬鎊的偽鈔必須花掉。這不是簡單的工作。起初我以為克魯格的說法只是異想天開的故事，是為了自救而捏造的謊言，但接下來幾年，只要馬丁內茲人在倫敦，或他兒子路易斯在蒙地卡羅上賭桌，就有越來越多像這樣的五鎊紙鈔出現在市面上，我就知道我們是真的遇上大麻煩了。塞巴斯汀用這樣的鈔票在塞維爾路訂製西裝，店員並沒有認出是假鈔，再次印證我們的擔憂。」

「差不多兩年前，」亞倫爵士說，「我向邱吉爾先生報告，英國中央銀行的立場帶給我們極大的困擾，他以化繁為簡的睿智，下令盡快發行新的五鎊紙鈔。當然，數量這麼多的紙鈔不可能一夕之間就完全在市面流通，英國銀行宣布發行新鈔的消息，讓馬丁內茲知道他用掉巨額偽鈔的時間已經所剩不多了。」

「英國中央銀行的那些不學無術的傢伙，」又換史賓塞講。他略有點動氣。「竟然宣布，在一九五七年十二月三十一日之前，所有的五鎊舊鈔只要拿到銀行，都可以兌換新鈔。所以馬丁內茲要做的，就是想辦法把他的偽鈔偷偷運到英國境內，英國中央銀行就樂於收下偽鈔，換成真鈔給他。我們估計，過去十年內，馬丁內茲已經用掉五百到一千萬鎊，但可能還有八、九百萬鎊藏在阿根廷。我們知道我們無力改變英國中央銀行的立場之後，就在去年的預算法案裡偷偷塞進一個條款，唯一的目的就是讓馬丁內茲的行動變得更加困難。從去年四月開始，任何人都不得攜帶超過一萬鎊的現金入境英國，否則就違法。而他最近也發現——當然是付出了相當代價才明白的——他和他的黨羽在歐洲各地跨越任何國家的國界，都會被海關要求打開行李檢查。」

「但這還是解釋不了塞巴斯汀為什麼會在布宜諾斯艾利斯啊。」哈利說。

「我們有理由相信，柯里夫頓先生，令公子陷入馬丁內茲的布局裡了。」史賓塞說，「我們認為馬丁內茲要利用他走私最後那八、九百萬鎊偽鈔進英國。我們只是不知道他要用什麼方式，或從哪裡入境。」

「塞巴斯汀肯定有危險了？」艾瑪說，目光直盯著內閣秘書長。

「答案既肯定，也否定。」亞倫爵士說，「只要他不知道馬丁內茲要他去阿根廷的真正原因，就會毫髮無傷。但如果他在布宜諾斯艾利斯的時候不小心撞破真相，考慮到他的聰明與足智多謀，我們會在第一時間就把他送到英國大使館內，以策安全。」

「你們為什麼不在他一下船的時候就送他進大使館？」艾瑪問，「對我們來說，兒子遠比其他人的一千萬鎊更有價值。」她看著哈利，希望得到他的支持。

「因為那樣會打草驚蛇，讓馬丁內茲知道我們已經識破他的計謀了。」史賓塞說。

「可是這樣會有風險，塞巴斯汀可能會被犧牲。他像個人質，被推到你們也無法控制的棋局裡。」

「只要他對正在進行的事情一無所知，就不會發生這樣的狀況。我們相信，沒有令公子的協助，馬丁內茲無法挪動這麼大額的現金。塞巴斯汀是我們唯一的機會，可以找出馬丁內茲真正的企圖。」

「他才十七歲。」艾瑪無助地說。

「柯里夫頓先生因謀殺罪被逮捕，以及吉爾斯爵士贏得軍事十字獎章的時候，也比他大不了多少。」

「情況完全不同。」艾瑪還是不放棄。

「但敵人是一樣的。」亞倫爵士說。

「我們知道塞巴斯汀肯定願意全力以赴，」哈利拉著妻子的手，「但這不是重點。這風險太高了。」

「沒錯，當然。」內閣部長說，「如果你們希望他一下船就被送進大使館保護，那我就立即下令。但是，」艾瑪還來不及開口贊成，他就又說：「我們已經想好了一個計畫，只是需要你們的合作才能成功。」

他等著他們發言反駁，但這三位客人都保持沉默。

「『南美號』要再過五天才會抵達布宜諾斯艾利斯。」亞倫爵士繼續說，「如果計畫要成功，就必須在船靠岸之前，先通知我們駐阿根廷的大使。」

「你何不直接打電話給他？」吉爾斯問。

「我也希望事情有這麼簡單。布宜諾斯艾利斯的國際電話轉接總機有十二個女性員工，每一個都領馬丁內茲的錢。電報也是一樣。她們的工作是蒐集任何和他有關的訊息，不管是政治人物、銀行家或企業家的訊息，甚至警方的行動，這樣他就能掌握先機，賺進更多錢。光是在電話上提起他的名字就足以讓警鈴大響，幾分鐘之內，他兒子狄亞戈就會收到通知。事實上，有好幾次，我們還利用這樣的機會，餵給馬丁內茲假消息。只是，就目前的情況來說，這樣的做法風險太高。」

「亞倫爵士，」助理財政大臣說，「您何不告訴柯里夫頓先生夫人，我們的計畫是什麼，讓他們自己決定。」

35

他踏進倫敦機場，逕自往「機組人員專用」的標示走去。

「早安，梅伊機長。」值班人員查看他的護照後說，「今天飛哪裡？」

「布宜諾斯艾利斯。」

「祝您一路順風。」

檢查過行李之後，他通過海關，走向十一號登機門。別停下來，別東張西望，別引人注目，這是某個更常應付問諜而非作家的不知名人士給他的指示。

最後這四十八小時簡直馬不停蹄。艾瑪好不容易才點頭，雖然很不情願，但最終還是答應讓他協助他們進行所謂的「終結行動」。套句他以前那位士官長說的話，從那時起，他根本是腳不著地。

在這段時間裡，他花了一個鐘頭量身訂做一套機長制服；又花一個鐘頭，拍假護照所需要的大頭照；聽取他新身分的背景簡報，知道他離了婚，有兩個小孩，又去掉三個鐘頭；布宜諾斯艾斯城市導覽，一個鐘頭；但最後和亞倫爵士在他的俱樂部共進晚餐時，他還有好幾十個問題需要得到答案。

就在準備告辭，離開雅典娜飯店，回吉爾斯位於史密斯廣場的家裡度過註定無眠的夜晚時，亞倫爵士交給他一只厚厚的檔案夾、一個公事包，以及一把鑰匙。

「飛往布宜諾斯艾利斯途中，請仔細讀完這份檔案，然後交給大使，他會銷毀。我們已經幫你在米隆加飯店訂好房間，我們的駐阿根廷大使菲利浦・馬修先生將於星期六上午十點在大使館見你。你把外務大臣塞爾文・勞埃先生的這封信交給他，信裡會說明你到阿根廷的原因。」

到登機門時，他走向坐在櫃檯的地勤人員。

「早安，機長，」他都還沒翻開護照，她就說，「祝您一路飛行順利。」

他走到柏油地上，登上階梯，進到空無一人的頭等艙。

「早安，梅伊機長。」有位美麗的年輕女子說，「我是資深空服員安娜貝兒・卡利克。」

這制服，這紀律，讓他彷彿回到軍中，儘管這次面對的是完全不同的敵人。抑或者，如同亞倫爵士所言，其實是同一個敵人呢？

「我帶您入座？」

「謝謝，卡利克小姐。」他隨著她走向頭等艙靠後方的位子。兩個空位，但他知道另一個位子不會有人坐。亞倫爵士絕對不會讓任何人有機可乘的。

「第一段航程大約七小時。」空服員說，「您在起飛前要不要先喝點什麼呢，機長？」

「水就好了，謝謝你。」他摘掉帽子，擺在旁邊的空位，然後把公事包塞進座位下方。他們警告過他，必須等飛機起飛，且沒有人看見他在讀什麼的時候，才可以打開公事包，拿出檔案來看。檔案從第一頁到最後一頁都沒提到馬丁內茲的名字，從頭到尾都只稱之為「目標」。

一會兒之後，第一批乘客開始登上飛機，接下來二十分鐘，乘客陸續找到座位，把隨身行李放進頭頂上的置物櫃，脫掉大衣，有幾個還脫掉西裝外套，然後就座，享受一杯香檳，扣上安全帶，選份報紙或雜誌，等待擴音器響起：「這是機長廣播。」

哈利綻開微笑，因為想到萬一機長半途生病，卡利克小姐跑來找他協助，他若是告訴她說，他以前曾在英國皇家海軍與美國陸軍服役，但從來沒當過空軍，她會有什麼反應？

飛機開始在跑道上滑行，但哈利等到飛機升空，機長宣布可以解開安全帶之後，才打開公事包。他拿出厚厚的檔案夾，翻開來，仔細研讀內容，彷彿準備考試似的。

閱讀這份檔案，簡直像讀伊恩．佛萊明[44]的小說。唯一的差別是，他本人扮演的就是書中的主角龐德。哈利一頁頁翻閱，馬丁內茲的人生逐步在他面前展開。休息吃晚飯的時候，他忍不住想，艾瑪說得沒錯，他們根本不該讓塞巴斯汀和這人扯上關係。風險太高了。

然而，他也答應她，只要一覺得兒子有生命危險，他就會立刻搭上飛往倫敦的班機，而且帶著塞巴斯汀坐在他身邊。他看著窗外，飛機一路向南。他和威廉．瓦維克今天早上原本應該啟程北上，展開新書宣傳之旅。他很期待在《約克郡郵報》的文學午餐會上見到阿嘉莎．克莉斯蒂。結果，他卻在飛往南美洲的飛機上，希望自己不要碰上佩德羅．馬丁內茲。

他闔起檔案，收進公事包裡，塞回座位下方，迷迷糊糊睡著，但「目標」始終盤桓心頭，未曾離去。馬丁內茲十四歲離開學校，在肉鋪當學徒。幾個月之後被開除（原因不明），而他唯一學會的技能就是如何肢解屍體。失業幾天之後，目標開始捲入一些小罪行，包括偷竊、行搶、偷公用電話的零錢，最後被捕，入獄六個月。

[44] Ian Fleming，1908-1964，英國作家，代表作為〇〇七龐德系列。

同一牢房的獄友胡安．迪加多是個惡棍，關在監獄的時間比在外自由生活的時間還長。馬丁內茲服完刑期之後，加入胡安的幫派，很快就成為他的心腹。胡安再次被捕入獄後，就由馬丁內茲負責管理他日益萎縮的黑幫帝國。當時馬丁內茲年僅十七歲，和塞巴斯汀現在一樣大，已經展開他的犯罪人生。但是命運卻在始料未及之處來個意外大轉彎，因為他愛上了在電話公司國際電話轉接台工作的總機小姐康秀拉．托雷斯。康秀拉的父親是準備競選布宜諾斯艾利斯市長的政治人物，他直截了當攤開說，無論如何都不會接納一個有前科的惡棍當女婿。

康秀拉不顧父親阻擋，嫁給佩德羅．馬丁內茲，生了四個孩子，非常符合南美文化傳統的，先有三個兒子，最後再來個女兒。馬丁內茲最後終於贏得岳父的重視，因為他籌足了可以供岳父打贏市長選舉的資金。

市長就任之後，所有的市政合約全部都要經過馬丁內茲之手，他也從中收取百分之二十五的「服務費」。只是，沒過多久，馬丁內茲就對康秀拉與地方政治失去興趣。他發現，歐陸發生的戰爭，給宣稱中立的人帶來無窮機會，於是就開始擴展他的活動範圍。

儘管馬丁內茲本人比較支持英國，但德國卻給他提供了機會，讓他可以把小財富變成大財富。

納粹政權需要可以供給物資的朋友，年僅二十二歲的目標第一次帶著空白的訂購簿到柏林，幾個月之後離開，滿手各式各樣的訂單，從義大利水管到希臘油輪都有。談生意的時候，目標總是不忘讓對方知道，他是黨衛軍首腦海因里希．希姆萊的好朋友，也曾經見過希特勒好幾次。

接下來十年，目標睡在飛機、船、火車和巴士上，有一回甚至睡在馬車上，行遍世界各地，採買德國長長購物清單上的各式物資。

他和希姆萊越來越常見面。戰爭接近尾聲，盟軍勝利在望，德國馬克大幅貶值，黨衛軍領導階級開始付現金給目標：嶄新的五英鎊紙鈔，熱騰騰從薩克森豪森集中營的印刷機出爐。於是目標跨越邊界，把鈔票帶到日內瓦，換成瑞士法郎。

早在戰爭結束之前，佩德羅就已經累積大筆財富。但直到盟軍逼近德國首都，希姆萊才給了他一生僅有一次的大好良機。兩人握手達成協議，目標搭乘他自己的德國潛艇，在一名希姆萊親信隨員的陪同下，帶著總金額高達兩千萬英鎊的五鎊面額偽鈔離開德國。之後，他再也沒回到這個地方。

回到布宜諾斯艾利斯之後，目標以五千萬披索的價格買下一家體質不佳的小銀行，把他的兩千萬英鎊藏在金庫裡，等待僥倖逃過一劫的納粹官員出現在布宜諾斯艾利斯，兌現他們的退休金。

*

大使盯著在他辦公室一角喀噠喀噠響的自動收報機。

倫敦直接傳來的訊息。一如往常外交部傳來的指令，他需要讀懂的是字裡行間的意思，因為每個人都知道，僅僅一百公尺之遙的阿根廷情報局會同步收到這份電報。

英國板球隊隊長彼德‧梅伊將於本週六上午十點鐘在羅德球場第一天賽程擔任首發擊球員，我有兩張票，希望梅伊隊長能和你一起來。

大使微笑，他和每一個英國學童都知道，羅德球場的球賽都是在星期四上午十一點三十分開打的，也知道彼德‧梅伊不會是首發擊球員。不過話說回來，和英國開戰的，從來就不是也打板球的國家。

*

「我們以前見過嗎，老兄？」

哈利迅即闔上檔案，抬頭看見一個顯然是花公帳出差的中年人。這人一手抓著哈利旁邊空位椅背的頭枕，一手端著杯紅酒。

「我想沒有。」哈利回答說。

「我敢說一定有。」這人低頭看他說，「也許我把你誤認為其他人了。」

這人腳步踉蹌地走回位在前方的座位，哈利嘆口氣，如釋重負。正準備要再翻開檔案，繼續瞭解馬丁內茲的背景，那人又轉回來，緩緩走向他。

「你很有名嗎？」

哈利笑起來。「不可能。你知道的，我是英國海外航空公司的駕駛員，過去十二年都是。」

「那你不是布里斯托人？」

「不是，」哈利說，死咬住自己的新身分。「我出生在艾普森，目前住在艾威爾。」

「我會想起來你長得像誰。」那人又走回自己的座位。

哈利翻開檔案，但連一行都還來不及看，那人像迪克・惠廷頓那樣，第三度回來。這一次，他拿起哈利的機長帽，一屁股坐在他旁邊的空位。「你該不會剛好是寫書的吧？」

「不是。」哈利語氣更加堅定。這時卡利克小姐正好端著裝有一杯杯雞尾酒的托盤走過來。哈利挑起眉毛，露出「拜託救救我」的表情。

「你讓我想起一個出身布里斯托的作家，真該死，我想不起他的名字。你真的不是布里斯托人嗎？」他湊近看，香菸煙霧隨即噴在哈利臉上。

哈利看見卡利克小姐打開駕駛艙的門。

「機長的生活一定很有趣……」

「這是機長廣播，我們正要經過一段不穩定的氣流，請乘客回到自己的座位，繫好安全帶。」

「對不起，打擾您，先生，但機長要求所有的乘客——」

「噢，我聽到機長廣播了。」那人撐著身體站起來，但又往哈利臉上噴了一口煙。「我一定會想起來你是誰。」他說，然後緩緩走回自己的座位。

36

飛往布宜諾斯艾利斯的第二段航程中，哈利看完了佩德羅．馬丁內茲的全部檔案。戰後，目標在阿根廷坐擁金山，消磨時光。希姆萊在紐倫堡大審前自殺，他的六名黨羽在大審中被判死刑，還有十八個入獄，其中包括伯納德．克魯格少校。沒有人來敲目標的門，索回他們的保險金。

哈利翻過一頁，發現檔案接下來的部分是關於目標的家人。他略休息半晌，再繼續往下看。

馬丁內茲有四名子女。老大狄亞戈被哈羅公學退學，因為他把同學綁在一部高溫火燙的電熱器上。沒通過任何中學學力考試的他回到母國，和父親一起工作，三年後，便在黑幫裡有出色的表現。儘管狄亞戈身穿在塞維爾路訂製的三件式細條紋西裝，但如果不是因為有太多法官、警官和政客都在他父親的賄賂名單上，他穿牢服的日子肯定遠遠多過穿西裝。

馬丁內茲的二兒子路易斯在里維拉過暑假的時候，一夕從小男生變成花花公子。如今大半清醒的時間都在蒙地卡羅的賭桌上，拿他父親的五鎊紙鈔下注，希望能贏回其他貨幣的賭金。路易斯手氣好的時候，大筆摩納哥法郎就會自動進到佩德羅的日內瓦銀行帳戶裡。但賭場賺的比他多，還是讓馬丁內茲很惱火。

第三個兒子布魯諾則和老爸不同，他遺傳自母親的優點遠多於父親的缺點。但馬丁內茲總是很興奮地告訴倫敦友人，說他有個兒子九月就要進劍橋。

外界對馬丁內茲的第四個孩子瑪麗亞－泰瑞莎所知不多，只知道她還在羅汀女校念書，假期多半和母親在一起。

哈利暫停下來，因為卡利克小姐過來幫他架好用餐台。但用餐的時候，這個惡棍仍然在他心頭縈迴不去。

戰後十年間，馬丁內茲大幅擴展他那家銀行的資產。「家族農場之友銀行」讓擁有土地但沒有錢的人開戶。馬丁內茲的手法殘酷但有效，只要農場的土地價值超過貸款金額，農場需要多少錢他都願意貸，但收取的利息也很高。

客戶一旦付不出每季要繳的利息，就會收到取消抵押品贖回權通知，要求在九十天之內還清全部的貸款金額。若是還不出來——幾乎所有的人都還不出來——銀行就將沒收作為抵押品的土地，讓原本就已擁有大批土地的馬丁內茲更進一步擴張資產。客戶如果敢有怨言，狄亞戈就會登門拜訪，讓他們立即改變態度。這招比雇用律師還省錢，也更有效。

馬丁內茲刻意在倫敦努力營造牧牛大王的良好形象，但唯一的敗筆就是他的妻子。康秀拉終於覺悟，她父親的看法是對的，所以訴請離婚。因為法律程序遠在布宜諾斯艾利斯進行，所以但凡倫敦有人問起，他都說康秀拉罹癌病故，可能的社交污點也就因此變成贏取同情的賣點。

康秀拉的父親競選連任市長失敗——因為馬丁內茲支持反對黨候選人——她遷居距離布宜諾斯艾利斯幾哩之外的村莊，每個月收到贍養費，但金額不足以讓她有太多進城採購的機會，當然更不可能赴國外旅行。對康秀拉來說最悲哀的是，三個兒子裡只有一個願意對她表達善意，並保持聯繫，但這個兒子卻遠在英國。

哈利手上的檔案裡，只有一個外人獨佔一整頁的篇幅：卡爾．拉米瑞茲。馬丁內茲雇用他當總管兼打雜。雖然拉米瑞茲持阿根廷護照，但他的長相卻和另一個卡爾極度相像。這個卡爾．奧圖．倫斯多夫是一九六三年德國奧運會的角力選手，後來成為黨衛軍中尉，特別擅長偵訊。拉米瑞茲的護照和馬丁內茲的五鎊紙鈔一樣逼真，幾乎可以確定是系出同門。

卡利克小姐端走晚餐盤，想給梅伊機長白蘭地和雪茄，他客氣婉謝，也謝謝她剛才用亂流幫他解圍。她微笑。

「結果亂流沒機長以為的那麼嚴重。」她說，差點就要咧嘴笑。「他要我轉告您，如果您也下榻米隆加飯店，歡迎和我們一起搭英國海外航空的巴士，這樣你就可以避開波頓先生，」——哈利挑起眉毛——「從布里斯托來的那位先生，他很確定自己以前見過您。」

哈利不由自主地注意到，卡利克小姐不止一次瞄著他的左手，因為他手指皮膚有一圈白，顯然不久之前才摘掉結婚戒指。彼德．梅伊機長兩年前才和妻子安琪拉離婚。他們有兩個小孩：十歲的吉姆，希望進入埃普森學院就讀；八歲的莎莉有匹小馬。他甚至有他們的照片可以作為證明。哈利啟程之前，把婚戒交給艾瑪保管。若非眼前狀況如此，艾瑪說什麼也不會同意他摘掉婚戒的。

*

「倫敦方面要我在明天早上十點見一位彼德．梅伊機長。」大使說。

他的秘書在行事曆上註記。「您需要梅伊機長的談話參考資料嗎？」

「不用，因為我根本連他是誰都不知道，也不知道外交部幹嘛要我見他。他到的時候，記得直接帶到我的辦公室來。」

*

哈利等到最後一名旅客下機，才和機組人員會合。通過海關之後，他走出機場，發現路邊有輛小巴在等候。

司機幫他把行李放到行李廂，他爬上車，迎面就是微笑的卡利克小姐。

「可以和你一起坐嗎？」他問。

「當然可以。」她說，挪出更大的空位給他。

「我叫彼德。」他們握手時，他說。

「請叫我安娜貝兒。你怎麼會到阿根廷來？」巴士駛向市區時，她問。

「我哥哥迪克在這裡工作。我們已經好幾年沒碰面了，我想我應該想辦法來為他慶祝四十歲生日。」

「你哥哥？」安娜貝兒咧嘴笑，「他是做什麼的？」

「他是機械工程師，過去五年都在蓋巴納拉水壩。」

「沒聽過這個水壩耶。」

「你沒聽過很正常，那地方很偏僻。」

「嗯，他來到布宜諾斯艾利斯，肯定會有很大的文化衝擊，因為這是世界上最多元化的城市之一，也是我最喜歡的外站。」

「你這次會待幾天？」哈利問，希望她能改變話題，不要再追問他最近才剛認養的家人細節。

「四十八小時。你來過布宜諾斯艾利斯嗎，彼德？如果沒有，肯定會很刺激。」

「沒，這是我第一次來。」哈利說。到目前為止，問答都沒很完美。一定要全神貫注，亞倫爵士警告過他，否則就會說溜嘴。

「你通常飛哪一條線？」

「我飛跨大西洋航線——紐約、波士頓和華盛頓。」外交部的那位不知名人士為他設定了這條航線，因為哈利在宣傳新書時，曾經去過這三座城市。

「聽起來挺好玩的。但你在這裡的時候，一定要去體會一下夜生活。阿根廷人會讓美國佬相形之下像個衛道人士。」

「有沒有什麼地方是我該帶我哥去見識一下的？」

「蜥蜴酒吧有最棒的探戈舞者，我也聽說富麗飯店的菜最好吃，但我沒去過就是了。機組員通常都會去獨立大道的瑪塔多俱樂部。如果你和你哥有時間，歡迎來和我們一起玩。」

「謝謝你。」哈利說。巴士停在飯店外面。「我們說不定會去喔。」

他幫安娜貝兒把行李提進飯店。

「這個地方便宜，氣氛很輕鬆。」登記入住的時候，她說，「所以你如果想洗澡，又不想等水加熱等太久，那最好是在晚上睡覺前，或早上一起床的時間洗。」他們走進電梯時她說。

抵達四樓，哈利和安娜貝兒道別，穿過燈光昏暗的走廊，找到四六九號房。進到房間裡，他發現裡面的情況比起走廊好不到哪裡去。正中央一張大床，水龍頭滴著水，毛巾架上只有一條擦臉的毛巾，還有一張告示，讓他知道浴室在走廊盡頭。他想起亞倫爵士的話：*我們幫你訂了一家馬丁內茲和他的手下絕對不會想去的飯店*。他終於明白是什麼道理了。這個地方需要任命他媽媽來當經理，而且最好昨天就上任。

他摘下帽子，坐在床尾。他很想打電話給艾瑪，告訴她說他有多想念她，但是亞倫爵士說得再明白不過：不准打電話，不准上夜店，不准觀光，不准購物。甚至在去見大使之前，也不准離開飯店。他抬腳放到床上，頭靠枕頭。他想著塞巴斯汀、艾瑪、亞倫爵士、馬丁內茲、瑪塔多俱樂部……梅伊機長睡著了。

37

哈利醒來的第一件事，就是扭開床頭燈，看手錶：凌晨兩點二十六分。他暗罵一聲，因為發現自己連衣服都沒脫就睡著了。

他幾乎是用滾的下床，走到窗邊，望著這座城市。從車聲和閃爍的燈光看來，夜仍未眠。他拉下窗簾，脫掉衣服，爬回床上，希望能很快再睡著。但腦海裡浮現馬丁內茲、小塞、亞倫爵士、艾瑪、吉爾斯，甚至潔西卡，讓他睡不著。他越是想放鬆，想把他們趕出腦海，他們就越是拚命博取他的注意。

凌晨四點三十分，他放棄了，決定去洗澡。但就在這時，他卻睡著了。再次醒來，他跳下床，拉開窗簾，看見第一道晨光照亮城市。他看看時間：七點十分。他覺得渾身髒兮兮，想到可以洗個長長的熱水澡，不禁露出微笑。

他在房間裡找浴袍，但飯店只提供一條薄浴巾和一小塊香皂。他踏上走廊，朝浴室走去。浴室門口掛著「使用中」的牌子，他聽見裡面有潑水的聲音。哈利決定在這裡等，免得有人又搶到他前面。二十分鐘之後，浴室門終於打開，和哈利面對面的是個他以為再也不會見到的人。

「早安，機長。」他擋在哈利面前說。

「早安，波頓先生。」哈利想從他身邊擠過去。

「不急，老兄。」他說，「浴缸的水要十五分鐘才能流乾，然後又要等十五分鐘，才能再注滿水。」哈利希望只要不答話，波頓先生就會知趣地放過他。但沒有。「和你長得一模一樣的那個人，」這位決定打擾到底的人說，「是寫偵探小說的。怪的是，我記得小說裡那個偵探的名字，威廉．瓦維克，卻想不起來那個作家的名字。明明就在我舌尖。」

浴缸裡僅餘的水咕嚕一聲流進排水管，波頓不得不挪開身體，讓哈利進浴室。

「那名字就在我舌尖。」波頓沿走廊往回走的時候，還嘟囔著。

哈利關上浴室門，上鎖，但才剛轉開水龍頭，就聽見有人敲門。

「你要洗多久？」

等浴缸裡的水夠他泡進去時，他聽見門外已經有兩個人在談話了。或者是三個人？這塊肥皂只夠他抹完腳就沒了，而浴巾呢，擦腳趾的時候，已經全濕了。他打開門，看見臭臉的房客已經在門外排成長龍，他試著不去想最後一個要幾點鐘才能洗完澡，下樓吃早餐。卡利克小姐說得沒錯，他應該半夜醒來的時候就先來洗澡。

哈利回到房間，迅速刮好鬍子，換上衣服，想起自己從下機之後就什麼都沒吃。他鎖好房門，搭電梯下樓，穿過大廳到早餐室。才一踏進餐室，他就看見波頓先生，獨自一人，正在給吐司抹乳瑪琳。哈利轉身離開。他想過要叫客房服務，但隨即放棄。

他和大使的約會是十點鐘，而且他的筆記裡寫著，從飯店到大使館步行只要十五分鐘。他大可以出門，順路找家咖啡館，但亞倫爵士再三警告，要避免不必要的曝光。然而，他還是決定早一點出發，慢慢走。波頓先生沒埋伏在走廊、電梯或大廳，讓他大大鬆了一口氣。他想辦法在走出飯店大門之前，不再和他碰面。

向右走過三條街，再左轉過兩條街，就會到五月廣場，旅遊指南是這麼寫的。十分鐘之後，證明旅遊指南寫的完全正確。廣場四周的旗桿上，英國國旗飄揚，哈利很好奇究竟是為什麼。

他穿越馬路，在一座以沒有紅綠燈而自豪的城市裡，這是件著實困難的事。他沿著憲法大道前行，一度停下來欣賞某個名叫埃斯特拉達[45]的人的雕像。根據他手上的指示，他只要繼續往前兩百公尺，就會走到鐫刻英國國徽的鑄鐵大門。

哈利走到大門口時九點三十三分。繞了街區一圈回來，九點四十三分。再繞一圈，腳步更慢一些：九點五十六分。最後，他走進鐵門，穿過鋪鵝卵石的前院，往上走十二級台階，就來到宏偉的雙扉門前。幫他開門的那名警衛制服上掛著勳章，讓哈利知道他們曾在同一個戰場作戰。德州騎兵隊的哈利．柯里夫頓中尉很想停下來和他聊天，但今天不行。他走向接待櫃檯時，一名年輕女子上前問：「您是梅伊機長嗎？」

「是的，我是。」

「我是貝琪．蕭，大使的私人秘書，他要我直接帶您到他的辦公室。」

「謝謝。」哈利說。她帶他走過鋪紅地毯的走廊，在盡頭停下腳步，輕輕敲著一道很大的門，沒等到有人回應就逕自開門進入。哈利原本怕大使不知道他要來，但看來是白擔心了。

他踏進優雅的大房間，看見大使坐在半圓大窗前的辦公桌後面。大使個頭不高，國字臉，渾身散發活力，站起來輕快地走到哈利面前。

「很高興見到你，梅伊機長。」他用力和哈利握手。「你想來杯咖啡，或許幾片薑餅？」

「薑餅，」哈利說，「謝謝您。」

大使點點頭，秘書迅速走出辦公室，關上門。

「我必須老實告訴你，老弟，」大使帶哈利走向兩把很舒服的椅子，面對大使館精心修整的草坪與玫瑰盛放的花圃。這裡看起來和英國沒什麼兩樣。「我完全不知道這場會面的目的是什麼，只知道內閣部長要求我馬上見你，所以事情想必很重要。他不是個會浪費任何人時間的人。」

哈利從外套口袋掏出一只信封，交給大使，還有他隨身帶來的那個厚厚的檔案夾。

「這我可不常收到。」大使看著信封背面的封箋印說。

辦公室門打開，貝琪用托盤端著咖啡和餅乾回來，擺在他倆之間的桌上。大使打開外務大臣的信，慢慢讀，但等到貝琪離開之後才再開口。

「我以為我對佩德羅．馬丁內茲先生已經夠瞭解了，但看來你會證明我是錯的。你何不從頭說起呢，梅伊機長？」

「我是哈利．柯里夫頓。」他開始說，喝完了兩杯咖啡和吃了六片餅乾之後，終於解釋完他為什麼住在米隆加飯店，為什麼不能打電話給他兒子，讓他知道應該立即回英國。

大使的反應讓哈利意外。「你知道嗎，柯里夫頓先生，要是外務大臣指示我暗殺馬丁內茲，我會很樂於立即執行行動。我無法想像他究竟毀了多少人的生活。」

㊺ Juan Estrada，1912-1985，阿根廷足球守門員，兩度為阿根廷國家隊贏得南美洲足球錦標賽冠軍。

「我兒子恐怕是下一個。」

「只要我介入就不會。就我理解，你最優先的目標是確保令公子的安全。第二個目標，我想亞倫爵士認為同等重要的，是找出馬丁內茲打算如何把這麼大量的現金運過海關。顯然亞倫爵士相信——」他又瞥了信一眼，「令公子可以查出他真正的計畫。我這樣說對嗎？」

「沒錯，大使先生，但除非我可以在馬丁內茲不知情的情況下和他接觸，否則他也無法達成這個目標。」

「瞭解。」大使往後靠，閉上眼睛，兩手指尖相抵，彷彿禱告似的。「訣竅在於，」他眼睛還是沒睜開，「提供給馬丁內茲有錢也買不到的東西。」

他跳起來，大步走到窗前，凝望戶外的草地，有好幾名員工正忙著布置花園茶會。

「你說馬丁內茲和令公子明天才會抵達布宜諾斯艾利斯？」

「他們搭乘的『南美號』大約明天早上六點靠岸。」

「你應該知道瑪格麗特公主即將蒞臨阿根廷，展開正式訪問吧？」

「難怪五月廣場插滿英國國旗。」

大使微笑。「公主殿下只在這裡停留四十八小時，此行最盛大的活動是星期一下午在大使館所舉辦的花園茶會，布宜諾斯艾利斯有很多重要人士獲邀，但不包括馬丁內茲，原因很明顯。不過，我在很多場合碰過他，知道他有多渴望參加。如果我們的計畫要成功，就得採取行動，而且要快。」

大使轉身，壓下辦公桌下方的按鈕。一會兒之後，蕭小姐出現，手裡拿著拍紙簿和鉛筆。

「我要你寄一封請柬給佩德羅．馬丁內茲先生，邀請他來參加星期一的皇家花園茶會。」他這位秘書就算覺得詫異，也完全不動聲色。「同時，我也要寫一封信給他。」

他閉上眼睛，思索信的內容。

「親愛的佩德羅先生，本人很榮幸，不，殊為榮幸，奉上請柬，敬邀閣下參加大使館特為瑪格麗特公主殿下蒞臨殊榮，不，我已經用過『殊』這個字了，特為瑪格麗特公主殿下蒞訪貴國所舉辦之花園茶會。下一段。吾人並歡迎閣下另邀一位賓客同行，本館或不應率爾建議，但倘閣下能攜英國同僚隨行，公主殿下必當格外欣悅。期待閣下大駕光臨，順頌時祺什麼的。你覺得這樣夠浮誇了嗎？」

「是的。」蕭小姐點頭說。哈利閉緊嘴巴。

「還有，蕭小姐，你一打好我就簽名，然後請把信和請柬立刻送到他辦公室，這樣他明天早上抵達之前，信就會送到他的辦公桌。」

「日期應該寫哪一天呢，先生？」

「好問題。」大使瞥一眼桌上的日曆。「令公子是哪天離開英國的，梅伊機長？」

「六月十日，星期一。」

大使又瞥一眼日曆。「寫六月七日。反正我們可以把責任賴到阿根廷郵政服務頭上，都是他們害我們的信遲遲沒送到，大家不都是這樣？」他沒再開口，默默等秘書離開辦公室。

「好，柯里夫頓先生，」大使回到位子上，「現在我來告訴你，我有什麼計畫。」

＊

哈利並沒有親眼看見隔天早上塞巴斯汀在馬丁內茲陪同下，走下『南美號』的情景。但大使的秘書目睹一切。她送了短箋到哈利下榻的飯店，證實他們已抵達，並要求他隔天下午兩點鐘，也就是在賓客來參加花園茶會的整整一個鐘頭之前，到盧伊斯·阿哥達街的大使館側門報到。

哈利坐在床尾，思索大使的推論究竟會不會成真。他說馬丁內茲肯定會比蘇格蘭提威德河裡的鮭魚還快上鉤。哈利只釣過一次魚，而且那次一條也沒釣到。

＊

「請帖是什麼時候送來的？」馬丁內茲把這張燙金邊的卡片舉得高高的問。

「昨天早上由大使私人幕僚親自送來的。」他的秘書說。

「英國人不太可能這麼晚才送邀請卡。」馬丁內茲很懷疑。

「大使秘書打電話來道歉，她說他們之前透過郵局寄出邀請卡，但一直沒收到回覆，認為是被寄丟了。事實上，她還說，要是我們收到另一張，就直接忽視吧。」

「該死的郵政服務。」馬丁內茲說。他把請柬交給兒子，開始讀大使寫的信。

「看見卡片上寫的沒，」馬丁內茲說，「我可以多帶一個人去。你想陪我去嗎？」

「開什麼玩笑，」狄亞戈說，「我寧可跪在教堂裡望彌撒，也不要去英國花園茶會裡卑躬屈膝。」

「那也許我該帶塞巴斯汀去。畢竟他爺爺是爵爺，讓大家知道我和英國貴族關係良好，也沒什麼不好。」

「那男孩人呢？」

「我讓他在皇家飯店住幾天。」

「你一開始是用什麼理由拐他來的？」

「我告訴他說，他可以在布宜諾斯艾利斯玩幾天，然後幫我帶一件要送蘇富比拍賣的物品回英國，而且我會付他很高的酬勞。」

「你會告訴他箱子裡裝的是什麼嗎？」

「當然不會。他知道的越少越好。」

「也許我應該和他一起走，免得有人走漏風聲。」

「不行，那就壞了整個計畫。那男孩會搭『瑪麗皇后號』回英國，我們幾天之後再搭機飛回倫敦。英國海關集中火力對付我們的時候，他就可以趁機過關了。這樣我們還是趕得上倫敦的拍賣會。」

「你還是要我替你投標？」

「沒錯，我不能冒險讓外人攪和進來。」

「難道不會有人認出我來？」

「你透過電話出價，就沒有人會認出你來。」

38

「麻煩請站到這邊，總統先生，」大使說，「公主殿下會先走向您。我相信您們一定有很多話可聊。」

「我的英文不太行。」總統說。

「別擔心，總統先生，公主殿下很習慣面對這樣的情況。」

大使往右一步。「午安，首相先生，公主殿下和總統先生談完之後，就會走到您面前。」

「能不能請你告訴我，該怎麼向公主問候才對？」

「沒問題，先生。」大使沒糾正他的失禮。應該要稱呼公主殿下的。「公主殿下會問候您：『午安，部長。』然後請您先鞠躬，接著握手。」大使微微躬身示範，站在附近的幾個人也隨之練習，以防萬一。「您鞠躬的時候要說：『午安，公主殿下。』她會挑個話題和您聊天，您一定可以得體回應的。依據儀節，您不可以問她任何問題，而且您稱呼她為殿下，殿的發音是ㄉ，不是ㄊ。她離開您，走向市長的時候，您要再次鞠躬，說：『再會，公主殿下。』」

首相一臉茫然，困惑不已。

「公主殿下再過幾分鐘就要蒞臨會場。」大使說，然後走向布宜諾斯艾利斯市長，給了相同的指引，接著說：「您是公主殿下最後一位接見的官員。」

大使當然沒錯過馬丁內茲，因為他就站在市長後面不到一公尺處。大使也看到，站在他身邊的年輕人是哈利．柯里夫頓的兒子。馬丁內茲往前走向大使，留塞巴斯汀站在他後面。

「我能覲見公主陛下嗎？」他問。

「我也希望能為您引見。所以麻煩您站在原位，等公主殿下和市長講完話，我就帶她過來。但恐怕不包括您的客人。公主一般不會同時與兩位賓客交談，所以這位年輕人可能必須往後站一點。」

「當然，沒問題。」馬丁內茲沒問塞巴斯汀就回答。

「我該走了，不然大秀就無法登場。」大使穿過擠滿賓客的草坪，避免踩到紅地毯，回到他的辦公室。

尊貴的客人正坐在房間角落裡，一面抽菸，一面和大使夫人閒聊。她戴白手套的手裡拿著一支修長精巧的象牙菸管。

大使鞠躬。「一切就緒，公主殿下，等您準備好，我們就可以開始了。」

「那我們就開始吧。」公主又抽一口菸，然後在最靠近的菸灰缸裡摁熄香菸。

大使陪她走向陽台，駐足片刻。蘇格蘭御林軍樂團指揮揚起指揮棒，樂隊開始演奏並不熟悉的訪問國國歌。所有的人都沉默無聲，很多人模仿大使的動作，立正致敬。

最後一個音符奏完之後，公主殿下緩緩走下紅地毯到草坪上，大使先為她介紹佩德羅．阿蘭布魯[46]總統。

「總統先生，很高興見到你。」公主說，「感謝你上午精采的安排，有幸見到國會開議情況，並與你和你的內閣閣員共進午餐。」

「很榮幸能邀您為座上貴賓，公主殿下。」他說出反覆練習過的句子。

「而且我也同意你的看法，總統先生，貴國的牛肉和我們蘇格蘭高地所產的牛肉有同等品質。」

兩人都笑了起來，雖然總統並不十分確定為什麼要笑。

大使看看總統背後，首相、市長和馬丁內茲都站在正確的位置上，一動也不動。他發現馬丁內茲的目光凝注在公主身上，於是對貝琪微微點頭，她立即快步向前，站在塞巴斯汀後面，低聲說：「柯里夫頓先生？」

他轉頭。「嗯？」他問，很意外竟然有人知道他是誰。

「我是大使的私人秘書。他要我請問你，可不可以跟我來？」

「我應該告訴佩德羅先生嗎？」

「不用，」貝琪語氣強硬，「只要幾分鐘就好。」

塞巴斯汀露出有點猶疑的表情，但還是跟著她走，擠過身穿晨禮服與雞尾酒小禮服的男女賓客群中，從有人為她拉開的側門進入大使館建築內。大使露出微笑，很高興第一階段的行動進行順利。

「我會把你的問候轉達給女王陛下。」公主說。大使引導她走向首相，儘管想努力專心聽公

㊻ Pedro Aramburu，1903-1970，原為阿根廷陸軍總司令，一九五五年發動政變推翻裴隆總統，自己繼任總統，一九七〇年遭綁架撕票。

主所說的每一句話，以防有什麼事情需要後續追蹤辦理，但仍容許自己的目光偶爾瞥向書房，希望能看見貝琪回到露台上，顯示父子會面正在進行。

他覺得公主和首相差不多談夠了，就引導她走向市長。

「很高興見到你，」公主說，「上個星期，倫敦市長才告訴我，他造訪你們這座城市有多開心。」

「謝謝您，公主殿下。」市長回答說，「希望明年有機會報答您的讚譽，造訪貴國。」

大使瞄著書房的方向，但還是沒看見貝琪。

公主沒和市長聊太多，悄悄表露想接見下一個人的意思。大使雖不情願，也只能遵照她的意願。

「請容我介紹，公主殿下，這位是本市最具代表性的銀行家，佩德羅．馬丁內茲先生。相信您一定樂於知道，他每年都在倫敦的寓所度過社交季。」

「這是極大的榮幸，公主殿下。」馬丁內茲搶在公主還沒開口之前，就鞠躬說。

「你倫敦的寓所是在哪裡？」公主問。

「報告公主殿下，在伊頓廣場。」

「好地方。我很多朋友都住在那附近。」

「倘若如此，公主殿下，或許哪天您願意蒞臨寒舍共進晚餐。帶任何想帶的賓客一起來。」

「有意思的點子。」她說，然後快步走向下一位。

馬丁內茲再次鞠躬，大使快步跟上他的皇家貴賓。還好，她停下腳步和他太太講話，讓他鬆一口氣，但只來得及聽見一句：「可怕的小男人，怎麼會弄到邀請卡的？」

大使再一次望向書房，呼了一口氣，因為貝琪走到露台上，對他點點頭。他想辦法集中精神，聽公主對他太太說什麼。

「瑪喬麗，我好想抽菸。你覺得我可以逃開幾分鐘嗎？」

「當然沒問題，公主殿下。我們回大使館裡？」

她倆走開之後，大使回頭看馬丁內茲。這個還未從迷醉中醒過來的人，一動也不動，眼睛緊緊跟隨公主，似乎沒注意到塞巴斯汀已經悄悄回到他背後不遠處。

公主身影消失之後，馬丁內茲轉身，招手要塞巴斯汀到他身邊。

「我是第四個蒙公主接見的人。」他劈頭就說，「排在我前面的只有總統、首相和市長。」

「太光榮了，先生。」塞巴斯汀說，彷彿親眼見證了整個過程。「您一定覺得很自豪。」

「很謙卑。」馬丁內茲說，「這是我這輩子最重要的一天。你知道嗎，」他又說，「等我下次到倫敦，公主殿下可能會和我共進晚餐。」

「我很內疚。」塞巴斯汀說。

「內疚？」

「是的，先生。站在這裡分享您榮耀的，應該是布魯諾，而不是我。」

「你回倫敦之後，可以把全部的經過說給布魯諾聽。」

塞巴斯汀看著大使和他的秘書走回大使館裡，心想父親不知道是不是還在裡面。

「我只能趁公主抽根菸的時間，進來一下。」大使快步走進書房說，「但我等不及要知道你和令公子會面的情況。」

「他剛開始的時候嚇了一大跳，當然，」哈利套上他的英國海外航空制服外套說，「但我告訴他說他沒被開除，九月還是能上劍橋，他就稍微放心了。我建議他和我一起飛回英國，但他說他答應要搭『瑪麗皇后號』，送一個包裹到南安普頓。因為馬丁內茲對他很好，所以這是他最起碼能報答的。」

「南安普頓。」大使說，「他告訴你包裹裡是什麼東西嗎？」

「沒有，而且我也沒逼他，免得他識破我飛到這裡來的真正原因。」

「明智的決定。」

「我本來也想陪他一起搭『瑪麗皇后號』，但如果我真的上船了，馬丁內茲立刻就會知道我為什麼來這裡。」

「我也這麼認為，」大使說，「那你要怎麼做？」

「我答應他，『瑪麗皇后號』在南安普頓靠岸時，我會在那裡接他。」

「要是塞巴斯汀提起你人在布宜諾斯艾利斯，你想馬丁內茲會有什麼反應？」

「我建議他最好別提，否則馬丁內茲可能會要他和我一起飛回倫敦。所以他同意不提。」

「所以我現在要做的是，查出那個包裹究竟裝了什麼。你呢，就要趁還沒被人認出來之前，趕緊回倫敦。」

「您所做的一切，大使先生，我不知從何謝起，」哈利說，「在這個不容稍有差池的時刻，您最不需要的就是我這個添亂的人，我一想起來就覺得很過意不去。」

「別再想了，哈利。我好多年沒這麼開心了。不過，你最好還是趁著——」

門打開，公主走進來。大使鞠躬，而公主殿下盯著眼前這名身穿英國海外航空公司機長制服的男人。

「殿下，請容我引見彼德．梅伊機長。」大使毫不遲疑地說。

哈利鞠躬。

公主拿開叼在嘴裡的長菸管。「梅伊機長，很高興見到你。」她更仔細端詳哈利，說：「我們以前見過嗎？」

「沒有，公主殿下。」哈利回答說，「如果見過，我肯定會記得。」

「太可愛了，梅伊機長。」她對他和善一笑，把菸摁熄。「嗯，大使，鈴響了，我們該進行第二回合了。」

馬修先生陪同公主再次步向草坪，貝琪則帶著哈利往相反的方向，步下後梯，穿過廚房，走出位在大使館側邊的送貨專用入口。

「祝你回程一路順風，梅伊機長。」

哈利慢慢走回飯店，好些思緒在心頭縈迴不去。他真希望能打電話給艾瑪，讓她知道他已經見過塞巴斯汀，塞巴斯汀很安全，再過幾天就會回到英國。

他回到飯店，打包好行李，帶著行李箱到禮賓櫃檯，問今天晚上有沒有飛倫敦的班機。

「恐怕來不及幫您預訂下午的英國海外航空班機了，」禮賓經理回答說，「但我可以幫您訂泛美航空午夜飛紐約的班機，您可以在那裡——」

「哈利！」

哈利轉頭。

「哈利．柯里夫頓！我就知道是你。你不記得了嗎？你去年在布里斯托扶輪社演講的時候，我們見過。」

「你認錯人了，波頓先生。」哈利回答說，「我是彼德．梅伊。」這時安娜貝兒剛好提著行李箱走過他們身邊。哈利快步走向他，彷彿兩人早就約好碰面似的。

「我來幫你提。」他說，接過她的行李，陪她一起走到飯店外面。

「謝謝你。」安娜貝兒說，有點意外。

「我的榮幸。」哈利把她的行李交給司機，和她一起坐進巴士。

「我不知道你要和我們一起飛回去，彼德。」

我自己也不知道，哈利很想這麼告訴她。「我哥臨時得回去。水壩出了問題。但我們昨天晚上過得很開心，這都要感謝你。」

「你們去了哪裡？」

「我帶他去富麗飯店。你說得沒錯，那裡的菜真的很好。」

「詳細說給我聽聽，我一直很想去那裡吃頓飯。」

巴士開往機場途中，哈利捏造了一份四十歲生日禮物（一只英格索手錶），一頓三道菜的晚餐——煙燻鮭魚、牛排和檸檬塔。他知道自己對於飲食的想像力極其有限，還好安娜貝兒沒追問他們喝了什麼酒。他告訴她，他到凌晨三點才上床睡覺。

「真希望我也聽從你的建議，」哈利說，「上床前先洗澡。」

「我凌晨四點洗的澡，應該歡迎你和我一起的。」她說。巴士正好停在機場外面。

哈利緊緊跟隨機組人員通過海關，登上飛機，還是坐在靠後方角落的座位，不住思索自己這樣做是不是正確，又或者他應該留在這裡才對？但他想起亞倫的警告，那反覆提醒好幾次的警告。要是你偽裝的身分被拆穿，就趕緊離開，馬上離開。他確定自己做了正確的決定——那個大嘴巴會滿城到處嚷嚷：「我剛才看見哈利．柯里夫頓，他假扮成英國海外航空公司的機長。」

塞巴斯汀・柯里夫頓

一九五七年

39

佩德羅先生是最後離開花園茶會的一批賓客，他一直等到公主確定不會再現身之後，才終於死心。

塞巴斯汀和他一起坐進勞斯萊斯後座。「這是我這輩子最重要的一天。」佩德羅先生說了一遍又一遍，但塞巴斯汀什麼也沒說，因為對這個話題，他想不出別的話可說。佩德羅先生顯然醉了，就算不是因為葡萄酒，也是因為想到和皇室拉上關係而心醉神馳了。塞巴斯汀很意外，像他事業這麼成功的人，怎麼會這麼容易就受寵若驚。突如其來的，馬丁內茲話題一轉。

「我希望你知道，孩子，如果你需要工作，布宜諾斯艾利斯永遠都有份工作等著你。選擇權在你。你想當牛仔或銀行員都可以。仔細想想，這兩樣好像也沒太大不同。」他說，為自己的笑話笑了起來。

「您對我太好了，先生。」塞巴斯汀說。雖然他很想告訴佩德羅先生，他九月會和布魯諾一起上劍橋，但想想還是別說的好，免得他問是從哪裡聽來的消息。但塞巴斯汀已經開始懷疑，爸爸為什麼要飛越半個地球，來告訴他這件事……佩德羅先生打斷他的思緒，從口袋裡掏出一疊五鎊紙鈔，數了九十鎊給他。

「我總是相信凡事都先付款的好。」

「可是我什麼都還沒做，先生。」

「我知道你會履行承諾的。」這句話只讓塞巴斯汀為自己守著秘密不說，覺得更有罪惡感，若非車子此刻正好在馬丁內茲辦公室外面停下來，他說不定會不顧父親的建議，說出真相。

「載柯里夫頓先生回飯店。」佩德羅先生交代他的司機，然後又轉頭對塞巴斯汀說：「星期三下午，會有車子接你去碼頭。在布宜諾斯艾利斯的最後這幾天，好好玩一玩吧，因為這城市有很多年輕人可玩的。」

*

哈利是個從不口出穢言的人，連在小說裡都不用髒字。因為他那虔誠上教堂的母親絕對不准他講髒話。然而，泰德．波頓沒完沒了的自言自語，從他女兒擔任女童軍小隊長，贏得縫紉與烹飪獎章，到他太太擔任布里斯托母親聯盟會籍秘書，再到他為扶輪社在今年秋天邀請的演講貴賓，當然也沒忘了提他對瑪麗蓮．夢露、尼基塔．赫魯雪夫[47]、休．蓋茨克[48]、東尼．漢考克[49]的看法，聽了一個鐘頭之後，哈利終於發火。

他睜開眼睛，坐直起來。「波頓先生，你幹嘛不滾？」

---

47 Nikita Khrushchev，1894-1971，前蘇聯最高領導人。

48 Hugh Gaitskell，1906-1963，英國工黨政治家，曾任財政大臣。

49 Tony Hancock，1924-1968，英國喜劇演員。

讓哈利意外且鬆口氣的，波頓竟然沒多說一句話，就起身走回座位。哈利不一會兒就睡著了。

*

塞巴斯汀決定接受佩德羅先生的建議，在搭『瑪麗皇后號』啟程回家前，盡量利用在布宜諾斯艾利斯的最後兩天。

隔天吃完早餐之後，他拿出四張五鎊鈔票，換成三百披索，然後走出飯店，去找西班牙購物中心，想給媽媽和妹妹買禮物。他挑了一只紅紋石別針給媽媽，這種淡紅色的礦石，據店員說，在世界上其他地方都沒有。別針的價格高得驚人，但塞巴斯汀想起媽媽這兩個星期所受的折磨，也就大方買下了。

沿著人行道漫步回飯店途中，有家藝廊櫥窗裡的畫作吸引了他的注意，讓他想起潔西卡，於是走進去看個仔細。畫商告訴他，這位年輕畫家前途看好，所以這不只是一幅精美的靜物畫，也是一筆很划算的投資。是的，他們收英鎊。塞巴斯汀只希望潔西卡對費爾南多．博特羅[50]的這幅《橘缽》和他同樣有感。

他只為自己買了一條鑲有牧工環扣的寬皮帶。價錢不便宜，但他抗拒不了誘惑。

他在一家街頭咖啡館停下來吃午餐，一面讀過期的《泰晤士報》，一面吃下分量實在過多的阿根廷烤牛肉。英國大部分城市的市區道路將漆上禁止停車的雙黃線，他不敢相信吉爾斯舅舅會贊成這個政策。

午餐後，他靠著旅遊指南的指引，找到布宜諾斯艾利斯唯一放映英語電影的電影院，獨自坐在後排看《郎心似鐵》，愛上了伊麗莎白．泰勒，心想著要如何才能遇見這樣的女孩。

回飯店途中，他看見一家二手書店，號稱有一整架的英文小說。架上有他父親的第一本小說，價格低到三披索，他不禁露出微笑，買下一本被翻得爛爛的《軍官與紳士》[51]之後才離開。

晚上，塞巴斯汀在飯店餐廳吃晚餐，在旅遊指南上，挑了幾個如果有時間的話很希望去造訪的地方：主教座堂、貝斯拉國立美術館、玫瑰宮，以及巴勒摩公園區的植物園。佩德羅先生說得沒錯，這座城市可以去的地方很多。

他簽字付帳，決定回房間，繼續讀伊夫林．沃[52]的小說。他很可能就這樣度過今夜，若非看見她坐在吧檯前的話。她給他一個風情萬種的媚笑，讓他停下腳步。第二個微笑宛如磁鐵，片刻之後，他已站在她身旁。她看起來和露比差不多年紀，但更誘人。

「你想請我喝杯酒嗎？」她問。

塞巴斯汀點點頭，坐上她旁邊的凳子。她轉頭向酒保點了兩杯香檳。

「我叫嘉布麗拉。」

---

[50] Fernando Botero，1932-，哥倫比亞藝術家，作品呈現誇張的飽滿感，為中南美洲最知名的現代藝術家之一。

[51] *Officers and Gentlemen*，為伊夫林．沃《二戰三部曲》的第二部。

[52] Evelyn Waugh，1903-1966，英國小說家，代表作《慾望莊園》（*Brideshead Revisited: The Sacred & Profane Memories of Captain Charles Ryder*）曾入選時代雜誌百大英文小說。

「我是塞巴斯汀。」他伸出手說。她握了握他的手。他不知道這女人的碰觸，竟對他有這麼大的影響。

「你是哪裡來的？」

「英國。」他回答說。

「我總有一天要去英國。看倫敦塔和白金漢宮。」酒保給他們倒香檳的時候，她說。「乾杯。英國人是這樣說得沒錯吧？」

塞巴斯汀舉杯說：「乾杯。」他覺得自己很難不盯著她那線條優美的纖細雙腿。他很想伸手摸摸看。

「你住在這家飯店嗎？」她問，一手貼在他的大腿上。

塞巴斯汀慶幸酒吧燈光昏暗，讓她看不見他赤紅的臉頰。「是的，沒錯。」

「你自己一個人？」她說，手還是沒移開。

「對。」他只能勉強擠出這個字。

「你希望我去你房間嗎，塞巴斯汀？」

他不敢相信自己運氣這麼好。他在布宜諾斯艾利斯找到露比，而校長遠在七千哩外。他不必回答，因為她已經溜下凳子，拉起他的手，帶他走出酒吧。

「你房間幾號，塞巴斯汀？」

「一一七〇。」他們走進電梯時，他說。

電梯抵達十一樓，塞巴斯汀摸索著鑰匙，打開房門。還沒走進房間，她就開始吻他。一面吻，一面熟練地脫掉他的外套，解開他的皮帶，只有在他的長褲落地時，稍停了一下。

他睜開眼睛，看見她的襯衫裙子也都脫下了。他想就這樣站著，欣賞她的身體，但她再次拉起他的手，這一次是帶他朝床走去。他解開領帶，脫掉襯衫，一面渴望撫摸她身體的每一個部分。她躺在床上，把他拉到她身上。頃刻之後，他發出大聲嘆息。

他就這樣直挺挺地躺了好幾秒鐘，她從他身體底下溜出來，撿起衣服，走進浴室。他拉起床單，蓋住赤裸的身體，迫不及待想等她回來。他渴望和這位女神共度整夜，很好奇到天亮之前，還可以做愛多少次。但浴室門打開，嘉布麗拉衣著整齊走出來，好像已準備離開。

「這是你的第一次嗎？」她問。

「當然不是。」

「我覺得是。」她說，「不過還是三百披索。」

塞巴斯汀猛地坐起，不確定她是什麼意思。

「你該不會認為是你長得帥，又有英國魅力，所以我才和你上樓來的吧？」

「不，當然不是。」塞巴斯汀說。他下床從地上撿起外套，掏出皮夾，瞪著剩下的五鎊紙鈔。

「二十鎊。」她說，顯然以前也遇過同樣的問題。

他拿出四張五鎊紙鈔，交給她。

她接過錢，消失得比他的高潮來得還快。

＊

飛機終於在倫敦機場落地時，哈利利用制服的優勢，和機組人員一起通過海關，暢行無阻。他婉謝安娜貝兒的好意，沒陪她一起搭巴士進倫敦市區，而是排進長長的人龍裡，等搭計程車。

四十分鐘之後，計程車停在史密斯廣場的吉爾斯家門口。渴望泡個長長的熱水澡，吃頓英國菜，好好睡一覺的哈利用力敲門，希望吉爾斯在家。

片刻之後，門打開來，吉爾斯一看見他就大笑，立正敬禮。

「機長，歡迎回國。」

＊

隔天早上塞巴斯汀醒來，第一件事就是檢查皮夾。只剩下十英鎊了，他原本還希望能攢下八十英鎊，在劍橋展開新生活。他看著在地上丟成一堆的衣服，就連那條皮帶也失去魅力了。今天早上他只能去不收入場費的景點參觀。

吉爾斯舅舅曾經告訴他，人生裡有些命定的時刻可以讓你更加瞭解自己，而你必須把這些領悟丟進經驗匣裡，以便日後再度重溫。舅舅說得一點都沒錯。

塞巴斯汀收拾好僅有的幾件隨身物品和禮物，思緒已經飄回英國，想像自己的大學生活。他迫不及待。搭電梯到一樓之後，他很意外地看見佩德羅先生的司機，臂彎夾著帽子，站在大廳。

他一看見塞巴斯汀，就把帽子戴好，說：「老闆要見你。」

塞巴斯汀坐進勞斯萊斯後座，很高興有機會當面謝謝佩德羅先生為他所做的一切，雖然他並不會坦承自己身上只剩十英鎊。抵達馬丁內茲宅邸，他馬上被帶到佩德羅先生的辦公室。

「塞巴斯汀，對不起，臨時抓你來，但我們有個小小的問題。」

塞巴斯汀心一沉，擔心自己無法離開阿根廷。「問題？」

「我英國大使館的朋友馬修先生今天早上打電話來。他說你入境的時候沒有護照。我告訴他說你是搭我的船來，在布宜諾斯艾利斯接受我的招待。但他說，這樣也沒辦法讓你回英國。」

「意思是我不能搭那艘船回英國？」塞巴斯汀掩不住驚慌。

「當然不是。」馬丁內茲說，「我的司機載你去碼頭之前，會先繞到大使館，大使保證會有一本護照在櫃檯等著你。」

「謝謝您。」塞巴斯汀說。

「當然啦，有個當大使的朋友還是有用的。」馬丁內茲微笑說，接著又交給他一只厚厚的大信封。「抵達南安普頓的時候，記得把這個交給海關。」

「這就是我要帶回英國的包裹？」塞巴斯汀問。

「不，不是。」馬丁內茲笑起來。「這只是出口文件，證明箱子裡裝了什麼東西。你只需要把信封交給海關，其他的，蘇富比會處理。」

塞巴斯汀從沒聽過蘇富比，在心中暗暗記住。

「昨天晚上布魯諾打電話來，說很希望你回倫敦之後，和他一起住在伊頓廣場。畢竟，那裡總比帕丁頓的小旅店好吧。」

塞巴斯汀想起緹貝太太，很想告訴佩德羅先生，安全天堂旅店和布宜諾斯艾利斯的富麗飯店一樣棒。「謝謝您，先生。」他只說了這麼一句話。

「旅途平安，一定要讓蘇富比接到我的箱子。回到倫敦之後，讓卡爾知道你已經把東西送達，並且提醒他，我星期一會到。」

他從辦公桌後面走出來，抓住塞巴斯汀的肩膀，親吻他的雙頰。「真希望你是我的第四個兒子。」

佩德羅先生的大兒子站在他位於樓下的書房窗前，望著塞巴斯汀手拿價值八百萬鎊的厚厚信封離開房子，坐進勞斯萊斯後座。他一直看著車子緩緩駛離路邊，開進早晨的車流裡。

狄亞戈跑上樓去找父親。

「雕像已經平安上船了嗎？」門一關上，佩德羅先生就問。

「我今天早上親眼看著箱子吊上甲板。但我還是不放心。」

「不放心什麼？」

「雕像裡藏了你的八百萬鎊，而我們沒有人上船盯著。你派一個小毛頭，中學都沒念畢業的小毛頭，負責整個行動。」

「也就是因為這樣，所以才不會有人注意雕像，或注意他。」佩德羅先生說，「文件登記在塞巴斯汀．柯里夫頓名下。他要做的，就只是把貨單交給海關，簽領貨表格，然後蘇富比就會接手，我們完全置身事外，一點牽扯都沒有。」

「希望你是對的。」

「我們星期一抵達倫敦機場的時候，」佩德羅先生說，「我想最起碼會有十幾個海關人員拚命翻找我們的行李，他們只會找到我最喜歡的那種鬍後水，而我們的雕像早就穩妥地在蘇富比等待拍賣了。」

*

塞巴斯汀走進大使館拿護照，看見貝琪站在接待櫃檯旁邊，非常意外。「早安，」她說，「大使想見你。」她說完就轉身，帶他穿過走廊，往馬修先生的辦公室去。

塞巴斯汀第二次跟在她背後，很懷疑父親是不是人在門裡，準備陪他一起回英國。他很希望是這樣。貝琪輕輕敲門，打開，然後讓到一旁。

塞巴斯汀走進辦公室時，大使正看著窗外。聽見開門的聲音，他轉身，走過來和塞巴斯汀親切握手。

「很高興終於見到你了。」他說，「我希望把這個親手交給你。」他從辦公桌上拿起護照。

「謝謝您，先生。」塞巴斯汀說。

「我可以問一下嗎，你身上有沒有帶超過一千鎊回英國？我不希望你違法。」

「我身上只剩十鎊了。」塞巴斯汀坦承。

「如果你只有這些錢，沒帶其他東西，那就可以順利通過海關了。」

「我還幫佩德羅·馬丁內茲先生帶了一座雕像，準備交給蘇富比。我不知道是什麼雕像，不過貨物清單上註明是《沉思者》，有兩噸重。」

「我不耽誤你了，」大使送他到門口，「順便請問一下，塞巴斯汀，你的中間名是什麼？」

「亞瑟。」他踏進走廊時說，「是我爺爺的名字。」

「祝旅途愉快，孩子。」馬修先生說完便關上門。他回到辦公桌，在便條紙上寫了三個名字。

40

「我昨天早上收到我們駐阿根廷大使菲利普．馬修發來的電報。」內閣秘書長把複本傳送給圍桌而坐的每一個出席者。

亞倫爵士從收報機收到布宜諾斯艾利斯傳來的十六頁電報之後，整個早上的時間，都在仔細查對每一個段落。電報談及瑪格麗特公主官式訪問的節目安排，他知道他所尋找的資訊一定藏在微不足道的瑣事之間。

他很不解，大使為何邀請馬丁內茲去參加花園茶會，更意外的是，大使竟然還把馬丁內茲引見給公主殿下。他想，馬修這樣無視正常儀節，肯定有好理由，但也希望照片不會留存在圖書館的剪報檔案裡，免得未來有人發現這件事。

接近中午的時候，亞倫爵士終於找到他想找的段落。他請秘書取消他的午餐約會。

公主殿下親切提及羅德球場第一場對抗賽的賽績，大使寫道，彼德．梅伊隊長表現極其出色，只可惜在最後一分鐘毫無必要地被追殺出局。

亞倫爵士抬頭，對哈利．柯里夫頓微笑。哈利正專心看手上的電報。

我欣然獲悉亞瑟．巴靈頓將於六月二十三日星期天，回場參加南安普頓的第二場對抗賽，以其每場打擊率平均超過八分而言，對英國隊來說將大有助益。

亞倫爵士在「亞瑟」、「星期天」、「南安普頓」、「八」幾個字下面畫線，然後繼續往下看。

然而我頗困惑，因公主殿下告悉，泰特將著五號球衣登版，她保證，他絕對是不下於板球教練約翰．羅森斯坦的優秀人才，這讓我沉思良久。

內閣秘書長在「泰特」、「五號」、「版」、「羅森斯坦」下方畫線，然後又繼續往下看。

我將於八月返回倫敦，應該可以及時欣賞米爾班克的最後一場賽事，所以期待我們可以贏得九場系列賽。順便一提，那座球場需要兩噸重的滾軸軋平機。

這一次，亞倫爵士給「八月」、「米爾班克」、「九」和「兩噸」畫線。他真希望自己在念思貝禮寄宿學校的時候對板球多點興趣，但他當時喜歡划艇多過於板球。不過，坐在他對面的吉爾斯爵士以前是牛津板球校隊，肯定可以解釋其中錯綜複雜的細節。

亞倫爵士欣然看見每個人都已讀完手上的電報，只有柯里夫頓先生還在做筆記。

「我們在布宜諾斯艾利斯這位先生想告訴我們的，我想我大部分都搞懂了，但還是有幾個細節讓我不解。例如，『亞瑟．巴靈頓』究竟是誰，因為就連我都知道這位厲害的擊球手應該叫肯恩才對。」

「塞巴斯汀的中間名是亞瑟，」哈利說，「所以我想我們可以假設他會在六月二十三日星期天，抵達南安普頓。因為板球對抗賽從來就不會在星期天舉行，而且南安普頓也不是對抗賽舉行的地點。」

內閣秘書長點頭。

「而八，大使指的應該是八百萬鎊。」坐在桌子另一頭的吉爾斯說，「肯恩．巴靈頓的對抗賽平均得分超過五十分。」

「很好，」亞倫爵士記下來，「但是我不理解馬修先生為什麼會把『板』寫成『版』，把八月的『August』拼成『Auguste』？」

「還有泰特，」吉爾斯說，「因為莫里斯．泰特為英國隊出賽，球衣號碼向來都是九號，絕對不是五號。」

「這個問題確實把我給卡住了，」亞倫爵士覺得自己這個說法很有趣，「但有誰可以先告訴我，馬修先生那兩個錯字是怎麼回事？」

「我想我可以解釋，」艾瑪說，「我女兒潔西卡是個畫家，我記得她告訴過我，很多雕刻家的作品都有九件，每一件都鐫刻上號碼。Auguste這個錯字，很可能指的就是這位雕刻家的身分。」

「我還是搞不懂。」亞倫爵士說，從其他人的表情看來，不懂的人不只他一個。

「指的不是雷諾瓦，就是羅丹。」艾瑪說，「既然不可能把八百萬鎊藏在油畫裡，我想這些錢應該就藏在兩噸重的奧古斯特．羅丹雕塑作品裡。」

「而他是不是也暗示，米爾班克泰特藝廊的約翰．羅森斯坦爵士可以告訴我們是哪一件雕刻作品？」

「他已經告訴我們了，」艾瑪得意地說，「您漏了一個字，亞倫爵士。」艾瑪忍不住微笑。

「家母就算躺在病床上，也肯定會比我更早知道答案。」

哈利和吉爾斯都笑起來。

「我漏了哪個字，柯里夫頓夫人？」

艾瑪一說出答案，內閣秘書長馬上就抓起身邊的電話，說：「打電話給泰特藝廊的約翰・羅森斯坦，和他約時間，今晚藝廊打烊之後，我要見他。」

亞倫爵士放下電話，對艾瑪微笑。「我向來主張，政府部門應該多聘用女性。」

「我希望呢，亞倫爵士，您也在『多』和『女性』下面畫線。」艾瑪說。

＊

塞巴斯汀站在『瑪麗皇后號』的上層甲板，倚著欄杆，看布宜諾斯艾利斯逐漸遠去，顏色越來越淡，最後看起來像建築師畫板上的鉛筆輪廓。

被畢屈克羅夫勒令停學之後，發生了好多事，雖然他還是不明白，父親為什麼不遠千里來告訴他，他並沒有喪失劍橋的入學資格。打電話給分明認識佩德羅先生的大使，不是簡單得多嗎？而人在接待櫃檯的貝琪可以把護照給他，為什麼大使又非得要親自交給他不可呢？甚至，全然陌生的大使為什麼要問起他的中間名？布宜諾斯艾利斯已經消失在遠方，但他對這些問題還是沒有答案。也許父親可以為他說明。

他的思緒轉向未來。因為已經收受豐厚的報酬，所以他的首要任務就是確保佩德羅先生的雕像可以順利通過海關，他會一直留在岸邊，等待蘇富比接收這件珍貴貨品。

但在那之前，他打算放鬆心情，享受愉快的旅程。他想讀幾頁伊夫林．沃的小說，也希望能在船上的圖書館找到這三部曲小說的第一部。

既然已經在返家途中，他覺得可以想一想，在劍橋的第一年應該達成什麼樣的成就，讓媽媽刮目相看。在惹出這麼多麻煩之後，這是他最起碼可以做的。

＊

「《沉思者》，」泰特藝廊總監約翰．羅森斯坦爵士說，「大部分藝評家都認為這是羅丹的代表作。原本是《地獄之門》的一部分，最初命名為《詩人》，因為羅丹想以此向他的英雄但丁致敬。而這個作品和羅丹關係密切，因為安葬於法國默東的大師就長眠在這座銅雕之下。」

亞倫爵士繼續繞著雕像走。「但是，約翰爵士，就我所知，這座雕像是限量九件之中的第五件，對不對？」

「沒錯，亞倫爵士，羅丹最搶手的作品是他生前由亞歷克斯．盧迪亞在巴黎鑄造坊裡所鑄造的。在我看來很不幸的是，羅丹過世之後，法國政府允許其他鑄造坊翻鑄限量版本，但嚴謹的收藏家認為後來鑄造的這些作品，比不上羅丹生前鑄造的作品品質。」

「所以就我們目前所知，最初的版本總共有九座？」

「是的，」這位總監說，「除了這一座之外，有三座在巴黎——羅浮宮、羅丹美術館和默東。有一座在紐約大都會美術館，一座在列寧格勒冬宮，其他三座在私人藏家手中。」

「知道藏家的名字嗎？」

「一座是羅斯柴爾德男爵的藏品，一座在美國藏家保羅．梅隆手裡。另一座的下落長久以來就是個謎團。我們可以確定的是，這一座是羅丹生前所鑄的雕像，大約十年前由馬布洛藝廊賣給私人藏家。不過，下個星期，這謎團就要揭曉了。」

「我不太理解你的意思，約翰爵士。」

「一九○二年所鑄造的《沉思者》下個星期一晚上要在蘇富比拍賣。」

「賣家是誰？」亞倫爵士故作無知地問。

「我不知道。」羅森斯坦承認，「在蘇富比的拍賣圖錄裡，只標明為某位紳士私人財產。」

內閣秘書長想著想著兀自笑起來，覺得很滿意，「這是什麼意思？」

「賣家希望匿名。常常都是因為某位貴族不想承認生活困難，必須出售家族傳家寶。」

「你想這件作品能拍出多少錢？」

「很難估算，因為這麼重量級的羅丹作品已經很多年沒出現在市場上了。如果價格低於十萬鎊，我會很意外。」

「這座雕像和蘇富比要拍賣的那一座，」亞倫爵士欣賞眼前的銅像說，「一般人看得出來其中的差別嗎？」

「根本沒有差別，」總監說，「只有鑄造號碼不同而已。除此之外，全部一模一樣。」

內閣秘書長繞著《沉思者》轉了好幾圈，拍拍這個人像坐著的大銅塊。馬丁內茲要把八百萬英鎊藏在哪裡，他已經一點疑問都沒有了。他後退一步，更仔細端詳銅像的木頭底座。「九座雕像的底座也都一模一樣？」

「不完全一樣，但很類似，我想。每家藝廊和每個藏家對於如何展示，都有他們自己的看法。我們選擇簡單的橡木底座，因為和周圍的環境比較協調。」

「底座是怎麼和雕像接合的？」

「像這麼大的銅像，通常在雕像底部內側會鑄有四條小鐵邊，每一條都鑽孔，以便裝上螺栓和斜桿。所以你只需要在底座上鑽四個洞，用所謂的蝶型螺絲拴住雕像底部就行了。隨便哪一個像樣的木工都辦得到。」

「所以如果要移除底座，也只要鬆開蝶型螺絲，就能和雕像分開了？」

「沒錯，我想是這樣沒錯。」約翰爵士說，「可是怎麼會有人想這樣做呢？」

「說的也是。」內閣秘書長露出一抹微笑。他不只知道馬丁內茲把錢藏在哪裡，也知道他要用什麼方法把錢偷偷帶進英國。更重要的是，他知道馬丁內茲如何神不知鬼不覺地把這總價高達八百萬英鎊的五鎊面額偽鈔，重新收回他的口袋裡。

「聰明人。」他又輕敲這座銅雕一記。

「天才。」總監說。

「這個嘛，我可不這麼認為。」亞倫爵士說。但是，他們說的是兩個不同的人啊。

41

這輛百福廂型車的駕駛把車停在皮卡迪里的綠園地鐵站外面，沒熄火，閃了兩次車頭燈。

三名永遠準時的男子從地鐵站冒出來，帶著他們吃飯的傢伙，迅速爬進他們知道並未上鎖的廂型車後座。他們拿出一個小火盆，一罐汽油，一袋工具，一架梯子，厚厚一捆繩子，一盒維斯塔天鵝火柴。指揮官在車上等他們。

如果有人多看他們一眼——星期天清晨六點，沒有人會多看他們一眼的——會認為他們是普通的工人。事實上，他們在加入陸軍特種部隊之前，確實也就是普通的工人。克蘭下士以前是木匠，羅伯斯中士以前是鑄造工，而哈特利少尉原本是結構工程師。

「早安，各位。」三人坐進廂型車之後，史考特－霍普金斯上校說。

「早安，上校。」三人齊聲回答。指揮官打上一檔，百福廂型車上路開往南安普頓。

＊

塞巴斯汀提前兩個小時站在甲板上等『瑪麗皇后號』放下乘客舷梯。他是第一批下船的乘客，迅速通過海關。他把託運貨物清單交給一名年輕關員，他飛快看了一眼，抬頭仔細端詳塞巴斯汀。

「請等一下。」他說，然後就走進後面的房間。片刻之後，一名年齡較大、制服袖口有三條銀色飾條的男子出現，要求塞巴斯汀出示護照，查核過照片之後，馬上簽發放行單。

「柯里夫頓先生，我的同事會陪你去卸貨的地方。」

塞巴斯汀和這位年輕的海關關員走出海關小屋，看見一輛起重機的起吊裝置緩緩垂降到『瑪麗皇后號』的支架上。二十分鐘之後，第一件出現的貨物是塞巴斯汀從未見過的大木箱。起重機吊著木箱緩緩移向碼頭，放到六號卸貨區。

一群工人移開木箱上的起吊裝置與鍊條，讓起重機可以轉向，再吊起下一件貨物。而這個木箱則由堆高機推進四十號倉庫。整個過程耗時四十三分鐘。年輕的海關關員要塞巴斯汀再回辦公室一趟，說有文件程序要處理。

*

警車響起警笛，在倫敦往南安普頓的路上攔下蘇富比的貨車，要求司機停到最近的避讓車道。貨車停妥之後，兩名警察從警車下來，一個走向車前，一個往車後走。往後走的這名警員從口袋掏出瑞士刀，打開刀刃，用力戳進左後輪。聽見消氣的聲音，他就走回警車。

貨車司機搖下車窗，不解地看著警察。「我想我沒超速啊，警察先生。」

「是沒有，先生。但我想你應該知道你車子的左後胎破了。」

司機下車，走到貨車後面，瞪著車輪，不敢置信。

「你知道嗎，警察先生，我完全沒察覺。」

「破孔小，通常洩氣也慢，所以沒感覺。」警察說。這時一輛白色百福廂型車駛過，他對貨車司機敬個禮說：「很高興能提供協助。」然後就上了車，和同事一起開車離開。

如果司機要求看他們的警察證，就會發現他們隸屬於羅徹斯特路的大倫敦警局，轄區距離此地很遠。只是亞倫爵士發現，漢普郡警局裡沒幾個他在英國陸軍特種部隊的手下，而且在星期天早上也很難臨時通知他們來加班。

*

佩德羅先生和狄亞戈搭車前往皮斯塔里尼部長國際機場。他們的六個大行李箱順利通過海關，沒被檢查，隨即登上英國海外航空飛往倫敦的班機。

「我向來喜歡搭英國飛機。」座艙長帶他們到頭等艙座位時，佩德羅先生說。

波音三三七同溫層巡航者在下午五點四十三分起飛，比預定的時間稍晚幾分鐘。

*

白色百福廂型車的駕駛飛快轉進碼頭，開向位於盡頭的第四十號倉庫。史考特－霍普金斯上校知道明確的去向，車裡沒有任何人覺得意外。畢竟，他四十八小時之前才執行過偵察行動。上校是非常仔細的人，絕對不會心存僥倖，放過任何細節。

他停下車，交給哈特利少尉一把鑰匙。這位首席副手下車，打開倉庫的雙扉門。上校把車開進寬闊的倉庫裡。在他們面前，立在地板上的，是一個巨大的木箱。

本職是工程師的少尉鎖好門，其他三個人繞到車後，拿出裝備。

木匠在箱子旁邊架好梯子，爬到頂上，開始用拔釘羊角鎚拔除固定箱蓋的釘子。而上校則走到倉庫另一角。那裡有輛昨天晚上就已開進倉庫的小型起重機。上校爬進駕駛座，開了過來。

工程師從廂型車後座拿出一大捆繩子，一端打個繩套，環掛在肩上。他往後退，等待執行絞刑劊子手的任務。木匠花了八分鐘才把木箱蓋上的釘子全部拔除，完成工作之後，他爬下梯子，把木箱蓋放在地上。工程師左肩掛著那捆繩子，爬上梯子，到了最頂端，彎腰進箱，把粗繩穩穩綁住《沉思者》的兩條手臂。他本來想用鐵鍊，但上校特別強調，在任何情況下，都不能讓雕像受到絲毫損傷。

工程師確定繩子綁牢之後，就打個雙平結，舉起繩套，表示他已準備好。上校放下起重機的鐵鍊，鐵鉤垂到距敞開的箱口只有幾吋之處。工程師拉住鐵鉤，把繩套鉤在上面，豎起拇指。

上校的起重機先是拉起鬆垂的繩套，接著一吋一吋把雕像拉出木箱。先是傾著的頭，接著是擱在手背的下巴，然後是軀幹和結實的雙腿，以及這名沉思者坐著沉湎於思緒的大銅座。最後出現的，是固定銅像的木製底座。整座雕像吊出木箱之後，上校就緩緩放下吊臂，讓雕像懸在離地約兩呎之處。

鑄造工仰躺，滑進雕像下方，研究那四顆蝶型螺絲，然後從工具袋裡找出一把鉗子。

「把這該死的東西固定好。」他說。

工程師抓住《沉思者》的膝蓋，木匠抓住後背，讓雕像固定不動。鑄造工繃緊了自己身上的每一條肌腱，好不容易才感覺到拴住木製底座的第一顆蝶型螺絲鬆開半吋，接著又半吋，最後終於全部鬆開了。他又重複了三次同樣的動作，突然之間，毫無預警的，木製底座整個鬆脫開來。

但吸引住他那三位同僚注意力的，並不是鬆脫的底座，而是在頃刻之間，幾百萬鎊嶄新的五鎊紙鈔從雕像裡飄落，讓他整個人埋在錢堆裡。

「所以我終於可以收到我的作戰養老金了嗎？」木匠難以置信地瞪著這一大堆鈔票說。

鑄造工從錢山底下爬出來，嘴裡不停低聲咒罵，上校歪嘴露出微笑。

「恐怕不行啊，克蘭，我的命令再清楚不過啦，」他爬下起重機說，「每一張鈔票都要銷毀。」如果說特種部隊的隊員曾經動過想違抗命令的念頭，那肯定就是這種時候了。

工程師打開汽油罐瓶蓋，很不情願地潑了一點在火盆的煤炭上，然後劃亮火柴，退後一步，看著火花飛舞。上校帶頭把第一把五鎊鈔票丟進火盆裡。片刻之後，另外三個人也心不甘情不願地跟著做，幾千幾萬的鈔票就這樣丟進永不饜足的火舌裡。

最後一張鈔票也燒成灰之後，四個人沉默了好一會兒，瞪著火盆裡的灰燼，努力不去想自己剛剛做了什麼。

木匠打破沉默。「大家都說『錢多得可以拿來當柴燒』，我想我們給了這個詞全新的定義了。」

大夥兒全笑了起來，只有上校一臉嚴肅，說：「我們快動手吧。」

鑄造工再次仰躺在地板上，滑進雕像底下。他像舉重選手那樣，舉起木製底座，工程師和木匠把四條小鐵桿重新穿回雕像底部的四個小洞裡。

「抓穩一點！」鑄造工大喊。工程師和木匠抓住木製底座的四邊，讓他把四顆蝶型螺絲拴回去，先是用手指，接著用鉗子，直到每一顆螺絲都回歸原位，穩穩固定好。他覺得螺絲已經拴緊到不能再緊之後，就從雕像下方滑出來，對上校豎起大拇指。

上校拉起駕駛座上的桿子，緩緩把《沉思者》吊起來，吊到比木箱上方開口高幾吋的地方。工程師爬上梯子，上校緩緩放下雕像，哈特利少尉導引他把雕像安全置放回木箱裡。《沉思者》雙臂的繩子一被拆開，然後木匠就取代工程師，站到梯子頂端，把沉重的箱蓋重新釘好。

「好了，各位，我們趁下士工作的時候，開始收拾乾淨吧，這樣我們待會兒就不必浪費時間了。」

三個人分頭弄熄炭火，掃地，把已經用完的工具收回廂型車後座。梯子、鎚子和三根備而不用的釘子是最後收進車裡的。上校把起重機開回原本停放的位置，木匠和鑄造工坐進廂型車。工程師打開倉庫門鎖，站到一旁，讓上校把車開出去。上校停下車，等他的首席副手鎖好倉庫，坐進前座。

上校沿著碼頭緩緩往前開，開到海關小屋。他下車，走進辦公室，把倉庫鑰匙交給制服袖口有三條銀飾邊的官員。

「謝謝你，格雷斯，」上校說，「我知道亞倫爵士萬分感激，等我們十月在年度團聚餐會見面時，他也一定會親自謝謝你。」這位海關官員立正敬禮，目送上校走出他的辦公室，回到白色百福廂型車的駕駛座，發動引擎，上路回倫敦。

＊

換好新輪胎的蘇富比貨車比預定的時間晚四十分鐘抵達碼頭。司機把車停在四十號倉庫外面，看見有十幾個海關關員圍著他要運送的那個貨物，覺得非常吃驚。

他轉頭對同伴說：「這怎麼回事啊，貝特？」

他倆下車，一輛堆高機推起大木箱，在好幾位海關人員——在貝特看來，人數實在有點太多——的協助下，推上貨車後面。通常需要幾個鐘頭才能完成的移交工作，今天包括文書作業，總共只花了二十分鐘。

「箱子裡裝的究竟是什麼啊？」開車上路之後，貝特問。

「你問我，我問誰。」司機說，「不過沒什麼好抱怨的，這樣我們還來得及趕回去看家庭頻道的《亨利．霍爾嘉賓之夜》。」

塞巴斯汀也很驚訝，因為整個過程進行得如此流暢而有效率。他只能假設，若非這座雕像價值連城，就是佩德羅先生在南安普頓的影響力與在布宜諾斯艾利斯不相上下。

塞巴斯汀謝謝那位有三條銀章的海關官員，回到航站，和少數幾個還沒離開的旅客一起等待護照查驗。他的第一本護照蓋上第一個章，讓他不禁露出微笑，但一踏進入境大廳，看見來接他的爸媽，他的微笑瞬間化成淚水。他不住道歉，但不一會兒，就彷彿不曾離開過似的，一切如常。沒有譴責，沒有訓話，但這只讓他覺得更歉疚。

回布里斯托途中，他有好多話想對他們說：緹貝太太、珍妮絲、布魯諾、馬丁內茲先生、瑪格麗特公主、大使，以及進進出出的海關官員，雖然他決定不提嘉布麗拉——她的事，還是留著說給布魯諾聽吧。

車子駛進莊園宅邸大門，塞巴斯汀第一眼看見的，就是朝他們奔來的潔西卡。

「我從來不知道我會這麼想你。」他下車時說，把她摟進懷裡。

*

蘇富比的貨車轉進龐德街的時候，七點剛過。司機看見五、六個搬運工在人行道晃來晃去，一點也不意外。雖然有加班費可拿，他們還是想早點回家。

印象派作品部門主管狄肯斯先生負責監督搬運過程。木箱從路邊搬進拍賣行的儲藏室。他耐心等待拆開木條，清除木屑，才能檢查雕像上的號碼和拍賣圖錄上的號碼是否吻合。他彎腰看見在奧古斯特·羅丹的簽名下方刻了個「6」，綻開微笑，在貨物清單上打個勾。

「謝謝，各位。」他說，「你們可以回家了。文件我等明天早上再處理。」

這天晚上狄肯斯先生是最晚離開的人。他鎖好門，朝希臘公園地鐵站的方向走，沒注意到有個人站在對街的古董店門口。

狄肯斯先生身影消失之後，這人從暗處出來，走到位於柯榮街上最近的電話亭。他已經準備好四便士，絕不容有任何閃失。他先撥了一個牢記於心的號碼，聽見電話另一頭響起講話的聲音，就立刻壓下按鈕A，說：「空虛的沉思者在龐德街過夜，長官。」

「謝謝你，上校。」亞倫爵士說，「我還需要你處理另一件事。我會和你聯絡。」線路斷了。

*

英國海外航空公司編號七一四從布宜諾斯艾利斯起飛的班機，隔天早晨降落在倫敦機場。佩德羅先生一點也不意外，他和狄亞戈的行李全被打開，被好幾名過度認真的海關人員檢查一遍，又複查一遍。他們終於在最後一只行李箱側面用粉筆畫上記號，讓馬丁內茲父子步出機場時，馬丁內茲在這幾位海關人員身上嗅到一絲失望的氣息。

坐進勞斯萊斯後座，準備回伊頓廣場時，佩德羅轉頭對狄亞戈說：「對於英國人，你必須記住的是，他們欠缺想像力。」

42

雖然第一件拍品要晚上七點才開拍，但早在開始之前，拍賣行已經擠滿了人。印象派重要作品的首拍之夜向來如此。

三百個座位座無虛席，男士身穿晚宴禮服，女士們全是及地長禮服，彷彿是出席歌劇院的首演之夜。事實上，這裡所進行的，遠比劇場林立的柯芬園所能提供的任何一場演出都更具戲劇性。因為儘管也有腳本，但更能帶動情節發展的往往是現場觀眾。

受邀的賓客可以分成幾個不同類型。真正打算競標的人通常會晚到，因為他們有保留席，而且對前面幾件拍品不見得感興趣。拍賣會排在最前面的拍品都是小物件，作用如同莎士比亞戲劇裡的小角色，只是為了炒熱現場氣氛。畫商和藝廊老闆喜歡和同行站在後面，一起撿些有錢人桌上掉下來的碎屑，也就是某件沒達到底標而流標的拍品。還有些人把拍賣會當社交場合，對於拍賣本身並無興趣，只喜歡欣賞這些超級富豪爭相舉牌的奇觀。

最後還有一種最可怕的生物，可以再細分成三類。第一類是妻子，她們來看丈夫在她們毫不感興趣的東西上花了多少錢，因為她們寧可把這些錢拿到同一條街的其他精品店去花掉。第二類是女朋友，她們保持沉默，因為她們希望自己是妻子。第三類則是美麗的女人，人生中唯一的目標就是在戰場上擊敗妻子與女朋友，取而代之。

但就像人世間的諸般種種，凡事總有例外。今天的例外就是亞倫．瑞德曼爵士。他代表國家出席這場拍賣會，搶標第二十九號拍品，但還沒決定要出到多高的價格。

亞倫爵士對倫敦西區的拍賣行和他們的特殊傳統並不陌生。多年來，他收藏了幾件十八世紀英國水彩畫，偶爾也代表政府搶標他的主子認為不應該離開英國的畫作與雕塑。然而，今天的拍賣會是他公務生涯裡頭一次，希望能讓海外的某人得標。

今天早上的《泰晤士報》預測，羅丹的《沉思者》應該可以拍出十萬英鎊，創下法國藝術家作品的新紀錄。然而，《泰晤士報》不知道的是，亞倫爵士打算把價錢炒高到十萬英鎊以上，因為這樣他才能確定，唯一繼續搶標的人會是佩德羅·馬丁內茲。因為馬丁內茲相信這座雕像的真正價值超過八百萬英鎊。

吉爾斯曾問過內閣秘書長一個他極力迴避的問題：「要是最後你出價比馬丁內茲還高，要怎麼處理這座雕像？」

「我們會把雕像安置在蘇格蘭國家美術館，」他當時回答，「當成是政府藝術品收藏政策的成果。你可以把這個寫進你的回憶錄裡，不過得先等我死了之後才能寫。」

「那如果你的策略最後證明是對的呢？」

「那保證可以在**我的**回憶錄裡佔一整章。」

亞倫爵士走進拍賣行，溜到靠左後方的座位。他稍早之前已經打電話給威爾森先生，說他要標第二十九號拍品，也會坐在他平常坐的位子。

威爾森先生走上五級台階到舞台時，大部分的重要買家都已就座。在拍賣官兩旁各站成一排的，是拍賣行的工作人員。他們大多是接受客戶委託代為出價。這些客戶要嘛是無法親自出席，要嘛是對自己沒信心，怕最後會喊出遠高於他們原本打算的出價。房間左側有一張長桌擺在高起的台子上。坐在長桌後面的，是拍賣行最有經驗的資深員工。他們面前的桌上是整排的白色電話，但只有在客戶有興趣的拍品開拍時，他們才會對著電話竊竊低語。

坐在後排的亞倫爵士看見所有的座位幾乎都有人坐了。然而，第三排還是有三個空位，想必是保留給重要客戶的。他很好奇，坐在佩德羅兩旁的會是誰。他翻著拍賣圖錄，一直翻到第二十九號，才看見羅丹的《沉思者》。馬丁內茲大可以慢慢進場。

七點整，威爾森先生目光掃過台下的客戶，露出像教宗一樣溫和的微笑。他敲敲麥克風說：「晚安，各位女士，各位先生，歡迎蒞臨蘇富比印象派作品拍賣會。第一號拍品，」他望向左邊，確認搬運員已經把正確的畫作擺在畫架上。「是竇加一幅可愛的粉蠟筆畫，描繪兩名芭蕾舞者在夏樂宮練習的場景。起拍價五千鎊。六千。七千。八千……」

亞倫爵士興味盎然地看著幾乎每一件拍品都以超出預估的價格賣出，證明《泰晤士報》今早的報導確有實據，有一批從戰爭時期累積大量財富的新藏家，希望透過藝術投資，展現他們的財力。

第二十號拍品開拍的時候，佩德羅才在兩名年輕人陪同下進場。亞倫爵士認出其中一個是馬丁內茲的小兒子布魯諾，所以推斷另一個年輕人是塞巴斯汀．柯里夫頓。塞巴斯汀的現身，讓亞倫爵士確信，馬丁內茲肯定認為錢還在雕像裡。

畫商和藝廊業者開始討論，馬丁內茲是對二十八號拍品，梵谷的《聖雷米聖保羅醫院花園一角》比較有興趣呢，還是第二十九號的羅丹《沉思者》。

亞倫爵士向來認為自己是在壓力之下也鎮靜自若，處變不驚的人，但此刻，隨著一件件新拍品放到架上，他的心也跳得越來越快。《聖雷米聖保羅醫院花園一角》以起拍價八萬英鎊開拍，落槌價是十四萬英鎊，刷新梵谷作品的拍賣紀錄。他掏出手帕，揩揩額頭。

他把拍賣圖錄翻到下一頁，看著這件他所欣賞的大師名作，但很諷刺的，他還是希望自己競標失敗。

「第二十九號拍品，奧古斯特．羅丹的《沉思者》。」威爾森先生說，「各位手上如果有拍賣圖錄，可以看見詳細說明，這件作品是羅丹生前由亞歷克斯．盧迪爾所鑄造的。作品展示在拍賣廳的入口。」拍賣官又說。好幾個人轉頭欣賞這座大銅雕。「這個作品有好幾位買家感興趣，所以我們從四萬鎊起拍。謝謝您，先生。」拍賣官指著坐在他正前方中央走道旁的一位紳士說。又有好幾個人轉頭，這次是希望看見出價的人是誰。

亞倫爵士以輕微到幾乎難以辨識的頷首，表示追加出價。

「五萬。」拍賣官宣布。他的目光回到坐在中央走道的那位紳士身上，那人再次舉手。「現在是六萬鎊了。」威爾森先生沒看亞倫爵士，但瞥見他那同樣輕微的點頭，於是轉頭又看中央走道的那人，建議：「八萬？」但那人失望地皺起眉頭，堅定搖頭。

「現在是七萬鎊，」他說，又看看亞倫爵士。亞倫爵士開始覺得疑惑悄悄爬進心底了。就在這時，威爾森先生望向他的左手邊，說：「八萬。電話出價八萬。」他馬上把注意力轉回到亞倫爵士身上。「九萬？」他愉快問。

亞倫爵士點頭。

威爾森又轉頭看電話，幾秒鐘之後，一隻手舉起來。「十萬。十一萬？」他問，再次看著亞倫爵士，露出柴貓似的微笑。

他該冒險一試嗎？這輩子第一次，內閣秘書長決定賭一把。他點頭。

「現在出價十一萬。」威爾森說，看著把電話筒貼在耳邊，等待買家指示的蘇富比員工。

馬丁內茲轉頭，想看看是否認識和他搶標的這人是誰。

電話裡的輕聲交談持續進行，隨著時間一秒一秒過去，亞倫爵士越來越緊張。他不由得思索，自己是不是被馬丁內茲耍了。說不定他已經想辦法把八百萬英鎊運進英國境內，而陸軍特種部隊燒掉的只是偽造的偽鈔。他覺得彷彿已經過了一個鐘頭，結果才過了不到二十秒。毫無預警的，聽電話的那人舉起手。

「電話出價十二萬。」威爾森努力不露出得意的語氣。他再次看著亞倫爵士，但亞倫爵士連一條肌肉都沒動一下。「現在電話出價十二萬。」他又說一遍，「十二萬，我就要落槌了，這是您的最後機會。」他盯著亞倫爵士看，但內閣秘書長已回歸官僚本色，面無表情。

「十二萬鎊，賣出。」威爾森先生的槌子重重落下，而微笑則轉拋給電話出價的那人。

亞倫爵士呼了一口氣，如釋重負，尤其是看見馬丁內茲臉上那志得意滿的咧嘴笑，讓他知道這個阿根廷人確信自己只用了十二萬英鎊，就買回了他那座裝有八百萬英鎊鈔票的雕像。他肯定打算明天要偷天換日。

又看了幾個拍品拍賣之後，馬丁內茲從第三排站起來，完全不管拍賣還在進行，就擠過坐滿人的座位，走到走道上。他往後走，臉上有掩不住的得意，就這樣走出拍賣廳。兩個年輕人跟在他後面，顯得很尷尬。

亞倫爵士又等到六件拍品找到買家之後，才偷偷溜出去。站在龐德街上，夜色宜人，他決定散步到他位在帕摩爾大道的俱樂部，犒賞自己半打生蠔，和一杯香檳。他願意付一個月的薪水，只求看見馬丁內茲發現自己的勝利只是一場空時的表情。

43

隔天早上，匿名的電話投標人打完三通電話，在十點零幾分走出伊頓廣場四十四號。他招了部計程車，要司機載他到聖詹姆斯街十九號。車子停在密德蘭銀行門口，他叫司機等他。

毫無意外，銀行經理有時間為他服務。畢竟，他沒有幾個像這樣帳戶從不透支的客人。經理把客戶請進辦公室，才剛坐下，就問：「銀行匯款單的收款人您希望寫哪位？」

「蘇富比。」

經理寫好匯款單，簽名，放進信封，交給這位經理認為應該是馬丁內茲家少爺的年輕人。狄亞戈把信封放進外套內側口袋，一語未發就離開。

「蘇富比。」他坐進計程車後座，關上門，只說了這句話。

計程車停在拍賣行的龐德街入口前面，狄亞戈再次要司機等他。他下車，推開大門，走向結帳櫃檯。

「有什麼我可以效勞的嗎，先生？」站在櫃檯後面的那個年輕人問。

「我在昨天晚上的拍賣會上買了第二十九號拍品，」狄亞戈說，「我想結清帳款。」那名年輕人翻找拍賣圖錄。

「哇，沒錯，是羅丹的《沉思者》。」狄亞戈很想知道有幾件拍品會得到「哇，沒錯」的回應。「價格是十二萬英鎊。」

「沒問題。」狄亞戈說。他從口袋裡掏出信封，抽出銀行匯票——這是讓買家身分無從追查的好工具——放在櫃檯上。

「我們要替您運送嗎，先生？或者您要自己派人來取？」

「我一個鐘頭之後來取。」

「我不確定來不來得及，」這年輕人說，「您知道，先生，在大型拍賣會之後，我們總是忙得腿都要跑斷了。」

狄亞戈掏出皮夾，把一張五鎊紙鈔擺在櫃檯上，這年輕人一個星期的工資可能還沒這麼多。

「只要確保你們的腿是往我這裡跑就行了。」他說，「我一個鐘頭之後回來，如果到時候東西已經準備好，就會再多兩張。」

年輕人把鈔票塞進長褲後口袋，表示交易條件談定。

狄亞戈回到等候的計程車上，這回給了司機位於維多利亞區的一個地址。車子停在建築外面，狄亞戈下車，又掏出他父親的一張五鎊紙鈔，等司機找錢。然後把兩張貨真價實的一鎊紙鈔收進皮夾裡。他踏進屋裡，直接走向唯一有空的店員。

「有什麼我可以效勞的嗎？」身穿褐黃制服的年輕女子問。

「我是馬丁內茲，」他說，「我早上來過電話，預約了一輛大貨車。」

狄亞戈填好必要的表格之後，又拿出一張五鎊紙鈔，換回了三張真鈔擺進皮夾。

「謝謝您，先生。貨車在後院，停在七十一號停車格。」她把鑰匙交給他。

狄亞戈闊步走進後院，找到貨車，用鑰匙打開後門，檢查內部。完美符合任務需要。他爬上駕駛座，發動引擎，開回蘇富比。二十分鐘之後，他停在喬治街的拍賣行後門入口。

他下車，拍賣行後門打開來，一個貼上好幾張紅色「已售出」標籤的龐大木箱被推到人行道上。推箱出來的六個男人身穿綠色長外套，身材健碩，彷彿在加入蘇富比工作之前，都曾擔任職業拳擊手似的。

狄亞戈打開貨車後門，十二隻手把木箱從手推車上抬起來，彷彿箱裡裝的只是一把雞毛撢子，輕而易舉地抬進車後。狄亞戈鎖好門，又給了結帳櫃檯的那個年輕人兩張五鎊鈔票。回到駕駛座之後，他看看手錶：十一點四十一分。他絕對可以在兩個鐘頭之內趕到希靈福德，雖然他知道父親肯定早就在車道踱步等候了。

*

塞巴斯汀在早晨送來的郵件裡瞥見劍橋大學的淺藍色校徽，就一把抓起信封，馬上拆開。不管收到的是什麼信，他向來都先看信末署名的是誰。布萊安・帕吉特博士，一個他再熟悉不過的名字。

親愛的柯里夫頓先生：

他得要再花一點時間才能習慣這個稱謂。

恭喜獲頒劍橋現代語文學獎學金。相信你已知悉，秋季學期將於九月十六日開學，至盼在開學前與你晤面，討論一、二項問題，包括學期開始前的閱讀書單。同時也想簡介大一的課程安排。

敬候回函，更歡迎直接來電。

資深導師 布萊安・帕吉特博士敬上

讀完第二遍之後，他決定打電話給布魯諾，看他是不是也收到這樣的信，若是，他們就可以結伴同去劍橋。

*

狄亞戈剛把貨車開進大門，就看見父親衝出屋子。他一點都不覺得意外。但讓他意外的是，看見弟弟路易斯和希靈福德大宅的每一個員工都跟在後面衝了出來。卡爾抓著一只皮袋殿後。

「拿到雕像了嗎？」狄亞戈還沒下車，他父親就忙著問。

「拿到了。」狄亞哥回答說。他和弟弟握手，然後走到車後，打開門鎖，讓大家看見那個貼滿紅色「已售出」標籤的巨大木箱。佩德羅先生微笑，拍拍木箱，彷彿是他的寵物狗，接著退開來，讓大家開始動手搬下這件重物。

狄亞戈指揮眾人工作，又推又拉地把木箱一吋吋拖出貨車，最後箱子看來就快要倒在地上了，卡爾和路易斯迅速抓住木箱兩角，狄亞戈和廚師抓住另一頭，司機和園丁則緊緊抱住中央。六個非專業的搬運工腳步踉蹌地繞到屋後，把木箱丟在草坪中央。園丁一張臭臉。

「要讓箱子豎起來嗎？」狄亞戈緩過氣來問。

「不用。」佩德羅說，「就讓它這樣躺著，比較容易取下底座。」

卡爾從工具袋裡拿出一把拔釘羊角鎚，開始撬開固定厚木板的鐵釘。同時，主廚、園丁和司機開始徒手扳開側面的木條。

最後一片木板扳開之後，所有的人退開，看著這個沉思的人很不得體地仰躺在草地上。佩德羅先生的目光始終盯著木製底座上不放。他彎腰仔細看，但看不出來有被動過手腳的痕跡。他抬頭看卡爾，點點頭。

他最信任的這名保鑣俯身，查看那四顆蝶型螺絲，然後從工具袋裡拿出一把鉗子，開始鬆開螺絲。第一顆螺絲剛開始很難旋開，但慢慢就變得容易了，最後終於從固定的栓桿上鬆脫開來，掉在草地上。他又重複了三次同樣的程序，四顆螺絲全鬆開了。他略停頓一下，但僅只一下下，就伸手抓住木製底座的兩側，卯足力氣，把底座從雕像上扳下來，丟在草地上。他露出滿意的笑容，站起來，把第一個看見雕像內部的榮耀讓給主人。

馬丁內茲跪在草地上，看著雕像空心的內部，狄亞戈和其他人則等待他發號施令。沉默良久之後，佩德羅先生突然發出一聲慘叫，淒厲得足以喚醒安眠在附近教區墳墓裡的亡者。周圍的六個人面露程度各有不同的恐懼，瞪著他，不知道他為何慘叫，直到他尖聲嘶吼：「我的錢哪裡去了？」

狄亞戈從未見過父親如此憤怒。他迅速跪在父親身邊，手探進雕像裡，拚命搜尋那失去蹤影的幾百萬紙鈔，但只摸到一張黏在雕像內壁的五鎊紙鈔。

「錢究竟哪裡去了？」狄亞戈說。

「一定是被人偷走了。」路易斯說。

「你他媽的講什麼廢話？」佩德羅先生咆哮。

沒有人再出聲，他目不轉睛瞪著空無一物的底座，還是不願接受擺在面前的事實：他為此刻準備了一整年，結果卻只拿到一張五鎊偽鈔。過了好幾分鐘，他才搖搖晃晃站起來，再次開口時，已顯得異常鎮靜。

「我不知道這究竟是誰搞的鬼，」他指著雕像說，「但只要我活著一天，就一定要找出這些人，上門拜訪，留下我的名片。」

佩德羅先生沒再多說什麼，就轉身背對雕像，大步走向屋子。只有狄亞戈、路易斯和卡爾敢跟他走。他走進前門，穿過玄關，進到客廳，停在迪索[53]為情婦所畫的全身肖像前。他把凱瑟琳·紐頓[54]從牆上取下，靠在窗台邊，開始轉動牆面的一個旋鈕，先是向左，接著向右，轉了好幾圈，最後發出喀噠一聲，保險箱厚重的箱門打開了。馬丁內茲盯著保險箱裡一疊疊整整齊齊的五鎊紙鈔，那全是近十年來，他的家人和親信幕僚偷偷帶進英國的。他拿出三大疊鈔票，分別交給狄亞戈、路易斯和卡爾。他盯著他們三個人。「沒找出是誰偷走我的錢之前，誰也別想休息。

你們各有任務，有成果才有賞。」

他轉頭看卡爾。「我要你查出，是誰告訴吉爾斯．巴靈頓，說他外甥那天是去南安普頓，而不是去倫敦機場的。」

卡爾點頭，馬丁內茲隨即轉頭看路易斯。「你今天晚上就去布里斯托，找出巴靈頓的仇人。國會議員總是有政敵，也別忘了，很多敵人還是和他同黨的。到了那裡，也順便打聽一下他們家航運公司的消息，再小的消息都別放過。他們有財務危機嗎？他們和工會之間有問題嗎？董事會成員之間有沒有意見不合？股東有沒有什麼憂心的事情？挖得越深越好，路易斯。記住，一定要朝地裡挖得夠深，才有可能挖到水。」

「狄亞戈，」他轉頭看大兒子，「回蘇富比，查出是誰和我們搶標第二十九號拍品，因為他們肯定知道我的錢已經不在雕像裡，否則不會冒險把標金抬到這麼高。」

佩德羅先生沉吟半晌才伸出手指，戳著狄亞戈的胸口。「但你最重要的工作是組一個團隊，讓我徹底摧毀這起竊案的罪魁禍首。先找好最厲害的律師，因為他們知道誰是貪污的警察，誰是還沒落網的罪犯，而且只要給的錢夠多，他們也不會問太多問題。等你找到所有的答案，一切就緒之後，我們就要以牙還牙，徹底報仇。」

---

53 James Tissot，1836-1902，法國畫家，1871-1832年移居倫敦，以描繪時尚人物的畫作聞名。

54 Kathleen Newton，1854-1882，愛爾蘭人，為畫家迪索的愛人與靈感繆思。迪索以她為模特兒，完成多幅畫作。

44

「十二萬英鎊，」哈利說，「電話出價，《泰晤士報》好像也不知道那人是誰。」

「只有一個人可能為那件作品付出這麼多錢。」艾瑪說，「現在馬丁內茲一定已經發現，他沒得到他指望得到的東西。」正在看報紙的哈利抬起頭，看見妻子在顫抖。「我們都知道他是什麼樣的人，他肯定想知道是誰偷了他的錢。」

「但他沒有理由認為這事和小塞有關。我只在布宜諾斯艾利斯待了幾個鐘頭，除了大使之外，也沒有人知道我的真名。」

「除了那個……他叫什麼來著？」

「波頓。但他和我搭同一班飛機回來。」

「如果我是馬丁內茲，」艾瑪聲音變得嘶啞，「我第一個懷疑的就是小塞。」

「可是為什麼呢？尤其是他根本就沒介入。」

「因為在雕像移交給蘇富比之前，他是最後一個看見雕像的人。」

「又沒有證據。」

「相信我，對馬丁內茲來說，這樣的證據就夠了。我覺得我們別無選擇，只能警告小塞——」

門打開，潔西卡衝進來。

「媽媽，你一定猜不到，小寨明天要去哪裡。」

＊

「路易斯，簡報一下你在布里斯托挖到的消息。」

「我大部分的時間都在到處打聽，看有沒有什麼小道消息。」

「結果呢？」

「確實有。我發現巴靈頓在他的選區裡雖然很受尊敬，人氣也高，但這一路走來，還是有幾個敵人，包括他的前妻，以及——」

「她怎樣？」

「她覺得巴靈頓處理他媽媽遺囑的態度，讓她非常失望，而且，她也很氣巴靈頓為了一個威爾斯的煤礦工人女兒，而和她離婚。」

「你也許應該想辦法和她接觸一下？」

「我已經試過了，但沒那麼簡單。英國上流社會總是希望由他們認識的人來引見。不過我在布里斯托的時候，遇見了一個說他可以替我引見的人。」

「他叫什麼名字？」

「亞歷斯．費雪少校。」

「他和巴靈頓又是什麼關係？」

「上次選舉的時候，他是保守黨候選人，巴靈頓以四票之差擊敗他。費雪說巴靈頓是靠作票才贏了他。我覺得這人為了復仇，什麼事都做得出來。」

「那我們應該助他一臂之力。」佩德羅先生說。

「我也發現，費雪輸了選舉之後，在布里斯托到處躲債，拚命想找救生索。」

「那我應該丟一條給他，對吧？」佩德羅先生說，「巴靈頓的女朋友，你有什麼情報可以給我？」

「格妮絲．休斯博士，在倫敦的聖保羅女校教數學。巴靈頓離婚之後，工黨地方黨部就一直在等他們宣布結婚。根據幾個見過她的工黨委員會成員說，她絕對不是所謂的『無腦美女』。」

「那就別理她了，」佩德羅先生說，「除非她被拋棄，否則對我們一點用處都沒有。把注意力集中在他的前妻身上，如果這位少校能安排你們見面，想辦法找出她對錢或報仇有沒有興趣。幾乎每一個前妻都會對其中一項有興趣，大部分甚至要錢，也要報仇。」他對路易斯微笑說：「幹得好，孩子。」他轉頭問狄亞戈：「你有什麼消息要報告嗎？」

「我還沒說完呢。」路易斯好像有點忿忿不平，「我還碰到一個比巴靈頓自家人更瞭解巴靈頓家族的人。」

「是誰？」

「一個叫德瑞克．米契爾的私家偵探。他過去曾經分別替巴靈頓和柯里夫頓工作過，但我覺得，只要錢夠多，就可以說服他——」

「別靠近他，」佩德羅先生語氣堅決，「要是他肯出賣以前的雇主，你又怎麼知道在對他有利的情況下，他不會出賣我們呢？不過，我也不是說你不能隨時注意他的動靜。」

路易斯雖然很失望，還是點點頭。

「狄亞戈？」

「英國海外航空有一個名叫彼德．梅伊的機長入住米隆加飯店兩晚，日期恰恰和塞巴斯汀．柯里夫頓在布宜諾斯艾利斯的時間重疊。」

「那又怎樣？」

「花園茶會那天，有人看見這個人從英國大使館後門離開。」

「這有可能只是巧合。」

「米隆加飯店的禮賓經理聽到某個客人好像認識這名機長，還喊他哈利．柯里夫頓，這正巧是塞巴斯汀父親的名字。」

「不太可能是巧合。」

「一發現身分被拆穿，那人就搭最早的一班飛機回倫敦。」

「絕對不是巧合了。」

「不只這樣，柯里夫頓先生離開的時候沒付房費，後來是英國大使館來結帳。證明這對父子不只同時在布宜諾斯艾利斯，而且兩人還通力合作。」

「那他們為什麼不住同一家飯店？」路易斯問。

「我猜呢，是因為他們不想被別人看見他們在一起。」佩德羅先生說。他沉吟半晌又說：「幹得好，狄亞戈。和我競標雕像的也是這個哈利．柯里夫頓？」

「我想不是。我問過蘇富比董事長，他說他也不知道。而且儘管我明示暗示，但威爾森先生顯然不是會收回扣的人，若是有人威脅他，我想他也會馬上就去找蘇格蘭場。」佩德羅先生皺起眉頭。「不過我或許識破了威爾森先生的一個弱點，」狄亞戈接著說，「我暗示說你正在考慮把《沉思者》重新拿出來拍賣，他馬上說溜嘴，說英國政府或許會有興趣買下。」

佩德羅先生的脾氣立時爆發，連珠砲似的咒罵滾滾而出，想必連典獄長都沒聽過這麼不堪入耳的辱罵。過了好一會兒，他才恢復平靜，用低得近乎耳語的聲音說：「現在我們知道是誰偷走我的錢了。他們不是銷毀了那些錢，就是已經交給英國中央銀行了。不管是哪一種情況，」他咬牙切齒，「我們永遠不會再見到那些錢了。」

「但是，如果沒有柯里夫頓和巴靈頓家族的協助，英國政府也無法執行這個行動。」狄亞戈說，「所以我們的目標並沒有改變。」

「同意。你的團隊籌組得怎麼樣了？」他馬上改變話題問。

「我組了一支小隊，全是不愛繳稅的人。」其他三個人笑起來，這是今天早上的第一次。

「目前，我讓他們先待命，等你下令就開始行動。」

「他們知道自己是為誰效力嗎？」

「不知道。他們以為我是個有錢沒處花的外國人，只要按時拿到現金，他們也不問太多問題。」

「很好。」佩德羅先生轉頭看卡爾。「你查出來是誰告訴巴靈頓，他外甥不是去倫敦機場，而是去南安普頓？」

「我沒有證據，」卡爾說，「但很抱歉，我唯一懷疑的人是布魯諾。」

「那孩子向來都太誠實，都怪他媽媽。我們一定要格外注意，有他在場的時候，絕對別討論我們心裡的想法。」

「但我們誰也不知道你心裡的想法啊。」狄亞戈說。

佩德羅先生微笑。「別忘了，如果你想要整個帝國向你求饒，那你就必須先殺掉王位的第一順位繼承人。」

45

九點五十分，大門門鈴響起，卡爾應門。

「早安，先生，」他說，「有什麼事嗎？」

「我和馬丁內茲先生十點鐘有約。」

卡爾微微鞠躬，站到一旁，讓訪客進門。他帶客人穿過玄關，敲敲書房的門說：「您的客人到了，先生。」

馬丁內茲從辦公桌後起身，伸出手。「早安，我一直很期待見到你。」

卡爾關上書房的門，走到廚房，經過正在講電話的布魯諾身邊。

「……我爸給我幾張明天溫布頓男網準決賽的票，他建議我邀你一起去看。」

「他真是大好人。」小塞說，「可是我約好星期五要去劍橋見我的導師，我想我大概沒辦法去看球賽了。」

「別那麼沮喪嘛，」布魯諾說，「你還是可以明天一早到倫敦來啊。球賽下午兩點才開始，只要你十一點鐘能到，就有足夠的時間。」

「可是我隔天中午還得要趕到劍橋。」

「那你就在這裡過夜，星期五一大早，卡爾可以載你到利物浦街。」

「比賽的是誰？」

「弗雷澤對庫柏，保證超級精采。更何況如果你表現得夠好，我還可以開我那輛時髦的新車載你去溫布頓。」

「你有車子？」塞巴斯汀不敢置信。

「橘色的MGA敞篷雙門轎車。爸送我的十八歲生日禮物。」

「你這個幸運的渾蛋，」塞巴斯汀說，「我爸送我普魯斯特作品全集。」

布魯諾笑起來。「要是你乖乖的，我在路上可能會講我最新的女朋友的事情給你聽。」

「最新的女朋友？」塞巴斯汀揶揄說，「你得交過至少兩個，才能說是『最新的』吧？」

「我怎麼覺得有點酸味啊？」

「等我見過她之後，自然就會讓你知道我吃不吃醋啦。」

「你沒機會，因為我要到星期五才會再見到她，那時你已經搭上往劍橋的火車了。我們明天上午十一點見。」

布魯諾掛掉電話，正往自己房間走的時候，書房門打開，爸爸出現，手臂攬著一個看起來很像軍人的男士。布魯諾從來不想偷聽爸爸的談話，但巴靈頓的名字吸引了他的注意。

「我們很快就會讓你回到董事會。」他父親送客人到大門口時說。

「我會好好享受那一刻的滋味。」

「不過，我希望你知道，少校，我想要的不只是偶爾攻擊一下巴靈頓公司，讓他們沒面子而已。我的長期計畫是掌控公司，讓你成為董事長。這聽起來如何？」

「如果能同時搞垮吉爾斯．巴靈頓，那我就更開心了。」

「不只是巴靈頓，」馬丁內茲說，「我想做的是摧毀那個家族的每一個人，一個接一個。」

「這樣更好。」少校說。

「所以你要做的第一件事，就是開始買市場上的每一張巴靈頓股票。買到股權達百分之七點五的時候，我就會讓你代表我進入董事會。」

「謝謝你，先生。」

「別叫我先生。朋友都叫我佩德羅。」

「那也請叫我亞歷斯。」

「只要記得，亞歷斯，從現在開始，我們就是合夥人，而且我們的目標只有一個。」

「再好不過了，佩德羅。」兩人握手時，少校說。他轉身離去時，佩德羅敢發誓，聽見他在吹口哨。

佩德羅回到屋裡，看見卡爾站在玄關等他。

「我們需要談一下，先生。」

「到我書房來。」

兩人等到書房門關上，才開口。卡爾轉述方才聽見的布魯諾和他朋友的對話。

「我知道他沒辦法抗拒溫布頓網球賽門票的誘惑。」他拿起辦公桌上的電話。「找狄亞戈，」他大聲嚷著。「我們來想想看，有沒有讓這男孩更難抗拒的東西。」他等著兒子來接電話時說。

「您需要我做什麼，爸爸？」

「柯里夫頓小子上鉤了，明天會到倫敦，然後去溫布頓。要是布魯諾能說服他接受我的另一個邀約，你星期五可不可以準備好？」

＊

塞巴斯汀借來爸爸的鬧鐘，才能準時起床，趕上七點二十三分的火車到帕丁頓。艾瑪在玄關等他，載他到草原寺院車站。

「你在倫敦的時候，會見到馬丁內茲先生嗎？」

「應該會。」塞巴斯汀說，「因為是他要布魯諾邀我去溫布頓的。為什麼這樣問？」

「沒什麼。」

塞巴斯汀想問艾瑪為何這麼在意馬丁內茲先生，但覺得就算問了，答案也還是一樣：沒什麼。

「你去劍橋的時候，有空和葛芮絲阿姨碰面嗎？」他母親問，顯然是為了轉移話題。

「她邀我星期六下午去紐罕姆學院喝茶。」

「別忘了替我問候她。」車開到車站外面時，艾瑪說。

上了火車，塞巴斯汀坐在車廂角落裡，不停思索，爸媽為什麼會這麼關切一個他們從未見過的人。他打算問問布魯諾，看他知不知道這其中有什麼問題。畢竟，布魯諾當時好像並不怎麼贊成他去布宜諾斯艾利斯。

火車停靠帕丁頓車站時，塞巴斯汀還是沒有想出個所以然來。他在閘口把車票交給收票員，走出車站，越過馬路，一直走到三十七號。他敲敲門。

「我的天哪，」緹貝太太一看見站在門口的是誰就說。她緊緊摟住塞巴斯汀。「沒想到還能見到你，小塞。」

「請問這裡可以提供早餐給沒錢的大學新鮮人嗎？」

「如果你準備要念的是劍橋大學的話，我可以想辦法弄出點東西來給你吃。」塞巴斯汀跟著她走進屋裡。「請關上門。」她說，「不然別人會覺得你沒教養。」

塞巴斯汀飛快轉身，關好大門，然後走進廚房裡。珍妮絲一看見他，就說：「瞧瞧，這溜進來的是哪隻貓啊。」她給了他一個擁抱，接著就是一頓塞巴斯汀自從離開這間廚房之後，就再也沒享受過的天下第一美味早餐。

「你離開這裡之後，去做了什麼？」緹貝太太說。

「我去了阿根廷，還見了瑪格麗特公主。」

「阿根廷在哪裡？」珍妮絲問。

「在很遠很遠的地方。」緹貝太太說。

「我九月還是要去上劍橋。」他抓住吃東西的空檔說，「謝謝你，緹比。」

「希望你不要怪我和你舅舅聯絡。更慘的是，我竟然害他跑到帕丁頓來找我。」

「謝謝你和他聯絡，」塞巴斯汀說，「否則我可能到現在都還待在阿根廷。」

「你這回到倫敦來是有什麼事嗎？」珍妮絲問。

「因為很想念你們，所以一定要來看看你們。」小塞說，「否則我要去哪裡吃頓像樣的早餐？」

「少在這裡油嘴滑舌。」緹貝太太說，又叉了第三根香腸到他盤子裡。

「噢，我到倫敦來還有另一個原因，」塞巴斯汀坦承，「布魯諾邀我今天下午去溫布頓看男網準決賽。弗雷澤對庫柏。」

「我好愛艾胥黎．庫柏喔。」珍妮絲丟下抹布說。

「誰進了準決賽，你都愛。」提貝太太嗤之以鼻。

「才不是！我從來就都不愛尼爾．弗雷澤。」

塞巴斯汀笑起來，接下來一個鐘頭也都笑聲不斷。就因為這樣，他拖到十一點半才抵達伊頓廣場。布魯諾來開門，小塞說：「都是我的錯！但是我情有可原，因為我被兩個女朋友絆住了。」

*

「再從頭講一遍，」馬丁內茲說，「別漏掉任何細節。」

「一個星期以來，三名經驗老到的司機進行多次演練，」狄亞戈說，「今天下午會做最後的測試。」

「有沒有出差錯的可能？」

「如果柯里夫頓沒接受你的邀約，整個計畫就必須叫停。」

「我瞭解這個男孩，他抗拒不了的。只要確保明天他去劍橋之前，不會碰到我就好了。因為我不敢保證我不會掐死他。」

「我會竭盡所能，不讓你們兩個人碰面。你今天晚上約了費雪少校在薩伏伊飯店吃晚飯，明天一大早在市區有約，因為公司的律師要向你說明，一旦你取得巴靈頓公司百分之七點五的股份，在法律上能擁有什麼權利。」

「下午呢？」

「我們一起去溫布頓。不是為了看女子決賽，而是為了給你一萬個不在場證明。」

「布魯諾人會在哪裡？」

「帶他女朋友去看電影。電影兩點十五分開演，大約五點結束，所以他要到晚上回家之後，才會聽到他朋友的壞消息。」

*

夜裡，塞巴斯汀上床之後睡不著。宛如默片一般，今天一整天的情景在他腦海裡一幕又一幕浮現：與緹比和珍妮絲共進早餐；搭著MG到溫布頓，欣賞一場戰況激烈的比賽，直打到第四盤，庫柏才以八比六獲勝；這一天在布瑞渥街的嬌嬌夫人酒吧畫下句點，許許多多位嘉布麗拉圍繞著他。還有他不打算告訴媽媽的其他事。

最興奮的是，在回家路上，布魯諾問他明天要不要放棄火車，改開MG去劍橋。

「你爸不會反對嗎？」

「是他提議的。」

*

隔天早上，塞巴斯汀下樓吃早餐，發現佩德羅先生已經去市區赴約，覺得很失望，因為他很想當面謝謝他。他回到布里斯托，一定要馬上寫封謝函。

「昨天真是太棒了。」塞巴斯汀裝了一碗玉米穀片，在布魯諾身邊坐下。

「去他的昨天，」布魯諾說，「我比較擔心今天。」

「怎麼回事？」

「我是要告訴莎莉我對她的感覺，還是我要假設她早就知道了？」布魯諾沒頭沒尾地說。

「這麼慘？」

「你當然無所謂啦。你對這種事情經驗比我豐富。」

「這倒是真的。」塞巴斯汀說。

「別再挖苦我，不然我車就不借你了。」

塞巴斯汀裝出一本正經的樣子。布魯諾傾身問：「你想我應該穿什麼？」

「你應該穿得休閒，但時髦。打領巾，不要領帶。」塞巴斯汀建議。這時玄關的電話開始響。「別忘了，莎莉也會擔心她要穿什麼。」他還沒說完，卡爾就走了進來。

「有位松頓小姐找你，布魯諾先生。」

塞巴斯汀看著布魯諾怯怯走出房間，不禁大笑。幾分鐘之後，他正在給第二片吐司塗乳瑪琳的時候，朋友回來了，劈頭就說：「該死，該死，該死，真該死！」

「怎麼啦？」

「莎莉來不了，她感冒，還發燒。」

「大熱天的？」塞巴斯汀說，「我覺得這像是她想取消約會的藉口。」

「又錯了。她說她明天應該就沒事了，等不及要和我見面。」

「那你何不和我一起去劍橋？因為你穿什麼我都無所謂。」

布魯諾咧嘴笑，「用你取代莎莉？也太慘了吧。但事實是，我也沒別的事情可做。」

46

「該死，該死，真該死！」卡爾聽見這句話，從廚房出來，想知道是出了什麼問題。但他出來的時候，卻剛好看見兩個男孩走出大門。他衝過玄關，跑到人行道上，眼睜睜看著塞巴斯汀開著橘色MG駛離路邊。

「布魯諾先生！」卡爾扯開喉嚨大叫，但兩人都沒回頭，因為塞巴斯汀打開收音機，聽溫布頓網球賽的最新消息。卡爾跑到馬路中央，拚命揮舞雙臂，但MG並未減速。他跟著車後跑，一直跑到馬路盡頭的紅綠燈。

「快變紅燈！」他尖聲嘶吼。紅燈確實亮了，但塞巴斯汀已經左轉，開始加速開往海德公園角。卡爾不得不接受他們已經離開的事實。有沒有可能布魯諾只是搭一段便車，在柯里夫頓開往劍橋之前就下車？他今天下午不是要帶女朋友去看電影嗎？但卡爾擔不起這個風險。

他轉身跑回大宅，拚命回想今大馬丁內茲先生人應該在哪裡。他知道他下午會在溫布頓看女子決賽，但慢著，卡爾記得他今天早上在市區有約，所以他很可能還在辦公室。這個不信上帝的人此刻禱告，祈求馬丁內茲還沒出發前往溫布頓。

他衝進大門，抓起玄關的電話，撥了辦公室的號碼。一會兒之後，佩德羅先生的秘書接起電話。

「我要和老闆通話，馬上，緊急，很緊急。」他反覆說。

「可是馬丁內茲先生和狄亞戈幾分鐘前出發去溫布頓了。」

＊

「小塞，我需要和你討論一件困擾我很久的事。」

「怎麼聽起來不像是擔心明天莎莉不來？」

「不是，比這嚴重得多。」布魯諾說。雖然塞巴斯汀察覺到朋友語氣有了轉變，但沒辦法轉頭仔細端詳，因為他第一次開車穿過交通繁忙的海德公園角。

「我雖然沒有明確的證據，但你這次來倫敦，我覺得我爸刻意避開你。」

「這一點都說不通。畢竟是他要你邀我去看溫布頓的。」塞巴斯汀提醒他，一面朝公園大道開去。

「我知道，而且要我今天把車借給你開，也是我爸的主意。我只是在想，你們在布宜諾斯艾利斯的時候，是不是發生了什麼事，讓他有點不高興。」

「就我所知沒有，」塞巴斯汀說。他看見往A1公路的指示牌，把車子轉到外線車道。

「但我還是搞不懂，你爸為什麼要大老遠飛過半個地球去找你，明明只要打個電話就行了。」

「我也想問他同樣的問題，但他心不在焉，正在準備要去美國宣傳新書的事。我對我媽提起這個問題，她就裝傻。可是我告訴你，我媽可一點都不傻。」

「還有另一件事我也不懂，你為什麼留在布宜諾斯艾利斯，而沒和你爸一起飛回英國？」

「因為我答應你父親，要幫他帶一個大木箱到南安普頓，在他費了那麼多心之後，我不想讓他失望。」

「那肯定是我看見躺在希靈福德草地上的雕像。但這讓我更加不解。我爸幹嘛要你從阿根廷帶回一座雕像，送去拍賣，然後又自己買下來？」

「我也不知道。我遵照他的指示，簽了通關表格，等蘇富比接手，然後就和我爸媽一起回布里斯托了。你幹嘛拷問我，我只是照你爸的指示做罷了。」

「因為昨天有個人到家裡來看我爸，我聽到他提起巴靈頓這個名字。」

塞巴斯汀在下一個紅綠燈前停車，「你知道那個人是誰嗎？」

「不知道，我以前沒見過他，不過我聽見我爸叫他『少校』。」

*

「大會廣播，」擴音器響起廣播聲。眾人靜默下來，雖然吉布森小姐已經準備第一盤發球了。「麻煩請馬丁內茲先生立即與秘書室聯絡。」

佩德羅先生沒立即反應，隔了一會兒才緩緩起身，說：「肯定有什麼事情出差錯了。」他沒再多說什麼，就擠過觀眾席，走向最近的出口。狄亞戈跟在他後面一步的距離。佩德羅走到通道上，問賣節目表的人秘書室在哪裡。

「就是那棟有綠色屋頂的大房子，先生，」這名年輕員工指著右手邊說，「你一定會看見的。」

佩德羅先生快步走下階梯，離開中央球場，但狄亞戈搶先走到出口，加快腳步，朝遮蔽整個天際線的那幢大建築走去。他偶爾轉頭瞥一眼，確定爸爸沒落後太遠。看見有個穿制服的人站在雙扉門前，他放慢腳步，大聲問：「秘書室在哪？」

「左邊第三扇門，先生。」

狄亞戈迅速往前走到寫著「俱樂部秘書」的門前。一打開門，就和一名身穿紫色配綠色時髦外套的男子面對面。

「我是馬丁內茲，你們剛才廣播找我。」

「是的，先生。有位卡爾．拉米瑞茲先生打電話來，希望你立刻打電話回家。他強調這是最緊急的事。」

狄亞戈抓起秘書辦公桌上的電話，撥家裡的電話號碼，這時他父親也衝進門來，兩頰通紅。

「什麼急事？」他上氣不接下氣。

「還不知道。我才剛要打電話回家給卡爾。」

電話那頭一說：「是您嗎，馬丁內茲先生？」佩德羅馬上搶過電話。

「是，我是。」他說，仔細聽卡爾講。

「怎麼回事？」狄亞戈努力保持平靜，但父親已經臉色蒼白，緊抓著秘書辦公桌的桌角。

「布魯諾在車上。」

*

「今天晚上回去之後，我就問我爸。」布魯諾說，「既然你是遵照他的指示辦事，怎麼可能做什麼惹他不高興的事？」

「我也搞不懂。」塞巴斯汀轉下環狀路的第一個出口到A1公路，併入雙線道的車流。他的腳用力踩在油門上，享受風呼呼吹過頭髮的感覺。

「有可能是我反應過度，」布魯諾說，「但我還是想解開謎團。」

「如果那位少校是費雪，」塞巴斯汀說，「那我可以告訴你，你永遠也搞不定這個謎團。」

「這我就不懂了，這個費雪又是誰啊？」

「他是上次選舉和我舅舅競選的保守黨候選人。你記得嗎？我告訴過你他的事。」

「就是在開票的時候作票，想讓你舅舅落選的那個傢伙？」

「就是他。而且每一次巴靈頓航運公司面臨壓力的時候，他就利用操作股票買進賣出，來讓公司更加不穩定。最後董事長把他趕出董事會，讓我媽取而代之，恐怕更是雪上加霜。」

「可是我爸怎麼會和這種敗類扯上關係？」

「不過那人也可能不是費雪。如果是這樣，那我們兩個就都反應過度了。」

「希望你是對的。可是我還是認為我們應該眼觀四面，耳聽八方，說不定可以得到解開謎團的線索。」

「好主意。因為有件事是肯定的，我絕對不會站在你爸的對立面。」

「就算我們之中有誰發現我們兩家有什麼恩怨，也不代表我們必須捲入啊。」

「再同意不過了。」塞巴斯汀說。時速表衝破六十哩（約一〇一公里），又是個新紀錄。

「導師希望你在開學之前讀多少指定教材？」他問，把車轉到外側車道，準備超過三輛排成一列的運煤卡車。

「他建議了差不多十二本書，但我感覺他的意思是，他並沒期待我在開學第一天就讀完全部的書。」

「我覺得我活到這麼大，都還沒讀完十二本書。」塞巴斯汀說，超過一輛卡車。但開在中間的卡車突然竄到他前面，想超過開在內側車道最前面的那輛卡車，害他不得不緊急煞車。就在這輛卡車看似就要超過領頭的卡車，回到內側車道時，塞巴斯汀從後照鏡裡看見，第三輛卡車也轉到外側車道來了。

塞巴斯汀前面的那輛卡車放慢速度往前開，和開在內側車道的那輛卡車並排前進，塞巴斯汀瞥一眼後照鏡，開始覺得緊張，因為他看見後面的那輛卡車逐漸逼近。

布魯諾轉頭，拚命對他們後面那輛卡車的司機揮手，扯開喉嚨大喊：「退開！」卡車越逼越近，面無表情的司機傾身靠在方向盤上，而前面的卡車仍然慢速前進，沒超過內側車道的那輛卡車。

「天哪，行行好，開快點吧！」塞巴斯汀大叫，手掌用力壓在喇叭上，雖然他也知道前面那個司機根本不可能聽見他說的話。他再次看著後照鏡，驚恐地發現後面的卡車離他的後保險桿只有幾吋的距離。前方的卡車如果可以往前拉開足夠的距離，超車轉進內側車道，塞巴斯汀就可以加速駛離，但那名司機卻沒有這麼做。布魯諾開始對著開在他們左側的司機拚命揮手，但他還是維持原本的速度。這司機大可以踩下油門往前開，讓他們的車安全閃進內側車道，但他依然故我，連看他一眼都懶。

塞巴斯汀抓緊方向盤，因為後面的卡車撞上他的後保險桿，車牌飛了起來，嬌小的MG也隨之往前衝。塞巴斯汀想前進幾呎，但只要一加速，不可避免的就會撞上前面的卡車，他們的車子就會像手風琴一樣被夾扁在前後兩輛車之間。

幾秒鐘之後，他們的車再次往前衝，因為後面的那輛卡車更用力撞上MG，讓車子距前方的卡車只有不到一呎的距離。後面的卡車第三次撞來的時候，塞巴斯汀腦海裡閃現布魯諾幾個星期前說的話：「你確定你做的決定是正確的嗎？」他看了身邊的布魯諾一眼。布魯諾雙手抓緊儀表板。

「他們想殺了我們。」他慘叫，「看在老天爺的分上，小塞，想想辦法吧！」

塞巴斯汀無助地看著南下車道，一排穩定的車流朝反方向開。

前面的卡車又開始放慢車速，他知道他們如果想要有一絲活下來的希望，他就必須做出決定，而且要快。

＊

入學申請處的導師責無旁貸擔起責任，打電話給這個男生的父親，讓他知道兒子在一樁車禍意外中喪生。

國家圖書館出版品預行編目(CIP)資料

不能說的秘密/傑佛瑞.亞契作；李靜宜譯. -- 初版.
-- 臺北市：春天出版國際文化有限公司, 2022.07
面；公分. -- (春天文學；24)
譯自：Best Kept Secret
ISBN 978-957-741-568-4(平裝)

873.57 111011119

春天文學 24

不能說的秘密 Best Kept Secret

作　　者　傑佛瑞・亞契
譯　　者　李靜宜
總 編 輯　莊宜勳
主　　編　鍾靈
出 版 者　春天出版國際文化有限公司
地　　址　台北市大安區忠孝東路四段303號4樓之1
電　　話　02-7733-4070
傳　　眞　02-7733-4069
E－mail　frank.spring@msa.hinet.net
網　　址　http://www.bookspring.com.tw
部 落 格　http://blog.pixnet.net/bookspring
郵政帳號　19705538
戶　　名　春天出版國際文化有限公司
法律顧問　蕭顯忠律師事務所
出版日期　二〇二二年八月初版
定　　價　480元

總 經 銷　楨德圖書事業有限公司
地　　址　新北市新店區中興路二段196號8樓
電　　話　02-8919-3186
傳　　眞　02-8914-5524
香港總代理　一代匯集
地　　址　九龍旺角塘尾道64號 龍駒企業大廈10 B&D室
電　　話　852-2783-8102
傳　　眞　852-2396-0050

ISBN 978-957-741-568-4 Printed in Taiwan